O mundo que as confinava

FÓSFORO

SYLVIA TOWNSEND WARNER

O mundo que as confinava

Tradução do inglês por
FÁBIO BONILLO

Introdução por
CLAIRE HARMAN

Pois nem o mundo que as confinava as mantinha longe do medo.

Salomão 17,4

Para Valentine Ackland

Introdução

Dos sete romances de Sylvia Townsend Warner, este *O mundo que as confinava* [*The Corner that Held Them*] era o seu predileto e foi um dos mais populares. Porém, como ela costumava escrever principalmente para agradar a si mesma, nenhum de seus livros era suficientemente parecido com o outro para produzir a impressão de coerência que sustenta uma grande reputação. O mais perto que ela chegou de ser um sucesso de vendas foi em 1926, com a publicação de seu primeiro romance, *Lolly Willowes*,* e quem conhece esse livro terá dificuldade em traçar uma linha que o conecte a *O mundo que as confinava*. No escopo, no conteúdo, no tom e na técnica, encontram-se em polos opostos. O único elemento em comum é a qualidade da escrita, evidente em particular em *O mundo que as confinava*, um tour de force de mundanidade, sabedoria e ironia controlada, embora ambos os livros partilhem de um tema característico da obra de romancistas mulheres, o qual pode ser chamado de "a condição feminina". Em *Lolly Willowes*, é o catalisador da ação e da rebelião; em *O mundo que as confinava*, história de uma comunidade de mu-

* Trad. de Regina Lyra. Rio de Janeiro: Bertrand Brasil, 2013. (N.E.)

lheres no século 14, é um dos muitos fatos imutáveis da vida: "Eu me consumo, eu me queimo, sempre iluminando o mesmo canto, sempre sitiada pelas mesmas sombras; e no fim hei de queimar até o fim e outra vela será acesa em meu lugar".

Quem lê as primeiras páginas de *O mundo que as confinava* pode achar, não sem razão, que acabou apanhando um romance histórico. O episódio de abertura, iluminado por amores e pela cor do sangue, certamente honra essa tradição, mas à medida que o livro avança, o leitor toma consciência de que ele se instala de forma ambígua entre a História e a ficção, pois é uma obra-prima de realismo inventado. Assim que a narrativa passa a orbitar em torno do convento de Oby, nos atoleiros da Inglaterra, ela se perde em eventos da mesma maneira como o regato Waxle, que corre do convento até o mar, "um regato relutante e lamacento, repleto de meandros e guinadas, e constantemente a corrigir seu curso". Não há protagonista — cinco prioresas e quatro bispos vêm e vão; noviças chegam, crescem, morrem — e a pouca trama existente nunca se desvia de Oby, do convento, além do alcance de uma viagem a cavalo. Ciente de que não se tratava de um romance convencional, enquanto o compunha Sylvia Townsend Warner escreveu a um amigo: "Ainda estou inclinada a chamá-lo de 'Pessoas envelhecendo'. Não tem diálogos nem imagens, não tem enredo, e os personagens são inúmeros e insignificantes". Contudo, ao abandonar as técnicas habituais da escrita de romances, ela foi capaz de empreender o golpe supremo de um romancista — criar um mundo ficcional completamente convincente.

Oby, "aquele epítome do ramerrão", é um convento construído sobre uma elevação de terra que outrora fora uma ilha, fundado para louvar a alma de uma adúltera do século 12 e dedicado a São Leonardo, o santo padroeiro dos prisioneiros. O território anexo à casa é pobre, a propriedade, improdutiva —

a não ser quando se trata de reumatismos —, e o convento, um solar reformulado, tem de se virar com uma capela que antes era um cercado para gado e um pombal convertido em um cabido ("permitido como um expediente temporário, e assim foi que se tornou permanente"). A precariedade de Oby torna sua manutenção custosa e condena suas habitantes a vidas mesquinhas e aduladoras. Em uma entrevista que concedeu mais ao fim da vida, Sylvia Townsend Warner alegou ter começado o romance com base "nos mais puros princípios marxistas, porque eu estava convencida de que, se você quer fornecer um retrato exato da vida monástica, precisa incluir todas as suas finanças; como é que obtinham seu dinheiro, como é que pulavam de uma coisa para outra e como tudo era precário". É Mamon (a riqueza material), não Deus, quem governa a vida das freiras de Oby, não por causa de uma maldade inata, mas porque pouquíssimas delas têm tempo para a espiritualidade.

A ação principal do livro se passa entre os anos de 1345 e 1382, datas tão arbitrárias quanto tudo o mais no romance. Dezenas de personagens aparecem e desaparecem, entram em foco e depois são expulsos dele. Temos um vislumbre de cada um de seus "pontos de vista", com frequência sem propósito algum — a não ser para testemunhar o secretário do bispo olhando para o bispo adormecido, ou para entender qual pensamento (dentre vários) desencadeia as lágrimas de uma velha freira, ou para ouvir, no caso da moribunda dama Joan, seus estertores no leito de morte, e perguntar-se o que foi aquilo. Assim como na vida, as coisas raramente se ajeitam de modo a indicar uma conclusão; não temos, por exemplo, nenhuma indicação do que enfim acontece ao rapaz Jackie, à toalha do altar, a dama Adela, ao poema épico "O lai de Mamillion", aos vasos de altar extraviados. Quando dama Adela embarca em um navio ou Jackie desaparece por uma rua lateral, não se recorre a nenhum artifício para segui-los, e, nas constantes confusões de significados e motivos do livro, nenhum padrão se revela. Nessa crônica estranhamente cativante de pequenezas que acontecem por inteiro ou pela metade, certos personagens e episódios se destacam: a prioresa Alicia (sem dúvida uma prima de primeiro grau da prioresa de Chaucer) em companhia secular em uma festa de batizado; Henry Yellowlees descobrindo a *Ars nova*, a nova música polifônica, no leprosário; a morte do bispo Walter; os sermões de Ralph Kello, que devem mais ao humanismo do que ao cristianismo e são descartados por causa da "loucura" que o acometera; a enlutada senhora de Brocton; a jovem freira dama Isabel, talvez a personagem mais simpática do livro, que morre jovem, arrependida de "trocar a ambiguidade deste mundo pela certeza do próximo". A música, a poesia vernácula, o trabalho de costura e a arquitetura também têm seu lugar no livro — além do humor, que, embora seco demais para provocar gargalhadas, vem constantemente à tona, como na seguinte descrição do desenvolvimento da reputação do bispo Walter:

> No ano de 1351 muita gente dizia que Walter Dunford era um santo. Cinco anos depois o dobro de gente estava dizendo que ele era um homem de futuro. Tornou-se eminente o bastante para conquistar detratores, o séquito da eminência. Ele estava com mau-olhado, diziam; ele era leproso, ele era louco, ele era um embuste, ele era um feiticeiro. Que era franzino, pio até a excentricidade e ridiculamente avaro estava acima de qualquer dúvida. Sua reputação se engasgou, e perdeu o fôlego. Não parecia provável que ele jamais viesse a ganhar mais do que fama local. Foi feito arquidiácono, com toda expectativa de que morreria no cargo, mas não morreu. De súbito, tão surpreendente como uma garça que exibe a envergadura de suas asas, ele estava em todas as bocas como um homem que deveria ser bispo por direito. Só

há uma resposta diplomática a essa espécie de desafio, e em 1374 ele recebeu uma mitra.

O fator mais rapidamente identificável no estilo de *O mundo que as confinava* é que ele é livre daquilo que Sylvia Townsend Warner certa vez chamou de "a artrite do antiquarianismo". Não há linguagem propositalmente pomposa nem longas descrições da natureza. O detalhe é mantido ao mínimo, chamando nossa atenção apenas ao que as pessoas do século 14 poderiam ter achado digno de nota. A Peste Negra, que aterrorizou a época, é sempre descrita em linguagem inflamada, tão vívida quanto o domínio que exerceu sobre o imaginário do século 14:

> Viajava mais rápido do que um cavalo, rasava como um falcão, e os que eram por ela apanhados se corrompiam tão subitamente que as vítimas, ainda vivas e uivando de angústia, fediam como os mortos. A breve e crepuscular luz do dia e as estradas atoladas e os rios transbordantes não eram impedimento para ela, como o eram para os outros viajantes. Por toda a Europa ela se alastrara, e agora atravessaria a Inglaterra, e nada seria capaz de pará-la, onde vivessem homens ela os iria perseguir, e voltar as costas, como faz um lobo, para abocanhar o homem conforme este passasse.

Mas a Guerra dos Cem Anos e as Revoltas Camponesas, às quais a História deu um nome, não figuram no livro com proeminência. As guerras da Inglaterra com a França se traduzem como só mais uma leva de taxas e impostos; as Revoltas Camponesas significam, para Oby, uma noite de perigos relativamente brandos em um ano de rumores e medos intensos. Em *O mundo que as confinava*, não há mistificação do passado. A autora está mais interessada naquilo que nos liga ao século 14 do que naquilo que nos separa dele, conforme ela própria escreveu a Marchette Chute a respeito "dessas pessoas que preferem ver seu século 14 sob uma perspectiva mais gótica. Um forte *amour propre* do século 12 se magoa quando admite que o decurso do tempo não representou grandes diferenças no desenvolvimento da natureza humana".

A ilusão de vida real criada no livro é completamente sedutora. A romancista norte-americana Anne Parrish escreveu a Sylvia: "cada página nos choca com alguém realmente conhecido, realmente visto", e é precisamente isso, um choque, quase uma detonação, que o melhor da escrita produz. A impressão de que o livro consiste quase que totalmente em fatos — quando na verdade não tem fato algum — é mais uma indicação de quão bem imaginado é o romance. A autoridade que traz se deve em grande parte ao comedimento da autora, à maneira como ela nos apresenta seu material em vez de nos ciceronear em torno dele, de modo que o leitor logo se acostuma com o tom do livro. A falta de um protagonista e de um enredo liberta a autora da pressão de passar uma mensagem e lhe permite distanciar-se da escrita a ponto de conseguir criar ilusões realistas. O melhor exemplo disso (e um truque que ela sabiamente usa uma única vez) pode ser conferido na página 392, após Ralph Kello deixar seu quarto: "Quando a porta se fechou atrás dele uma borboleta-enxofre voejou para dentro através da janela aberta". Isso não tem implicação em nada, e, além de sugerir o efêmero, não carrega nenhum significado. É simplesmente uma borboleta voejando por uma janela seiscentos anos atrás; sem fazer nada, sem ser vista por ninguém. Como uma bravata da parte de uma escritora, dificilmente poderá ser superada.

Quando *O mundo que as confinava* foi publicado pela primeira vez, em 1948, muitos leitores acharam escandalosamente irreverente o retrato que Sylvia Townsend Warner faz da vida religiosa. Ao responder a um leitor californiano, Sylvia defendeu-se em bases puramente históricas:

> Mesmo que admitam a existência de um perceptível viés masculino contra casas de mulheres (e embora isso certamente fosse sentido, penso que era posto em xeque pela maioria dos que o sentiam), as evidências de registros eclesiásticos contemporâneos tornam flagrante que os estabelecimentos monásticos (de ambos os sexos, mas atenhamo-nos aos mosteiros de freiras) mostravam todas as faltas características da vida em comunidade — bem como faltas mais crassas. Com base nessas evidências eu poderia ter feito de Oby um lugar muito pior, e ainda teria o apoio dos eclesiásticos contemporâneos.

Sylvia Townsend Warner era uma mulher culta, uma estudiosa da música durante sua juventude e filha de um historiador, e, por tudo isso, suspeito que seus olhos e ouvidos foram fontes de informação tão importantes para este romance quanto quaisquer relatos de visitações episcopais ou interdições da Igreja no século 14. *O mundo que as confinava* foi escrito entre 1941 e 1947. "Todas as faltas características da vida em comunidade" devem ter sido particularmente evidentes no condado de Dorset da época da guerra, fervilhante que era da atividade de mulheres provincianas. Instituições como a Maiden Newton Civil Defence Unit, a Women's Voluntary Service for Civil Defence de Dorchester e a Winterton Mothers' Union devem ter fornecido grande riqueza de detalhes para o livro de Sylvia.

"De qualquer forma", ela escreveu sobre sua obra em progresso, "tem uma vitalidade notável, pois logrou ser escrita através de uma série infinita de interrupções, distrações e destruições, foi tão persistente quanto uma mancha de mofo na parede de uma casa." Sylvia terminou de escrever o romance no inverno de 1947, "acompanhada pela neve verde", despedindo-se com relutância do mundo que lhe fora tão apaixonante e alentador. Logo depois, decidiu continuar a história em uma sequência, mas o segundo volume nunca saiu dos estágios iniciais. Pode-se muito bem dizer que *O mundo que as confinava* não tem um fim. Ele apenas para. Nada seria mais apropriado a um livro que transmite com tanta clareza a pulsação da vida.

Manchester, 1988

CLAIRE HARMAN

Crítica literária britânica, tem textos publicados em diversos periódicos, como Times Literary Supplement, Literary Review, Evening Standard *e* Sunday Telegraph. *Membro da Royal Society of Literature, lecionou inglês nas universidades de Oxford e Manchester e escrita criativa na Universidade de Durham e na Universidade Columbia (esta nos EUA). Em 1989, ganhou o Prêmio John Llewellyn Rhys por sua biografia de Sylvia Townsend Warner. Também escreveu biografias de Fanny Burney, Robert Louis Stevenson, Charlotte Brontë e Katherine Mansfield.*

O mundo que as confinava

Orate pro anima

Alianor de Retteville jazia em sua cama e olhava para Giles que era seu amante. Ela estava calada. Não tinha nada a dizer. Ele também estava calado. Os dois não estavam sozinhos, porque a um canto do quarto uma velha fiava, embora dela só houvesse o ranger e ronronar de sua roca. Era verão, e a tarde ia avançada. A chuva caía e os pássaros cantavam; usavam suas vozes de verão, altas e guturais. A chuva viera inadvertidamente, rompendo um longo período de seca. Por léguas e mais léguas ela caía sobre o bosque de carvalhos, pingando de folha em folha e levando longo tempo, porque a folhagem era muito densa, para alcançar o chão. Seria agradável, pensou Alianor, deitar-se agora no bosque de carvalhos, sentindo a chuva na pele. Cada gota seria um pequeno prazer à parte. Mas no bosque só havia porcos e alguns mateiros, criaturas cuja pele tem pouca sensibilidade.

Vai trovejar, pensou Giles, notando como o quarto ficara escuro e vendo o matiz plúmbeo do céu acima do verde vívido do bosque de carvalhos, uma visão estreita através da janela que, por causa do calor, estava descortinada. Em vez do trovão que esperava ouvir, uma pombinha começou a arrulhar. Ele fechou os olhos e se espreguiçou e caiu de novo no sono.

Os dois estavam dormindo quando a velha saltou de sua roca e bamboleou em direção à cama, chamando-os suavemente para que acordassem. Um instante depois a roca de fiar foi derrubada quando a porta se escancarou, e Brian de Retteville e seus dois primos, Piers e Richard, por ela irromperam. Giles acordou e viu a velha ao lado da cama segurando a espada dele. Ela estendeu a lâmina na sua direção, pobre coitada, e ao pegá-la ele cortou a mão. Esse foi o primeiro derramamento de sangue. Imediatamente os três estavam em cima dele. Ele lutou, não para defender-se, disso não havia esperança, mas para morrer lutando e rápido.

Após o primeiro sobressalto do despertar, Alianor não se mexeu. Reclinada, endireitando o corpo depois do sono, ela observou seu amante ser trucidado. De que adiantaria se mexer? Não seria capaz de salvar Giles e dentro em pouco ela mesma estaria morta. Então continuou como estava, a trança de cabelo caída sobre o peito, os braços compridos e as mãos estreitas esticadas dos dois lados do corpo da forma como ela os fizera cair para se refrescar, para tomar ar, o qual estava resfriado pela chuva, para ventilar as costelas e os flancos. Mesmo seus olhos cor de alga ficaram imóveis, observando atentos a morte de seu amante.

Foi essa imobilidade o que salvou a vida dela. Virando-se para o lado da cama, Brian de Retteville supôs que agora também mataria a mulher. Mas ao vê-la ali deitada tão calma, tão arrogantemente imóvel, sua raiva foi detida pelo horror que um homem sente diante da imodesta individualidade de uma mulher. Ele passou a chamar sua esposa de prostituta e rameira. O impulso de matá-la foi soterrado por uma torrente de impropérios, e só emergiu mais tarde na forma de chutes e socos.

Enquanto isso os dois primos arrastavam o corpo de Giles na direção da escada. A velha censurou-lhes a falta de cristandade, dizendo em seu rascante dialeto que eles deviam ter pena dos mortos ainda que não tivessem dos vivos. Olhando para o rosto ensanguentado do jovem, que parecia expressar um atordoamento indignado e ligeiramente supercilioso, ela persignou-se e começou a rezar. Ele lhe dera muitos presentes e gracejava com ela. Era triste pensar agora que por falta da dádiva de um pouco de tempo e de um padre ele estava quase que certamente condenado.

Piers e Richard não estavam dispostos a aturar censuras piedosas, justo no momento em que se excitavam com o derramamento de sangue e se envergonhavam da tacanhice de Brian e da nudez de Alianor na cama. Empurrando a velha entre eles, atiraram-na escada abaixo.

"Fim da linha para a dama cafetina!"

Não houve resposta. Espiando lá embaixo eles viram que ela jazia na curva da escada, a cabeça jogada para o lado, um vômito fino trilhando seus lábios. Ela estava morrendo, e eles sentiram alívio, e como se a situação tivesse melhorado. Mesmo se aquele pateta do Brian não fosse capaz de seguir o exemplo, o exemplo tinha sido dado.

Naquela noite os três homens ficaram extremamente bêbados. A casa ressoou com suas altercações. Alianor, zanzando apática para lá e para cá, tentando assumir uma atitude que lhe permitisse esquecer a dor de seus hematomas, ouviu os primos dizerem a Brian o que pensavam dele, e Brian berrando que ele sabia como lidar com a esposa, que não era da conta deles.

"Já que você deixou a puta viver", soluçou Richard, "vai ter de mandá-la para um mosteiro."

"Vou fazer o que eu achar que tenho de fazer", rugiu Brian.

Muito ele não vai fazer, pensou ela. Não vai ter mosteiro nenhum, porque ele nunca vai se separar do meu dinheiro. Se eu tivesse força poderia logo corneá-lo de novo para ele ver o que é bom. Mas ao se lembrar de Giles e de seu amor e de como ela o amara, e de quão intenso era o abraço deles e de quão pouco eles falavam, pareceu-lhe que toda possibilidade de amor tinha acabado, que qualquer outro amor que ela viesse a ter seria deturpado pela deliberação, e especioso; e ela chorou silenciosamente, mordendo o cabelo para impedir-se de gritar.

Sua previsão estava certa. Afora mais alguns rompantes de raiva e a dispensa da maioria dos criados, Brian nada mais fez. A vida seguiu no padrão de antes. Brian saía para caçar a cavalo, as cornetas retinindo através do bosque de carvalhos. A portas fechadas, as longas tardes eram silenciosas como sempre, com exceção do zum-zum das indolentes moscas de outono e do ranger e ronronar da roca de fiar de uma velha; só que era uma velha diferente, e não havia amante algum. Chegado o Natal, Brian tinha feito as pazes com o seu amor-próprio. Se ele deixara de matar a esposa era porque tal esposa não valia o transtorno de matar; um homem sensato não leva as mulheres tão a sério. A sensação de ignomínia que poderia tê-lo inquietado ele sublimou vendo o lado cômico de seu infortúnio. Com rugidos de risada ele divertia os convivas ao recontar como se esgueirara até sua casa e encontrara Giles e Alianor aninhados. Um bruto despertar... Pelo sangue de Cristo, como eles ficaram pasmos! No jantar, na ceia, a história era repetida a ponto de mesmo os de senso de humor mais apurado a acharem entediante.

E então por outros dez anos eles viveram juntos, com Brian rejeitando todas as sugestões de que devia carregar a cruz em defesa do Santo Sepulcro alegando que precisava permanecer em casa para ficar de olho na virtude de Alianor; e ele recontava mais uma vez a história daquela tarde de verão para qualquer desavisado que não conseguisse se safar a tempo. No verão o bosque verdejava, cheio de moscas e sombras fundas, e os lobos viviam tranquilamente, com as lobas levando os filhotes mal saídos das tetas para caçar coelhos e texugos. No inverno eles se uniam em matilhas e devassavam o campo aberto noite após noite. Nas estações de neve suas largas pegadas mostravam como se moviam em bandos, onde os perdigueiros haviam se separado da matilha principal, e com que astúcia haviam se esquivado das armadilhas para lobos; ou o apagamento das pegadas dizia como uma carcaça fora arrastada até as cercanias do bosque, onde poderia ser devorada com privacidade. Durante toda a noite suas vozes se elevavam e se extinguiam, aguçando-se em brigas como as vozes dos homens. E assim o tempo passou, cada ano um pouco mais arrastado, como se o próprio tempo estivesse alcançando a meia-idade. Alianor teve mais duas crianças, ambas meninas. Então veio o momento de encontrar uma noiva para Gilbert, o filho mais velho. Com dez anos, ela foi viver com os novos pais. Era uma falastrona de berço, rica, franca, que detestava toda música que não fosse o som da corneta — uma nora talhada ao gosto de Brian. Mais uma vez Alianor pegou barriga, e excepcionalmente tímida, oprimida pela curiosidade sincera e negligente e pelo olhar pétreo da garota. E nesse parto ela morreu, após dar à luz um enorme menino morto.

O que se seguiu atordoou todo mundo — talvez até mesmo o próprio Brian, que se tornara o atordoamento. Se foi porque ele temia o fantasma de Alianor, ou porque em algum recôndito de seu coração ainda amava a mulher que certa vez o desonrara e sempre o desprezara, ou porque a morte dela o libertara da servidão de sentir-se e agir como um parvo, ninguém saberia dizer; mas subitamente ele era um homem diferente. O funeral de Alianor foi um prodígio de nove dias. Ela permaneceu sem enterro por uma quinzena enquanto os preparativos eram feitos; e porque havia poucos servos no solar, já que ele havia desalojado dois povoados a fim de abrir mais espaço para seus javalis selvagens, ele enviou um convite geral para que todos os mendigos, estudiosos, biscateiros e falidos do interior fossem partilhar o banquete do funeral e recebessem esmolas e novas roupas em memória dela. Encomendou aos melhores artesãos da Inglaterra uma pedra tumular, e ficou ao lado do escultor enquanto este trabalhava na efígie, dizendo-lhe que o nariz precisava ser um pouquinho mais estreito, a sobrancelha esquerda um fiozinho mais alta do que a direita, enquanto espiava a semelhança surgir com tanta nitidez como em dias melhores ele havia espiado por entre o matagal.

Enquanto isso o corpo de Alianor, em um caixão chumbado, aguardava ser transferido ao mosteiro que ele pretendia fundar como comemoração à alma dela. Por meses a fio travou audiências com bispos e advogados, e durante as longas negociações sua paciência de caçador foi inexaurível e nenhum detalhe lhe escapou. Ele escolheu ter um priorado da ordem beneditina. Toda a fortuna de Alianor ele ofereceu como dote, e fez um testamento deixando metade de sua propriedade, embora Gilbert e Adela e os parentes de Adela houvessem furiosamente se queixado e ameaçado entrar com uma ação ou escrever ao papa. O lugar escolhido foi um solar chamado Oby. Oby fazia parte do dote de Alianor, e nos primeiros dias de casamento eles com frequência viveram lá, pois ficava em um bom campo para caça com falcões margeando o regato Waxle; mas como seu gosto de caçador se voltara para presas maiores, a casa do solar caíra no abandono e agora dela restara apenas seu esqueleto, a abrigar várias famílias de servos e incontáveis morcegos. O esqueleto foi então revestido à prova de intempéries, recebeu caiação e ganhou dormitórios e aposentos. Construiu-se uma capela e pendurou-se um sino no atarracado campanário, retelharam-se os celeiros e limpou-se o fosso. Foi dedicado a Nossa Senhora e a São Leonardo, padroeiro dos prisioneiros, e a escolha desse santo talvez tenha sido um pequeno aceno àqueles conhecidos que haviam instado Brian de Retteville a carregar a cruz, já que vários deles o haviam feito e ainda aguardavam a expiação. As freiras chegaram, alvas como uma revoada de gralhas, e a seus cuidados ele entregou as duas filhas mais novas; e então, quando tudo estava terminado, ele voltou a seu bosque de carvalhos e à sua caça, e morreu em 1170.

O regato Waxle corria a nordeste atravessando um campo pobre de pântanos e charnecas: um regato relutante e lamacento, repleto de meandros e guinadas, e constantemente a corrigir seu curso, pois o leito de terra em geral não impunha restrições à sua errância. Em alguns pontos ele próprio havia cavado grandes poças onde a corrente parecia ter cessado por completo, em outros serpeava por entre acres de correntezas e musgo esponjoso. Mais ou menos a cada dois anos ele transbordava. Quando a água da cheia baixava, o regato Waxle havia mudado alguma parte de seu curso e o canal anterior se via repleto de uma erva de falso brilho que possuía pouco ou nenhum nutriente.

Tal regato perfaz um limite muito contencioso; e se a terra fosse mais valiosa uma geração após outra dos ancestrais de Alianor teria posto seus homens para aterrá-lo. Mas o solar de Oby era uma parte pequena de suas posses e ficava muito longe das outras propriedades dos De Bazingham, então nada foi feito. A única indicação da ação do homem a frustrar a natureza era o elevado passeio de terra que corria até a aldeia de Waxelby pela costa. Ele fora feito muito antes de o primeiro De Bazingham chegar à Inglaterra. Era chamado de Trilha dos Porcos, e o povo dizia que muito tempo atrás os porcos de Oby, e de Lintoft, do outro lado do Atoleiro de Oby, eram conduzidos através da trilha até Waxelby para o abate porque naqueles dias os homens eram tão tolos que levavam seus porcos até o sal em vez de trazer o sal até os porcos. Quem quer que tenha construído a Trilha dos Porcos, e qualquer que tenha sido seu propósito, era bem-feito e ainda útil, embora os salgueiros, que haviam se enraizado nas rachaduras e formado árvores enormes e rachado e se enraizado de novo, tivessem enfraquecido a terraplenagem e mais cedo ou mais tarde fossem levá-la embora. Quando vinham as cheias, a Trilha dos Porcos era a única maneira de ir de Oby para Waxelby: estafantes nove milhas, com o vento marítimo deslizando sobre as cheias como uma aranha-d'água. Mas no verão, quando Brian de Retteville ia ao solar para a caça com falcões e para lembrar ao seu bailio que se a carne do Dia de São Martinho fosse boa de comer, o gado agora devia estar engordando, o lugar era bom o suficiente: ele, pelo menos, gostava dali. Quando decidiu fundar lá seu mosteiro não lhe ocorreu que as freiras vivem em um só lugar o ano todo, e precisam se alimentar durante o período de carestia do ano assim como durante o período de abundância. Havia terra, água, uma população de servos, não muitos mas o bastante; havia edifícios e anexos, um lago de peixes, um pombal excelente. O que mais as mulheres, as mulheres santas, poderiam desejar?

As negociações com a casa na França que iria fornecer sua primeira leva de freiras o fizeram mudar de ideia quanto ao que as mulheres santas desejam. A abadessa, notável mulher de negócios, enviou-lhe uma longa lista de exigências, incluindo um barco; pois a escritura do solar, expressando a situação de Oby em um passado de mais água, usava o termo *insula*. Mesmo após garantir que o solar ficava no continente, ela extraiu dele muito mais do que ele pensava dar: carregamentos anuais de lenha, com transporte grátis, do bosque de carvalhos dele; metade do lucro de um dos seus moinhos para cobrir a compra de vinho; uma encomenda anual de peles de raposa curtidas, para fazer cobertas; uma boa relíquia; livros para o altar e para a contabilidade; mobília completa para o quarto do padre do convento perto do portão e o pedágio de uma ponte sobre o Nene para pagar as despesas e o salário deste; uma liteira; tigelas de latão que tivessem tampas; e um anel para a prioresa.

Mesmo assim, as freiras que chegavam para tomar posse sentiram que tinham passado por muita coisa para acabar piorando de vida. Viram seu novo lar no auge, pois era pleno verão, e sob a enorme abóbada do céu o solar, empoleirado no pequeno ressalto de terra que emprestava ao lugar seu nome antigo e semicercado por uma curva do regato Waxle, parecia um desses mapas em que o projetista pôs cada detalhe e coloriu por inteiro para fazer lembrar a realidade. O rio era azul, os campos eram listrados nas cores do cultivo e do alqueive, havia um moinho pequeno, um celeiro grande, uma cervejaria, um lago de peixes, também azul, e a casa em si, uma mixórdia de edificações baixas recém-revestidas com telhas de junco, com uma capela pequena de um dos lados e, do outro, um pombal grande, ladeado de pederneiras de face preta. Mais além da cordilheira ficavam as cabanas e os galpões do povoado. Ao leste havia um cinturão de árvores, torcidas e atrofiadas pelo vento marítimo.

Tudo era mais pobre, mais miúdo, mais desajeitado do que esperavam. Os quartos eram escuros e apertados, e pareciam ter sido jogados ali ao acaso. A comida tinha de ser carregada através do pátio, pois não havia um caminho coberto entre a cozinha e o refeitório. Elas precisavam fazer exercícios do lado de fora ou não fazê-los, pois não havia claustros. Mesmo a capela recém-construída — foi-lhes dito que tinha sido recém-construída — era uma edificação atarracada, acanhada, com uma porta ocidental desproporcionalmente larga, um teto baixo sustentado por pilares troncudos e um assoalho dois pés acima do chão (era, na verdade, uma conversão de araque do que outrora fora o calabouço e redil da casa original do solar). Como todas as pessoas de mau gosto, Brian de Retteville economizara na estrutura a fim de gastar nas guarnições. O altar, o coro alto, os bancos, os dosséis, eram finamente ornados e brilhantes de tinta e douramento. Quanto ao único sino que havia, era tão descomunal que precisava de duas mulheres para soar.

Com o coração em dúvida elas cantaram seu *Te Deum*.

Um bom convento não deve ter história. Sua vida se oculta em Cristo nas alturas. A história é deste mundo, custosa e mortal, e os eventos que registra são geralmente deploráveis: o ano em que o telhado pegou fogo, o ano da cheia do verão que varreu as medas de feno e afogou o bailio, o ano em que o gado foi roubado, o ano em que o rei aprovou o grande imposto para as guerras escocesas e foi preciso cortar lenha para cinco anos com o propósito de pagá-lo, o ano da peste, o ano em que dama Dionysia teve um filho do clérigo do bispo. Contudo os eventos da história carregam em si certa hilaridade. Decisões são tomadas, dinheiro é gasto, desconhecidos chegam, personagens familiares aparecem sob uma nova luz, transfigurados por bondade ou maldade inesperadas. Poucas calamidades recaem sobre uma casa religiosa as quais não tenham em um momento ou outro sido consideradas em retrospecto com amargo arrependimento. "Em um lugar tão extraordinário como este pode acontecer qualquer coisa", disse a primeira sacristã de Oby, encarando o apático horizonte na direção do qual o sol descia feito um pedaço de ferro em brasa. "Qualquer coisa ou coisa alguma", respondeu a primeira prioresa. Parecia-lhe que a escolha do lugar feita por Brian de Retteville fora irreal de tão próxima da mente de São Benedito — já que era um mosteiro que ele havia fundado. Os homens com seu inesgotável interesse por si mesmos podem fazer bem a um lugar ermo, mas o egoísmo das mulheres, mais raso, exige certa alimentação do mundo exterior, de preferência na forma de perigo ou desastre. Enquanto apaziguava resmungos e admoestações, ela se deu conta de que as inconveniências da nova casa eram na verdade providenciais, e que quando fossem remediadas (e pelo bom nome de sua ordem ela devia lutar para remediá-las), suas freiras, exercitando-se descalças e fazendo refeições que não tinham estragado entre a cozinha e a mesa, viriam a se queixar muito mais, e com maior razão; já que então seriam capazes de prestar uma atenção sem rival à mortificante tranquilidade de suas vidas.

No fim das contas, as providenciais inconveniências da casa dela duraram mais do que ela própria. Com um solar abundante em juncos e abastecido com uma enormidade de lenha poder-se-ia pensar que era fácil fazer um caminho coberto entre a cozinha e o refeitório e uma espécie de claustro improvisado. Mas a madeira não era temperada, os juncos não eram cortados nem secados, a mão de obra não estava disponível, a época do ano não era adequada: em suma, as recém-chegadas não eram bem-vindas. As famílias que tinham sido expulsas da casa do solar quando esta fora convertida para as freiras eram, claro, parentes de todas as outras famílias do solar; e os despejados ficaram pouquíssimo mais ressentidos do que aqueles em cujas choupanas se apinhavam sob a reivindicação de parentesco e caridade cristã. Perante um lorde ausente e um bailio negligente os servos do solar tinham alcançado uma espécie de encarniçada independência do cada um por si. Embora o atual estado de coisas incluísse gado novo, consertos nos telhados e nas carroças e nos arados, e todos os vantajosos proveitos que jorram de um solar ocupado, os servos de Oby reprovavam unanimemente as freiras, um bando de desconhecidas que tinham vindo se alimentar à custa deles, uma corja de mulheres sonsas, mais tirânicas do que qualquer De Bazingham ou De Retteville, e ignorantes ainda por cima. Os De Bazingham ao menos sabiam fazer algo além de plantar figueiras. A essa animosidade se somou, após a morte de Brian de Retteville, a animosidade de Gilbert e Adela, que sofriam com as pontadas da desapropriação tanto quanto quaisquer dos servos despejados. O legado de Brian para o convento era de um mérito jurídico e espiritual incontestável; mas isso não impediu aqueles dois de agarrar-se a ele enquanto podiam e de entrar em contendas sobre cada bocado transferido. Isso tampouco impediu que a casa-sede do convento na França antipatizasse com uma sucursal cujas receitas no papel agora garantiam oferendas filiais em vez de cartas de mendicância. Enquanto isso a primeira prioresa morrera de febre e sua sucessora era aquela mesma sacristã esperançosa que pensava que qualquer coisa podia acontecer, e que ainda conservava a mesma ilusão (fora ela quem alforriara duas famílias, os Figg e os Torkle, a fim de levantar fundos suficientes para construir um novo patíbulo). Em 1183, vinte anos depois de sua fundação, o convento de Oby se achava em tal estado de confusão e endividamento que o bispo da diocese passou a falar em dissolvê-lo. Então Richenda de Foley interveio com seu forte braço secular. A irmã mais nova de Alianor, Richenda era uma viúva e matrona vivida, que depois de bater-se com todos os conhecidos próximos agora se dispunha a bater-se com Gilbert e Adela. O que o amor era para algumas mulheres e o trabalho com a agulha era para muitas, o litígio o era para Richenda. Estariam Gilbert e Adela querendo segurar o legado de Brian e arriscando o bem-estar da alma de uma irmã amada e, por ora, um cunhado amado? Ela os caçaria até o último centavo; e além disso os envergonharia ao encontrar patronos melhores para a casa, e freiras mais dotadas e mais dignas do que as duas perversas irmãs de Gilbert. A fim de conduzir essas operações ela fixou-se no mosteiro, onde nessa época havia espaço, e de sobra, para internos. Levou consigo vários criados, um bom punhado de mobília, três cães, uma das lágrimas de Madalena em um frasco e doze baús abarrotados com documentos jurídicos e inventários. Também levou um bom punhado de método e eficiência. Pela primeira vez os deveres do solar foram apropriadamente observados, e os servos, trabalhando tal como por anos não haviam trabalhado, quase que se reconciliaram com o convento, já que uma pessoa da velha família, a qual em astúcia e obstinação poderia quase ser um deles, o havia tomado sob suas asas.

Em 1194 um estudioso errante, muito velho e esganiçado, chegou pedindo comida. Ao sentar mordiscando seu pão e um arenque salgado ele falou à freira do postigo sobre as propriedades dos números, e sobre como o abade Joaquim, analisando a aritmética das profecias, havia descoberto que o fim do mundo estava à cata da mão. Ele próprio esperava muito para o ano 1221, uma data cujas duas metades somadas davam três. Nesse ano, disse ele, poder-se-ia ver o domínio do Anticristo se realizar, ou então se anunciaria a chegada do reino do Espírito Santo, uma vez que o número seis totalizava dois terços da Trindade. Alguma coisa, ao menos, disse ele, poder-se-ia esperar. Debaixo do braço ele carregava um monocórdio. Para se fazer bem entender pelas freiras (já que várias delas haviam se aglomerado para apiedar-se do velho, tão sábio e tão senil) ele explicou a elas a Proporção de Diapasão, a harmonia perfeita que é ao mesmo tempo concórdia e unidade, e mostrou-lhes como, deslizando a ponte do monocórdio de forma que dividisse a corda em uma proporção de um e dois, a corda soaria o intervalo de uma oitava. Essa, murmurou ele, era a natureza da Divindade perceptível a Pitágoras, um pagão; pois ela subjaz a todas as outras. Ele sentou-se em um banco ao sol, mas acima dele o vento uivava, agitando os salgueiros ao longo da Trilha dos Porcos e arranhando o telhado, e as freiras mal podiam ouvir sua demonstração de como a Divindade se fazia soar a Pitágoras. Não foi nenhuma perda, pois sua mão, tremendo de frio e paralisia, fracassara em deslizar a ponte corretamente, e o diapasão da Trindade desafinou. Então, tirando as migalhas da barba e puxando um galho fresco de artemísia para pôr atrás da orelha, ele cantou uma canção de amor para divertir as damas e seguiu seu rumo para Lintoft. A canção de amor tinha uma melodia bonita, cativante: por alguns dias toda freira e toda noviça cantarolou-a. Então dama Cecilia começou a surtar e a profetizar. Isso enfureceu Richenda de Foley, a quem qualquer conversa sobre o fim do mundo depois de ela ter trabalhado tanto e com tamanho êxito para pôr o convento nos trilhos pelo próximo século parecia uma rançosa ingratidão. Mas a sarna não é mais contagiosa do que as iluminações, e durante aquele verão Oby ressoou com animadas vozes a descrever touros em chamas, bodes imensos flutuando sobre o atril, aparições de seu fundador e dores lancinantes. Em um acesso de enviesada boa intenção e de irado bom senso Richenda de Foley fez as malas e partiu, mas por ser generosa bem como autoritária deixou para trás um bom punhado de objetos domésticos e provisões. A comunidade, após o espanto universal de se achar livre daquela mão forte e onipresente, permitiu-se aproveitar uma prosperidade e um conforto não disciplinados; e com a prosperidade e o conforto produzindo seu efeito habitual, o espírito da profecia se consumiu, e perto do fim do ano elas não visavam nada além de melhorias no lago de peixes.

Em 1208 veio a Interdição.

Em 1223 raios incendiaram o celeiro.

Em 1257 os velhos claustros de junco e madeira foram feitos em pedaços por uma ventania. Decidiu-se que os entalhadores que iriam construir os novos deveriam também construir uma casa apropriada para o cabido. Quando estava construída pela metade uma fonte jorrou debaixo dela. Em vez de jogar dinheiro fora, sugeriu o entalhador-chefe, por que não rematar a nova edificação como um pombal, já que um assoalho úmido não é nenhum inconveniente para os pombos, e converter o velho pombal, tão sólido e à prova de intempéries, em casa do cabido? Essa sugestão, aceita demasiado às pressas, levou a transtornos por toda parte. Os pombos recusaram-se a se fixar em sua nova casa. Alguns fugiram de vez, os outros permaneceram na metade inferior do velho pombal, cujo andar superior, remodelado com janelas amplas e bancos de pedra, constituía um lugar de encontro muito pouco convincente. No entanto, o arranjo foi permitido como um expediente temporário, e assim foi que se tornou permanente.

Em 1270 houve cheias desastrosas, e isso aconteceu de novo sete anos depois. Em 1283 vespas se juntaram no telhado da cervejaria e sua supervisora foi picada no lábio e morreu. Em 1297 o bailio do convento foi flagrado no ato carnal com uma vaca. Tanto ele como a vaca foram devidamente executados pelo crime, mas isso não foi suficiente para evitar a ira dos céus. Naquele outono e pelos três outonos seguintes a praga atacou o gado. Depois da praga veio a fome e as mulheres do solar em regime de servidão invadiram a cerca de junco do pomar onde as freiras descansavam e as assaltaram, puxando-lhes os véus e rindo de seus seios tão brancos e roliços e de suas tetas inúteis. Por causa disso baixou-se uma multa sobre o povoado, e os últimos vestígios da *pax Richenda* caíram por terra. Dízimos e dívidas foram pagos relutantemente ou não o foram, e ao passar pelos claustros para cantar o ofício noturno as freiras aguçavam os ouvidos à procura de passos de saqueadores ou de estalidos de telhas em chamas.

Em 1332 uma freira quebrou seus votos e deixou o convento por causa de um amante. Os infortúnios sempre acontecem em três, comentou a prioresa: elas podiam esperar que duas outras fizessem a mesma coisa. Mas depois de uma segunda apostasia houve uma dolorosa Visita do bispo, que depôs a prioresa e nomeou dama Emily, a mestra das noviças, melhor disciplinadora, como sua sucessora. Infelizmente dama Emily era impopular, sendo tanto arrogante quanto censora. Temendo o mando de tal prioresa as freiras recusaram-se a elegê-la e em seu lugar escolheram, por meio de bravatas, dama Isabella Sutthery, a mais jovem e mais tola freira dentre elas. Os jovens e tolos podem se tornar grandes tiranos. Dama Isabella provou-se fanaticamente severa e desconfiada, achacando as freiras mais velhas até desmaiarem de angústia e inventando contravenções tão imprevisíveis que ninguém conseguia se impedir de xingar. O convento esperava, lamurioso, pela próxima Visita, quando cada freira poderia fazer seu relatório em sua entrevista privada com o bispo. Mas embora o bispo tenha ido e ouvido, ele ainda estava fermentando sua ira quanto à rejeição delas a dama Emily, que ele próprio nomeara, e embora a própria dama Emily fosse a maior sofredora sob o mando da prioresa Isabella, ele rebateu todas as reivindicações de novas eleições dizendo que se o convento já havia escolhido, precisava tolerar sua escolha. Foi só em 1345, quando a prioresa Isabella engasgou com um caroço de ameixa, que a paz e o sossego voltaram, ao que se seguiram quatro anos isentos de história, salvo uma infestação de lagartas.

Em 1349 a Peste Negra chegou a Oby.

Quando a prioresa Isabella começou a engasgar e ficou roxa, dama Alicia de Foley fez um voto para São Leonardo, padroeiro do convento e de todos os prisioneiros, de que caso sua tirana morresse devido ao caroço de ameixa dever-se-ia anexar um pináculo, tão bonito quanto o artifício e o dinheiro poderiam fazê-lo, à atarracada capela do convento. Ela o imaginava pairando alto, a glória do campo, e tanto se absorveu em contemplação que os olhos da prioresa Isabella reviraram nas órbitas antes que dama Alicia se lembrasse de acrescentar ao santo que ela também passaria a rezar diariamente pelo repouso da alma de Isabella durante o período de construção do pináculo.

Convencendo o resto do convento a apoiá-la nesse voto, trabalhando com seculares conhecidos seus para contribuir com as despesas, manipulando o bispo para expressar aprovação (sua aprovação não era realmente necessária mas depois do caso da prioresa Isabella ninguém em Oby iria arriscar uma desfeita com um bispo), providenciando o fornecimento de materiais de construção e firmando um contrato com um grupo de entalhadores errantes ela levou três anos — embora sua eleição para prioresa a tivesse capacitado a realizar tudo isso com mais facilidade. Ela rezara pelo repouso da alma de Isabella durante exatos doze meses, e o pináculo, após vários falsos começos e arrimos da torre existente que lhe serviria de base, começava a subir, quando a notícia de que a peste havia alcançado Waxelby fez os entalhadores escapulirem dos andaimes de comum acordo e irem embora.

Tinha sido agradável ajoelhar-se sozinha após o fim da missa, ouvindo o ruído de seu pináculo sendo erguido: o ganir das roldanas, o raspar das espátulas, o trepidar de pedra assentada sobre pedra, os cantos e as vozes dos entalhadores no exterior. Mas não havia sons exceto os ventos de março soprando pelas frestas, e o pensamento de que a segunda parte do voto dela ainda poderia ser mantida era um conforto frio. Ademais, haveria como ela ter certeza disso? A peste poderia vir a calá-la. Sua tesoureira já estava lhe dificultando encontrar tempo para rezar. Na época mais magra do ano o convento tinha de garantir vitualhas como se estivesse se protegendo de um cerco. Havia madeira, carne, cereais, peixe, óleo, especiarias, velas, tecido, lã e linho a trazer, vinho e mel, e remédios caso a doença penetrasse suas defesas. Tinha-se de pensar na lavagem para os animais, no vinagre para as fumigações, no carvão para os braseiros, e o telhado da enfermaria precisava ser revestido. O gerenciamento do lar devia ser observado e ajustado, e dívidas pendentes deviam ser saldadas, e de alguma forma ela precisava aumentar os fundos de dinheiro vivo do convento, pois em tempos de calamidade as pessoas não fazem nada a não ser que sejam pagas na hora. Havia, ainda, o problema de como se preparar para os assaltos dos pobres e necessitados: eles marchariam até o postigo, gritando por comida, por remédio, por trapos velhos para as feridas: eles levariam a peste ao próprio portão, e contudo não podiam ser rejeitados, os pobres de Cristo e os perseguidos pela peste. A meditação dela foi interrompida pelo som de cavalos sendo estacionados do lado de lá do portão e por uma algazarra de vozes desconhecidas. William de Stoke, cuja filha era uma noviça na casa, mandara buscar a garota, após ouvir falar que a peste já chegara a Oby. Ele enviara um grande séquito de criados, e todos eles estavam famintos e pediam alimento.

Enquanto o pessoal de De Stoke comia, eles conversaram. Embora tivesse havido pestes frequentes, nunca houvera, disseram eles, uma peste como aquela. Viajava mais rápido do que um cavalo, rasava como um falcão, e os que eram por ela apanhados se corrompiam tão subitamente que as vítimas, ainda vivas e uivando de angústia, fediam como os mortos. A breve e crepuscular luz do dia e as estradas atoladas e os rios transbordantes não eram impedimento para ela, como o eram para os outros viajantes. Por toda a Europa ela se alastrara, e agora atravessaria a Inglaterra, e nada seria capaz de pará-la, onde vivessem homens ela os iria perseguir, e virar-se, como faz um lobo, para abocanhar o homem conforme este passasse.

As estradas estavam repletas de pessoas fugindo dela. Os viajantes montados amaldiçoavam os que iam a pé, e os açoitavam para abrir caminho. Passou uma bela liteira, disse um dos homens, e ele perguntou quem ia dentro dela: era um velho Conselheiro, respondeu alguém do séquito, e por longo tempo ele vinha se consumindo em uma morte lenta que se alimentava de seus órgãos; mas mesmo assim ele desejava manter a morte viva dentro dele longe daquela outra morte. Leprosos fugiram de seus hospitais e se apoiavam uns aos outros, e o povo mal os temia. Aldeões que passaram a vida toda no conforto agora corriam para as florestas e viviam de lesmas e bolotas e coelhos, desmembrando-os e ingerindo-os crus; mas a Peste Negra estava no bosque, também, e os proscritos jaziam mortos ao lado das cinzas de suas fogueiras. Nunca houvera tamanho afluxo de homens se dirigindo aos portos para embarcar nas guerras na França: pois era melhor morrer na batalha do que morrer pela Peste Negra. Mas nos portos e nos apinhados porões dos navios a Peste Negra os encontrava e os matava antes que pudessem ser mortos por seus pares.

Aonde quer que fossem, irrompeu outra voz, eles encontrariam essa nova Morte à espera deles. Melhor ficar em casa do que se dar ao trabalho de ir atrás dela. Porque se você fosse para outra aldeia ouviria o repique do sino, e veria as aves de rapina se juntando, e sentiria o fedor vindo das valas; e se fosse para o campo, o mesmo fedor lhe cruzaria o caminho, o lavrador em decomposição debaixo de um arbusto e o arado perto dele, com a relva de primavera crescendo ao redor como se aquele ano fosse igual a qualquer outro. As pessoas eram tolas, disse ele, de ir à procura de uma morte que sairia à procura delas. Melhor ficar debaixo do próprio teto. Contudo, isso também era desalentador, ficar esperando com as mãos balançando entre os joelhos, sem ousar tirar a camisa ou tocar o corpo por medo de ver os sinais despontarem na própria pele; às vezes na forma de manchas, às vezes na forma de áreas grandes como ameixas, mas sempre pretas por causa do sangue envenenado por baixo delas. Não havia consolo ou prazer em ter vizinhos, agora: amigos mal ousavam olhar-se no rosto, por medo de ali verem o olhar da morte ou o olhar de alguém que a encara. A morte conseguia a melhor barganha no mercado, embebedava-se na taverna, caminhava em procissões, casava a noiva na porta da igreja. O padre dizia seu *Ite missa est* e seus lábios estavam ressequidos e pretejados. O *Deo gracias* do fâmulo deslizava por entre dentes que tremiam de medo. A congregação ia embora correndo, em silêncio, cada homem a encarar o vazio.

Mas o descompromissado leva a melhor, disse a prioresa para si mesma, enquanto ouvia toda essa conversa do outro lado da janela. Melhor ser um dos entalhadores e correr para a bocarra da morte do que sentar-se entre quatro paredes à espera da Peste Negra. Quando uma garotinha foi trazida para sua despedida ela disse à criança, com tanto desespero quanto o diria a uma mulher crescida: "Lembre-se de rezar por nós aqui em Oby". A criança desatou em lágrimas e agarrou-lhe a saia, dizendo que estava com medo. "Medo do quê, minha filha?" — "Medo dos cavalos."

No começo de abril a peste estava em Lintoft. Invadiu a casa do moleiro, e imediatamente o moleiro de Oby partiu com sua família e seus pertences, ninguém soube para onde. Sua partida não foi uma provação para os campesinos: por muitos anos os lares haviam escapado ao jugo do moinho do solar, moendo seus cereais nos próprios moinhos movidos a mão; mas foi um golpe para o convento, e embora dama Blanch, que na qualidade de provisora comandava a cozinha e a despensa, tenha dito jocosamente que quando não pudessem mais assar o pão deveriam comer farelo e dar graças por isso, que muitos santos e tropas cristãos haviam sido gratos a Deus por um punhado de grãos torrados, as outras damas murmuraram sobre a fome e a fraqueza de seus dentes. Dentro em breve mais pessoas do povoado começaram a escafeder-se e outra noviça foi resgatada pelos pais. A cada nova partida as freiras se uniam mais, sussurrando pelos cantos e encolhendo os ombros como se por eles soprasse um vento frio, como se sentissem no corpo o hálito gelado da boataria, as muitas histórias que agora circulavam sobre como a Peste Negra havia dado cabo de outras casas religiosas. Ela se infiltrava, e pousava o dedo em uma pessoa; e a doença dela se espalhava pela comunidade feito fogo no palheiro e o cheiro da morte era mais forte do que o cheiro de carne assada na cozinha ou de incenso no coro. Por um tempo observou-se a Regra, as vidas em perigo foram vividas a termo, os vultos negros se alternaram entrando e saindo do coro. Não havia olhares de relance, ninguém falava com seu próximo:

nunca antes a ordem do silêncio e do autoisolamento havia sido tão bem obedecida. Mas por fim a própria Regra fracassou, e laceou, e se perdeu, e o altar recebia somente visitantes desesperados, figuras solitárias a rastejar em silêncio ou talvez a produzir subitamente um grito frenético de misericórdia.

Em certa casa, todos os monges haviam morrido. Em outra, todos os monges menos um. E isso era pior — a desolada figura na qual a marca da vida se gravara feito uma inversão da marca da morte.

Se fosse eu, pensou a prioresa — se só eu sobrevivesse debaixo do meu pináculo inacabado... Sobrepujada pela imaginação ela se obrigava a ir sentar-se no parlatório, onde as freiras diziam umas às outras que aquela peste não era como as outras, pois matava homens em vez de mulheres.

As duas primeiras a adoecer foram dama Emily e uma noviça, e elas morreram no mesmo dia. Naquela noite Sir Peter Crowe, o padre do convento, entrou sem convite no aposento da prioresa, onde ela se achava sentada com a tesoureira, dama Helen, e dama Blanch, a provisora, conversando tranquilamente (como faz quem perdeu toda esperança) sobre a qualidade de uma tinta vermelho-cinábrio, recém-adquirida para a iluminação de um livro de horas que fora encomendado por Piers de Retteville, descendente da sexta geração de Gilbert e Adela.

"Vou deixar o convento", disse ele.

O primeiro pensamento dela, de que ele estava fugindo da peste, não se sustentava diante da soturna autoconfiança dele. Devia ter perdido a cabeça. Ele sempre tinha sido sombrio e dado a austeridades.

"Devo partir amanhã, assim que o sol sair. Vou para Waxelby."

"Para Waxelby?"

Estava na ponta da língua de dama Blanch dizer que eles não precisavam de mais peixe seco. Ela corou, pensando quão perto esteve de dizê-lo, enquanto Sir Peter falava de como a peste pesava sobre Waxelby. Desde que lá se anunciara, dois retores haviam morrido, o segundo apenas dez dias após seu antecessor. A maioria dos frades estava doente, dos dois padres cantores um tinha enlouquecido, o outro, fugido. E a gente comum morria sem assistência.

"O senhor vai confessá-los? É uma intenção muito cristã — mas aqui talvez tenhamos gente morrendo. Vai nos deixar morrer sem confessar?"

"A senhora precisa encontrar outra pessoa."

A prioresa encarou as próprias mãos. Ela nunca achara fácil tolerar más maneiras.

"Acho que o senhor devia ter nos consultado antes de se decidir. Assim como o senhor, nos compadecemos dos pobres de Waxelby. Mas com a sua apreensão pela alma deles..."

"Não é na alma deles que estou pensando!", exclamou ele. "Estou pensando na fé. Não posso ficar aqui à toa enquanto a heresia se alastra mais rápido do que a peste. A senhora sabe o que estão fazendo em Waxelby? — sim, e por toda a Inglaterra! A senhora percebe o que é que estão fazendo?"

"Morrendo sem o auxílio da Igreja. Mas como isso seria heresia?"

"Eles estão se confessando um ao outro! Sim, e absolvendo o próximo, também, posso apostar."

"Espero que não."

"Está fadado a acontecer. Dá-se uma mão, pedem um braço. Fulano se confessa a Sicrana e Sicrana dá a absolvição a Fulano. O que nos compete fazer, digo eu?"

"Mas se não há padres a confissão pode ser feita a um secular — na batalha, por exemplo. Meu pai certa vez recebeu a confissão de outro cavaleiro no campo de batalha, e caso ele não a tivesse ouvido, um grande mal teria permanecido sem reparação."

Dama Blanch levantou-se e olhou gravemente ao redor. Seu orgulho era ter vindo de uma família guerreira.

Levando a mão às costeletas Sir Peter assumiu ares pacientes, e começou a expor em linguagem fácil a doutrina dos sacramentos, da virtude sacramental que distingue o padre da turba do mundo. Tolo pedante!, pensou a prioresa, dizendo educadamente: "É claro. Sem dúvida. O senhor explicou com muita clareza".

"Vamos sentir falta de suas explicações", acrescentou dama Helen com vigorosa malícia.

"Deus sabe", exclamou ele, "que digo isso sem arrogância. A humildade é inerente ao ofício do padre, o que pode ser mais humilde que saber que o trabalho sacramental é eficaz não importa quem o desempenhe? Nas mãos do padre mais vil, de um fornicador, de um blasfemo, de um sodomita, o sacramento é tão sacramental quanto nas mãos de um santo. Mas a distinção precisa ser mantida. E se o santo fosse um leigo sua administração do sacramento seria vã."

"Certamente um santo saberia disso", disse dama Helen.

Os dedos dele se contorceram de ira.

"Tudo isso não vem ao caso. O que vem ao caso é..."

"Se o senhor vai ou não para Waxelby."

"Não. Isso já está decidido. O que vem ao caso é se vamos deixar a Santa Igreja indefesa enquanto a heresia grassa a terra. Sim, e quando até mesmo um patife pastoral se levanta contra ela, quando o próprio bispo, um bispo!..."

Em um sussurro horrorizado ele contou a elas como o bispo de Bath e Wells havia escrito uma permissão para que aqueles à porta da morte pudessem se confessar com uma pessoa leiga caso nenhum padre estivesse à disposição.

"Mas com quem iremos nos confessar?", perguntou dama Blanch. "Porque enquanto o senhor estiver dando a absolvição em Waxelby estaremos morrendo sem confessar e sem perdão."

"É uma preocupação secundária. Quantas vezes preciso dizer que não estou preocupado com indivíduos? Que importa o conforto de umas poucas almas quando a própria fé corre perigo? Não é mais questão de quem morre confessado ou não confessado, consolado ou não consolado. O que está em jogo é se a Igreja há de manter a guarda sobre a alma de seus filhos. Pensem no futuro, ou tentem pensar. Considerem a temível possibilidade — uma Inglaterra onde homens e mulheres irão morrer, morrer assaz tranquilamente, sem a assistência da Igreja!"

Elas consideraram, movidas pela eloquência dele. Tal futuro era difícil de imaginar. Pareceu-lhes que Sir Peter faria melhor em confiar em Deus e permanecer em Oby. Mas viram que seria inútil dizê-lo.

O silêncio delas comoveu-o. Ele logo entrou a falar em tom mais brando, dizendo como era deplorável que embora a providência divina enviasse essas catástrofes sobre a humanidade, a humanidade não ficava, via de regra, melhor por causa delas. Então, pedindo-lhes suas preces, disse adeus.

O convento e seu solar ficavam na paróquia de Wivelham. O retor de Wivelham era um jovem de boa família. Havia celebrado uma única missa em sua igreja paroquial, olhando ao redor com horror para o lúgubre edifício cinzento na paisagem achatada e cor amarelo-pálido, e depois voltado para Westminster. Seu cura, vetusto e decrépito, provavelmente não tinha ainda muito tempo para dedicar a Oby. Uma missa por semana era o máximo que poderiam esperar dele; e para celebrá-la precisaria viajar sete milhas em jejum na ida e sete milhas na volta, ou vadear o breve atalho através dos pântanos. Um mensageiro enviado até ele voltou com a notícia de que ele estava sofrendo de malária. Tão logo se recuperasse iria até elas.

Cavaram-se covas para dama Emily e para a noviça; e a prioresa disse a Jesse Figg, o bailio, que era melhor ele enviar um homem da aldeia para cavar outras covas em antecipação. "Elas sempre podem ser tapadas se não forem necessárias", disse ela. O bailio assegurou-lhe de que não precisava se preocupar com o assunto, porque as covas iriam logo ser ocupadas; acrescentou que seria mais satisfatório cavar uma grande vala, quanto mais porque não podia prometer que conseguiria trabalhar ainda por muito tempo. Depois que as duas primeiras covas haviam sido batidas, a vida se arrastou como de hábito por uns poucos dias. O mensageiro mais uma vez voltou com a notícia de que a doença do cura estava amainando, que ele esperava vir o mais tardar na semana seguinte. Ele não veio, e outra freira adoeceu.

"Sir Peter podia muito bem ter ficado. Teria encontrado muito o que fazer", comentou dama Susanna, a enfermeira. Ela falava com uma freira chamada Matilda de Stapleton, que a estava ajudando a macerar flores-lagartos secas e raízes de centáurea. Dentro em pouco elas passaram a discutir sobre a mais recente dificuldade do convento, a falta de mão de obra. Por ser um convento pobre Oby jamais conseguia manter seus criados durante muito tempo e por ter a aldeia à sua porta acabava dependendo de trabalhadores diaristas. Agora nem estes vinham, a cozinha fora reduzida à velha Mabel e à pobre Ursula, que tinha mais medo do que o mundo poderia fazer com ela do que de qualquer peste. O leite era carregado somente até a cerca, a madeira era jogada no pátio externo, e certa vez uma pessoa compassiva deixou lá uma dúzia de frangos, mas os ratos deram cabo deles. Para dama Matilda essa deserção parecia uma revolta. Dama Susanna via como uma falta de caridade cristã e portanto era mais filosófica. Ela frisou que embora a Peste Negra afugentasse seus criados também afugentava mendigos. Agora já fazia alguns dias que nenhum viajante pobre as incomodava por esmolas.

O tufo de artemísia

(abril de 1349 – julho de 1351)

Em nenhum lugar as notícias viajam mais rápido do que entre vagabundos. Por milhas de distância cada mendigo errante sabia que a peste estava entre as freiras de Oby. Se Ralph Kello não tivesse ficado bêbado ele também o saberia. Não que ele tivesse bebido bem ou muito; mas por estar com frio e com fome o álcool lhe havia subido à cabeça, e ele falara tão engrolado que os convivas da cervejaria o deixaram partir sem acautelá-lo, pensando, enquanto o observavam tropegar sob o luar que ele confundira com a manhã, que caso um clérigo contraísse a doença, seria um mendigo orgulhoso a menos e um lugar a mais na lareira.

Ele tinha bebido uma cerveja muito da ruim, e após caminhar algumas milhas ficou enjoado. Durante a última milha parecia envelhecer a cada passo, seus traços se emaciando, sua mandíbula caindo, seus olhos afundando no crânio. Agora, mais rápido até do que envelhecera, se tornava jovem de novo. Os coelhos que saíam para se alimentar à luz do sol pareciam pouco mais inocentes e cândidos do que ele. A fome, e mais uma hora de caminhada, apagaram essa glória e por volta da hora em que ele alcançou Oby parecia ter sua verdadeira idade, que era trinta e cinco.

Ao ver o pináculo inacabado ele persignou-se e saudou a Virgem, em parte grato porque uma refeição estava à vista, em parte grato porque desta vez a peste não o havia alcançado; pois até o momento em que o vômito lhe subira pela garganta, recendendo inequivocamente a cerveja amarga, ele acreditara estar contaminado.

Havia alguns feixes de madeira depositados diante do portão. Ele passou por cima deles e bateu. Um bando de corvos saiu voando do telhado e um após o outro voltaram e se empoleiraram de novo; mas ninguém respondeu. Ele bateu mais uma vez. Notou um tufo de artemísia crescendo ali perto, e quebrou um galho e começou a cheirá-lo — pois sua cabeça doía violentamente. Uma doninha ergueu-se de dentro da relva e estudou-o.

Por fim ouviu-se um rangido mais acima. Uma janela se abrira e uma velha freira olhava para ele lá embaixo.

"Desjejum, meu bom homem? Temos, se não tiver medo de nós. A peste está aqui."

O impulso dele foi correr pela própria vida. Mas a autoestima o compeliu a produzir algumas palavras de compaixão.

"Sim, estamos todas trancadas aqui, como cavaleiros em um castelo. O inimigo invadiu, mas ainda não fomos derrotadas."

Mais tarde ele viria a achar as fantasias militares de dama Blanch tão entediantes como todos os outros as achavam. Mas agora o contraste entre as palavras belicosas e a voz aflautada tocou-lhe o coração; e ao olhar para cima (pois após a primeira fala dela ele mantivera a cabeça pensa) pareceu-lhe que a velha freira tinha um rosto de bondade e honestidade singulares. Ela por sua vez viu um homem grande e escaveirado com um nariz aquilino e lábios grossos; e discerniu, como viria a dizer mais tarde, traços inconfundíveis de um caráter nobre. Ele pegou-se perguntando como podia ajudá-las. Foi um alívio saber que a ajuda requerida era levar uma mensagem até Wivelham.

"Até o cura de lá, se possível. Suplique que ele venha até nós, mesmo que seja para uma única missa. Nosso padre nos deixou, já faz dez dias que não temos missa nem confissão."

"Minha filha, eu sou padre."

Ele pensara consigo mesmo: Só até consolá-las, e então vou-me embora — vou-me antes que se levantem e comecem a fazer perguntas. Talvez, também, nesse momento tenha se misturado a essa falsidade dissimulada um elemento de superstição; como se indo ao encontro da peste ele fosse garantir que ela fugisse dele. Enquanto aguardava ser admitido teve tempo bastante para examinar cada aspecto de seu desvario, e de tremer de medo e de lembrar que não há animal de mais mau agouro do que uma doninha. E contudo ao mesmo tempo ele dizia a si mesmo: Jejuando eu com certeza estou.

Chorando de gratidão, ela o deixou entrar.

Na sacristia uma freira magra e míope aguardava-o com uma muda de roupa.

"É a casula mais larga que têm?"

"Perdão! Nossa sacristã morreu semana passada."

"Esta serve. Quem vai auxiliar na missa?"

Ela apontou para um menino de pé na soleira, repuxando o nariz e equilibrando-se pé ante pé enquanto fitava as sedas e os brocados. Filho de freira, sem dúvida: um pupilo de convento seria mais bem disciplinado e mais bem-vestido. Mas era uma dessas criaturas que trotam por um lar de mulheres feito um animal de estimação, naturalmente aceito, bem como negligenciado. Da mesma forma trinta anos antes outro rapaz repuxara o nariz e encarara a fina ornamentação — só que quem ele observava era a Gorda Maggy, ou Janet, ou Petronilla, em vez de um padre. Durante suas brigas eram gentis, e quando a mãe dele morreu Petronilla substituiu-a assim como Janet teria feito caso Petronilla tivesse ido ter com um cliente. Mas um rapazola cresce frouxo e fora de lugar em um bordel, e assim, lembrando-se da ambição de sua mãe, as prostitutas do estabelecimento se mancomunaram e o enviaram para os Cônegos lá longe para receber instrução e se tornar um clérigo.

A sacristã deu um passo adiante com a estola. Minha primeira missa, pensou ele, beijando-a. E minha última. E de todos os meus pecados, o mais mortal, e de todas as negligentes imbecilidades em que incorri, a mais imbecil. Se eu não tivesse ficado careca isso não teria acontecido, pois suponho que nem mesmo a sombra da morte cegaria essas senhoras ante uma cabeça sem tonsura; mas a causação se espalha feito uma toupeira sob a superfície de nosso livre-arbítrio, e por causa de um acesso de micose em Toledo estou prestes a rezar a missa em um convento inglês onde estão morrendo de uma peste. E aqui, muito provavelmente, também eu hei de morrer. A estola à volta de seu pescoço parecia laçá-lo e conduzi-lo a uma nova vida.

Poucas horas depois ele naturalmente sentou-se com a prioresa e as senhoras mais velhas do convento para contar-lhes sobre sua educação entre os Cônegos Negros, e de suas viagens e de seus estudos; e ao cair no sono aquela noite o dormitório do padre perto do portão pareceu tão familiar quanto uma capa velha.

Muito tempo depois de ele ir para a cama Ursula achava-se de joelhos na cozinha, dando graças à Virgem. O clarão das brasas recortava as panelas no fogão e iluminava a curva da bochecha do menino enquanto ele se debruçava sobre o fogo. Agora elas estavam novamente em segurança, havia um padre na casa, e um homem. O filho dela auxiliara nessa missa, e portanto ele e ela já estavam ligados. Ele certamente repararia no menino, e então a tempo tomaria conhecimento da mãe do menino. Ele falaria com ela sobre Jackie. Ela não seria capaz de responder, mas ele iria lhe falar — padre e homem, ele iria lhe falar sobre o filho dela.

Ela era fria, e cansada, e abatida, e desgraçada. Três vezes abandonara o convento por amor, e duas vezes se arrastara de volta e vivera em penitência. De novo o afã do amor a havia jogado de volta no mundo, onde com uma criança na barriga e mais tarde com a criança nas costas havia vagado de local em local, joguete de qualquer homem que olhasse para ela com certo olhar, falasse com ela com certa voz. E então, tal como antes, Cristo seu noivo a havia emboscado, mais poderoso do que qualquer homem, e ela voltara, dócil, para bajulá-lo com abjeta contrição. Desta vez o convento dela não a aceitaria de novo: foi sentenciada a viver em mortificação e obediência, mas sem o véu, e não demorou a ser enviada com seu filho para Oby a fim de lá trabalhar como criada. Era boa cozinheira e trabalhadora fervorosa, e as damas de Oby não a incomodavam com quaisquer censuras a não ser que encontrassem insetos na salada — o que acontecia vez ou outra porque a luxúria e as lágrimas e a fumaça de madeira haviam enfraquecido sua visão; e era algo sério porque ao engolir um inseto vivo se podia engolir um espírito maligno que nele habitasse. Às vezes, quando um ataque de histeria a dominava, dama Helen a instava a resistir a Satã cujas barganhas, conforme Ursula devia saber pela experiência, eram tão pouco dignas de crédito; mas as exortações de dama Helen, conforme Ursula também sabia, se deviam mais à preocupação de que o convento perdesse uma cozinheira do que à preocupação de que o inimigo arrebatasse uma alma. Essa certeza de que ela tinha algum valor no mundo fez mais para mantê-la em segurança na cozinha do convento do que quaisquer preces e jejuns. Quanto às demais, eram mesmo gentis, e tolerantes com o menino; e ninguém suspeitava do que ela sofrera nas mãos da laicidade de Oby — a esposa do moleiro com sua língua ferina, os garotos que atiravam pedras na criança e espalhavam terra em seu cabelo. Seis anos de virtude e segurança quase fizeram por domá-la. Então as notícias da peste chegaram como o uivo dos perdigueiros diante de um cheiro novo. Em um momento parecia que ela não tinha se arrependido o bastante e que a morte poderia levá-la antes que tivesse tempo hábil de granjear a misericórdia de Deus (nunca houvera tanto por fazer, nem mesmo quando da vinda do bispo, como agora); uma hora depois a ideia de morrer sem mais um gosto do doce mundo a punha em frenesi. Então Sir Peter partiu; como um homem irresponsável, mas sua partida criou o mais temível de todos os vazios; pois o padre se põe no lugar de Deus, e quando esse lugar é esvaziado Deus baixa nele, Deus absoluto e implacável.

Mas agora o estranho padre estava deitado no quarto perto do portão.

Ela aproximou-se do menino de joelhos e começou a beijá-lo, furiosa e displicentemente. Apenas beijando ou gritando ela poderia aliviar a tensão de tanta gratidão. A criança acordou e bateu nela com um braço dormente.

"Não me beije com tanta força, mãe. Dói."

"Conte-me, Jackie, conte-me sobre o novo padre. Como ele é? Tem dentes brancos?"

"Tem um nariz feio", disse o menino. Aninhando-se no colo dela ele caiu de novo no sono. Por longo tempo ela se manteve lá, encarando as brasas com seus olhos fracos, segurando a quente, ossuda e imberbe criatura que um dia por sua vez se tornaria um homem.

Um homem; mas por ser bastardo, jamais um padre.

"Sim, é uma pena que ele seja bastardo", dissera a prioresa, respondendo a elogios de sua serva. "Como diz a senhora, é uma criança esperta. E o que poderia ser melhor do que voltar como padre para a casa que o criou? Um padre assim sentiria carinho filial por tudo o que diz respeito ao lugar, teria interesse por sua manutenção, providenciaria consertos, dirigiria os trabalhadores, levaria a cabo, talvez, projetos que teria visto outros começarem. Um padre assim", acrescentou ela, sorrindo, "talvez até terminasse meu pináculo."

Ela gostava de Ralph Kello. Ele era educado, e discreto, e ela era grata a ele por ter chegado quando chegou, e permanecido.

"Mas quem é que pode falar sobre o futuro neste momento? Porém se qualquer um de nós sobreviver, e se o mundo continuar de pé, e se Sir Peter morrer em Waxelby — o que suponho muito provável —, como seria conveniente que o senhor tomasse o lugar dele! Por que não, de fato, já que Deus o enviou? Estamos todas convencidas disso."

"Eu posso ter sido enviado pelo diabo. Como é que podem saber?" Ele acordara com uma dor de cabeça lancinante e com uma estranha sensação de hilaridade e efervescência em seu íntimo. Talvez tenha sido isso que o levara a falar com tão pouca cautela.

Ela olhou para ele e suspirou.

"É muito educado da sua parte dizer isso. Mas posso ver que o senhor tem outras ambições além de se enterrar em Oby."

Ele deixou por isso mesmo. Quer falasse discreta ou imprudentemente, qualquer um dos dois modos pareceria alojá-lo com mais certeza em sua impostura. Pois agora estava em sua segunda semana em Oby, e dama Joan, a freira míope que, toda atarantada por se ver no lugar da sacristã morta, tentara vesti-lo com a menor das casulas, estava ela própria morrendo. Ele caminhava para cima e para baixo na enfermaria, abrigando o frasco de óleo da dobra do braço. Cada vez que ia até ela, parecia estar menor e mais esquálida, como um gato moribundo. Ela havia jazido sem sentidos por muitas horas; mas ao ter os pés ungidos subitamente estremecera, fazendo grande esforço para sair de seu estupor, e a mão que estivera agarrando o catre se esticou, afagando o ar às cegas. Esse tremor, e o gesto ardente da mão, revelaram tal intensidade amorosa que ele se quedara ao lado dela, pensando que caso ela recobrasse os sentidos agradar-lhe-ia ser despachada para o Deus que amava com tanto fervor. Ou será que ela apenas era sensível a cócegas? O vocabulário do corpo é cheio de ambiguidades. Fosse como fosse, ele havia permanecido. A prioresa se demorara a agradecê-lo, e dama Susanna, a enfermeira, entrando e saindo com remédios e lençóis, dedicou-lhe olhares de estima. Cada ação agora deveria atá-lo ainda mais irrevogavelmente a seu perjúrio.

Perjúrio, e impostura, e sacrilégio. Seus pensamentos, correndo com lucidez incomum (pois por natureza ele era um pensador lento e confuso), eram como um regato transparente. Eles corriam, e corriam; e debaixo deles, como no leito da água, estavam os fatos. Ele não era padre, e estava em uma casa de freiras, absolvendo os moribundos, rezando a missa. As absolvições eram vãs, o rito era sacrílego. Ele estava condenando a si mesmo e arriscando a condenação dos outros. Esse, estava claro, era o fundo da questão, o fundo da água. Mas entre ele e os fatos corria esse vítreo processo de pensamento, esse fluxo de compreender como tudo chegara àquele ponto.

Como aquilo podia ter acontecido? — e, de novo, como podia não ter acontecido? Ele não quisera se impor ao convento. Ele nem mesmo sentira antes qualquer desejo específico de ser padre. Tendo aprendido a ler notação musical e latim na Santa Cruz, tendo suportado tantos açoites, tantas frieiras, tanta fome e frio e tantos surtos de sarna, nunca lhe ocorrera que viria a se tornar um padre tão naturalmente quanto viria a se tornar um homem. Mas ele tomara isso como um mero fato consumado, sem ter vocação para isso; quando entendeu o impedimento de sua bastardia não sentiu grande pesar, e tornar-se um homem pareceu-lhe bom o bastante. Os cônegos haviam presumido que ele professaria em ordens menores ou se tornaria frade; mas ao abandoná-los ele dissera apenas que pensaria no assunto e decidiria mais tarde, depois que amadurecesse seu juízo por meio das viagens e do estudo. Com o tempo o ímpeto de sua instrução o havia levado para as ordens menores; e isso foi mesmo razoável, um remate justo de uma trajetória de aprendizado, uma medida prática para obter um sustento. Uma orelha de porco nunca será uma bolsa de seda, mas para ser couro, a pele é submetida a queimas, curtidas e marretadas. Da mesma forma as marretadas da teologia o tinham amaciado, e a proximidade do sacerdócio o havia moderado; e algumas das peles de porco que ele vira na Espanha eram de fato muito delicadas, e quando estampadas e douradas quase indistinguíveis do damasco. Assim ele viajara até sua meia-idade, com a pobreza sempre em seu encalço e seu juízo geralmente ruminando para sobrepujar a besta, até aquela manhã em que se achara batendo em um portão, pensando em nada mais culposo do que um desjejum. Então uma velha olhara pela janela, e falara umas belas palavras de bravura com uma voz aflautada, e a voz dele, alta e nítida e confiante, havia respondido a ela. *Minha filha, eu sou padre*. Por nenhum motivo; ele nem mesmo dissera isso como uma brincadeira ou um engodo. Ele apenas o dissera — por complacência, assim como alguém acalma uma criança birrenta, sem nem mesmo se dar ao trabalho de perguntar o porquê de sua birra. E então Satã, na forma de uma doninha atrás dele, o observara atravessar a soleira de Oby, caminhando com dignidade sacerdotal e fazendo amplos sinais da cruz.

A freira moribunda ficava cada vez menor e mais esquálida, mas ainda assim não morria. Deus fez as mulheres mais resistentes do que os homens, por causa da gestação. Mesmo em uma virgem comprova-se essa resistência. Mas estaria isso na criação original, Deus proveria até mesmo suas criaturas não caídas para a Queda, ou a característica teria sido adicionada a Eva na época da sentença imposta a ela para obedecer ao marido e suportar o sofrimento? De novo, teria a cadela mais resistência do que o cachorro? E se sim, por quê? Pois os animais são desalmados e não têm pecado nem mérito, meramente obedecem ou desobedecem, o que torna simples para o diabo entrar e sair deles quando bem desejar. Ele se virou mais uma vez na direção dela, e ela ainda vivia. E então caminhou para cima e para baixo, querendo confortar a partida dela com uma fraude — por complacência, como alguém que tranquiliza uma criança birrenta.

Ele passou a pensar em um sermão que poderia pregar um dia, mostrando como um homem tímido demais, escrupuloso demais, indolente demais, quando incorre em qualquer pecado mortal, pode ser enganado pelo inimigo em um ato meritório: uma esmola para um mendigo, uma capa jogada sobre costas nuas — mas a danação jaz no fundo da taça. *Vós os fizestes beber de um vinho mortal*. Esse poderia ser o texto do sermão que ele viria a pregar um dia — no dia em que o fizessem papa, talvez!

A mulher da cozinha — o nome dela era Ursula — veio até a porta com um pouco de caldo. Ao avistá-lo ela se sobressaltou, e derrubou a tigela, e começou a torcer as mãos e a gritar que conseguia ver a peste no rosto dele. A enfermeira deu um passo adiante. Ela também o encarou, e susteve a respiração. Os gritos de Ursula fizeram acorrer outras freiras. Desde a infância ele não vivera entre tantas mulheres. Isso, também, e a concepção em alguma cama abandonada às pressas jaziam no fundo do rio. Mas agora o rio corria fundo demais. Ele podia ver todas essas coisas, mas não conseguia sondá-las.

Pouco antes de morrer, dama Joan ficou consciente, parecia-lhe estar flutuando em um lugar escuro e que um vento muito vagaroso e irregular a impelia para o oeste. Em algum lugar por perto uma mulher estava chorando. Ela pensou reconhecer a voz e disse por fim: "É você, dama Salome?". Mas como só se via capaz de falar em sussurros a outra não a ouviu e continuou chorando. Dama Joan começou a pensar que estava morta, caso em que a pranteadora devia ser alguma pobre alma, que naturalmente não ouviria nem responderia. Contudo não lhe pareceu que ela estava devidamente morta. Então outro ruído adentrou o quarto, o ruído do chocalho da morte; e uma inconfundível dama Salome começou a exclamar: "Venha, venha! Ela está morrendo, dama Joan está morrendo!".

Elas acorreram e se puseram à volta dela e começaram a rezar pela moribunda. Todas ficaram gratas por estar de joelhos, murmurando as palavras familiares. Não havia nada naquela morte que as chocasse, nada de furioso ou intratável. Ainda estavam vibrando com a experiência que haviam tido com Sir Ralph. Era como se ao reconhecerem a doença dele o homem de juízo houvesse por um instante se transformado em um homem louco. Os joelhos dele tinham cedido, ele rastejava no chão, batendo no peito e tremelicando. E o que é pior, parecia incapaz de entender qualquer coisa que lhe dissessem, afastando as palavras delas dos ouvidos como um animal machucado. No fim não restou nada a fazer senão segurá-lo e arrastá-lo para seu quarto perto do portão, içando e rebocando-o escada acima.

Fitando o quarto ao seu redor, ele subitamente se libertou. "Ninguém deve chegar perto de mim!", gritou; e tombou de borco na cama e cravou os dentes no travesseiro.

Não lhe ocorreu poupá-las da visão de sua agonia, foi porque as odiava que rugiu para que mantivessem distância. Aquelas mulheres, aos tropeços e aos sussurros, haviam acabado com ele. Fora por causa delas que ele se condenara e agonizava. Até mesmo o travesseiro recendia o cheiro delas, um cheiro doce de esqualidez.

"Ninguém deve chegar perto de mim!"

Sua cabeça estava tão pesada que ele teve de sustentá-la com o punho. O quarto estava quase escuro, e soava como se estivesse vazio. Mas enquanto girava os olhos pesadamente pareceu-lhe que uma criança, um rapazinho, estava lá, sempre fugindo logo antes de sua visão poder focá-lo.

"Ninguém deve chegar perto de mim!"

Furiosos, insensatos, melancólicos, seus rugidos ecoavam pela casa. Era como se um touro estivesse sendo tangido perto do portão. Um homem assim heroico, disse dama Blanch, podia estar certo de que iria para o céu e encontraria um bom fim. Só que agora Satã o estava tentando. O que apenas provava quão perto Sir Ralph estava da santidade, pois Deus permite constantemente que Satã brinque com os santos em suas últimas horas na Terra, assim como quem assa uma perdiz em um espeto atira as penas para o gato.

Mas por mais que gritasse e ordenasse, a mulher da cozinha sempre voltava. Ele sabia se tratar dela por causa dos passos cambiantes, e do cheiro de fumaça e óleo que trazia consigo. Ela vinha e partia. Suas mãos eram duras, feito tenazes. Às vezes ela o adulava, às vezes ela vertia caldo em sua goela, às vezes ela chorava.

Ela era a mulher da cozinha. Ela vinha e partia. A outra pessoa, o homem escuro, nunca se mexia em seu canto. A outra pessoa era a Morte. A Morte era um cozinheiro corpulento, que respirava com dificuldade. Seu cabelo era encaracolado; entre seus lábios negros a ponta de uma língua vermelha vagava feito uma chama em meio a toras carbonizadas; de seu cinturão pendia um gancho de ferro. Hora após hora ele observou o caldeirão fervendo e espumando, e quando a hora certa chegou meteu seu gancho no tacho e de lá tirou um naco de carne. Tão logo a carne foi levantada através do vapor ela apodreceu, e começou a pulular de vermes e a encolher e então virar pó. A Morte observava o tacho pacientemente, no seu tempo. O gancho foi mergulhado de novo, procurando e encontrando. Embora não houvesse fogo debaixo do caldeirão ele fervilhava eternamente, pois era invisivelmente lambido pelo hálito do fogo do inferno.

“Estou condenado, condenado, condenado!”

Mandaram buscar o cura de Wivelham mas ele estava morrendo: de malária, disse o mensageiro, rindo tolamente. Morrendo de malária, veja só!

“Como o padre berra que está condenado!”, disse Mabel, a ajudante de Ursula.

“É a febre a queimá-lo.”

Jackie, mastigando um osso em seu canto, ergueu o olhar e perguntou: “Como é que um padre pode estar condenado?”.

“Fácil”, respondeu Mabel. “Ora, o senhor nunca viu aquela pintura na igreja de Waxelby, o retrato do Juízo Final? Ela mostra um padre, amarrado em um feixe com mulheres nuas, e os demônios os levam embora em um carrinho. Um padre pode sim estar condenado.”

Ursula vagou pela cozinha, apanhando coisas e limpando-as e depondo-as de novo, inquieta com o mecânico engenho da exaustão.

“Dentro em breve ele vai parar de urrar. Então irá morrer.”

“Não!”

A palavra irrompera de Ursula como o zunido da corda de um arco. Ecoou no teto esfumaçado da cozinha. Ela esfregou os lábios com o dorso da mão, e persignou-se. Com seus olhos redondos, seu rosto comprido, seus compridos dentes amarelos, ela parecia uma lebre.

“Sim, Ursula, ele vai morrer. Simon Ragge morreu exatamente assim. Por três dias ele urrou e ardeu. Então no quarto dia morreu. Ele também era um homem deveras forte, igual ao nosso padre.”

Ursula pegou uma panela de ferro e começou a esfregar a gordura dela. A panela soava como se fosse oca; conforme a esfregava com mais força e velocidade ela emitia um contínuo ribombo lamuriento, de modo que nenhuma das mulheres ouviu dama Susanna entrar. Seu rosto estava excessivamente pálido, e ela persignava-se repetidamente.

"Ursula, Ursula! Ele está dizendo aquilo de novo."

"Estou indo, estou indo. Deixe comigo, madame."

Ela baixou a panela e correu atrás da enfermeira. Ainda ressoando, a panela balançou para lá e para cá feito um animal moribundo.

A meio caminho da escada do portão a enfermeira virou-se. Inclinou-se perto de Ursula, e tomou-lhe o pulso e exclamou: "Mas e se for verdade?".

"Que ele está condenado, madame? Como poderíamos saber? Muitos estão condenados. Sir Peter nos disse que, de sete, seis irão para o inferno queimar para todo o sempre. É a vontade de Deus, e não é da nossa conta, caso o padre esteja condenado."

"Não! Não isso! Aquilo que é pior ainda — aquilo que ele diz de novo e de novo: que ele não é padre."

"Mas ele fala sobre um cozinheiro mourisco parado a um canto do quarto. Ele aponta para ele e diz: 'Agora ele apareceu, agora ele apareceu!'. Isso não é verdade."

"N-não."

"Aquela outra coisa também não. Agora me deixe ir, porque eu entendo o homem."

Ele estava deitado de costas fitando as moscas que zuniam acima da cabeça. Em uma voz razoável disse:

"*Ipsa dies alios alio dedit ordine Luna Felicis operum.*"

Ela nunca fora uma freira instruída: a carne não lhe tinha dado tempo para isso; e nos longos anos de labuta todo o seu latim fora esquecido e o máximo de que conseguia se lembrar bastava para um credo e um *Salve Regina*. Na bochecha dele havia um feio arranhão. Ela o agarrava e beliscava com as unhas.

"Septima post decimam felix et ponere vitem
Et prensos domitare boves et licia telae
Addere. Nona fugae melior, contraria furtis."

Dama Susanna teria ficado edificada com todo esse belo latim. Mas o hábito não faz o monge. Pois apesar de todo o seu latim o homem que ali jazia não era um padre. A admissão disso veio, embolada entre seus outros delírios, entre o cozinheiro escuro e os Cônegos Negros e a forja na qual os dois catalães trabalhavam nos foles, e o urso, e o vinho mortal, e a doninha; e não havia nada para distinguir isso do restante de seus disparates, só que era verdade. Em seu âmago ela sabia que era verdade. Ela começou a alisar-lhe o cabelo preto. A febre o havia ressecado, estava áspero como ramos secos, e fedia. Ele transferiu o olhar para ela com uma desconfiança amortecida e de meio reconhecimento.

"Meu amor, meu doce falcão!", disse ela.

O sino começou a chamar para as Completas. Portas se abriram e se fecharam, as freiras estavam indo até o coro. Ele se sobressaltou e se reclinou na cama, empurrando-a para longe.

"Não me odeie, não me tema! Eu juro que nunca vou contar."

Por um instante ele pareceu olhar para ela com todos os seus sentidos. Então fatigado voltou a se recostar e virou o rosto para a parede e começou a chorar. Ela espremeu-se na cama e se deitou ao lado dele, afagando-o e expondo os seios como se para uma criança. Por um tempo ele tentou afastá-la, por fim resignou-se a ela, e deitou a suspirar em seus braços.

"Meu falcão, consolo do meu coração, meu amor!"

Ela ouviu as freiras cantarem e o vento agitar os salgueiros, e rufar a água da cheia nas valas que margeavam o passeio. Enquanto duraram as Completas ela pôde segurá-lo em seus braços e apaziguá-lo. Ninguém sentiria falta dela. E não havia grande pecado nisso pois ele não era padre e ela não era mais freira.

Era verdade, ninguém sentiria falta dela; e se alguém se perguntasse se Ursula devia tomar as dores de um homem moribundo, a resposta era fácil: pois Ursula, pobre alma, sempre fora uma árdua trabalhadora. Raspar a gordura de um prato que no dia seguinte estaria gorduroso de novo, esfregar uma tábua até ficar limpa o bastante para então ficar suja mais uma vez, forçar um homem moribundo a engolir caldos que dentro em pouco iria vomitar, tais tarefas eram o que se associava a Ursula. Era verdade que ela persistia em dizer que Sir Ralph iria se recuperar; mas dama Susanna declarou que ele iria morrer; e já que ela era a enfermeira com certeza tinha mais propriedade para dizer.

Ele iria morrer. Todo mundo iria morrer, pois era o fim do mundo. A mulher do bailio estava morta, Roger, o madeireiro, e três de seus filhos, Ragge e seus dois filhos. Duas outras freiras haviam morrido: dama Helen, a tesoureira (uma freira inestimável, pois mantinha todas as contas, nunca se esquecendo de uma soma ou uma data); e dama Alice Guillemard, que era quem teria feito o livro de horas para Piers de Retteville; e outra noviça estava morrendo.

"Muito em breve", disse dama Agnes, a mestra das noviças, "não vai sobrar ninguém além de nós velhas matronas."

A prioresa sobressaltou-se. Embora estivesse na casa dos quarenta anos não se sentia uma matrona. Dama Agnes pediu desculpas por perturbar-lhe as meditações.

"Não, não! A senhora não me perturba. Um mosquito me picou o colo. Por sinal, eu estava prestes a comentar que Deus chama aqueles que mais ama."

Apesar disso, as palavras de dama Agnes haviam-na arrancado de uma meditação. Ela estivera refletindo que ambas as noviças haviam trazido bons dotes, e que portanto a casa só teria a ganhar com a morte precoce delas. Tais especulações são inapropriadas à sombra da morte, contudo é à sombra da morte que nos obrigamos a fazê-las. Para prover sua casa a fim de resistir à peste ela comprara mantimentos em um mercado em ascensão, e para de fato comprar ela fora forçada a empenhar dinheiro. O verão estava a caminho, mas por causa da peste no solar nenhum serviço fora feito, e haveria pouca renda da colheita ou do gado naquele ano. Também não obteria muito das propriedades externas do convento: dízimos, taxas, aluguéis — a peste seria motivo ou desculpa para o não pagamento, e ela não ousava ir à justiça por causa delas; a prioresa Isabella (por cuja alma detestável ela ainda devia rezar à mercê de Deus) já dera a Oby sua cota de ações judiciais. Mas dama Beatrix e a outra dama Helen e a noviça Cecily, que caíram com a doença e dela se recuperaram, precisariam de curativos, unguentos, dieta especial e cerveja forte, e o mesmo deveria ser distribuído entre o povo trabalhador. Então também haveria o custo de um novo padre. Era um tópico considerável; ela dificilmente conseguiria encontrar outro que tolerasse as cortinas esquálidas e as tábuas quebradas do alojamento no portão que parecera a Sir Peter uma mortificação e do qual Sir Ralph não tivera tempo suficiente para se queixar. De fato, com a peste causando tamanho estrago entre os homens, os padres estavam em alta e aptos a exigir o que quer que desejassem — e o mesmo se daria com os entalhadores e os carpinteiros. Ela estivera contando com o livro de horas para trazer uma boa soma, mas isso fora riscado dos planos com a morte de dama Alice Guillemard, embora as tintas e a folha de ouro ainda estivessem em haver. Era possível, é claro, que nessa enxurrada de mortes alguns legados chegassem ao convento, e pedidos de celebração de missas para os mortos; mas tratava-se de possibilidades apenas; e no mínimo esperar-se-iam muito tempo e muitas formalidades para conseguir que os pagassem. Pensando em seu pináculo ela disse para si mesma que as gralhas seriam provavelmente as únicas construtoras que veria nele.

Até então ela nunca tivera de enfrentar a pobreza. Oby não era uma casa rica, mas em geral tinha uma boa margem entre suas rendas e suas despesas. Situada longe de qualquer cidade, isolada do mundo por pântanos e brejos, seus gastos com transporte eram desproporcionais, e ela com frequência ouvira dama Helen e dama Blanch discutindo se valia a pena mandar buscar mais longe a fim de comprar mais barato; mas elas sempre acabavam por concordar que o isolamento as beneficiava a longo prazo, pois afastava visitantes e peregrinos, e permitia que fossem esquálidas sem disso se envergonhar.

Tinha sido uma casa fácil de governar; a lembrança da prioresa Isabella perdurava e incentivava as freiras a levar o ramerrão da vida, uma vida estagnada mas límpida. Assim foi que viveram. Assim, agora, estavam morrendo. Pois a extravagância da morte que varria o mundo delas não lhes sugeria outras mudanças que não a mudança entre estar vivo e estar morto. Ativeram-se à Regra, pontualmente oferecendo a Deus seu serviço regular de prece e persignação. Com o mesmo espírito elas também esperavam que as refeições fossem tão plenas, e pontuais, como antes. "Já é ruim ficar sem um padre. Com certeza não precisamos também ficar sem o maná", ela ouvira dama Agnes comentar com dama Salome, que respondeu com um relato sobre a casca de ovo que encontrara em sua panqueca. Se elas tivessem se desesperado, ela poderia ter sido mais valente. Se elas tivessem se rebelado e brigado, ela poderia ter certeza de seu poder para governá-las. Mas com uma retidão mansa e desanimada elas continuaram à espera da morte enquanto ela sentia as pernas lhe faltarem e perguntava a si mesma como é que se faria para viver.

Quando o pior da peste passou ela convocou uma reunião no cabido. Noventa anos de tolerância não haviam tornado o pombal convertido nem um pouco mais tolerável. Ele era apertado, e varado por correntes de vento, e entre o teto elevado e o aposento vazio abaixo dele produzia-se um eco tão grande que era como se todas as aves já chocadas no solar estivessem assombrando o pombal. Por conseguinte, raramente era usado, e apenas nas mais formais e desagradáveis ocasiões, a visita de um bispo, o anúncio de um novo imposto, a aplicação de repreensões e castigos. Agora as freiras subiam a escada e acomodavam-se nos bancos com teias de aranha. Sem dúvida iriam ouvir uma admoestação sobre o ínfimo espaço de tempo que lhes restava sobre uma Terra na qual, como na época do dilúvio de Noé, as águas estavam subindo, e sobre como esse espaço deveria ser preenchido com preces e meditações finais. Elas se surpreenderam ao ouvir-se a si mesmas instando que fossem mais econômicas: que tapassem buracos pequenos antes que se tornassem grandes, que poupassem combustível, que aguçassem os olhos para as mariposas. A voz de sua prioresa, que era fina e esganiçada, colidia com os ecos confusos. "A pobreza, minhas filhas, não é nada a ser temido. É o que nos cabe como noivas de Cristo. Devemos nos preparar para a pobreza." Os olhos dela, assentados muito rasos em seu rosto pálido e roliço, perquiriam desesperadamente as fileiras estólidas, mas não viam sinal de alarme.

Ela falou mais e mais, disparando de um preceito da domesticidade para outro, o alto preço dos alfinetes, a extravagância das fatias pequenas, o desperdício de velas. Contou-lhes quanta madeira era roubada anualmente das terras do convento, e quanto o custo de vida sem dúvida iria subir, e quanto a renda do convento iria cair. Ela falou sobre o aumento de mendigos que teriam de acolher, e sobre o custo de um padre que agora precisaria ser coberto com a renda geral uma vez que a ponte sobre o Nene havia cedido, e os De Retteville, sem receber o lucro dos pedágios, naturalmente se recusaram a consertá-la. E de novo ela asseverou que a pobreza não era nada a ser temido.

Tendo ficado tão aterrorizada pelo que deveria dizer, julgou difícil parar por aí. Quando por fim concluiu, suas freiras de mais idade garantiram-lhe que nem de longe iriam temer a pobreza.

Uma sensação de inabalável solidão esmagou-lhe o espírito. Ela vivera com aquelas mulheres e terminaria seus dias entre elas; contudo ela as entendia tão pouco quanto elas a entendiam. Dificilmente pode haver intimidade no claustro: antes que a intimidade possa ser criada deve haver liberdade, a opção de aproximar-se ou afastar-se. Ela encarou aqueles rostos, tão familiares e indecifráveis. São como pães em uma assadeira, pensou. Em uns o fermento agiu mais do que em outros, alguns ficaram um pouco crus, alguns um pouco queimados, em outros as especiarias coagularam e despontam como manchas marrons; mas vê-se que todos eles saíram do mesmo forno e que uma única mão os cortou do mesmo pedaço de massa. Uma assadeira de pães, uma assadeira de freiras...

Após um silêncio difícil dama Agnes sugeriu que elas tratassem de designar uma tesoureira para assumir o lugar de dama Helen. Sugeriu dama Salome. Dama Salome implorou que não fosse escolhida, dizendo com sinceridade que não tinha talento para negócios. Mas a designação foi acolhida por unanimidade: simplesmente por causa de uma percepção geral de que o cargo de tesoureira era desagradável, e de que dama Salome era uma daquelas mulheres brandas e maleáveis que podem ser socadas em lugares apertados.

Exasperadas com a sensação de que uma responsabilidade a qual jamais haviam negociado lhes estava sendo imposta, em silêncio as freiras deixaram o cabido. Quando começaram a falar de novo foi apenas sobre assuntos religiosos, relíquias, votos e casos de consciência. Ao cair da noite de alguma forma já se havia concordado que caso a morte poupasse as que ainda viviam elas deveriam ir em peregrinação até Walsingham.

Dama Blanch começou a esfregar as mãos por toda a extensão de suas coxas, um tique que lhe surgia sempre que se sentia satisfeita ou animada. Imaginou a si mesma passando montada por baixo de um arco, e ouviu os cascos do cavalo soando no pavimento. Isso, também, resultaria da peste, assim como a peste havia ocasionado a valente e milagrosa chegada de Sir Ralph. Sir Ralph ainda estava vivo. Talvez estivesse até se recuperando, disse dama Susanna, mas na verdade ele estava apenas se demorando. Embora estivesse incapacitado de liderar a peregrinação, sua alma se beneficiaria com as preces delas, a não ser, de fato, que quando já libertado do purgatório ele as observasse de cima de algum torreão celeste. Ansiando por aventuras, dama Blanch aproveitara-se da Peste Negra. Ficara animada, impetuosa, e até muito procurada. Seu palavrório sobre cavaleiros e fortalezas de repente pareceu encorajador e genuíno, e quando ela lhes assegurou que o campo de batalha fedia muito mais do que a enfermaria por causa de todas as entranhas, ninguém se lembrou de lembrar que na verdade ela ingressara na religião aos dez anos de idade, sem ter visto nada mais próximo de uma guerra que um torneio de província.

A peregrinação de ação de graças, é claro, não aconteceu. Para todas, com a exceção de dama Blanch, tratava-se apenas de algo de que se podia falar e uma rota de fuga para não pensar em economias. A recuperação de Sir Ralph sucedeu como tópico de conversa, pois logo até mesmo dama Susanna admitiu que ele estava melhor, e bem o bastante para deixar seu quarto e cear no aposento da prioresa. Elas fizeram um pequeno banquete para ele, e dama Blanch na qualidade de provisora não pôde se furtar a assegurar-lhe, a cada bocada, do cuidado com que tudo fora escolhido para ele e do bem que lhe faria, tampouco a lembrá-lo jocosamente de como ele viera a esbarrar nelas em busca de um desjejum. Ele ficou cada vez mais pálido. Seu rosto se contorceu; ele abandonou uma asa de frango pela metade. Finda a ceia, dama Salome e dama Susanna levantaram-se e pediram permissão para se recolher. Dama Agnes permaneceu sentada, e o mesmo fez dama Blanch. Houve uma pausa constrangedora.

"Ora, ora", disse dama Blanch, simpática demais, "agora que a ceia terminou, por que não passamos aos negócios?"

Pensando nas despesas em jogo, a prioresa olhou pela janela por onde uma nuvem branca singrava pacificamente acima do insignificante horizonte. Um pouco mais de simpatia, um pouco mais de encorajamento, e ele recusaria. Já havia as histórias de dama Agnes sobre seu esquilo e os enigmas de dama Salome. Como podia um homem educado, fastidioso também, caído com a doença, contemplar um futuro em tal companhia? Ainda olhando para a nuvem, ela disse em uma voz plana e derrotada que agora elas haviam recebido a confirmação da morte de Sir Peter, e queriam oferecer o lugar de Sir Peter a ele. Em uma voz igualmente plana e derrotada ele aceitou a oferta. Parecia estar aceitando-a porque era a maneira mais rápida de encerrar uma noite dolorosa e ir para a cama.

Para Ralph Kello também pareceu assim. Ele havia entrado em Oby por impulso e por impulso agora se comprometia a ficar. Mas o primeiro impulso tinha sido algo espontâneo e intrépido; já este era um mero filete, como se a última gota houvesse transbordado de um barril inclinado. Sentia-se como um barril vazio. Nada lhe restava senão uma enorme consciência de fadiga e algumas poucas sensualidades fantasmais: o alívio de ficar deitado, o prazer momentâneo dos perfumes do vinho ou das especiarias, uma momentânea sensibilidade às cores. No combate do corpo contra a doença, sua mente, essa pobre aliada, havia tombado e sido pisoteada pela morte. Sua certeza da danação havia perdido todo o significado, assim como suas velhas ambições, suas curiosidades, seu ressentimento daquela fatalidade de ser o filho bastardo de um ninguém que lhe havia barrado a entrada. Ficaria quieto em Oby, cumprindo a obrigação de um padre já que era isso o que exigiam dele, e recebendo abrigo e comida. E o que quer que acontecesse, aconteceria.

Tendo garantido um padre, a prioresa podia proceder a um exame mais detido dele. Talvez ele não fosse bem o que ela imaginara: não tão empático, não tão capaz — na verdade, preguiçoso e assaz carrancudo. Mas ela conseguira um padre, e ele parecia preparado para fitar as tábuas do assoalho até desabar sobre elas, e as freiras gostavam dele, e — talvez sua maior qualidade — ele se tornara dela com muito pouco trabalho. Conforme a Peste Negra se dirigia para o norte e sua sombra se afastava, ela olhava para a paisagem ao redor, calculando o que se perdera e o que restara. De suas doze freiras quatro tinham morrido, e duas noviças; e duas outras noviças cujos pais as haviam levado embora para fugir da doença tinham morrido em casa. No entanto, ela podia contar com os dotes, os pais delas dificilmente faltariam com tamanha obrigação. Das quatro freiras mortas duas tinham menos de vinte anos. Como dama Helen teria dito, elas haviam comido muito pouco da sua forragem. Se dama Helen estivesse viva agora, com que astúcia e com que prazer imparcial ela estaria alardeando seu balanço de lucros e perdas! Sem dúvida levaria em conta muito mais perdas do que as que eram perceptíveis para a prioresa; mesmo assim, seu balanço final não seria de todo desanimador. No solar as usurpações da Peste Negra eram inequívocas. Estavam mortos muitos dos melhores homens e muitas das mulheres mais capazes: o Grande Roger, os três Ragge, Baldie Shipperson, o tanoeiro e seu filho, Anne e Katharine Noot, os melhores ceifadores do solar, e Emme que lavava peles de ovelha e fabricava velas, e Joan Scole e Joan Pick. Mais tarde, quando o feno estivesse cortado, um réquiem precisaria ser celebrado para o repouso de todas aquelas almas. Mas que tipo de colheita de feno seria? Durante meses o gado pastara onde bem quisera, comendo o que encontrara: feno, centeio, ou cevada de inverno. Com os pensamentos tomando um feitio mais alegre uma vez que o caso do padre estava resolvido, ela supôs que se os animais tivessem comido a colheita eles ao menos estariam mais gordos por causa disso, de modo que o que se perdera de um lado se ganhara do outro.

Ela sentiu-se menos confiante, e mais do que nunca saudosa de dama Helen, que fora tão inteligente em superar dificuldades, quando falara com Jesse Figg, o bailio do convento. O feno, disse ele, não era tão ruim. Mas quem haveria de recebê-lo? Ela correu o dedo pela lista na qual os nomes dos mortos tinham sido riscados. Ela repetiu os nomes dos vivos.

"Eles não vão aceitar, madame prioresa. Não agora. Não há multa, murro, marretada que os faça aceitar."

"Não vão aceitar? O que quer dizer?"

"Estão pensando neles mesmos. Estão atrasados com o próprio trabalho, e é isso que farão em primeiro lugar. Ervilha e feijão, é o que vão plantar — ervilha e feijão para sustentá-los durante o inverno."

"Mas o trabalho para o solar deve vir primeiro", interveio dama Salome.

"Não nesta estação, madame tesoureira. Se conseguiram enganar a doença em um ano, dizem eles, não foi para morrerem de fome no próximo. É o que andam dizendo. E o mesmo acontece em toda parte. Nossa situação não é pior do que em outros lugares. Talvez eles venham depois de cuidar de si mesmos", ele acrescentou. "Mas eu não ousaria conduzi-los."

Por que eles deveriam ser conduzidos?, pensou ela, maternalmente. Não passam de crianças estúpidas. A persuasão irá trazê-los de volta. E ela se esmerou particularmente nas três missas celebradas pelas almas dos mortos do solar. A nave foi desobstruída da madeira. Guirlandas foram penduradas ao longo do coro alto e o menino Jackie foi instalado em uma escada para espanar o passadiço em cima do crucifixo. A porta oeste foi escancarada, suas dobradiças rangendo feito um velho cachorro com reumatismo; pois a nave era tão pequena, já que Brian de Retteville pensara apenas no coro das freiras logo adiante do coro alto, que não abrigava todos os fiéis, e os retardatários tinham de ajoelhar-se do lado de fora.

O vento do verão soprava quente e purificador, e as guirlandas farfalhavam e batiam na madeira. Ela ouviu as pessoas entrarem, sussurrando entre si. Estavam comparando a igreja do convento com a igreja da paróquia em Wivelham e com a grande igreja dos frades em Waxelby. Bufavam em aprovação. Ela havia ordenado que não se economizasse no incenso; mas mesmo assim este não era capaz de mascarar o odor de suor e pobreza que o povo trazia consigo. As velas no altar queimavam com um perfume puro, sua fumaça e as nuvens de incenso tramavam um azul visível no ar. O canto, também, era excelente: um corpo de notas pequeno porém muito puro e preciso. Apenas Sir Ralph lhe pareceu não cumprir sua parte como deveria. Sua voz estava descuidada, e ele passava a impressão de estar com pressa.

Mais tarde deu-se a distribuição de tortinhas de carne de cordeiro, e ouviu-se uma criança chorar porque não havia visto as damas do convento. "Quero ser freira, quero ser freira!", lamentou ela.

Essa inocência com frequência era lembrada entre as freiras, tanto mais ternamente porque naquela época as crianças do solar estavam peculiarmente maçantes e malcriadas. Com pais ou mortos ou ainda adoentados, elas estavam se desencaminhando, roubando, mutilando e destruindo. Matavam as pombas do convento e as assavam em espetos; invadiam a cerca de juncos pomar adentro e partiam as árvores; reviravam as colmeias; atiraram um cão morto dentro do lago de peixes; durante as horas da missa marchavam para cima e para baixo cantando refrões devassos com acompanhamento de matracas e panelas velhas. A princípio elas haviam ido até o convento para perseguir o Jackie de Ursula. Embora fosse mais bem-educado que a maioria de seus camaradas, mais bem alimentado e abrigado, ele era tímido e retraído. Quando as ouviu chegar ficou pálido e correu. Mas certo dia em que sua mãe não estava lá para protegê-lo elas o apanharam e o arrastaram consigo, dizendo que pretendiam cutucar, esfolar e assá-lo. Mais tarde no mesmo dia ele voltou, machucado, imundo, surrado, e um garoto mudado: gabando-se de toda a vilania que cometera e de todas as escabrosidades que havia testemunhado. Depois disso não houve como mantê-lo longe daquela companhia. Ele a temia mais do que nunca, mas seu medo o virara do avesso e agora ele era um líder entre eles.

As queixas de Ursula se tornaram tão entediantes para todos que lhes davam ouvidos que por fim a prioresa decidiu que era hora de Sir Ralph apadrinhar o menino e fazer dele um clérigo.

Nessa época ela estava tomando muitas decisões. No começo do novo ano dama Blanch teve um acesso, e tornou-se infantilizada — de uma infantilidade ruidosa e folgazã que impôs grande tensão sobre o decoro das freiras mais jovens. Como não conseguia cumprir seu papel de provisora ela foi exonerada e a outra dama Helen assumiu-lhe o lugar. As relações mundanas de dama Blanch não a haviam importunado durante anos, mas naquele verão quis o azar que Humphrey de Fanal cavalgasse até Oby para visitar sua tia e ofertar um pequeno relicário que continha o dente de um dos Santos Inocentes à casa onde sua filha chegara ao fim de sua breve vida. Dama Blanch calhou de estar em um de seus momentos mais racionais. Humphrey não via motivo para a filha ter sido exonerada e trancafiada na enfermaria, e ela, em sua explicação tergiversante, defendendo bravamente a decisão da prioresa, não lhe forneceu um. A tia dele estava sendo subaproveitada. A filha dele estava morta. Isso também era uma forma de subaproveitamento. Ele deixou Oby com indignação, levando o relicário consigo.

Perder um relicário tão interessante, embora ele nunca tivesse sido de fato possuído, já era ruim o bastante. Perda mais grave viria na sequência. Uma das duas noviças que haviam sido levadas embora no tempo da Peste Negra e que mais tarde morreu em casa era a filha de William de Stoke, e Humphrey e William eram cunhados. Presume-se que Humphrey dissera algo à sua irmã sobre o tratamento dispensado à tia deles. Os De Stoke, que forneciam uma provisão anual de vinho como parte do dote da filha, deram o calote. Isso foi o mais inquietante porque os pais da outra noviça que morrera em casa haviam desde o princípio exigido o dote dela de volta, alegando que entre deixar Oby e morrer a garota mudara de ideia e fora desposada. Esses pais não gozavam de boa posição social, havia pouca esperança de intimidá-los a assumir um ponto de vista mais religioso. Com os De Stoke era diferente. Tinham uma reputação a zelar; ademais, ao enviar um lote de vinhos depois da morte da filha, eles haviam assumido a obrigação. Assim argumentavam as damas mais velhas da casa, apoiando a prioresa em sua dura porém assaz escusa convicção de que algo devia ser feito a esse respeito, e que melhor o seria por meio de um bispo.

Sir Ralph foi instado a dar seu conselho, e disse que melhor seria pedir uma opinião jurídica. Dama Agnes, que sempre preferira discordar de sua prioresa, agora lembrava-a de como nos tempos da prioresa Isabella, que Deus ilumine sua alma, o bispo fora mais do que inútil para elas.

"Isso quanto ao velho bispo. Há um novo bispo agora."

"Vassoura nova limpa melhor", pronunciou dama Salome.

“O que me faz lembrar, cara madre, que precisamos de uma vassoura nova. Os corredores estão deveras imundos. É evidente que Ursula está ficando cada vez mais míope.”

“Eu a tratei com água de eufrásia, mas não acho que adiantou muito”, disse dama Susanna.

“Água salgada é melhor. Quem dera estivéssemos perto do mar!”, exclamou dama Beatrix; e ela lhes contava sobre como os pescadores cornualhenses preservavam a visão com água do mar quando dama Agnes a interrompeu, observando que elas pareciam estar fugindo do assunto e acrescentando que já que o bispo era um homem novo ele provavelmente estaria ocupado demais justo naquele momento para poder dedicar muita atenção a um mosteiro.

A prioresa enrijeceu. Ela relutava em abrir mão do bispo, porque se ele não agisse a favor delas teriam de pagar honorários a um advogado.

“Devo lembrá-las, minhas filhas, de que no tempo da prioresa Isabella o bispo nos tinha em má conta porque pensava que havíamos mostrado muita independência quando rejeitamos dama Emily. Não queremos perder prestígio por causa de independência.”

“Mas como a senhora mesma apontou, cara madre, trata-se de um bispo diferente. É improvável que ele saiba alguma coisa sobre o caso de dama Emily.”

“Continuo sustentando que tínhamos razão em...”

Extraviando-se da Cornualha agora elas se encaminhavam a uma discussão sobre os acertos e os erros de dama Emily. Sir Ralph cruzou os braços e tossiu.

“Há algo mais a levar em conta. Não sabemos a opinião desse novo bispo sobre dotes. Ele pode não aprová-los.” Elas ficaram em silêncio, sua atenção capturada por aquela conjectura extraordinária.

"Claro, dotes são convenientes. As senhoras não podem levar a vida religiosa com decência sendo pedintes e miseráveis. Mas não obstante há homens extremistas na Igreja que negam isto, e dizem que os monges devem ser apostolicamente pobres. Opiniões como essa deliciam os leigos, que muito se alegram em ouvir que não têm obrigação de apoiar os religiosos. Tudo isso agora vem circulando, e talvez nosso novo bispo não deseje se meter em um atrito a respeito de dotes."

Eles são todos iguais, pensou a prioresa. Consigo ouvir Sir Peter falando. Ela disse:

"Realmente não vejo como podemos viver de ar."

No mesmo momento dama Salome começou a explicar quão enervante seria para as famílias que pagavam dote ver outras isentas dele. No fim, ela apontou, ninguém iria pagar era nada.

"Por isso eu as aconselho a consultar um advogado, que tende a ser menos oportunista do que um bispo. Granjeai amigos com o Mamon da Injustiça; para que, quando as riquezas vos faltarem, ele os receba em moradas eternas."

"E o senhor de fato pensa que o bispo há de se recusar a assumir nosso caso?"

"Penso que ele inclusive pode proibi-las de levá-lo adiante."

Sir Ralph voltou a seu alojamento e sentou-se com um suspiro de alívio. Ele pensou que o bispo por ora tinha sido evitado. Não desejava meter-se com bispos.

Tendo suspirado com alívio ele sorriu de prazer. Fora proveitoso levantar essa lebre entre as damas, a quem logo antes ele julgara quase intoleráveis. Seu rancor contra elas começou quando ele teve de ensinar Jackie. Não se importava tanto com o garoto; mas ensinar Jackie o expôs à gratidão de Ursula, e ele não gostava nem um pouco de Ursula. Seu desgosto aumentava com a mórbida apreensão de que ele viria a gostar cada vez menos dela. Alarmava-o sentir tamanho desprezo por uma pessoa de tamanha insignificância, pegar-se evitando a visão dela, esquivar-se da ideia de que um cabelo na sopa seria da cabeça dela, ou sentar-se em seu quarto feito um prisioneiro porque imaginava ouvir a respiração dela do outro lado da porta. Certa vez, quando dama Susanna falara da devoção com que Ursula cuidara dele durante sua doença, ele sentira ganas de debruçar-se na janela e vomitar.

Nas canções e romanças uma freira apóstata pode até ser uma figura romântica. A Mãe de Deus se torna sua representante no convento e faz descer uma cortina diante de suas fragilidades; mas na vida real ela é uma mulherzinha como qualquer outra, alimentando seu bebê e mirando seu amante e os canecos da soleira da taverna. Ursula em Oby, entre freiras leais, Ursula com seus tristes olhares maliciosos e seu hálito quente, era uma indecência. Ela estava lá como um bicho em uma maçã. E quanto a você mesmo? — atalhou uma voz rápida. De fato; e fato o bastante para ele odiar a visão dela. Agora ela estava sempre a apoquentá-lo com afirmações de que Jackie era um ótimo estudante, e a agraciá-lo com gratidão e pequenos serviços. Portanto não admira que a exasperação dele se estendesse, e envolvesse o filho da freira e as freiras leais também. Quando a prioresa o convidou para fazer uma das expedições a fim de consultar um advogado, ele sentiu alívio tanto por ganhar uma folga de Ursula quanto por ter uma oportunidade para esquivar-se do bispo. O bispo não podia ser evitado eternamente, cedo ou tarde ele deveria ir a Oby para uma Visita; mas meio pão é melhor do que nenhum; e a cada mês que o bispo se mantinha à distância ele se acomodava mais naturalmente à paisagem de Oby. Fizera tudo o que estava em seu poder para incentivar a prioresa a realizar aquela expedição. Por ser mulher e uma viajora inata, ela realmente não precisava de incentivo. Por ser mulher de autoridade, no entanto, e uma cabeça de vento inata, nada podia aferrá-la a uma decisão, e foi só na manhã em que partiram, a prioresa, dama Helen e ele próprio, que sentiu segurança de que as coisas aconteceriam como esperava. Por longo tempo o problema de obter uma camareira adequada para servir às damas as deixara à mercê da decisão do bispo: então no último minuto chegou Pernelle Bastable. Pernelle era uma viúva, sem filhos, e com riqueza o bastante e ânimo mais do que suficiente para não querer outro marido. Ela internara-se em um convento, até que o convento foi censurado por manter muitos internos, quando, por ser Pernelle apenas uma pessoa da ralé, foi mandada embora. Após provar as amenidades de dois outros conventos ela candidatou-se para Oby. O dinheiro que podia pagar pela internação não era muito, mas a agilidade com que ela deu cabo de um enxame de abelhas durante sua entrevista de postulação convenceu dama Salome de que Pernelle seria um bom investimento. Ela tinha também cavalo e sela próprios; e mal tinha ela terminado de manifestar seu deleite em por fim se estabelecer com tranquilidade, o cavalo foi selado e Pernelle encapuzada para seguir nova viagem.

O sol de agosto saía preguiçosamente das brumas quando eles partiram. Observando a partida, dama Blanch teve sua última desilusão: Sir Ralph era um montador deplorável. Voltou-lhe o pensamento sobre aquela peregrinação para Walsingham, sua fantasia de cavalgar por baixo de um arco, ouvindo o tilintar dos guizos do cavalo e sentindo o sadio cheiro da cavalgadura. Agora eles se dirigiam para o brejo de Lintoft e ela era deixada para trás, uma mulher velha sorvendo mingau e sustentada por travesseiros. Não haveria peregrinação até Walsingham, nenhuma aventura pelo caminho, nenhum rio a vadear, nenhuma floresta onde perambular, nenhum castelo. Ela terminaria seus dias ainda prisioneira, uma velha sonsa entre mulheres sonsas. Ela rasgou seu travesseiro e começou a atirar punhados de plumas pelo quarto, chorando e gritando ao fazê-lo. As plumas voaram para dentro de sua boca aberta. Então os habituais passos abafados foram se aproximando pacientemente da enfermaria, e dama Susanna se debruçou sobre ela, segurando-lhe os pulsos com as mãos macias e dizendo que ela não podia se excitar, que nenhum mal recairia sobre a prioresa mesmo com ela sendo obrigada a sair em viagem. Quando ela se reclinou exausta, dama Susanna passou a recolher-lhe as plumas da boca.

A prioresa havia decidido que o advogado deveria ser consultado em York, dizendo que não seria recomendado consultar advogados na cidade da catedral de seu próprio bispo, e acrescentando que embora York parecesse muito longe ela tinha lá um primo com quem eles poderiam se alojar sem custos além de algumas gratificações para o lar. Na verdade, ela queria analisar a basílica. Embora lhe fosse doloroso ver a bela arquitetura enquanto seu pináculo estava interditado e longe de ser concluído, a dor seria um pequeno preço a pagar pelo prazer de ver algo novo. Ela olhou para trás. Um vale de terra já havia apagado Oby. Dali, um pináculo seria visível, conferindo uma alma e um motivo para o campo, e qualquer viajante a agradeceria por isso. Mas seu pináculo, por mais adorável à distância e adorável em si mesmo, podia decepcionar esse viajante conforme ele se aproximasse, e o visse em sua relação com o corpo do prédio. Essa é a maldição de ter de trabalhar sobre a fundação alheia. A estranheza da geração anterior se reproduz com os acréscimos posteriores, como no pecado original. Devia ser possível aumentar a nave, ou aumentá-la na aparência anexando um portal à porta oeste. Se a nave fosse aumentada, o pináculo ficaria mais bem centralizado e a disparidade entre altura e comprimento menos aparente. Enquanto isso Pernelle Bastable estava papagueando sobre Lincoln. Ela estivera lá, ao que parecia; mas apenas para comer enguias e comprar uma bata de linho e visitar um sobrinho.

“Chega de judeus”, chilreou ela, “emboscando os pobres rapazes e pendurando-os em porões. Foi um bom dia para a Inglaterra quando os despacharam daqui. Meu avô — ele era capitão de navio — viu um carregamento inteiro de judeus cair e se afogar em Wittesand. As ondas estavam salpicadas com seus fardos e pacotes flutuando e afundando. Meu avô jogou linha e anzol, e içou um fardo, e dentro dele tinha uma taça de ouro, e roupas de bebê do melhor linho, e gorrinhos acolchoados com orelhas de pelo, luvinhas — bebês cristãos, disse meu avô, não tinham tais regalias.”

“Pobrezinhos!”, disse dama Helen.

Um anzol... um anzol pescando um fardo e rebocando-o de um redemoinho fervente. Um anzol rebocando um corpo, e o corpo apodrecendo tão logo tocava o ar. Foi com isso que sonhei durante minha doença, pensou Sir Ralph. Um instante depois Pernelle Bastable apeou, tendo avistado alguns cogumelos.

“Eles não estarão aqui em nossa viagem de volta”, observou ela sabiamente.

No dia seguinte já iam bem avançados. Uma chuva leve caía, as maçãs brilhavam nos ramos. A estrada, subindo e descendo através de uma opulenta paisagem em movimento, apresentava-lhes continuamente novas coisas para admirar; e depois do triste atoleiro ao redor de Oby, viajar através daquela paisagem tão repleta de verdor e variedade era como folhear as páginas de um saltério iluminado.

Nas estalagens Pernelle Bastable exibia todas as artimanhas de um viajante experiente, pedindo água quente, exigindo frangos e travesseiros, seguindo o estalajadeiro até o estábulo. “É incrível o que Deus nos dá”, comentou dama Helen. “Primeiro um padre, agora uma Pernelle. Estaríamos mal sem ela, pois não conseguiríamos gritar e nos intrometer como ela.” A prioresa concordou, pensando que a abandonada dama Helen de fato ali se sairia mal; pois ela sempre concordava com toda afirmação e acatava toda sugestão.

Foi em uma tarde já avançada que avistaram pela primeira vez a basílica: dominando a cidade, como apontou Pernelle, feito uma galinha chocando seus pintinhos. Se não uma galinha então um ganso, pensou a prioresa. A viagem tinha sido deliciosa, mas agora havia terminado, e a proximidade do advogado descompôs seu ânimo. Sentia-se exausta da viagem, e ainda mais exausta da atmosfera de inferioridade rústica que tinha de respirar, ao que parecia, estivesse ela viajando ou em casa. Quando sua anfitriã, Marie de Blakeborn, cujo primeiro marido era um De Foley, saudou-a com a notícia de que o primo Thomas, o prior de Etchingdon, ficara sabendo que ela viria e cearia com eles naquela noite, o primeiro impulso dela foi alegar cansaço e refugiar-se na cama. Ela não via Thomas fazia vinte anos. Durante esses anos ele se tornara cada vez mais distinto, ao passo que ela vivera em Oby. Mas quando ela o viu, o prior de Etchingdon estava tão pouco mudado que ela começou a pensar que tampouco ela própria havia mudado muito.

"Olhe só para nós! Como nos demos bem", disse ele, de uma maneira que ela se lembrava à perfeição: uma maneira ao mesmo tempo calorosa e insincera, mas com uma insinceridade que era profundamente lisonjeadora, já que implicava uma comum indiferença àquilo que magoaria autoestimas menos ilustradas. Ela riu com uma sombra de mortificação.

"Prior de Etchingdon! Prioresa de Oby! Salomão e a Rainha de Sabá!"

"A menina-ganso e o menino-ganso! Mas você teve mais sorte, não precisa pastorear um bando misto de gansos e gansas."

Ele passou a troçar das incomodidades da Ordem Gilbertina, contando sobre sua briga com as freiras, que supostamente deviam providenciar a vitualha dos monges, mas lhes forneciam apenas sopa.

"Fiz lembrar àquelas caras criaturas de seu voto de obediência. No dia seguinte a sopa de repolho veio com rabanetes — dois rabanetes e meio (nós os contamos) para cada homem."

Era a mesma velha história de copa e cozinha; mas à medida que a contava, a ganância de seus monges, a implicância de suas freiras transfiguravam-se em grotesco. No afã de também ter algo para recontar, e esquecendo-se completamente do advogado, ela passou a consultá-lo sobre o pináculo e o problema de harmonizá-lo com a construção já existente. Ele apanhou seu material de escrita e ela esboçou a planta com o campanário despontando feiamente do canto noroeste. Ela poderia aumentar a nave, disse ele, e equilibrar o velho toco de Brian de Retteville com um alpendre sul; então ela teria de equilibrar e contudo evitar aquela simetria pedestre que fazia tantas das novas igrejas dos frades parecerem ter sido projetadas por gramáticos. Ele prosseguiu dizendo que a transição do toco para o pináculo exigiria um gerente.

"Pensei em fazê-lo dessa maneira."

O resto da comitiva viu a semelhança entre os primos, e sentiu que o laço de sangue permitia aquela monopolização do convidado da noite.

"E o seu campo é plano?"

"Plano como uma tábua."

"Você vai dar vida a ela. Do que mais gosto em seu projeto é a sua unanimidade. Parece que desde o começo você o viu como um todo."

"Eu vi."

Ela contou-lhe da visão que teve quando a prioresa Isabella engasgou com o caroço de ameixa e ficou roxa, acrescentando: "Mas eu terei rezado até ela subir ao céu antes de conseguir terminar o pináculo".

Que Deus a livre, disse ele com devoção. Se a falta de dinheiro fosse o obstáculo, isso poderia ser resolvido no dia seguinte. York estava repleta dos mais dignos usurários.

Ela respondeu que não ousava incorrer em mais nenhuma dívida. "Pois sei como vai ser!", exclamou, agora descuidando de não expor a pobreza de sua casa. "Os juros venceriam, e justo nessa hora as cheias levariam nossas espigas de milho, ou o Rei nos pediria três homens de armas, ou o teto cederia, ou nossa igreja em Lantock queimaria até as cinzas e precisaríamos reconstruí-la."

"Tenho certeza de que isso seria uma grande melhoria. Você tem muitas propriedades?"

"Uma em Lantock perto de Northampton e uma em Cambridgeshire."

"Não é o bastante. Preciso encontrar outras para você."

"Preferiria que você tomasse as que temos. São a maldição da minha vida. Os dízimos só são pagos se os forçamos a isso, e os vigários sempre se acham em apuros. Deus não quer que suas freiras tenham propriedades."

Com o ossudo dedo indicador ele deu um piparote em sua cabeça careca.

"Ouça, minha cara prioresa. Tudo isso pode ser arranjado. Etchingdon acaba de apropriar outra igreja. Cuidaremos de todos os negócios para você, e você ficará com metade da renda."

"Quanto pelo vigário?", perguntou ela.

"Nada. Não sugerimos contratar um, pelo menos não por ora. Desde a peste ficou impossível encontrar um padre livre por um preço razoável. As pessoas não pensam em nada além de dinheiro", disse, "e o que elas fazem quando o obtêm? Gastam prodigamente consigo mesmas, ou encomendam cânticos pelas suas almas, o que na verdade não passa da mais rara autoindulgência. Sem dúvida somos pessoas muito mais aprazíveis que nossos antepassados. Mas comparados a eles, como somos malignos, como nos falta iniciativa! Veja só os prédios antigos! Ouso dizer que parecem grosseiros, mas que imaginação grandiosa os concebeu! Hoje só remendamos e ornamentamos e aumentamos janelas e instalamos marquises em cima de túmulos."

"Gosto de arquitetura moderna", disse ela.

"Gosto do seu pináculo, porque é ambicioso. Mas se você estivesse propondo soterrar o velho Brian de Retteville com plissas e berloques eu não lhe daria nem um centavo para fazê-lo. Tal como está, eu lhe ofereço metade do grande dízimo de Methley e todo o pequeno dízimo, pois é de fato pequeno demais para valer dividir. E se isso não bastar, então me peça mais. Será para mim uma grande satisfação pensar que uma parte da renda de uma igreja está sendo bem gasta."

"Mas, Thomas, não estou muito certa sobre o pequeno dízimo. Não é errado deixar uma paróquia sem um padre?"

"Methley é uma grande paróquia dispersa, em que habitam pastores de pernas fortes. Para eles não será trabalho nenhum andar um pouco mais para ir à missa. E não ter padre nenhum é melhor do que ter um padre ruim."

"Tem certeza?"

Ela pensava em lhe contar sobre a partida de Sir Peter para Waxelby, um exemplo de uma maneira diametralmente oposta de pensar; mas ele havia se virado para os outros, e lhes dizia como o pináculo da prima se ergueria lindamente da melancólica planura dos charcos; e embora ela sentisse a falsidade do interesse dos outros comparado com o dele, as perguntas e os parabéns suprimiram seu incômodo a respeito do pequeno dízimo de Methley. Afinal, Thomas era prior de Etchingdon e devia saber o que estava fazendo. Recusar o pequeno dízimo pareceria presunçoso e mal-educado, e tampouco seria do proveito dos paroquianos de Methley, já que não haveria padre em nenhum dos casos.

Prioresa Alicia

(agosto de 1351 – outubro de 1357)

Em sua existência, a Peste Negra, uma feiticeira vinda da China, havia alterado o equilíbrio da cristandade e matado metade da população da Inglaterra. Mas para o Jackie de Ursula parecia que nada de novo jamais havia acontecido ou iria acontecer. O sino dobrava e as freiras se dirigiam até o coro. O sino dobrava e os servos no campo grande interrompiam o trabalho e persignavam-se, e então se coçavam, e então continuavam a trabalhar. O pequeno sino dobrava e Cristo era feito carne. Um dia ocorreu-lhe o seguinte pensamento: E se eu não tocasse meu sino — o que aconteceria? Esse pensamento lhe viera em uma tarde de verão quando o ruído dos gafanhotos estava por toda parte. Por um momento o sol parecera assolá-lo com um calor redobrado, ele sentiu-se dissolver feito cera, e as pontas da relva aparada onde jazia pinicaram-no como um milhão de adagas. O que aconteceria? O fim do mundo, talvez. O sino calado, o Cristo não feito, o mundo estouraria como uma bolha. Talvez. Mas ele também levaria uma sova. Sentando-se, afastou o cabelo dos olhos e viu um gafanhoto e desmembrou-o e se sentiu melhor. O sol não estava mais forte do que antes e tudo ao seu redor era uma tarde de verão e os gafanhotos estavam cricrilando e o cavalo baio se alimentando e tudo era como de hábito.

Os salgueiros e os amieiros projetavam suas sombras, as nuvens se aglomeravam, a terra escurecia, as chuvas de outono começavam. Certa manhã ouvir-se-ia uma grande algazarra de animais. Era o Dia de São Martinho, quando os porcos e o gado eram tangidos até o galpão e abatidos para a carne de inverno. Depois disso parecia escurecer muito rápido, como se a escuridão se evaporasse dos grandes caldeirões onde eram feitos os chouriços. Um dia gelado chegando em dezembro pinicava os olhos, os raios de repente ficavam brilhantes. Durante o Natal e a Epifania houve pratos doces, pastas de ovos e figos e amêndoas moídas que se incrustavam na colher e nas cumbucas. Um dedo de vinho não diluído deixava as freiras um pouco trôpegas, elas caminhavam como se nadassem e estavam excepcionalmente educadas, e quando falavam suas vozes eram afinadas como se estivessem prestes a cantar. Essa amabilidade tornava difícil distingui-las umas das outras. Mas cada rosto retomava sua expressão particular, e durante fevereiro e março ele ficou feliz de permanecer na cozinha, observando o vento ruflar a poça de água da chuva que se espalhava por baixo da porta da casa de madeira, e comendo as lascas de bacalhau seco que voavam de debaixo do martelo. Giravam os dias como a roda de um moinho, e porque era Quaresma, quando as penitências são lembradas, às sextas-feiras sua mãe ia descalça até os claustros para repetir os salmos penitenciais e ser sovada pela prioresa. Ninguém se apiedava muito dela, tampouco ele; e ao ouvir Mabel dizer que a sentença do bispo ordenava que as sovas deveriam continuar o ano todo e que apenas a indolência da prioresa as restringia à Quaresma ele se sentiu fraudado, como se sua significância como filho de freira fosse apequenada.

Ser filho de freira distinguia-o das outras crianças do lugar, e mesmo quando o provocavam ele sabia que era mais interessante do que elas, e fosse qual fosse o futuro que o aguardasse, não iria, como elas, viver acorrentado ao solo amargo do solar. Na primavera, quando todos os animais jovens brincam juntos, ele brincou com eles e foi seu líder, mas quando os dias ficaram quentes ele os abandonou e foi deitar-se entre as corredeiras, escondido, como gostava de fazer. E então seria verão pleno de novo, e ele estaria um ano mais velho, e nesse verão, com certeza, teria idade o bastante para ir à Feira de Waxelby.

Mas nenhum verão é tão longo, tão amplo, quanto o verão anterior. O tempo, um rio, vaza de seu leito e a cada ano o rio flui em um canal mais estreito e flui mais rápido. Jackie tinha agora idade suficiente para trabalhar, e Jesse Figg, o bailio, mandou-o trançar sebes ou espalhar adubo ou impedir as vacas de comer a colheita, e Mabel acrescentou que um pastor de vacas tem o tempo nas mãos, tempo suficiente para colher os tufos de lã que as ovelhas deixam nos arbustos. Agora, também, havia a tal mulher nova, a tal Pernelle. Às vezes ela era um prazer, pois suas roupas eram coloridas, e ela sabia contar histórias, e com um pente fino tirava os piolhos da cabeça dele quando começavam a incomodar. Mas outras vezes ela era odiosa, apoquentando-o e dizendo: "Jackie, faça isso! Jackie, faça aquilo! Jackie, Jackie! Onde está o meu pajenzinho?". Então ele tinha de ajudá-la a instalar o seu tear ou moer gengibre ou apanhar plumas para travesseiros, ou ela o mandava colher orvalho para uma limpeza facial; pois sendo uma aldeã era dada a esses caprichos. E as histórias dela, afinal, não valiam muito. Embora viessem de diferentes lugares elas falavam apenas dela; e aonde quer que tivesse ido ela sempre fora a mesma Pernelle, mais inteligente e mais meritória do que qualquer outro. Se ela falava sobre outras pessoas, era sempre sobre seus três sobrinhos, que eram meninos tão espertos, não ratos de biblioteca. Ninguém jamais os veria com os olhos congestionados de chorar por causa de gramática.

"Gramática, gramática! Quem é melhor por causa de gramática? Os apóstolos não tinham uma."

"São Paulo era um erudito", disse Ursula.

"É o que dizem. Mas ele nunca foi papa. O que aconteceu com São Pedro, que era só um pescador. A gramática de São Paulo nunca o levou longe."

Ela enfiou a mão macia no ventre de um ganso.

"Se tivesse visto o mundo como eu, você não ia querer um padre entupindo seu garoto com gramática. Toda essa lenga-lenga nunca encheu o bucho de ninguém. Veja meu cunhado, o armeiro. Não sabe ler nem escrever mas consegue pagar dois empregados para cuidar das finanças dele, e em sua casa há três camas, uma de sarja verde, uma cor de fulva e uma do mais bonito azul. Nem a abadessa de Shaftesbury possui camas mais finas. Mas um monte de almas pobres e honestas dorme sobre palha podre enquanto esses abades e abadessas dormitam sobre penas de ganso, pensando lá no seu latim. Que comecem a trabalhar, é o que digo! Que tenham de prover o próprio sustento como faz o povo! Quantos não foram os dias em que meu cunhado teve de trabalhar doze horas a fio, forjando elo depois de elo até os olhos lhe pularem da cara? Está muito é certo! Fomos colocados neste mundo para trabalhar. Que eles trabalhem como os santos apóstolos, é o que digo. E se o seu Jackie fosse o meu Jackie eu o arrancaria desses livros e o mandaria para junto dos entalhadores."

O coração de Jackie concordava com essas últimas palavras. Já a respeito do conhecimento concordava menos. Nele havia poucas descobertas, ele alongava-se como uma estrada ao meio-dia. Sir Ralph havia parado de ensinar-lhe o que ele era capaz de repetir para surpresa dos outros. Não havia mais anedotas sobre o basilisco, o pombo curando a cegueira dela, as virtudes de pedras preciosas. Em vez disso, tudo eram proporções e propriedades, coisas impossíveis de lembrar. E lá estava Sir Ralph, repuxando o lábio inferior, remoendo algum de seus pensamentos, ou infinita e zombeteiramente paciente.

"A Proporção de Diapente, digamos. O que é a Proporção de Diapente? Ora bolas, você nunca vai aprender! E por que deveria?"

Entre os entalhadores era diferente. Eram homens bons e gentis, sempre o acolhiam e os peixes que pescavam e assavam em caixões feitos de barro de rio eram mais saborosos que qualquer comida feita por sua mãe, ou por Mabel, ou mesmo pela viúva Bastable. Foi na primavera de 1352 que chegaram os entalhadores, e ergueram suas tendas no abrigo do bosque de São Leonardo — que tinha esse nome porque a lenha vendida dele pagava pelas velas que queimavam diante da figura do santo padroeiro. O convento lhes fornecia as principais vitualhas, mas eles complementavam o fornecimento com o que conseguiam tirar do lago ou da mata. No convento eram só mulheres vivendo juntas, e no assentamento dos entalhadores eram todos homens. Ele gostava mais dos homens. Em primeiro lugar, eles o tinham em melhor conta. Havia sempre alguma coisa para comer e um joelho no qual se apoiar, e as mãos rudes que lhe afagavam a cabeça o faziam desinteressadamente, nunca parando para catar lêndeas ou desfazer cachos. Eles contavam histórias, também, histórias de templos milagrosos e animais inteligentes e de matilhas de lobos que desciam das montanhas galesas. Tinham-no em mais alta conta porque ele era a única criança que os visitava. O povo do solar evitava os entalhadores. Seriam ladrões e estranhos; pior, estariam construindo o novo pináculo com dinheiro que deveria ter sido gasto no conserto de casas e na distribuição de unguentos para as chagas da peste. Mesmo agora muitos dos que haviam se recuperado da Peste Negra andavam mancando com chagas abertas, embora já fizesse dois anos que a peste havia deixado o solar; ou onde as chagas haviam sido curadas o reumatismo tinha se sucedido, e cãibras que incapacitavam um homem quando ele não havia trabalhado ainda nem duas horas. Endireitando-se do eito os trabalhadores conseguiam enxergar a pedraria, branca como linho alvejado, nova como nada mais no lugar. Para carregar aquelas pedras eles foram obrigados a empregar seus dias e a força de seus bois transportando levas através do brejo. Tudo em vão, tudo por aparência e vaidade! Se a prioresa precisava gastar seu dinheiro longe do solar, que comprasse alguma relíquia, algo que pudesse curar moléstias ou evitar a praga do gado ou ajudar uma mulher gestante.

Mas aquelas freiras orgulhosas não conheciam nem a maldição de Adão nem a maldição de Eva.

Desde a Peste Negra as relações entre o convento e seu solar haviam ficado cada vez piores. O trabalho ainda era feito, as dívidas ainda eram pagas — mas com atrasos, trapaças, intermináveis discussões inglesas. O bailio vinha cada vez mais como um embaixador levando ultimatos de um campo para outro.

As freiras de mais idade, cuja vida as havia acostumado a conflitos dentro do convento mas apenas à complacência diante da paisagem pardacenta lá fora, se perturbaram com essas mudanças. Não era cristão, disseram, lhes serem atirados na cara com tanta constância os amuos e resmungos das classes trabalhadoras. Como uma freira podia se entregar à contemplação quando ao alcance do ouvido se dava uma disputa sobre se William Scole iria ou não ceder seu boi na quinta-feira para levar uma carga de lenha, se a família Noot deveria ou não pagar uma multa por perder seu filho para o solar? — Mabel, que sabia de tudo, e Jesse Figg asseveraram que o garoto fora buscar trabalho remunerado em outro lugar, embora sua família continuasse a declarar que ele tinha se afogado na cheia no Dia de São Lucas. Não era apropriado. Não era cristão. A prioresa era culpada por ter permitido. Aquilo deveria ser reportado ao bispo.

Mas quando o bispo chegou para a próxima Visita ele tomou como natural que Oby vivesse problemas trabalhistas. Em vez de condoer-se delas ele disse que tinham sorte de ter servos que ainda permanecessem em seu solar, e parabenizou a prioresa por ser sábia o bastante para entender quando é preciso ceder um pouco. Dama Margaret, uma freira que fora transferida para lá por volta dessa época, contrapôs ao que o bispo dissera sua história sobre o mosteiro do qual tinha vindo. Lá, os servos eram tão rebeldes que um dia partiram em um grupo, deixando apenas os velhos e os enfermos para trás. A abadessa fora forçada a contratar mão de obra, e isso a uma taxa tão exorbitante que as finanças da casa ruíram e algumas das freiras tiveram de ser redistribuídas, dama Margaret entre elas. A leitura que ela fazia daqueles tempos, no entanto, era oposta à do bispo. Deve haver uma regra mais firme, disse ela, mais penalidades e mais castigos, ou a sociedade vai se fazer em pedaços e a cristandade será presa de invasores pagãos.

As freiras de menos idade desconsideravam esses queixumes. Diziam que as coisas nunca estiveram tão boas como naquele momento. Lá se via o pináculo sendo erguido, um prazer para os olhos, as animadoras visitas do prior de Etchingdon, as rendas que estavam vindo de Methley. A prioresa delas era mesmo uma grande mulher de negócios. Em vez de bicar feito uma galinha nos acres do solar, apanhando um grão aqui e outro acolá, ela havia aberto suas asas para um grande voo e voltara de York com uma propriedade nova na boca — como se fosse a própria pomba de Noé. Era assim que se devia gerenciar: com investidas duras, com uma política que se adequasse aos tempos. Nesses dias um convento não podia se dar ao luxo de virar as costas para o mundo, fiar a própria lã e vesti-la, viver de ovos e salada no verão, dormir durante o inverno feito um arganaz, e nunca receber uma noviça que não tivesse três tias e um primo entre as freiras.

"Contudo nos foi pedido que renunciássemos ao mundo", disse dama Susanna.

"O que não quer dizer que o mundo deve renunciar a nós", respondeu dama Isabel. "Além disso, também nos foi pedido que não escondêssemos nossa luz debaixo de um barril de alqueire. Não podemos continuar na mesma toada para sempre, ressoando em nosso pântano como um monte de socós."

Embora fosse jovem, a dama Isabel de Scottow já era uma figura, e falava ao cabido com tanto peso como se tivesse sido freira por vinte anos. Ela dava sua opinião com tanta sensatez, tanta graciosidade, que ninguém a sentia acanhada quando lhe faziam rodeios. Ali, em embrião, estava uma prioresa muito promissora — isso se suas febres e seus acessos de tremedeira não a levassem embora primeiro. A prioresa já havia considerado renunciar em favor dela, e só não o fizera por causa das afirmações de algumas das freiras mais antigas de que uma prioresa que passa metade do ano acamada seria pior do que não ter prioresa nenhuma. Em vez disso, criou-se para ela um novo cargo — o cargo de anfitriã-superiora. Agora que Oby recebia tantos hóspedes, uma anfitriã-superiora era realmente muito necessária.

Era uma pena que não pudesse ser encontrado nenhum cargo para dama Matilda, que também tinha o mesmo estofo do qual as prioresas são feitas, embora não tivesse encantos exteriores e houvesse chegado tarde ao convento, e sob uma nuvem: uma noviça que aos dezoito anos tinha sido levada ao leito conjugal junto do marido, e que só deixara a cama após uma alegação de nulidade, o que fazia dama Agnes ficar resmungando disparates. Mas dama Matilda ainda era jovem e tão saudável que certamente sobreviveria até que uma morte ou uma renúncia vagassem um cargo para ela. Se ao menos dama Salome renunciasse! Ela se mostrara uma péssima tesoureira. Mas pessoas como dama Salome nunca renunciam. Cada vez que ela exclamava: "Não fosse pelo amor de Nossa Senhora e de São Leonardo eu não conseguiria continuar!" sabia-se que apenas a morte a afastaria de seu fardo.

Dividido por uma questão moral — as freiras de mais idade dizendo com naturalidade que era preciso ser fiel a velhas ideias, e as freiras de menos idade dizendo que era preciso viver na data em que Deus nos fez — o convento foi preservado de picuinhas. Pernelle Bastable com sua considerável experiência em conventos declarou que jamais conhecera tamanha paz, que era como estar entre imagens santas em vez de entre senhoras santas. Em outros tempos ela admitia que tal tranquilidade tornava a vida um pouco tediosa e que ela sentia envelhecer antes de seu tempo — já que sem alguns pequenos dissensos o sangue se adensa, como nos bois, que envelhecem antes dos touros. Por sorte ela sentia uma grande benevolência em relação aos entalhadores, e saía toda manhã de sol, avisando-os que tomassem cuidado para não cair dos andaimes. O pendor mental de Pernelle para a cozinha e a copa fazia dela uma interna conveniente. Da Pernelle na cozinha supervisionando a preparação de um prato específico para si mesma era um passo rápido para a Pernelle na cozinha enchendo linguiças para todas elas. Um tipo de mulher muito útil, pensava a prioresa; suprimindo o pensamento que se seguia: de que Pernelle entre os entalhadores era quase intolerável. Teria atordoado a prioresa saber de uma fonte incontroversa, um anjo, digamos, que perto dela viria a estar Pernelle Bastable, que sentia o maior dos entusiasmos pelo pináculo: turvado, certamente, pelo prazer que obtinha dos entalhadores, animação de ter algo pelo qual preservar, esperanças de um dia em que o pináculo acabado traria visitantes para admirá-lo; mas tudo isso brotando de um verdadeiro prazer na refinada construção.

Foi em 1351 que a prioresa prestou sua visita a York — onde ela pediu a opinião de um advogado sobre os dotes disputados mas não foi mais longe que isso. No ano seguinte o prior de Etchingdon fez a primeira de suas três visitas a Oby. Por sorte ele veio no Dia de São Martinho, portanto havia muita carne fresca e gansos estufados em boa condição; e o tempo escuro foi de fato uma vantagem, pois com um fogo a óleo os quartos não mostram sua esqualidez como no verão. Mas mesmo em um crepúsculo de novembro a casula de Sir Ralph não passava despercebida; e entre todos os seus outros preparativos dama Isabel encontrou tempo para tirar-lhe as medidas para uma nova, a qual as noviças fizeram sob a supervisão de dama Agnes. Após tanta limpeza e tanto embelezamento foi uma surpresa que o grande prior de Etchingdon, um homem conhecido por toda a Inglaterra, fosse uma figura tão acessível, conversando com todo mundo, falando inglês como qualquer camponês, sorrindo só de cruzar seu olhar, espirrando sem dissimulação e pedindo desculpas a todos por estar com um resfriado tão assustador. À primeira vista desse extraordinário prior as freiras mais simples não podiam acreditar que aquele de fato era o homem em questão. Deve ser um dos outros: aquele mais robusto, ou aquele de capuz felpudo que parecia tão erudito e ascético. Mas não! O robusto era o secretário e o de capuz felpudo era o mestre de obras de Etchingdon, que havia sido trazido porque era um ótimo homem de negócios, deliciando-se com orçamentos e estimativas. Um exame mais detido do prior Thomas convenceu-as de que assim, e de nenhuma outra forma, é que um grande clérigo devia ser, falar e se comportar. Suas excentricidades eram o sinal de uma boa criação; suas extravagâncias denotavam uma celestial infamiliaridade com os cuidados ordinários. Esquecia-se de que a casa era esquálida, que as cortinas eram curtas, que os modos dos hóspedes eram enferrujados, que os barulhos vindos da cozinha eram audíveis até demais no coro, que dama Salome mais uma vez estava cantando muito alto e havia recaído no velho hábito de pronunciar *et in saeclula saeclulolum*. Mesmo o resfriado dele era gracioso, e se submetia ao marroio administrado por dama Susanna como se fossem sementes de papoula.

Ao ouvir as loas subsequentes, dama Isabel pensou: E nenhum de vocês suspeita que toda essa simplicidade e espontaneidade, e todos aqueles espirros, representam o ápice da arrogância. Ela estava errada. Sir Ralph, indo por uma rota mais grosseira, havia chegado à mesma conclusão.

Talvez ter sido enfiado em uma casula nova houvesse aguçado seu raciocínio. Ser enfiado em uma casula nova a fim de aparecer com decência diante de um grande homem que insiste em tratar o outro como igual pode ser uma experiência mortificante. Um prior de Etchingdon não deveria cobrir o golfo aberto entre ele e o padre de um mosteiro sem importância feito um garoto pulando para cá e para lá sobre uma vala. Que direito tem ele de ser tão insinuante?, resmungou o homem inferior. Questionando-me sobre Toledo, invejando as minhas viagens — ele sabe muito bem que tudo o que vi em Toledo é o que um homem pobre vê em qualquer parte: um vislumbre de uma soleira, um jardim atrás de uma grade, e em um dia santo, seis polegadas de um bispo saindo em procissão. Assim ele rosnava consigo mesmo, devorando a refinada comida que era servida em função do visitante e que seu ressentimento o distraía de aproveitar.

Seu terceiro inverno em Oby se fechava em torno dele. Ele estava sozinho, desconfortável, entediado e condenado. Por causa de uma tranquila antessala do inferno ele havia se envolvido com Oby: uma barganha com uma doninha, uma péssima barganha. É verdade que não tinha mais de imaginar como fazer para ganhar, mendigar ou roubar o preço de um desjejum; mas em vez dos próprios problemas financeiros ouvia sobre os problemas financeiros do convento. É verdade que havia escapado da companhia de patifes, peregrinos e prostitutas para cair na companhia de boas mulheres; mas tinha tão pouco em comum com uns quanto com as outras. Em relação a seu futuro, não era mais certo do que antes; pois lhe parecia que não seria capaz de suportar outro ano de sua vida atual, e seus pensamentos patinhavam em uma roda de especulação sobre como deveria viver depois, se deveria ir para uma aldeia e esperar arranjar um sustento como copista, ou pegar no arado (havia agora demanda por qualquer homem que soubesse trabalhar na terra), ou carregar uma bolsa com ossos e contas e partir como um mascate de relíquias, ou ir para o mar, ou tornar-se um soldado. Ele precisava fazer uma coisa ou outra, um dia ou outro precisaria começar. Enquanto isso ainda hibernava em Oby, pensando: Amanhã é sábado, então teremos feijão e toucinho. Espero que haja mais toucinho em minha porção este sábado.

A casula nova possuía uma cintura maior do que a antiga. Ele ganhara carne, agora estava amplo e largo. Mais coisas para amassar, dissera ele, respondendo às piadas de dama Isabel enquanto ela lhe tirava as medidas. Ele era capaz de falar assim, sem sentir mais do que uma amortecida apreciação do gracejo. Não que duvidasse da danação. Ele tinha tanta certeza do fogo do inferno quanto qualquer boa e simples mulher tem quando observa sua panela ferver. Mas tendo passado por aquela doença em um frenesi aterrorizante ele de alguma forma emergira apenas com a fórmula do medo. De tempos em tempos se sentia horrivelmente assustado; mas o que temia não era o fogo do inferno final, mas aquele dia próximo, que não tardaria, quando o terror voltaria a explodir e tomaria conta dele. Então ele ficaria louco.

A visita do Dia de São Martinho foi uma ocasião de planos e conversas, e um dos planos era que o prior Thomas e o mestre de obras voltassem na primavera para ver como andava o trabalho. Antes da Páscoa as freiras estavam falando sobre como deveriam receber seus hóspedes. O prior Thomas não veio antes de agosto — estivera ocupado em Westminster. Quando veio não havia muito para ele ver. Por uma oferta de maior remuneração o entalhador-chefe partiu com a maioria de seus homens para outro serviço. Tais coisas agora aconteciam, a peste havia feito os assalariados mais livres do que aqueles que os contratavam. Mas de que isso importava para o prior Thomas? Ele estava afável como sempre, afável como um imortal, contando histórias divertidas sobre como projetos de sua lavra tinham sido frustrados por acidentes torpes como aquele ou pela morte ou doença. E assim ele se foi de novo, deixando presentes e prodigalidades atrás de si.

"Hei de voltar ano que vem." As palavras soaram na cabeça de Sir Ralph, lembrando-o da Sibila do rei Tarquínio, regressando com sua oferta menor, com sua remuneração maior. Lá no fundo Sir Ralph sabia que o prior de Etchingdon era a sua última chance. A um homem como ele, de curiosidade insaciável pelos acasos do infortúnio humano, poderia contar sua história. Se enfim conseguisse humilhar-se e pôr aquilo para fora, Thomas de Foley era o homem a ouvi-lo e ajudá-lo. Ele poderia saldar seu pecado: confissão, contrição, penitência... era mesmo possível. No fim ele talvez se tornasse aquilo que fingia ser e que o condenara: um padre. O prior Thomas era muito parecido com o primo de seu primo: ele se empenharia em acobertar o escândalo de que por quatro anos Alicia de Foley e suas freiras ficaram sem o corpo de Cristo.

Pois eles eram assim, sempre tratando um ao outro por primo e dividindo a Inglaterra entre si. Mesmo em suas contendas eram unidos. Batiam-se e cuidavam que ninguém se batesse com eles. Ele ouvira Thomas de Foley explicar à prioresa como as coisas eram gerenciadas com destreza em Westminster, como por causa de estatutos e ordenanças tanto os salários quanto os preços seriam segurados, como, embora restasse apenas um único trabalhador, o homem e o pão deviam ser baratos como antes.

Durante a terceira visita a briga entre eles esquentou. Era abril. O grupo estava caminhando na propriedade para ver como o pináculo se lhes mostrava de diferentes pontos de vista quando o cortante vento leste trouxe um véu de chuva e eles entraram na nave para se abrigar: a prioresa, dama Agnes, dama Margaret, dama Salome, dama Isabel. Thomas de Foley tinha com ele um novo secretário, um jovem sorridente de lábios vermelhos, e o mestre de obras. Sir Ralph também integrava o grupo, meio a contragosto, pois tinha sido convidado a participar pelo prior Thomas; e contudo agradou-lhe conversar sobre janelas pintadas e discutir sobre as catedrais francesas com o mestre de obras. A nave parecia muito pequena e apertada com aquela quantidade de gente caminhando por ela, ainda mais desde que os entalhadores a haviam usado como depósito e bloqueado a extremidade oeste com madeira e pedras entalhadas já prontas.

O prior Thomas continuou a instar sua prima a aumentar a nave.

"Aqui não há nada que você possa desejar manter. Seu arco ocidental — é como algum sermão do campo em que o padre murmura: Boa gente, agora vou começar. E então se ouve uma longa pausa enquanto ele veste o capuz."

Dama Agnes expressou a esperança de que seria melhor ter novas portas. O biombo entre a nave e o coro não protegia das correntes de vento. Dama Isabel e dama Salome seguiram o assunto, descrevendo a dor das Matinas no inverno, o vento uivando, as freiras quase incapazes de repetir a missa por causa dos dentes batendo.

"As noviças batendo os pés e esfregando as frieiras!", exclamou dama Agnes.

"As velas se apagando!", pranteou dama Salome.

Thomas de Foley passou o olhar de um rosto enrugado a outro, pensando quão feias elas seriam às duas horas de uma manhã de inverno. Todo o poder do artifício era empregado para embelezar a casa e o louvor de Deus, mas nada era feito para melhorar a aparência de suas devotas. Uma ordem religiosa na qual todos fossem jovens e bonitos... nela não haveria lugar para ele. Um novo expediente para a nave brotou-lhe na mente, e ele se virou para a prioresa. Que derrubassem a porta oeste, já que haverá um alpendre sul na nave remodelada. Em vez disso, uma simples arcada, a equilibrar o coro alto, e acima de tudo isso uma pequena rosácea com vitrais.

"Meu voto era um pináculo. O pináculo vem com um alpendre sul, uma nave aumentada, uma janela. Tudo isso deve ser pago; e não estamos em Etchingdon."

Ela falou com leveza, como exigia a boa criação.

"Espero que não esteja preocupada com dinheiro. Se os dízimos de Methley não são suficientes..."

Dama Salome começara a ofegar de um jeito estranho, e ficara roxa. Ela revirou os olhos de maneira súplice na direção de sua prioresa. A prioresa balançou a cabeça.

"O que foi?", perguntou o prior Thomas.

"Não é nada."

Seu tom de voz só fez chamar a atenção. "Creio", disse o secretário, "ou ao menos entendi nosso tesoureiro mencionar, que embora seja perfeitamente compreensível que o dízimo de Methley esteja prometido para Oby, ainda restam algumas formalidades..." Ele se deteve, e acrescentou com um muxoxo: "As pessoas conseguem ser tão rigorosas".

O prior Thomas bateu na própria testa com seu punho pequeno. "Culpa minha, culpa minha! Minha mente ficou tão impressionada com seu projeto que acabei me esquecendo dessas malditas formalidades. Mas nada é feito se eu mesmo não providencio. Steven! Tome nota. Devido ao grande amor que temos a Nossa Abençoada Senhora e a São Leonardo, e para que o voto de minha prima, a prioresa de Oby, não seja frustrado, e assim por diante: metade do grande dízimo de Methley e a totalidade do pequeno dízimo; por dez anos, não, vinte. Não, não! Isso é irrisório. Por toda a eternidade."

Os rostos de dama Agnes e dama Margaret expressaram ao mesmo tempo sua admiração por um homem que podia dispor tão facilmente de uma propriedade e sua reprovação diante de tanta prodigalidade em assuntos financeiros. Embora tivessem suspeitado de que o dinheiro não chegaria — de outro modo, por que dama Salome suspirava com recato tão portentoso sempre que faziam referência a ele? — ninguém supôs que seu pagamento não tinha nem mesmo sido acordado. Santa Trindade, ele poderia ter morrido nesse meio-tempo, e teríamos arcado com o custo de tudo isso! Ante a ideia do perigo que correram, dama Margaret sentou-se e persignou-se com um dedo trêmulo.

Constrangida por se sentir tão aliviada, a prioresa começou a velar a crueza de seus sentimentos com um retorno aos escrúpulos quanto ao dízimo menor.

“Não gosto de pensar naquelas pobres criaturas sem um padre.”

“Eu lhe garanto que as pobres criaturas não saberiam o que fazer com um. Quando tinham padre, o único uso que lhe davam era pagá-lo em troca de amuletos para pendurar em volta do cangote do gado.”

“Parece uma situação chocante em um país cristão.”

“E é”, respondeu ele alegremente. “Mas deve-se encarar os fatos de frente. Digamos que vamos mandar um padre para Methley. Se ele for um bom homem irão assassiná-lo. Se não, farão como fizeram antes: o transformarão em um feiticeiro, um adivinhador de águas, e um bruxo do tempo. Não vou desperdiçar padre nenhum com Methley.”

“É uma forma bastante administrativa de tratar da salvação. Pode-se ver que Etchingdon é de grande prioridade, para ter um prior tão econômico.”

Todos olharam para Sir Ralph, que se manifestara. Ele estava escorado em uma pilha de madeira, girando nas mãos um pequeno objeto gravado.

O prior Thomas enrubesceu.

“Quanto à salvação, sou modesto o bastante para supor que ela vem de Deus. Mas isso é contestável, e se quiser pode-se dizer herético. Quanto a Methley, permita-me que eu saiba mais sobre ela do que o senhor. E não pretendo jogar mais pérolas a porcos. Tenho um respeito muito grande pelo sacerdócio.”

“Belo respeito pelo sacerdócio! O senhor coloca um padre aqui, retira um de lá. O que pensa que está fazendo? Jogando damas?”

O secretário fechou seu caderno e devolveu-o ao bolso.

“Uma metáfora muito impressionante”, disse o prior Thomas. “Acredito que o senhor tenha confundido sua vocação. Deveria ter sido um frade pregador. Metáforas são um grande consolo para congregações simples.”

“E por falar em pérolas… não são uma metáfora, não é?”

"Não para mim. Contento-me com citações da Escritura. Na verdade, como o senhor sugere, sou meramente um humilde administrador dos bens da Igreja. Um empregado."

Ele falou com desdenhoso bom humor, e fez uma pequena mesura...

"Talvez queira ir o senhor mesmo para Methley?", acrescentou ele. Dissera isso para aborrecer; mas não previra um tal olhar de ressentimento. Apressou-se a acrescentar que esperava que Sir Ralph não cogitasse naquilo, que Oby estaria muito mal sem ele. As freiras exclamaram que não dariam conta sem Sir Ralph e a prioresa disse com que providência ele chegara até elas na hora da necessidade. Arrebatado pelo impulso geral de falar para preencher um intervalo constrangedor, o mestre de obras tratou de responder com uma anedota sobre como um primo seu havia visto, assaz nitidamente, a mão de um esqueleto surgir e rabiscar *Hic* na porta de uma casa em Shrewsbury; e no dia seguinte a peste irrompeu entre as pessoas da casa.

Sir Ralph encarou o chão. Seu rosto era de um vermelho desbotado e uniforme exceto na ponte do nariz aquilino, que se mostrava com uma brancura descorada. Mesmo assim tudo talvez tivesse corrido bem caso dama Margaret não houvesse se sentido no direito de observar com profundidade: "Sem padre não há missa".

Sir Ralph ergueu o olhar. A prioresa disse apressada que sem dúvida havia missas sendo celebradas ao alcance do povo de Methley. Muitas, disse o secretário, e não lhes faria mal ter de caminhar pelo bem de suas almas. Em dias idos quando as missas não eram celebradas em todos os cantos, havia uma devoção muito mais verdadeira.

Loas a tempos idos pareceram conduzi-los à segurança quando Sir Ralph exclamou em um tom alto que a fúria tornou terno: "Alimente meu rebanho!".

Perdendo o autocontrole o prior respondeu hesitante: “Ah, muito bem, muito bem! Vá o senhor mesmo alimentá-los”.

O pequeno objeto de pedra gravada caiu da mão de Sir Ralph. “Por que eu deveria preencher os buracos que o senhor deixa?”

“O senhor parece viver disso. Preencheu um buraco aqui mesmo, não? Por sinal, de que buraco o senhor foi expulso para estar tão convenientemente pronto para aparecer neste aqui?”

Outra tempestade estava se formando. O vento uivou, os raios de sol foram varridos da janela como se um pano a houvesse limpado. Não mais ensolarados, eles todos pareceram minguar e diminuir — feito velas sopradas, pensou dama Isabel, puxando seu véu contra o rosto e espreitando por entre uma fresta. Os homens lutam como cervos, e viver com eles eternamente seria intolerável; mas de tempos em tempos uma briga masculina é revigorante, como os sais de amoníaco ou a erva-de-gato.

“De nenhum claustro, tenha certeza”, berrou Sir Ralph. “Não fiquei sentado esfregando a barriga em um claustro, roubando dos pobres e conspurcando o corpo de Cristo porque eu não fui capaz de fazê-lo.”

“Hoje em dia todos falam assim.” Thomas de Foley voltou-se para o secretário com ares paternos. “Todo rapaz, todo mendigo, sabe falar assim. É devido à difusão do conhecimento e à dispersão da piedade.”

Sir Ralph descolou-se do monte de madeira e cambaleou na direção do prior. Caminhou tombando para a frente, as mãos balançando, a boca escancarada. Seu rosto estava inexpressivo exceto por uma intensa atenção animal.

“Um ataque! Ele vai ter um ataque!”, exclamou o secretário.

Nesse momento o sino começou a tocar para as Vésperas. Do outro lado do coro alto pôde-se ouvir os passos ordenados e as barras farfalhantes das outras freiras indo assumir seus lugares. Com um súbito rugido Sir Ralph lançou-se sobre o prior Thomas. O prior pôs-se agilmente de lado, e ao mesmo tempo o mestre de obras e o secretário juntaram-se à escaramuça. As freiras se aglomeraram ao redor de sua prioresa, escandalizadas, excitadas, e propensas a rir. Era ridículo ver Sir Ralph investindo para lá e para cá, arrastando o clérigo e o secretário atrás dele, e o prior retirando tão calmamente a barra de sua batina de debaixo dos pés de todos. Então dama Agnes se recobrou, apontando seu magro indicador para a porta do coro alto e pedindo que dama Isabel, a mais nova entre eles, a abrisse. Lá ela ficou, o nariz arrebitado no ar, o rosto rigidamente composto, a pô-las em ordem para atravessar a soleira. Uma após outra elas caminharam sedadas até o coro, e a porta se fechou atrás delas. Assim que bateu, o ruído do tumulto cessou e foi sucedido por um lamentável berro, o grito de uma fera atingida nos tornozelos; então também isso se extinguiu e não houve nada mais a se ouvir senão o cântico das freiras no coro e lá fora o canto do primeiro cuco chamando através de uma torrente de chuva.

Dois dias depois, cavalgando pela paisagem brilhante, Thomas de Foley disse a seu secretário como ficara feliz que o padre enlouquecera naquele preciso momento, permitindo que ele testemunhasse o espetáculo: uma demonstração perfeita, acrescentou ele, de como as mulheres, apesar de todas as suas fraquezas, por causa delas talvez, são mais talhadas para viver conforme a Regra. Para elas a Regra é uma espécie de dança, exclamou, a dança de uma vida toda. O sino dobra, a música irrompe; e com toda a força de seu talento dramático, sua disposição, sua terrífica vaidade, elas se entregam a um padrão formal de obediência.

"Não duvide, Steven! Aquelas mulheres indo para as Vésperas experimentam uma excitação muito maior fazendo o que juraram fazer todos os dias de suas vidas do que jamais teriam ao observar aquele maníaco tentando me estrangular."

O secretário observou que assim como Deus havia chamado Maria para ser o veículo da encarnação, ele chamava mulheres para a vida religiosa, escolhendo os espécimes mais frágeis e os mais improváveis de transmitir as intenções dele e de ilustrar as palavras de Nossa Senhora acerca da exaltação dos humildes. Sua cabeça ainda latejava da pancada que Sir Ralph lhe dera, e ele não conseguia pensar na visita a Oby com prazer. As observações de Thomas de Foley lhe soaram hiperbólicas. Todo mundo sabia que os mosteiros tiravam partido de sua Regra e precisavam de supervisão e censura constantes. A casa que haviam deixado para trás não era exceção, com finanças incompetentes, sem criados adequados, uma prioresa que não pensava em nada além de construir, e um padre louco.

Sir Ralph ficara louco, sem dúvida. O que era igualmente desconcertante é que dama Susanna houvesse escolhido o mesmo momento para ficar louca também. Em vez de abraçar uma oportunidade de mostrar seu talento como enfermeira, ela recusou-se a chegar perto dele, e a fornecer qualquer motivo para sua recusa, dizendo que nada podia fazer senão rezar. Rezar não era pouca coisa; mas precisava-se de algo mais do que reza. Por sorte dama Beatrix deu um passo adiante, dizendo com determinação que se precisava mesmo era de um galo preto. A mensagem chegou até a cozinha, e Jackie riu até chorar, pensando como seria engraçado ver o padre com um galo preto cantando em seu ouvido, como um São Pedro. Isso o despertaria! — pois a loucura de Sir Ralph era de um tipo estúpido, seus berros e berreiros tinham cessado tão abruptamente como se uma chave os tivesse virado, e nada permanecera senão uma pesada e terna melancolia. O galo preto, no entanto, foi morto, e atado à cabeça de Sir Ralph. Um galo preto atado à cabeça era, claro, um curativo antigo e sancionado, e tão logo dama Beatrix prescreveu-o as outras também se lembraram dele. Mas dama Beatrix havia se lembrado dele imediatamente. Ouviu-se a satisfação geral quando dama Susanna renunciou a seu cargo e dama Beatrix tornou-se enfermeira em seu lugar.

Até depois de meados do verão Sir Ralph permaneceu louco. Foi uma estação notavelmente agradável e toda manhã ele era levado para aproveitar o sol. Lá ele marchou para cima e para baixo, piscando os olhos por trás das penas, e às vezes se inclinava e com muito cuidado tirava um galho ou um seixo do caminho à sua frente. Às vezes apenas ficava sentado, como um pacote encharcado; ou encarava um arbusto e tremia todo, e então emitia um longo e eletrizante uivo como o de um cão que fareja a iminência da morte. Em outros momentos ele gargalhava e esfregava as mãos e então trotava até encontrar um interlocutor, alguém paciente o bastante para ouvi-lo, e com muita sinceridade recontava alguma piada ou história engraçada que lhe viera à mente. Na hora das refeições ele saía de vontade própria, arrastava-se até seu quarto perto do portão e lá sentava-se a polir sua colher e a aguardar que seu prato lhe fosse levado. Vendo quão bem ele se lembrava de seus velhos hábitos, elas temeram que ele tentasse rezar a missa, e por sugestão de dama Susanna a porta do coro e a porta da sacristia foram mantidas fechadas. Mas ele nunca tentou isso.

Vários galos tinham apodrecido e sido removidos, e ainda não se via nenhuma mudança na condição dele. Um padre louco tornou-se parte da rotina da casa, um incômodo familiar, como a porta do toalete que por tanto tempo ficara torta e não fechava direito. Dama Helen e Pernelle e as noviças se ocuparam durante todo esse tempo arejando e limpando os tapetes e os capuzes acolchoados de inverno e as mantas. Sacudindo-as e batendo-as, e pescando as pulgas que escapuliam, elas riram e brincaram, e o louco para elas não passava de uma sombra que ia e voltava.

Quando ele se entregava aos acessos de uivos as freiras se juntavam e sussurravam que de fato ele farejava a iminência da morte: a morte de dama Isabel. Durante sua breve vida enfermiça ela havia aceitado a ideia de uma morte precoce; mas agora pensava que, afinal de contas, lamentaria trocar a ambiguidade deste mundo pela certeza do próximo. Há prazer em observar os sofismas da humanidade, as decisões feitas e desfeitas como o rodopio de um moinho, a causação empurrando-o de ato em ato ao passo que sua razão dança na superfície da ação feito um padrão de espuma. Sim, e os acúmulos da razão humana, pensou ela, as provas às quais todos assentimos, as verdades estabelecidas sem sombra de dúvida, são todos como as cracas de espuma secas que jazem de comprido na margem do rio e parecem sólidas o bastante, até que uma tempestade vinda do fundo do vale envia uma carga de água que as quebra e as varre embora.

Recentemente a prioresa fizera muitas referências à desejabilidade da morte, ao consolo de ser libertada dos cuidados e desapontamentos mundanos. Parte disso, dama Isabel sabia, se devia aos problemas financeiros do convento, os escrúpulos da prioresa a respeito daquele dízimo pequeno de Methley, sua desconfortável certeza de que o pináculo, de alguma forma, sairia pior por causa dele; mas outra parte se devia à consolação. Estudando o rosto da prioresa, um rosto redondo feito a lua anuviado com incertezas assim como o disco lunar é manchado por nuvens passageiras, a jovem freira assentiu às consolações; mas sob o assentimento ela reconhecia os anos que devia confiscar, os eventos que viriam a acontecer que ela não veria, os muitos pensamentos que ela poderia ter — e ninguém mais os teria. O mundo era profundamente interessante e um convento era o lugar ideal a partir do qual meditar sobre o mundo. Ela tinha vinte e três anos. Se chegasse aos quarenta, aos sessenta, seu amor ao pensamento não seria saciado. E contudo dama Agnes, que era capaz de se lembrar dos judeus na Inglaterra e dos *Te Deums* que haviam sido cantados na expulsão deles, e dama Blanch, que era ainda mais velha, tão velha que não se lembrava de nada, jamais tinham passado uma hora de suas vidas a especular.

Enquanto isso, ela também tinha de pensar em seu dinheiro. Os De Scottow tinham propriedade na Guiana e embora desde a guerra e o aumento de piratas nos mares estreitos o comércio de vinho não tivesse sido tão lucrativo quanto o fora, a família ainda era rica, e dama Isabel não só havia trazido um grande dote consigo, como também recebia uma renda anual de um vinhedo seu. "Para pagar por alguns pequenos confortos", disse sua mãe, como quem pede desculpas, "já que a pobrezinha é tão doente." Isso era o acanhamento da mente leiga, ainda alimentando a ilusão de que as freiras vivem de orvalho e um pouco de mingau. O convento era menos melindroso. Nele a propriedade privada de dama Isabel não chocou ninguém, era apenas o estado de saúde dela o que tornava mencioná-lo um pouco delicado, já que perguntar sobre sua cessão era fundamental para falar sobre sua morte. Insinuações e perguntas observavam um decoro atravessado, como quando dama Agnes e dama Helen falavam tão lamuriosamente sobre as friagens no cabido, as quais haviam, elas tinham certeza, minado a saúde dela. Que ela devia conceder seu vinhedo para o propósito de construir um novo cabido era o desejo da maioria. Dama Susanna, no entanto, uma mulher friorenta, atribuiu a doença de dama Isabel ao fato de que o convento queimava peltre demais. A fumaça a fizera tossir, e a tosse lhe acabara com os pulmões. Era a fumaça de peltre, também, que estava estragando a vista de dama

Beatrix. Não era aflitivo observá-la dosando os remédios? Ela só podia estar certa de algo quando o segurava a uma polegada do nariz, e com frequência os ingredientes errados devem ter entrado em uma beberagem. Um dinheirinho dedicado a melhorar a madeira do convento... Dama Matilda disse secamente que o convento precisava era de abrigos melhores para os trabalhadores, e de um touro novo. "Nossos tetos já estão ruins, Deus sabe, mas bons ou ruins temos de ficar debaixo deles. Mas hoje em dia um servo descontente trata de fugir de nós."

Outra interlocutora uniu-se a dama Matilda em franqueza. Tratava-se de dama Salome, que instou a freira moribunda a devotar a totalidade de seu vinhedo para as missas, já que dentre todos os pecados o orgulho espiritual demora mais a ser expiado.

"E agora que Sir Ralph se recuperou tudo ficará bem, com as missas sendo celebradas no próprio convento onde se pode estar certo de que nada será relegado, pois ficaremos de olho nisso. No dia em que ele recobrou os sentidos e saiu para pescar enguias eu disse às outras: 'Agora nossa pobre dama Isabel pode morrer consolada!'. Foi meu primeiro pensamento."

Um pensamento diferente ocorrera a dama Isabel quando lhe contaram que Sir Ralph havia subitamente se libertado da loucura, rosado e piscando feito um infante a espreguiçar-se. Embora ela nunca o houvesse achado um confessor simpático, sua curiosidade espicaçou-se ante o prospecto de encontrar-se com alguém recém-egresso da loucura. A loucura era um mundo todo novo, certamente ele teria notícias interessantes para dar? Suas esperanças foram baldadas. O símile do infante espreguiçando foi verdadeiro demais; permaneceu sentado a sorrir ao lado da cama dela dizendo como se sentia maravilhosamente bem, e que apesar da seca ele nunca vira colheita tão promissora.

Uma freira não tem bens, não pode deixar um testamento; mas não há nada a impedi-la de deitar no papel seus últimos desejos. Os últimos desejos de dama Isabel foram expressos em uma carta a seu pai, e uma cópia assinada da carta foi retida pelo convento. Parecia a ela, como é comum parecer aos moribundos, que suas intenções seriam inevitavelmente mal compreendidas ou descartadas. Ainda segurando a cópia da carta ela repetiu o que esta continha. Ela pedira ao pai que cedesse a Oby a renda de seu vinhedo por dez anos após sua morte. Durante esses dez anos nenhum centavo dessa renda, além do custo de um mínimo decente de missas, poderia ser gasto. Deveria ser posto em usura, e os juros acumulados também deveriam ir para usura.

"E quando a obtivermos, o que faremos?", perguntou a prioresa, baratinada por todas essas instruções. Às vezes lhe parecia que todo mundo se mancomunava para falar somente sobre dinheiro.

Dama Isabel fez um gesto de impaciência. Outro acesso de tosse começou a sacudi-la, e dama Beatrix passou-lhe a escarradeira.

"Pague... as dívidas", cuspiu ela. O sangue subiu-lhe à cabeça e varreu qualquer outra coisa que ela podia ter desejado dizer.

Sua agonia foi longa. O tempo estava intensamente opressivo. Tempestades se anunciavam mas não interrompiam a seca. A pouca chuva que extraíam das nuvens mal tocava a terra antes que ascendesse em uma névoa fumegante. As freiras, exaustas de ajoelhar-se ao redor de dama Isabel e de repetir as preces para a moribunda em nome de uma mulher que aparentemente era incapaz de morrer, acharam difícil ocultar seu cansaço e sua desilusão (pois é uma desilusão descobrir que a compaixão, quando se estende demais, materializa-se em nada mais que um feito de resistência). As moscas tornaram tudo pior. O cheiro de sangue e suor as atraía aos magotes, moscas domésticas e varejeiras e mutucas. A ululação de preces e o zumbido de insetos eram interrompidos por gritos, coçadas e tapas nas moscas que pousavam nas bochechas e testas. Lá jazia dama Isabel, muda como uma vela, visivelmente consumida mas ainda não extinta. Cada vez que abria os olhos eles tinham um brilho mais aterrorizante. Era um fim exemplar, mas não consolador. Mesmo a paciência dela parecia assumir um quê de trapaça e abstração, era como se ela estivesse calculando as horas que deveriam transcorrer antes que elas pudessem deixá-la sozinha. Quando por fim morreu, a reflexão de que elas haviam feito tudo o que podiam por ela confundiu-se com uma sensação de que elas, e não a própria, haviam se tardado tempo demais. Para coroar tudo, a seca irrompeu em tais torrentes de chuva que a cova deixada pronta encheu-se de água e foi impossível enterrar dama Isabel até que a chuva cessasse e as cheias baixassem.

Por muitos anos a morte de dama Isabel, tão jovem, tão incrivelmente dotada, foi lembrada porque coincidiu com a cheia no Dia da Assunção. As colheitas se estragaram, o gado se afogou, o rio rompeu suas margens e se assentou em um novo canal, de modo que o moinho se elevou e secou, e por fim se fez em ruínas. Depois que as cheias se foram houve uma epidemia entre os entalhadores, e vários deles morreram. Todos esses desastres reforçaram a incômoda impressão deixada pela morte de dama Isabel, e mais tarde circulou a lenda de uma freira que era tão perversa que a própria morte se recusou a levá-la e a terra se negou a recebê-la. Sua perversidade era o aprendizado excessivo: passava o dia todo lendo livros proibidos, e às vezes latindo feito um cão, pois o seu conhecimento da gramática era tamanho que ela era capaz de assumir a forma de um animal. Naturalmente, tudo isso era conhecido em Lintoft e Wivelham e Waxelby antes de alcançar Oby, e o convento só ficou sabendo por intermédio de Pernelle, que trouxe a notícia ouvida durante um parto, no qual, conforme ela comentou, as pessoas diziam qualquer coisa para ajudar a passar o tempo. Dama Salome sentiu calor e incomodou-se. Mais uma vez, percebeu, ela havia sido guiada por um anjo quando tinha modestamente suposto que era a única seguindo a própria intuição.

Pois o inacreditável havia acontecido. A devoção de dama Salome a Nossa Senhora e a São Leonardo havia cedido, e ela renunciara ao cargo de tesoureira no dia seguinte à morte de dama Isabel, alegando que tinha escrúpulos sobre a usura e não podia suportar somas *per centum*. Dama Matilda foi designada em seu lugar.

Já era hora de uma grande mudança. Na última Visita o brando bispo Adlam havia observado que mesmo a conscienciosidade pode ser levada longe demais e que o hábito de dama Salome de glosar cada entrada de seus livros com um recital sobre como fora doloroso fazê-lo de tal e não de tal maneira era, a longo prazo, tedioso. Ele também fora obrigado a apontar várias falhas na aritmética dela. Além do alívio de livrar-se de dama Salome, a prioresa ficou aliviada de por fim ter dama Matilda entre as monjas sêniores. Ela era uma Stapledon, família que não devia ser desrespeitada.

Os Scottow eram eminentemente ricos assim como os Stapledon eram eminentemente abonados. Tinham a reputação de ser prudentes, autossuficientes, cheios de opinião e de afeição familiar. Essa era uma das versões. A outra versão descrevia os Stapledon como miseráveis, obstinados ao ponto da teimosia, e tribais como os judeus. A mãe da prioresa Isabella havia sido uma Stapledon. Para o convento que gemia sob seu mando, a chegada de uma Stapledon crescida, e uma que já havia tirado quase tudo do marido, parecia o pior tipo de ameaça, e fizeram-se muitas alusões àquele texto na Escritura sagrada que professava que o dedo mínimo de Roboão seria mais grosso do que a cintura de seu pai. No decurso do tempo ela havia suplantado a maior parte do preconceito com que fora recebida; mas as freiras de mais idade que ainda se lembravam da prioresa Isabella continuaram a asseverar que dama Matilda estava só ganhando tempo até que pudesse assumir a autoridade e se tornasse tão temerosa tirana quanto sua tia havia sido.

Em 1354, quando ela se tornou tesoureira, dama Matilda contava trinta e seis anos, uma mulher alta, de compleição robusta, fala lenta e poucos olhares. Quando erguia as pálpebras, era para olhar: um firme olhar observador, brandido como uma arma ou um utensílio de cozinha, e, cumprido o seu propósito, baixado de novo. Estranhamente, entre as jovens ela era popular ao extremo.

Talvez fosse essa a razão pela qual a prioresa, continuamente a elogiá-la, e a apoiá-la em suas novas dosagens de recém-chegada, não gostasse dela abertamente e a houvesse mantido por tanto tempo sem um cargo. Dama Agnes, explicando as políticas do convento para dama Margaret, tinha outra teoria. A prioresa era tão absurdamente fastidiosa e minuciosa que não conseguia suportar a voz alta e os passos equinos de dama Matilda. A verdadeira explicação era tão obscura que a prioresa era a única pessoa que poderia fornecê-la, embora fosse ficar vexada de dá-la. Em 1345, quando ela primeiro prometera seu pináculo, dama Matilda era uma tacanha criatura escaveirada, muito tímida, e parecia muito mais jovem do que a sua idade acusava. O tempo passou, e ela se tornou autossuficiente, maciça, até faustosa, tudo sem parecer fazer esforço específico e sem que ninguém lhe tomasse as dores. O pináculo ainda estava inacabado. Por que a mais prosaica de suas freiras devia amadurecer tão suavemente quanto o templo de Salomão enquanto o pináculo se tardava e definhava como uma criança raquítica? Por causa dessa desafortunada associação de ideias a prioresa sentia que de alguma forma uma havia crescido à custa da outra, que dama Matilda era uma rival do pináculo, e sua indiferença a ele se alimentava de malquerença ao passo que a indiferença das outras freiras se devia meramente à estupidez. Ela se acostumara a consolar a si mesma pensando em dama Isabel. Dama Isabel recuperaria a saúde — no mínimo não ficaria mais adoentada; dama Isabel seria a próxima prioresa. Era provavelmente o desígnio de Deus que o que começara por causa de uma Isabella fosse concluído por uma Isabel. Enquanto houve uma dama Isabel, dama Matilda jamais poderia estar à altura, seu bom senso nunca seria mais do que um despiste para o brilhantismo da outra. Mas dama Isabel tinha morrido, e dama Salome (que ela só tolerava como tesoureira porque era uma obsequiosa temporária) tinha renunciado, e imediatamente a prioresa descobriu que precisava se submeter à dependência de dama Matilda.

Contudo a nova tesoureira não demonstrou inimizade ao pináculo. Este constou em seus livros de contabilidade ao lado da manteiga e das ameixas e da banha e dos vermífugos para o gado. Ela fez uma ou duas sugestões muito razoáveis sobre ele, e manteve os homens trabalhando, intervindo sempre que podia e com muita discrição nas incessantes brigas que surgiam entre a prioresa e o entalhador-chefe.

"Por que dama Matilda ficou tanto tempo conversando com Edmund Gurney? Pergunto-me se ela não trepa no andaime e passa a tarde com ele. Com dama Matilda e Pernelle Bastable é um prodígio que qualquer serviço esteja sendo feito no pináculo."

"Falar em Pernelle me faz lembrar que..." Mas dama Beatrix mais longe não foi em sua tateante digressão.

"Você, também, esteve lá parte do tempo. Sobre o que ela estava fofocando?"

"Estava contra-argumentando sobre o preço dessa nova leva de pedras."

"Eu devia saber. Isso é tudo o que importa a ela — se é possível gastar menos."

"Ela é reservada. A senhora sabe que ela sempre foi reservada. E é natural que ela não tente competir em termos de gosto. Mas não é verdade que não tem interesse. Outro dia mesmo eu a ouvi dizer a dama Susanna como ela ansiava por vê-lo terminado."

A prioresa foi embora, vermelha de tão mortificada. Nitidamente, dama Matilda não só era indiferente ao pináculo: fazia troça dele, e se regozijava com seu crescimento retardado. Em lugar algum ela poderia encontrar uma ouvinte simpática a suas ambições, a suas dúvidas agoniantes. Se ela consultava as freiras, elas concordavam com o que quer que ela dissesse. Se consultava o entalhador-chefe, ele discordava. Justo agora ela estava extremamente indecisa quanto a um florão. Se ao menos Thomas viesse!

Mas ele não veio.

Em 1356 o trabalho no pináculo foi suspenso, e os entalhadores receberam ordens de preparar a fundação para o aumento da nave. Escavar não era da conta deles. Permaneceram sentados, mastigando a relva, enquanto o velho Richard Noot, debilitado desde a peste, e Mary Ragge e Mary Scole cavavam e carregavam terra em cestos. Era impossível, disse Jesse Figg, chamar mais alguém do solar, e o trabalho remunerado não estava disponível. No íntimo ele havia decidido que nenhum de seus homens iria desperdiçar sua força enquanto aqueles enormes entalhadores desocupados ficavam à sombra. Embora desconhecidos pudessem tapear a prioresa eles não escapariam do bailio da prioresa. O entalhador-chefe não demorou a levar seus homens embora, dizendo que fariam um pequeno serviço em Waxelby e estariam de volta para o Dia de São Martinho, não imaginava que a escavação tivesse terminado até lá. Como agora era tempo de colheita os escavadores também foram embora. As freiras comentaram entre si que a prioresa adiaria o trabalho até o dia de sua morte em vez de se permitir perder a autoimportância e o senso de poder que ele lhe dava. Por sorte havia o dinheiro de Methley para pagar por ele, e o dinheiro de dama Isabel ainda por vir.

Ela agora tinha sido prioresa por quase doze anos — um longo tempo no cargo. Se realmente tivesse sido uma boa prioresa, boa para os padrões ortodoxos, ela mal teria aguentado por tanto tempo; mas suas faltas a faziam tolerável: por ser ensimesmada ela raras vezes interferia, e exceto quando seu pináculo estava envolvido ela era muito notavelmente livre de suspeitas. Os atrasos do dinheiro de Methley haviam sido pagos, agora os dízimos vinham pontualmente. A vida se tornara muito confortável, apesar do aumento do custo de vida — ou talvez por causa dele. O aumento do custo de vida trouxe um aumento do padrão de vida. Quando dificuldades com o solar resultaram em menor produção caseira, a deficiência foi compensada com uma maior compra em feiras e mercados. O que é produzido para venda é naturalmente mais luxuoso do que o que é produzido para consumo doméstico. As freiras comiam mais comidas delicadas, vestiam lã mais fina, bebiam vinho e sidra quando sua produção caseira acabava. Os maus tempos, também, tinham feito aumentar o número de ambulantes, e a competição entre os ambulantes fez melhorar a qualidade de suas mercadorias. Alfinetes eram comprados livremente, longe ficaram os dias em que uma freira de gatinhas procurava no assoalho, dizendo: Onde está o meu alfinete? Compraram-se chinelas felpudas, pequenas almofadas para apoiar a cintura, balas para adocicar o hálito, e novas colheres que não esticavam a boca até o ponto de o dono dela parecer uma gárgula. Compraram-se móveis novos, as paredes ganharam cortinas, as mesas ganharam lenços. Nessa época o livro de horas, projetado havia tanto tempo, foi levado a cabo pela jovem dama

Cecily Bovill, e encontrou um comprador (o De Retteville que o havia encomendado morrera de Peste Negra). Com o dinheiro que trouxe, o altar de São Leonardo foi ornado no melhor estilo.

Pernelle Bastable teve parte em muitas dessas melhorias. Ela sabia onde era melhor comprar tais e tais coisas, viajou até feiras e voltou com pechinchas e novidades. Jackie agora via as feiras na abastança, feiras que faziam a Feira de Waxelby corar. Pernelle precisava de um rapaz forte para carregar os fardos e espantar os cães, e Jackie era tudo de que precisava.

Ele agora estava na adolescência e na época de trabalhar para os entalhadores, um grande e formoso maganão, imberbe como uma pintura recente com seus lábios carmim e seus olhos verdes. Pernelle havia suplantado Ursula com seu filho assim como ela a havia suplantado na cozinha. Agora, entre os muitos criados que o estilo de vida melhorado do convento pedia, Ursula era uma ninguém. Quase cega e muito reumática ela havia vagado de volta para o claustro e vivia quase como uma freira, passando boa parte de seus dias diante do São Leonardo redecorado cujos lábios eram tão brilhantes como os de Jackie. Sua carnalidade por fim havia se consumido, o amor não exercia mais poder sobre ela do que o fogo exerce sobre um tijolo. E na Quaresma de 1357 quando Ursula claudicou até o claustro e se ajoelhou para sua penitência, a prioresa, olhando para ela com constrangimento, disse: "Foi-se o tempo... não há mais razão para isso. Vá em paz, minha filha".

Era notório que a prioresa não gostava de flagelar Ursula; e para Ursula não deveria ser nenhum prazer. Contudo por mais alguns dias ambas as mulheres pareceram abatidas, e a prioresa começou a falar sobre si mesma como se fosse uma mulher idosa. Apenas cerca de uma semana antes Pernelle, cavalgando para casa desde Waxelby com as provisões de peixe seco e figos para a Quaresma, havia sido apeada de seu cavalo por Jackie e deitada na relva. Ela cedera após pouca resistência, pois reconhecia ali um talento. Mais tarde, tornando a vestir o capacete, ela estudou o indeterminado perfil inglês dele recortado contra o puro verdor do céu crepuscular. Observando-o ali de pé em um isolamento de satisfação corpórea ela sentiu uma gratidão e uma humildade quase virginais.

A essa humildade se seguiu a reflexão de que uma mulher madura exerce grandes encantos sobre um rapaz. O que seria mais natural do que aquele pobrezinho do Jackie fazer amor com ela? Em troca ela lhe conferia seu estoque de experiências, tesouros de aprendizado amoroso agora totalmente maduros e subutilizados após tanto tempo guardados; pois uma mulher, disse ela para si mesma aquela noite, sempre guarda o melhor vinho enquanto ela dura. E ela sempre fora gentil com Jackie. Mais tarde naquela noite ela despertou de novo. Ouviu um mexer de pés, silenciosos bocejos. As freiras, pobrezinhas, voltavam das Matinas. Não conheciam prazer algum, suas vidas nunca passavam para a vida real. Ao fim e ao cabo, elas teriam de expiar tantos pecados quanto os das mulheres seculares, sendo ambiciosas, preguiçosas, raivosas e orgulhosas como eram; e contudo não teriam como comprová-lo. Lá jazia ela, ainda reverberando com o prazer por muito tempo relegado e nunca esquecido. Tempo demais: ela estava velha. Seu corpo estava enrugado, pelos lhe cresciam no queixo. Muito em breve Jackie não iria querer pôr os dentes naquela pera havia muito guardada. Ele a deixaria e iria atrás de alguém da própria idade. Pois duas sabedorias jamais podem se fazer companhia, e um rapaz só se faz sábio no amor quando deseja comunicar sua sabedoria a alguma rapariga ignorante. Garotas há por toda parte, e ali havia freiras. Ela foi arrebatada pela convicção de que devia certamente perder Jackie a uma ou mais delas. Eram senhoras, sua pele era macia por causa da indolência, eram virgens. A qualquer momento Jackie poderia sentir desejo por uma virgem; e não tendo nem vergonha nem modéstia, não haveria nada a detê-lo. Tampouco as freiras seriam passíveis de contenção. Pense só em Ursula... todas as freiras são iguais.

O convento notou que Pernelle havia subitamente relaxado sua aparência e relaxado seu controle. Também notaram que Ursula chorava aos montes, como se os flagelos houvessem sido redobrados em vez de reduzidos. Quanto a Jackie, elas não notaram nada: ele estava fora do mundo delas, sujeito ao ocasional comentário de que tinha idade suficiente para trabalhar feito homem, e que as aulas de Sir Ralph haviam sido um desperdício. Em meados da Quaresma Pernelle anunciou que teria de ir a Waxelby comprar provisões para a Páscoa, e que levaria Jackie com ela. Ausentaram-se por uma semana.

Foi no quinto dia de sua ausência; as freiras, caminhando pelo pomar, falavam sobre ladrões e dama Beatrix recontava seu sonho no qual vira o cavalo de Pernelle sair correndo de um matagal, as órbitas de seus olhos arregaladas, carregando, não Pernelle, mas um homem alto e cabeludo vestido com um colete rasgado, quando dama Susanna exclamou que um homem estava cavalgando na direção do convento. Elas colaram o rosto à fenda na cerca de juncos. Sem dúvida, lá estavam o cavalo e o cavaleiro. O cavalo não era o cavalo de Pernelle, tampouco estava correndo, tampouco seu cavaleiro era particularmente alto ou desgrenhado. Mas dama Beatrix falou sobre sinais e portentos e elas escutaram, quase persuadidas, até que dama Susanna voltou a falar, dizendo que o cavaleiro era o secretário do prior Thomas. Elas correram para dentro a fim de lavar o rosto e vestir o véu e limpar a terra das unhas. Um hálito de festividade estava no ar. Que pena que Pernelle não estivesse lá para bater um de seus cremes!

Não havia nenhum sinal festivo em Steven Ludcott. Seus modos eram frios e apressados, sua voz continha algo de nervoso. Quando elas perguntaram sobre o prior Thomas ele respondeu que Thomas não era mais o prior de Etchingdon. Ele renunciara ao posto a fim de devotar-se à contemplação.

Deve ter havido alguma briga, pensou a prioresa, ou algum escândalo. O partidarismo de sua adolescência ferveu dentro dela, ela se sentiu latejar com uma fúria protetiva, e prestes a exclamar que o mundo inteiro se mancomunava para escarnecer de Tom justamente porque ele era mais inteligente que os demais. Ela disse:

"Meu primo Thomas sempre foi profundamente religioso. Sua aposentadoria será uma grande perda para Etchingdon, mas a cristandade ganhará reforços, pois sem dúvida ele vai enriquecê-la com algum tratado de valor inestimável."

O pior de tudo, continuou a pensar, era que esse sujeito havia tido alguma coisa a ver com a queda de Tom. Tom nunca teve juízo na escolha de seus favoritos.

"Nosso novo prior, Gilbert Botley", disse ele, "enviou-me até a senhora com esta carta. Ele me escolheu para transmiti-la, já que estive aqui antes e conheço algumas das circunstâncias."

O prior Gilbert agradecia sua bem-amada irmã em Cristo, e embora deplorasse os atalhos de Mamon na vida religiosa, via como seu dever lembrá-la de que os juros do dízimo de Methley desde 1351 não haviam sido pagos. Seguiam-se cálculos muito exatos e impressionantes, e a carta se encerrava com uma alusão ao mérito do homem servente que transformava seu único talento em dez.

A prioresa se voltou para dama Margaret, que estava presente na audiência como companhia, e pediu-lhe que fosse buscar dama Matilda de Stapledon.

O temido sobrenome Stapledon abalou a reserva de Steven Ludcott. Mal dama Margaret os havia deixado, ele disse: "Na verdade, todo esse problema foi causado pelos dízimos de Methley. Foi tudo tão pouco profissional, um acordo de família entre o prior Thomas e a senhora. A comunidade protestou".

"A comunidade", disse ela, "demorou a se manifestar."

"Exatamente! A comunidade sentiu que era hora de encarar e regularizar a questão. Não podíamos permitir que o ex-prior dispusesse dos bens da comunidade como se se tratasse de sua propriedade privada, entregando uma parte considerável da renda de Etchingdon sem consulta, sem contrato. Não havia nada, nada além de uma simples anotação de que os dízimos de Methley deviam ser pagos a Oby."

"A qual, imagino, o senhor mesmo escreveu? Recordo que meu primo pediu-lhe que o fizesse. Fomos todos muito pouco profissionais, é verdade. Por exemplo, acredito que omitimos qualquer menção aos juros, qualquer menção a juros de qualquer natureza."

"É muito provável. Fomos interrompidos, não é mesmo? Por sinal, que fim levou seu padre louco?"

"Graças a Nossa Senhora e a São Leonardo ele está perfeitamente recuperado."

Ao entrar, dama Matilda recebeu de sua prioresa um significativo olhar de camaradagem. Foi com uma só mente e uma só alma que a prioresa e a tesoureira de Oby conversaram com Steven Ludcott. Pois a vida de clausura desenvolve nas mulheres recursos infinitos tanto de ressentimento como de intuição; ou talvez meramente desenvolva sua sensibilidade, da qual surgem igualmente o entendimento e um prazer em serem incompreendidas. Dama Matilda e a prioresa bem podiam ter ensaiado sua estratégia durante meses. Embora Steven Ludcott houvesse deixado Oby com cada ponto de sua incumbência resolvido, concordando com os juros e desopilando sua bile, ele partiu a cavalo com a sensação de ter sido horrivelmente lacerado entre aquelas duas.

Tão logo ele deixou a casa, a atitude defensiva determinada transformou-se em uma derrota. A prioresa ficou histérica, dama Matilda praguejou como um cruzado, e dama Margaret, que durante a audiência ficara lendo seu saltério, correu a dizer ao convento que Oby estava decididamente arruinado e que com certeza seria dissolvido pelo bispo.

Foi no ocaso de tudo isso que Pernelle Bastable voltou, explicando que os mercadores de Waxelby estavam pedindo preços tão exorbitantes que ela julgara melhor ir para Lambsholme, onde comprara uvas-passas tais como nunca se comera em Oby. O preço das uvas-passas foi o único elemento de sua história que causou alguma impressão. Dama Matilda disse que fora caro demais. O convento, acrescentou ela, teria de arcar com uma obrigação inesperada, e por alguns anos deveria fazer economias.

Para Pernelle isso significou uma coisa apenas: que seu Jackie não seria tão bem alimentado. Haveria menos tortas e pitanças extras a entregar através do untuoso postigo. Alimentar Jackie havia se tornado um dever precioso — muito mais do que um dever, na verdade; pois ela sabia que para um homem jovem a mulher mais velha que ele ama é suficientemente parecida com sua mãe para que a nutrição faça parte da transação. Aquelas virgens podiam economizar se assim quisessem. Não tinham nada a perder senão sua ceia. Ela perderia Jackie. Inquieta de tanta agitação ela começou a bufar e a expostular, dizendo que se, depois de tudo o que havia feito por elas, as senhoritas de Oby questionassem a sua honestidade, só poderia haver uma solução: ela deveria partir e partir ela iria. Dama Matilda concordou brandamente. Mesmo assim, Pernelle poderia ter ficado (pois viajar é dispendioso, e ruinoso para a aparência de uma mulher, e parecia haver pouca chance de que outro convento ou seu cunhado em Beverley a acolhessem com

Jackie sob suas asas) se um lírio de Quaresma não houvesse aparecido atrás da orelha de Jackie. Um rapaz não usa um lírio de Quaresma a troco de nada — a não ser que seja poeta. Foi durante a Semana Santa, quando o convento estava ocupado comemorando a morte e a paixão de Cristo, que Pernelle arranjou sua partida. Enquanto dama Matilda esteve pregada no coro, Pernelle pôde fazer o que quis na despensa, explicando aos criados que estava se aprontando para o grande festival da Páscoa. No Sábado Santo ela encenou uma briga, declarou que não viveria mais onde não confiavam nela, e saiu cavalgando, com os alforjes balançando, enquanto os sinos de Lintoft, Oby e Wivelham repicavam seus *haec, haec, haec, dies*, assegurando uns aos outros através da charneca que Cristo havia renascido. "Quanto à minha roupa de cama", exclamou por sobre os ombros, "não vou esperar por ela. Jackie pode levá-la depois até a estalagem em Waxelby."

Quando Oby percebeu que Jackie tinha ido embora de vez e levado o cavalo ruão consigo já era tarde demais para fazer qualquer coisa. Várias pessoas viram a mulher e o rapaz cavalgando rumo ao sul, mas supuseram que iam a mais uma expedição comercial para aquelas freiras avarentas e não puseram grande reparo. Ursula chorou. Jesse Figg amaldiçoou a perda de seu animal. Dama Salome, com um desses lampejos de sabedoria mundana que às vezes brotam em pessoas muito estúpidas mas bem-intencionadas, disse: "Agora podemos esperar uma colheita de calúnias. Pois quando as pessoas lhe fazem uma injúria a calúnia sempre vem na sequência".

Ninguém pode economizar sem levantar suspeitas e desaprovação, e uma comunidade que economiza ofende ainda mais do que um indivíduo que economiza. Em pouco tempo até os mendigos e peregrinos que vinham em busca de esmolas saíam pelo interior proclamando que Oby tinha ficado tão miserável que não fornecia nada além de cerveja azeda e cevada como refeição. Tais notícias viajam rápido. Os pais de duas noviças postulantes escreveram dizendo acreditar que a vocação das filhas seria mais bem aproveitada sob a Ordem Cisterciense. O vigário do convento em Tunwold queixou-se ao bispo de que Oby, embora construindo rápido o bastante para si, havia permitido que o curato de Tunwold caísse em vergonhoso abandono.

O cura de Tunwold apareceu na Visita seguinte. O inspetor diocesano, enviado para averiguar as queixas do vigário, voltara com a notícia de que o teto não só estava em ruínas como abrigava, acredite-se ou não, uma concubina e cinco crianças pequenas. Embora as freiras não pudessem ser diretamente responsabilizadas pela concubina, tal estado de coisas comprovava a verdade do que a prioresa havia dito, em meio a risadas e em dias melhores, a Thomas de Foley: Que Deus não quer que suas freiras tenham propriedades. O bispo poupou-as dessa platitude, e prosseguiu lhes dizendo como, quando admoestado, John Cuckow havia jurado que sua casa estava infestada por espíritos da água, motivo pelo qual tomara uma mulher para viver com ele, sendo melhor se desencaminhar por causa de uma carne ordinária do que por demônias e melusinas. Alisando as bochechas o bispo sugeriu que a prioresa faria bem em mandar consertar o telhado assim como em exorcizar o lugar. Dama Beatrix interrompeu com algumas histórias de arrepiar os cabelos sobre cães fantasmas galopando pela Cornualha. Sentindo que dama Beatrix se mostrava tão tola quanto John Cuckow, a prioresa emendou algumas palavras em louvor dela, dizendo como era uma médica habilidosa, e como havia curado Sir Ralph com um galo preto.

Isso sacudiu a memória do bispo. Ele viera na intenção de descobrir mais sobre Sir Ralph, a quem conhecera e tomara como fato consumado em uma Visita anterior. O escândalo em Etchingdon fora dos grandes, e Steven Ludcott sentiu-se suficientemente implicado nas vicissitudes do prior Thomas (que tinham ido tão longe quanto a necromancia e a convocação do espírito de Avicena) para livrar-se de quaisquer pistas falsas. No interrogatório de Etchingdon ele testemunhara que Thomas de Foley fora gravemente arranhado por um padre louco em Oby, que uma alteração de comportamento se tornara perceptível ao aflito Steven daquele dia em diante: era da sua opinião que Sir Ralph, babando pela boca, uivando feito um lobo, e obviamente sob o domínio de Satã, havia infectado o prior. Para rematar ele acrescentara que ninguém sabia de onde Sir Ralph tinha vindo. Tudo isso chegara aos ouvidos do bispo. Ele descartou o domínio de Satã (a Peste Negra tinha suscitado toda sorte de superstições na Inglaterra), mas um padre vindo do nada exigia investigação. Ele questionou a prioresa e algumas das damas de mais idade. De todas ouviu a mesma história. Sir Ralph era um homem de vida sóbria, um cuidadoso conselheiro, um pregador reconfortante. Somente ficara louco uma vez, e mesmo então fora assaz inofensivo. Era dado a leituras e à pescaria. De onde ele tinha vindo? Dama Agnes disse sem rodeios: "De Deus".

Ela agora estava muito entrada em anos, apoiada em um cajado e bem careca. Nenhuma quantidade de alfinetes era capaz de lhe segurar a touca, que caía sobre seu crânio polido a cada sacudidela de sua paralisia.

"De Deus", repetiu ela.

"Lembra-se de ver suas cartas de ordenação?"

"Dama Blanch de Fanal (que Deus a tenha!) viu. Ela providenciou tudo. Foi uma época terrível, nada além de frustração e morte, e nosso padre tinha se escafedido. Se eu chegar aos cem anos não hei de me esquecer. Dama Blanch olhou pela janela, e lá estava ele, e no mesmo momento surgiu um arco-íris. Ele curou meu esquilo, também, quando foi queimado e todo o seu pelo caiu."

Ela saiu claudicando.

Talvez eu obtenha mais discernimento de uma freira mais jovem, pensou ele. Então, dama Susanna Piers chegou para sua audiência. Ela estivera tentando criar coragem para falar sobre como Sir Ralph delirara durante a doença e declarara não ser um padre. O comportamento dela convenceu o bispo de que ela seria cheia de escrúpulos, e como ele detestava freiras escrupulosas e estava se sentindo muito cansado questionou-a o mais brevemente possível, nada comentou sobre Sir Ralph, e despediu-a antes que ela pudesse começar qualquer confidência. A Virgem, pensou dama Susanna, calou meus lábios no momento mesmo em que eu iria cometer uma calúnia. Ela foi à capela e começou a pedir perdão por abrigar pensamentos perversos. Enquanto isso o bispo estava de volta à sala de visitas, ainda um pouco intrigado com aquele homem de aparência idiota que fora heroico o bastante para entrar em uma casa na qual a peste havia entrado antes dele e que uma hora antes, ao que parecia, estivera vagando sem eira nem beira. Sem dúvida havia alguma explicação perfeitamente satisfatória. Os De Foley tinham tradição de ser orgulhosos, considerava-se que Alicia de Foley era igualmente possuidora desse dom familiar, dificilmente aceitaria tal padre — mesmo quando os padres estavam com seu valor em alta — sem se certificar de suas credenciais. E embora não houvesse nenhum registro da transação no rol de designações episcopais, a Peste Negra tinha mesmo causado muitos hiatos. Talvez houvessem se esquecido de consultar o ex-bispo para aprová-lo. Eram muito pouco profissionais, isso estava claro.

Vou perguntar ao homem propriamente dito, pensou ele com sono, enquanto seu capelão permanecia à beira da cama lendo em voz alta as Vidas dos Eremitas. Seria melhor assim, pouparia os sentimentos da prioresa e economizaria tempo. Como seria prazeroso estar no Egito, sentado debaixo de uma palmeira, trançando uma veste de fibra de palma e falando com ninguém! Sim, ele falaria com Sir Ralph no dia seguinte. Mas à noite sua dor de garganta piorou, e de manhã sua laringe estava tão inflamada que o impossibilitou de falar mais do que uma ou duas palavras. Toda a voz que conseguiu reunir foi gasta em agradecimentos, em respostas às condolências, em garantias de que seu resfriado não fora apanhado em Oby, em reiterados agradecimentos por todas as providências tomadas para facilitar sua viagem. Dama Beatrix, correndo com um xarope, arrastou o padre consigo. "Meu Senhor, rogo que tome um gole de hora em hora. Sir Ralph pode atestar que sou uma boa médica."

"Sim, de fato, dama Beatrix é muito versada na medicina." Ele olhou ao redor, viu dama Susanna, e acrescentou: "Dama Susanna, também, é muito habilidosa. Eu teria morrido com a peste se não fosse ela a cuidar de mim".

"Não, não! Eu não fiz nada, não fui eu! É a Ursula que deve agradecer."

Uma freira modesta, que recusa elogios, notou o bispo. Um padre gentil no trato. O homem tinha uma voz alta e retumbante, porém falava com certa nitidez, um sotaque de estudioso. A fala, o porte, o comportamento — tudo era sacerdotal, e ele parecia, também, perfeitamente são. Um sujeito de muito valor, sem dúvida; um pouco desmazelado, um tanto gordo e esquecido de sua instrução em meio a todas essas mulheres, mais inclinado a seguir Pedro com uma rede do que com um anzol; mas um tipo bom de homem, e logo onde ele era necessário, e providencialmente tão livre de ambição que se podia esperar que permanecesse em Oby.

Um homem saudável, também. Seria necessário alguém extremamente saudável para suportar um alojamento tão frio, tantas correntes de ar brincando sobre o altar, tanta melancolia do clima da charneca. Não admira que de tempos em tempos ele fique um pouco louco. Na loucura não há pecado, apenas a ira de Deus, e a ira de Deus com frequência recai sobre os caracteres mais estimáveis, como, por exemplo, o profeta Daniel. As declarações de Daniel, tão inconsequentes, tão inconsistentes — é preciso atribuí-las à ira de Deus. Quando foi que a ordem e a razão se esgueiraram para o mundo? — com Cristo, *lux mundi*? Talvez se possa dizer que foi um pouco antes, uma intimação fria e argêntea da luz que viria brilhando por meio dos filósofos pagãos. Assim meditava o bispo, pastoreando seus pensamentos, tentando apagar o reconhecimento de uma iminente dor de dente. A liteira rangeu e balançou, em pouco tempo o bispo caiu no sono — um sono leve da idade avançada no qual ele podia distintamente ouvir-se roncando. Espremido com desconforto a um canto, o capelão olhou para ele com uma malevolência tão habitual que era quase indiferença.

O pináculo

(novembro de 1357 – maio de 1360)

Isto foi em 1357. O bispo William Adlam, uma figura inconspícua, foi para casa morrer, e Sir Ralph permaneceu em Oby. Seu breve acesso de alarme terminara. Ele não achava que haveria outra probabilidade de que uma investigação futura pudesse afastá-lo de seu posto como padre de freiras. Havia trocado a insegurança de ser um homem pela segurança de ser um clérigo; era uma barganha sadia, embora ele às vezes a deplorasse.

A casula na qual lutara com Thomas de Foley agora estava arredondada como uma uva, e mesmo quando pendia de seu prego preservava uma rotundidade flácida como a de uma uva que tivesse sido chupada. Mas ele disse que ela sobreviveria a ele até o grande dia em que o pináculo estivesse terminado e consagrado. O trabalho no pináculo ainda prosseguia — pelo bem da economia, da maneira mais dissipadora possível: com um homem e um garoto.

"Começo a achar que deve haver uma maldição sobre meu edifício", disse a prioresa, exprimindo a Sir Ralph o que as freiras dela já sentiam havia muito tempo. "Desde que o comecei nos deparamos com um desastre após o outro: a peste, a perda daquela relíquia, a morte de dama Isabel e aquelas cheias, e o vil comportamento de Etchingdon quanto ao dízimo de Methley, e os roubos de Pernelle Bastable, e aquelas duas noviças sendo transferidas para Culvercombe, e o custo dos consertos em Tunwold..."

A voz dela se extinguiu. Estava cansada de ouvir a si mesma reclamar e de ouvir as perfunctórias consolações de Sir Ralph. Os lamentos dela soavam falsos, porque sempre ficavam aquém da verdade: a verdade era Thomas. Desde a visita de Steven Ludcott não houvera notícias de Thomas de Foley. Thomas estava perdido e sumido, sua carreira acabara, sua luz se apagara. Ela nunca mais tornaria a vê-lo, ele morreria e ela não ficaria sabendo. Seu pináculo poderia ser terminado, mas ele jamais viria para elogiá-lo. E aqui estou eu, pensou ela, posta na vida religiosa como uma vela em uma lamparina. Eu me consumo, eu me queimo, sempre iluminando o mesmo canto, sempre sitiada pelas mesmas sombras; e no fim hei de queimar até o fim e outra vela será acesa em meu lugar.

Ela sabia, também, qual haveria de ser a próxima vela. Dama Matilda a substituiria como prioresa, com tanta certeza quanto William Holly renderia Jesse Figg como o próximo bailio.

Na primavera de 1358 Sir Ralph descobriu que estava farto de pescar, e quis então praticar a caça com falcão. Um cavalo forte seria necessário para transportá-lo, e desde que Jackie tinha fugido com o ruão, cavalos eram um assunto doloroso. Muito sem jeito — ele não tinha talento para pedir favores — consultou Jesse Figg. Tendo dito que era inútil consultá-lo acerca de um cavalo, ele não tinha nem tempo nem estômago para tais frivolidades, o bailio encontrou-o uma semana mais tarde com a notícia de que tudo estava arranjado. O cavalo seria o cavalo baio de Peter Noot, um animal escaveirado, mas que se recebesse comida ficaria em melhor forma e viveria por anos; um cavalo tirado do trabalho no campo fica tão agradecido que acaba lhe dando mais dez anos de serviço. Peter Noot estava prestes a morrer a qualquer momento. Quando morresse, o convento reivindicaria um tributo, o seu melhor animal como pagamento. O cavalo baio não era de fato seu melhor animal; seu novilho valia mais. "Mas se eu digo que é", disse Jesse, "a velha Matilda vai acreditar. E a viúva Noot, ela não se queixaria de perder um cavalo e manter um boi, um boi hoje é trabalho e amanhã é carne. Meu primo em Dudham tem um falcão que vai lhe servir. É um falcão-pardal. Um falcão-pardal para um padre." Sir Ralph tinha ansiado por escolher seu falcão; mas ele notou que precisaria levar os dois ou nenhum, e um falcão sem cavalo não lhe adiantaria de nada naquele interior árido. Peter Noot morreu, o tributo foi reivindicado e escovado, o falcão e seus arreios chegaram. Quando Sir Ralph sentiu aquelas patas duras se remexerem em sua mão ele experimentou uma felicidade genuína. Por fim tinha algo dele próprio.

O povo de Oby ficou satisfeito ao vê-lo sair montando o cavalo de Noot. Eles sempre o tiveram em altíssima conta, dando-lhe a merecida aprovação que um homem indolente que cuida da própria vida certamente recebe do inglês trabalhador. Agora que possuía um falcão gostavam ainda mais dele. Isso fazia-a lembrar os velhos tempos, disse vovó Scole (fingindo que conseguia se lembrar deles), quando o solar tinha um lorde de verdade em vez de um punhado de freiras. Aquilo sim era bom: sempre algum acontecimento, a caça ou a falcoaria, um enforcamento ou um açoitamento, sempre alguma coisa para sacudir a vida. Oby não tinha prosperado desde que as freiras chegaram.

Cavalgando com seu falcão Sir Ralph começou a olhar com uma visão de falcão para o seu mundo. O rio deixou de ser um rio de pescadores, um rosário de açudes e baixios; do lombo do cavalo baio ele o via como um progresso, serpeando como uma história de dissipação, salpicada aqui e ali pelo registro de um canal esquecido, feito uma fileira de amieiros amuados ao longo de um baixio, ou uma comprida fita de corredeiras. Ele começou a enxergar o formato do povoado, também, e a grande astúcia com que os casebres se colavam a qualquer abrigo contra o vento predominante. Por toda a volta dele corria uma rede de trilhas, que conduzia ao campo comum e ao ermo comum. Por uma das trilhas iam os Holly, por outra os Noot, e a garota tangendo uma vaca magra através dos arbustos de espinhos devia ser uma Scole, pois era desse jeito que os Scole iam. O assentamento dos entalhadores tinha acrescentado novas trilhas às trilhas da aldeia, trilhas em certa medida diferentes: podia-se ver que haviam sido feitas por estranhos. A partir dessa rede de trilhas, proposital e muito repisada, saíam os três caminhos de Oby para o mundo exterior. A trilha sul levava a Wivelham, um lugar atormentado, e a Dudham mais além. A oeste, depois do Atoleiro de Oby, uma trilha passava por cima do terreno elevado até Lintoft, e depois se unia à velha estrada que por fim conduzia até Londres, e era chamada Rua do Rei; e a nordeste a Trilha dos Porcos e o rio se retorciam rumo a Waxelby e ao pálido céu marítimo. A Peste Negra tinha arrasado com Waxelby, e ainda pairava por lá feito um cão molestando uma carcaça. Os cais apodreciam, as exportações de arenque salgado minguavam, a grande igreja construída pelos frades fora remendada de qualquer jeito e jamais seria terminada. Dentro de vinte anos não restaria de Waxelby, assim diziam os homens, nada além de um provérbio.

Waxelby tem riquezas,
Wivelham, enchentes,
Lintoft tem grandezas,
Dudham, indigentes.

O cavalo baio e o falcão de Dudham haviam atraído Sir Ralph para a companhia do bailio e seu sobrinho, William Holly. Ele descobriu que Jesse e William sabiam muito mais sobre as freiras do que ele, e acerca delas e seus feitos discorriam com desinteressada familiaridade, sempre referindo-se a elas como A Velha Fulana de Tal, não importava se na verdade era velha, de meia-idade ou jovem. Eles bem poderiam, de fato, estar discutindo as peculiaridades das vacas de Oby — sem mais reverência, e igualmente, sem intenção de desrespeito. Após o primeiro e leve desconforto em adaptar-se a esse ponto de vista sobre as damas religiosas, Sir Ralph apreciou ficar sentado no pomar de Jesse Figg, bebendo sidra e espantando mosquitos enquanto o orvalho caía e os melros cantavam através do crepúsculo. Quando ele aparecia, era sempre recebido com o mesmo comentário: devia sentar-se e contar a eles sobre as suas viagens. Era o máximo a que as suas viagens os levavam. Jesse e William então retomavam suas sóbrias e infatigáveis discussões; às vezes sobre assuntos do solar ou do convento, às vezes sobre eventos que tinham acontecido durante o tempo dos dinamarqueses. Era uma eterna disputa o quão longe os dinamarqueses haviam subido pelo regato Waxle. Só até a curva de Kitt, asseverava William. Uma milha além, sustentava Jesse; pois na época o regato Waxle fluía em um curso mais reto, cortando pelo velho atoleiro de Wivelham no trecho em que o fantasma da filha do Barão Vermelho caminhava até o dia de hoje através dos vimieiros. Depois de contendas sobre o local do desembarque, ambos os homens concordavam quanto ao que acontecera em seguida. Fosse na Curva de Kitt, fosse mais além, os dinamarqueses foram recebidos por uma senhora que lhes deu cerveja envenenada; metade deles morreu na hora e o resto ficou tão enfraquecido pelo enjoo que os filhos da velha senhora saíram dos juncos e lhes deram fim. O barco foi tudo o que restou deles, e parte de sua madeira foi aproveitada no telhado da igreja de Lintoft. Se você a lambesse em um dia úmido, ainda poderia sentir nela a água salgada.

Às vezes Sir Ralph tentava persuadi-los de que talvez descendessem desses mesmos invasores dinamarqueses. Jurando a Santo Olavo eles diziam que eram ingleses, nada além de ingleses, e que nenhum dinamarquês havia se assentado nas cercanias, pois os ingleses os tinham afugentado, tal como teriam afugentado o duque William e sua trupe caso o duque William não fosse astuto o bastante para desembarcar no sul, onde os homens não sabem lutar. Então Jesse pedia mais bebida, e sua mulher vinha com ela bamboleando, e parava tocando os pés descalços na relva do pomar, encarando ao redor com seus olhos cor de lama. Ela era uma mulher de Wivelham, nascida na lama, ela dizia. Uma veste disforme cobria-a do pescoço aos joelhos e sua cabeça era abafada por um imundo capuz verde. Não tinha ares de esposa de bailio, mesmo em dias santos ostentava as mesmas roupas esfarrapadas e os mesmos olhares estúpidos. Por tudo isso, ela era uma mulher valiosa para Jesse, a melhor de suas três esposas; tinha um dom infalível de prever o tempo. Certa noite enquanto ela estava lá ouvindo as discussões sobre os dinamarqueses com sua habitual expressão encharcada, ocorreu a Sir Ralph a fantasia de que ela teria vadeado até eles vinda daqueles velhos tempos, de que com o mesmo olhar pasmado tinha observado a proa pontiaguda do navio de guerra ultrapassando os vimieiros, e que se alguém poderia dizer até onde o navio dinamarquês tinha ido, seria ela. A ideia foi tão comovente que ele quase se virou para perguntar a ela. Mas no mesmo instante ela começou a se afastar, desajeitada e majestosa como um ganso.

Outro bebedor no pomar de Jesse era John Ragge, que quinze anos antes tinha sido um dos três homens cedidos pelo solar para as guerras na França. Uma flecha havia lhe vazado um olho, e embora um arqueiro caolho ainda tenha serventia, quando o outro olho começou a falhar ele foi dispensado. Havia muitos homens inválidos como ele, vagando pelo país em magotes, e ele juntou-se a um desses magotes. Certa noite de inverno quando ele e seus camaradas estavam ocupados em um pombal, um par de cães enormes veio correndo e os atacou. John Ragge, confundindo uma poça de água congelada com solo firme, varou o gelo até a água gelada. Lá permaneceu; pois os cães se puseram a observá-lo, ele conseguia ouvi-los rosnar sempre que se mexia; e de manhã os criados chegaram, o laçaram, o arrastaram pelo gelo quebradiço até a margem, e o espancaram. Ouvi-lo contar essa aventura fazia pensar que era o momento mais triunfal de suas viagens. Ele levara mais de doze meses para convencê-los e barganhar seu caminho de volta para Oby, onde, de todo o clã dos Ragge, o tempo e a peste somente haviam poupado sua cunhada e as duas filhas dela, mulheres magricelas e musculosas que trabalhavam como estofadoras. Elas não tinham muito acolhimento a oferecer a um homem cego que falava feito um estrangeiro e era preguiçoso demais para desbastar varas ou carregar feixes de junco; mas ao ouvir certa vez a história da noite no lago, William Holly não pôde se fartar de ouvi-la, e levou-o para o pomar como se fosse um menestrel. Sir Ralph deu-lhe uma velha capa, e uma vez por dia ele claudicava até o convento para esmolar um pedaço de pão e sobras.

Foi por intermédio dele que as noviças começaram a praticar a levitação.

Dama Agnes morreu em inícios de 1358. A nova mestra das noviças era dama Susanna. Ela não tinha nem o conhecimento nem o porte de dama Agnes, mas seus modos eram particularmente elegantes, era no convento quem fazia menos sujeira ao comer, e seu temperamento era tão equilibrado que até mesmo as lições de canto se passavam sem mal-estar. Notando que o cantochão não era mais instado com baques e pisadas, e que nenhum grito de "Imbecil!" e "Tapada!", nenhum ganido de dor, interrompia o fluxo das melodias, as freiras de mais idade ficaram inclinadas a dizer que dama Susanna não era nenhuma disciplinadora. Mas ninguém podia contestar que ela era boa musicista, e que o canto das noviças o comprovava. Outro assunto que toda noviça deve dominar é a arte da esmola: como servir caridades no postigo, a quem encorajar, e a quem esnobar. Sob dama Agnes, que odiava os pobres, tratava-se em geral de uma questão de esnobar. Dama Susanna, ela própria dada a mexericos, impunha a polidez como parte da performance. Não é nada de desprezível, papagueavam as noviças no postigo feito um bando de aves, praticar, assim diziam, seu francês com John Ragge. Muito depois de ele terminar suas vitualhas e emborcar seu copo ele se demorava, falando francês e baboseiras, e garantindo a elas que as freiras na França eram todas muito altivas e miúdas. Mas era em pleno inglês (pois na verdade ele sabia muito pouco francês além das usuais saudações e obscenidades) que ele lhes contava como as garotas na Bretanha têm um jogo chamado Santa Catarina Voadora, e como, se cantassem por tempo e com sinceridade o bastante, e fossem virgens puras, a garota sentada em cima das mãos unidas das quatro colegas de brincadeira levitaria e pairaria no ar.

"*Voe, boa Santa Catarina*", ele cantava com sua voz batida pela intempérie. "*Voe até sua torre!* E lá vai ela, feito uma pluma. Mas só tem como fazer na Bretanha, acho eu", ele acrescentava, seus ouvidos rápidos captando uma leve tosse vinda de dama Susanna.

Alguns dias depois, dama Matilda, ao voltar de uma inspeção de consertos na cervejaria, ouviu risadinhas e um canto ofegante vindo de debaixo da grande nogueira, e se deteve para perguntar às noviças que perversão elas haviam cometido agora.

Lilias le Bailey respondeu, esfregando o cotovelo: "Estamos aprendendo a levitar, madame tesoureira".

Ela tinha treze anos — uma garota alta, com ardentes olhos castanhos, e a beldade entre elas. Mas eram todas boas jovens, pensou dama Matilda, direitas e bem-criadas e capazes de honrar a comunidade.

“E onde foi que aprendeu toda essa tonteria?”

“Do Cego John. Mas não temos gente o bastante, só nós três. Cara madame tesoureira, compre mais noviças para nós, duas bem pequenas irão servir.”

Era um daqueles belos dias maduros que aparecem em meados de julho. O ar estava pungente com a menta selvagem que crescia ao longo das valas, e ao relancear os olhos para a árvore dama Matilda percebeu que haveria uma bela colheita de nozes. Relaxada pelo calor e pela satisfação ela olhou com benevolência para as três garotas e esqueceu-se de lembrar que jogos daquele tipo acabam em roupas rasgadas e tornozelos torcidos.

“Travessuras e traquinagens”, disse ela. “Bem, aproveitem o tempo que têm. Não farão nada disso quando forem freiras, lembrem-se.”

Somente ao se afastar foi que lhe ocorreu perguntar por onde andaria dama Susanna. Por direito, dama Susanna deveria estar entre suas noviças.

Dama Susanna estava de joelhos entre algumas chalotas que tinham sido postas para secar. Sua boca estava aberta, e ela encarava o teto. Arrebatada por um presságio, dama Matilda correu até ela, embora quando ela falou tenha sido apenas para dizer casualmente: “Sem dúvida você ficaria mais confortável se estivesse na sombra”.

Dama Susanna pôs-se de pé com dificuldade. Os presságios de dama Matilda intensificaram-se: apenas uma visionária poderia parecer tão extenuada e tão defensiva.

“O que olha com tanto interesse?”

“Eu estava observando o falcão — o falcão de Sir Ralph.”

“E orando para que ele lhe traga uma narceja para a ceia, imagino. Bem, sem dúvida logo estaremos todas levitando. Acabo de ver suas noviças tentando voar. Talvez a senhora possa ir ter com elas antes que criem asas.”

Via de regra, dama Susanna estremecia feito uma faia a qualquer reprimenda. Agora ela se afastou apenas com um pedido artificial de desculpas, como uma pessoa que responde de dentro de um sonho. Dama Matilda afastou a touca e coçou a cabeça. Todo o prazer que obtinha dos consertos na cervejaria, o belo tempo maduro, a promessa das nozes e a promessa das noviças, dissipou-se. Um quê de sobrenatural havia se misturado ao sadio odor das chalotas postas para secar. De todas as ameaças à paz e ao sossego a pior é uma freira vidente, e quando essa freira é a mestra das noviças o pior é dez vezes pior.

O que a mulher estivera encarando? Mais do que o falcão de Sir Ralph. Como ela poderia ser trazida de volta à realidade? Dama Matilda cismou e ponderou e saiu do sol e nele voltou a entrar, desejando poder pedir conselhos a alguém, e sabendo que não havia ninguém cujos conselhos ela estimasse — pois em tal assunto ela não poderia consultar Jesse Figg. Essa é a desvantagem em ser tão sensível: não se pode acatar conselhos porque vai contra o bom senso procurá-los. O metal do bom senso é tão solitário e infundível que para pessoas como dama Matilda não sobram carreiras que não a de tirana ou a de labuta superlativa. No fim ela se reduziu ao habitual recurso dos desesperadamente práticos: tentaria o que um augúrio fortuito poderia lhe sugerir, consultando a primeira pessoa que encontrasse. A primeira pessoa que encontrou foi Ursula, agachada em uma soleira a esfregar um incensário. Por conhecer de cor todas as passadas da casa, Ursula não levantou o olhar, mas perguntou se o incensário estava suficientemente polido.

"Sim, você lhe deu uma boa polida. Pobre Ursula, você está quase cega, não está? Quanto consegue ver?"

"Consigo ver luz, e escuridão. Às vezes, quando olho para o céu, consigo ver uma ave passar."

"Consegue ver nossos rostos?"

Ursula balançou a cabeça.

"Eu ia lhe perguntar se percebeu alguma coisa em relação a dama Susanna. Ela me parece mudada e doente."

O semblante cego, atento como o de um animal, pareceu sábio por um instante, e então tornou a ficar inexpressivo.

"Ela está mais ocupada agora como mestra das noviças, talvez seja isso."

"Não tão ocupada que precise ficar doente."

"Ah, não, não! Mas a senhora a viu entre as jovens. Isso a faz parecer mais velha, não acha?"

Ursula beijou o incensário, esfregou onde o havia beijado, e corricou para dentro. Dama Matilda percebeu que tinha sido passada para trás. Ela desprezou dama Susanna por escolher tal confidente.

Enquanto isso dama Susanna havia retornado para suas noviças, e agora elas estavam praticando uma antífona. As vozes estendiam a melodia feito um dossel de seda, e embaixo desse dossel ficava-se a salvo de ouvir os pequenos guizos presos aos pés do falcão, que tanto soavam como o pequeno sino da missa. A antífona era *Quinque prudentes*, da parábola do sábio e das virgens tolas. *E à meia-noite fez-se ouvir um grito. Contemplai o noivo que vem; saia para vê-lo. Então todas as virgens se levantaram, e apagaram as lamparinas, e a tola disse à sábia: Dai-nos óleo; pois nossas lamparinas se apagaram.*

Logo o som dos guizos do falcão começou a perfurar o canto feito pregos penetrando um pedaço de seda. Era o falcão de Sir Ralph. Nove anos antes ela ficara ao pé da cama de Sir Ralph, observando a mão dele cerrar-se e golpear a parede até sair sangue. Um restolho de barba se eriçara no rosto roxo e manchado, o ar que emanava dele estava prenhe de febre, e com a voz de alguém enraivecido por uma discussão longa ele asseverara que estava condenado, condenado, condenado, que não era padre e portanto estava condenado. Ursula, que estava com ela, enfiou uma xícara na boca dele. Ele gemeu e brigou com aquilo feito uma criança, e então, feito uma criança, carranqueou e suspirou e caiu no sono. Porém mais tarde ele voltou a gritar, sustentando que não era padre, e sim um condenado; e desta feita ela estivera a sós com ele. Ela realmente estivera a sós desde então, excomungada por esse medo que não ousava expressar.

Certa vez ela se obrigou a falar sobre isso com Ursula. Ursula foi tomada de fúria, dizendo que dama Susanna devia saber que não se pode acreditar no testemunho da febre contra um homem bom e um padre. Ursula não acreditou. Mas, até aí, o que é acreditar? Um pensamento se aloja na mente, não quer sair, conserva seu frescor e seu colorido e sua flexibilidade feito o cadáver de um santo: isto é crença ou heresia? Muitas vezes ela se prontificou a aliviar-se do fardo pela confissão: abrigar tal suspeita era uma ofensa à caridade, e precisava ser confessado, expiado, absolvido. Mas sempre alguma coisa intervinha: essa intervenção era diabólica ou angélica? Mais tarde, olhando para as colegas freiras, vendo os pequenos e familiares maneirismos que cada uma carregava feito um brasão de armas, ela ficara aterrorizada de pensar como as teria arruinado ao sugerir que por todos aqueles anos elas tinham sido servidas por um padre que não era padre. Mesmo que isso fosse refutado, e ela caísse em desgraça por dizê-lo, como Oby jamais se recuperaria de tamanho escândalo?

"*Exite obviam Christo Domino-o-o*. Cantamos de novo ou está bom?", perguntou a noviça Philippa.

"De novo, por favor. E desta vez tratem de fazer menos barulho em *clamor factus est*."

O falcão perdeu sua presa, e preparava outro rasante. Mas seus guizos apenas soavam na morte de uma pequena ave. Não se deve ceder a presságios. Deve-se conter os ouvidos, como a víbora prudente. Deve-se guardar silêncio. O suor brotou no rosto dela quando pensou como seria fácil arruinar Oby. Quem conferiria dotes ou mandaria noviças a uma casa onde se aventava tal suspeita? Uma lamparina precisa de óleo, senão apaga. Um convento precisa de dinheiro. E Oby não era uma casa pobre: nos últimos dez anos houvera falatório sobre pobreza, pobreza e dívida; as palavras a impactavam mais porque ela própria trouxera um dote pequeno, tão pequeno que não fosse por sua musicalidade não a teriam admitido. Ela as empobrecera, iria também arruiná-las? E por nada mais substancial do que uma fantasia baseada em palavras ditas durante uma febre? Não podia ser verdade. Não era possível. Os céus não permitiriam, e certamente não durante tantos anos. Teria havido algum sinal. Um sonho teria sido sonhado, um sapo teria saltado do cálice, o pináculo teria caído. O pináculo! Ela virou e olhou para ele. Agora estava alto, puro como o estame de um lírio em sua jaula de andaimes. Podia-se ver quanto tempo levara para crescer, esse lírio, pois os andares inferiores já começavam a se desgastar. Logo estaria completo. Depois seria consagrado. A Virgem iria aceitar o lírio.

"*Exite obviam Christo Domino-o-o.*" As cantoras prolongaram a última sílaba até lhes faltar o fôlego. Elas não queriam ter de passar o *Quinque prudentes* de novo. Esperaram dama Susanna lhes dizer o que fazer agora. Mas ela parecia ter se esquecido delas por completo. Virara-se, e encarava o pináculo como se tivesse prendido a própria alma a ele. A noviça Philippa bateu ligeiramente em sua testa branca com o dedo indicador branco, e fez um aceno condoído.

Algumas noites mais tarde enquanto as freiras mais velhas estavam no aposento da prioresa, dama Matilda atirou sua flecha.

"Aliás, descobri que nossas noviças estão aprendendo a levitar."

A prioresa carranqueou, pois a flecha havia vibrado aguda demais na voz de dama Matilda. Ela fez um inquérito lânguido, e ouviu que dama Susanna saberia responder com mais propriedade. Dama Susanna explicou que aquilo era uma brincadeira.

"Tem uma canção", prosseguiu dama Matilda. "Não sei como é. Não tenho ouvido para música. Mas sem dúvida dama Susanna sabe cantá-la."

Em uma voz tímida, incorrigivelmente afinada, dama Susanna começou a cantar. No mesmo instante dama Salome, normalmente pouco musical, uniu-se a ela a plenos pulmões, e cantou a melodia várias vezes.

Já que não era realmente possível elogiar o canto, a prioresa elogiou a melodia, e disse que soava como se fosse muito antiga. Dama Beatrix observou que a mesmíssima brincadeira era feita pelas garotinhas na Cornualha, e acrescentou que em criança ela mesma brincara daquilo, e que quando se é a garota do meio fica-se enjoada.

"Você levitou?" A voz de dama Salome foi tão solene e desconfiada que as outras ficaram vexadas com sua tolice. Dama Beatrix começou a rir, e respondeu que não tivera tal sorte. Em vez disso, ela tropeçara, machucara-se feio, e apanhara por sujar a roupa. A prioresa observou que as crianças viviam com a dor como se estivessem em casa, de modo que apanhar provavelmente não representava nenhuma mudança verdadeira para elas. Dama Helen disse que ela tinha sido uma criança muito surrada, e contou uma história. A conversa se desviara para outro tópico quando dama Salome as trouxe de volta, e disse: "Sabem, certamente há quem consiga levitar. Pelo menos permanece no ar por algum tempo. E não foi a própria Santa Catarina quem foi levada para Alexandria por anjos?".

"Há tantas histórias sobre levitação", disse dama Beatrix, "que sem dúvida algumas delas são verdadeiras. Mas creio que é preciso ser extremamente jovem ou extremamente santa."

"De jeito nenhum", disse dama Salome. "Pode muito bem acontecer com uma pessoa comum — uma pessoa boa, é claro. Mas não é preciso ser alguém tão fora de série. Inteligência não é tudo."

Dama Helen concordou que a inteligência não era tudo. Muitos santos eram bem simples. A prioresa observou que foi só no tempo do cristianismo que a simplicidade se tornou uma virtude; os bons caracteres do Antigo Testamento eram engenhosos bem como virtuosos.

"Isso porque eram judeus", disse dama Beatrix.

Mais uma vez a conversa se desviou da levitação. Mas dama Salome continuou corada e pensativa. Dama Matilda observou-a. Embora muito cônscia de que tinha feito um movimento em falso ao atacar dama Susanna, dama Matilda não via motivo para não suceder o movimento em falso com um melhor. Um demônio endiabrado havia baixado nela. Ela estava determinada a assestar a mira, não importasse quem sofresse com o tiro. Portanto esperou por uma pausa na conversa fiada, e então comentou sobre a escassez de milagres nos tempos atuais. Como pretendido, dama Salome logo falou sobre a escassez da fé. Após algumas frases dama Salome foi induzida a dizer que a fé era capaz de mover montanhas.

"Ora, ora... Você não é tão pesada como tudo isso", disse dama Matilda, e levantou-se, vestindo as mangas de novo. Esse foi o momento difícil. Mas ao reunir toda a sua simpatia, seus ares de camaradagem e afável tolerância, ela convocou dama Helen, dama Beatrix e por fim dama Susanna a fazer um círculo.

"Então vamos! Levite, boa Santa Catarina!"

A diversão virou constrangimento, o constrangimento um frenesi comunal. "*LEVITE, boa Santa Catarina! VOE até sua Tor-re!*" Elas cantaram a plenos pulmões, ruidosas como vindimadores. Cada uma sentiu o aperto das mãos das outras, seus pulsos doendo, seus dedos escorregando de suor. Pensando no difícil momento em que por fim deveriam parar com aquilo, elas foram em frente; e dama Salome era sacudida para lá e para cá pela trêmula rede das mãos unidas, os traços resolutamente compostos em um sorriso afetado, como uma boneca enorme.

"Ah! Ó Virgem Santa!"

Alguém se desvencilhara. Dama Salome sentou-se no chão e chorou amargamente.

Chorou descontrolada porque as outras olhavam nervosas para a prioresa. A prioresa mantinha-se com os olhos para baixo, e os dedos cerrados com tanta força sobre seu cãozinho que este ganiu e arreganhou os dentes. Do passado lhe veio a voz de Thomas de Foley falando sobre os absurdos das freiras gilbertinas, a sopa de repolho com dois rabanetes e meio para cada monge. Do presente lhe vieram os soluços de dama Salome, que dela irrompiam como soluços porque ela estava praticamente sem fôlego. Por fim dama Beatrix teve pena, enxugou-lhe a face e bateu-lhe nos ombros.

"Está melhor? Quer que lhe traga um tônico de endro?"

Dama Salome ergueu o olhar e disse taciturna: "Eu levitei. Sei que não vão acreditar, mas eu levitei".

Dama Matilda olhou para dama Salome, e encolheu os ombros devagar. Naquela noite ela caiu no sono agradecendo seus santos prudentes por uma boa noite de trabalho. Não supôs que dama Susanna iria cultivar visões ainda por um bom tempo.

Quando, depois de um intervalo razoável, a questão do merecimento de John Ragge de alguma forma foi levantada no cabido, houve um sentimento geral de alívio ante a decisão de não mais alimentá-lo. Quando há muitos casos de necessidade real e mérito verdadeiro é um abuso da esmola nutrir estroinas tão indolentes. Por todo o convento se sentiu um notável ar de decoro e limpeza de primavera. O incidente no aposento da prioresa teve um salutar efeito residual, tão fortificante quanto dosagens de artemísia. Todas sentiram com alívio um laço apertado de disciplina e convenção, a robusta tradição do ordinário que por séculos e em toda a cristandade havia controlado a vida no claustro. Naquela vida não havia lugar para aberrações ou individualidades. Um monástico deve lembrar outro, e todos devem ir no mesmo rumo, um rebanho ascendendo sobriamente a um pasto celeste, um rebanho simulando o melhor que podia em circunstâncias difíceis o superlativo regimento do céu. Mesmo dama Salome foi subjugada; e, no pomar de Jesse Figg, Sir Ralph ouviu sobre como a Velha Matilda e a Velha Susanna haviam tido outra desavença, e que agora já tinham se entendido.

O falatório de John Ragge no postigo foi por um momento desprezado e depois esquecido. No fim de agosto a brincadeira da Santa Catarina Voadora também foi esquecida. Havia maçãs por colher, e ameixas e sabugueiros e amoras. O tempo bom durou até outubro, com as geadas se intensificando de noite e se dissolvendo em manhãs douradas. Quantidades de gansos selvagens passavam sobrevoando. Sir Ralph disse que em todos os seus anos em Oby ele não vira maior migração de aves. Era sinal de um inverno rígido, e por semelhantes sinais Deus avisa suas criaturas para que se preparem contra ele. As criaturas de Deus ficaram ocupadas se preparando o melhor que podiam. Um bom punhado de lenha foi roubado do bosque de São Leonardo, vários gansos desapareceram, e o casaco puído de Joan Holly sumiu do espinheiro onde ela o havia pendurado para arejar. Ela disse sem rodeios que Elizabeth e Margery Ragge o haviam roubado para agasalhar o imprestável tio delas. Agora que o Cego John não era mais alimentado pelo convento ele era menos popular com seus mexericos.

Na véspera do Dia de Todos os Santos os entalhadores começaram a retirar os andaimes — pois enfim o pináculo estava terminado; milagrosamente, dir-se-ia, considerando todos os percalços que o tinham atrasado e, mais poderosas do que qualquer percalço, todas as vacilações criativas da prioresa. Mas, assim como no fim do parto a criança se firma e desponta, parecia que o pináculo finalmente havia escapado do caprichoso controle dela.

Caminhando nos claustros, dama Beatrix e dama Helen se detiveram para observar a madeira sendo baixada.

"Quem poderia acreditar? Durante todos esses anos estivemos esperando. Porém, agora que terminou, me sinto muito atordoada, muito abatida."

"Maravilhoso", disse dama Helen, mais tranquila.

"Isso me faz sentir muito velha."

Fazia dama Helen se sentir muito velha também.

"Outra coisa maravilhosa é que ainda temos a mesma prioresa. Quando se pensa em todas as mudanças" — dama Beatrix começou a contar nos dedos — "e em todas as mortes... Dama Agnes, dama Isabel, dama Blanch. E Pernelle Bastable fugindo com nosso cavalo. E o bispo William. Bem, que Deus lhes dê repouso! Eram todos boas pessoas."

"Não podemos nos esquecer de todos os que morreram na época da peste. O pináculo começou antes dela, deve se lembrar."

"Foi. Dama Helen Aslack, dama Emily..."

"Dama Alice Guillemard..."

"Aquela pobre noviça — como se chamava? Era corcunda."

"Um minuto. Ela era uma das Isabel. Isabel de Stoke."

"Não, Isabel de Stoke foi levada embora e morreu em casa. Essa era alta e empertigada. Não, quero dizer, a noviça que nos traria a relíquia. Não se lembra, o dente que iríamos ter, o dente de um Santo Inocente?"

"É verdade! O dente de um Santo Inocente. Foi um caso perdido e não consigo entender como tudo aconteceu. Não me lembro do nome da noviça, porém. Ela foi a primeira a morrer, antes mesmo de dama Emily. Isabel... Isabel... Isabel de Fanal."

"Marie de Fanal. Não era Isabel nenhuma. A outra Isabel era Isabel Goffing, que foi levada pelos pais e forçada a renegar a vocação e se casar."

"Suponho que não dê para contá-la com as outras. Agora me foge."

Elas começaram a contar de novo, e chegaram a um total de oito quando dama Beatrix recordou-se da velha dama Roesia que morrera antes da peste e dama Helen recordou-se de dama Joan.

"Embora na época ela já estivesse praticamente cega, como deve se lembrar. Mesmo que ela tivesse vivido, não teria visto o pináculo. Espero que esses andaimes sejam convertidos em lenha. Está mais frio a cada dia que passa, como se já fosse pleno inverno. Aí vem dama Johanna."

Dama Johanna estava vindo buscar dama Beatrix. Ursula tinha caído da escada de novo e cortado a cabeça.

Ela passou a mensagem em um tom de voz desinteressado e polido que transmitia uma disposição para ignorar. Enquanto a enfermeira corria para dentro, dama Johanna se deteve ao lado de dama Helen, metendo as mãos nas mangas, e observou graciosamente: "Como a senhora deve estar deliciada de ver seu pináculo enfim pronto! E que sorte ter tido os meios para construí-lo! Em Dilworth só víamos coisas caindo".

"Estávamos contando todas as damas que morreram aqui enquanto ele era construído."

"É mesmo? Foram muitas?"

"Sim, muitíssimas. Mas é claro que não é do seu interesse, já que não conheceu nenhuma."

"Imagino que muitas delas devem ter morrido de frio", replicou a novata. "Em Dilworth, mesmo em pleno inverno, não era tão frio como é aqui."

Dama Helen começou a claudicar na direção da casa. Dama Johanna, acompanhando-a, comunicou alguns detalhes sobre o estado da cabeça da pobre Ursula.

Nesses últimos meses Ursula envelhecera muito rápido e simultaneamente se tornara maçante e intratável. Embora estivesse entrevada pela hidropisia e mutilada por uma ferida na perna, não parava quieta em sua enxerga, mas perambulava pela casa de ouvido nas soleiras, murmurando e persignando-se. Delirava que algum perigo ameaçava Sir Ralph, e isto a tornava propícia a dormir à porta dele — rastejando escada acima, batendo a cabeça cega, perdendo o equilíbrio e caindo, e refazendo o caminho até lá em cima, incontrolável como a água. Ele acordava, e a ouvia fungando e rezando durante o sono, e se ele próprio não estivesse tão sonolento a levava lá para baixo entre as freiras; mas em uma ou duas horas ela voltava. Certa manhã deram com ela morta ao pé da escada. Foi uma morte deplorável — a morte de um animal em vez da de um cristão; mas tudo que tinha relação com Ursula era deplorável, exceto a bondade que ela recebera: uma bondade assaz negligente, sem dúvida, mas maior do que seus méritos, já que por muitos anos ninguém a havia repreendido ou forçado a trabalhar além de sua força.

Talvez a referida bondade fosse uma bondade equivocada. Rezando pela alma de Ursula (sobre cujo bem-estar dama Johanna expressou preocupações não solicitadas) a prioresa perguntou-se se agira mal ao remir a penitência de Ursula. Mais vinte ou trinta açoites talvez tivessem feito grande diferença. Ela submeteu essas dúvidas a Sir Ralph, e falando em sua seca voz profissional ele lhe garantiu que ela estava exagerando. A parte dela no assunto era apenas instrumental, pois já que nenhuma penitência é sacramentalmente eficaz se não for acompanhada pela contrição, ela dependia de Ursula e não dela para que os flagelos fossem salutares. Ela apressou-se em concordar, e não acrescentou que ao bater em Ursula não se sentira mais sacramental do que se fosse uma lavadeira batendo lençóis sujos.

Pois todos os homens são iguais; quando lhes fazem uma pergunta direta respondem com um tratado. O entalhador Edmund Gurney também era assim, envolvendo-se em longos discursos sobre a natureza dos diferentes tipos de pedra. Assim são feitos os homens, e é isso que esperam que as mulheres aguentem. Contudo se ela houvesse falhado em prover o jantar a Sir Ralph, respondendo à sua fome com um discurso sobre a criação de gado e a diferença entre bovinos e caprinos, ele dificilmente ficaria satisfeito. Bovino e caprino, vestes e lenha, tal é a obra de vida de uma prioresa. Não almas. Nem mesmo pináculos.

Ela não tentou esconder de si mesma a sensação anticlimática que acompanhou a finalização de seu pináculo. Era belo, mas não tão belo como ela desejara, e sua incapacidade em levar a cabo a extensão da nave tornou-o desajeitado. Estava terminado; mas "tirado do caminho" era a expressão mais correta. A exultação que ela esperara não dera as caras; mesmo suas freiras, que nunca ligaram para aquilo, e agora andavam por aí dizendo como ficara bonito, como era belo, e como embelezava, obtinham maior prazer do que ela. Era a obra de sua vida; mas a vida dela persistia, uma vida repleta de bovinos e caprinos, vestes e lenha, cavilações e brigas. A vida de prioresa, no entanto, logo acabaria, pois após a consagração de seu pináculo ela renunciaria ao posto. Estavam aguardando por isso. Provavelmente não viam a hora disso. Era impossível que outra pessoa não visse a hora disso com tanto afã quanto ela. Ver-se livre de bovinos e caprinos e desentendimentos; sentar-se no silêncio do cabido; nunca mais ser perseguida por aqueles livros de contabilidade; nunca mais ouvir aquelas sílabas malditas: *Madre querida, desculpe incomodá-la, mas...* Custasse o que custasse — e o bispo da vez, Giles de Furness, era tido como um defensor dos impostos muito mais severo do que o velho e gentil bispo William — haveria uma nova eleição, e a prioresa Matilda deveria substituir a prioresa Alicia.

Duas datas se sugeriram adequadas para a cerimônia de consagração: a festa patronímica de São Leonardo ou a Candelária. O Dia de São Leonardo era a escolha preferida até que dama Johanna assumiu para si a tarefa de ressaltar todas as suas vantagens: foi o bastante para convencer a todos de que uma festividade em fins de novembro estava fora de questão, não se podia pedir que o povo vadeasse pela lama. Quando dama Johanna disse que a lama seria um impedimento mesmo no começo de fevereiro, ela foi lembrada de que ainda precisava passar um inverno em Oby, e não tinha como saber do que estava falando.

Dama Johanna era uma freira transferida, que viera para Oby da casa da Santa Trindade em Dilworth. Durante anos Dilworth fora notória por suas dívidas e confusões, e embora o bispo William tivesse sido paciente, o bispo Giles havia ordenado sua dissolução e a transferência de suas sete freiras restantes para outros estabelecimentos. Essas criaturas infelizes não traziam dotes, pois seus quinhões haviam sido devorados no sumidouro de Dilworth. Não obstante, Oby se empenhara em receber duas delas, com dama Matilda ressaltando que gratificar um novo bispo é sempre um bom negócio. O bispo, retribuindo bondade com bondade, enviara-lhes o par mais promissor. Dama Johanna Pyke era doentia, e incapaz de estorvá-las por mais do que um ano ou dois, e dama Alice Sutton, embora jovem e robusta, era uma talentosa confeiteira — tão talentosa que a pouca renda deixada a Dilworth fora trazida por seu excepcional marzipã.

Os doces de dama Alice confirmaram as palavras do bispo. Esperava-se que o tempo o provasse igualmente certeiro quanto a dama Johanna. Pois dama Johanna era detestada por todas, e quanto mais tentava se engraçar, mais sentiam que ela era uma intrometida, uma abelhuda, e uma maçante. "Seria melhor", a prioresa disse a dama Beatrix, "se esse pobre espantalho não se esforçasse tanto para mostrar interesse por nós ou pelo que fazemos.

Sem dúvida é pouco apropriado para uma mulher que irá morrer dentro de um ou dois anos apegar-se a um mero alojamento temporário!" — ao que dama Beatrix sombriamente respondeu que o fato de ser bispo não faz de um homem um médico, e que pode haver um longo caminho entre parecer moribundo e morrer.

"Se eu ouvir essa mulher exclamar mais uma palavra elogiosa acho que vou acabar estrangulando-a!", exclamou dama Margaret. "Ela elogia tudo e nunca é a sério." Mesmo dama Helen era levada a um espírito contraditório, e quando dama Johanna calhou de mencionar que Dilworth não possuía mais do que cinco livros, garantiu-lhe que isso era impossível, pelo contrário, a biblioteca de Dilworth era reputada por todo mundo como excelente.

Tendo desacreditado São Leonardo, dama Johanna seguiu, sem saber, comprometendo a futura eleição. Dama Matilda, conforme seu entendimento, seria eleita por unanimidade: que lindo isso seria! Eleições por unanimidade são creditáveis a todos os envolvidos, demonstram ao mundo o favoritismo de Deus, que faz com que os homens tenham uma única mente em uma única casa. As freiras de Oby eram sortudas por terem sido poupadas de atritos eleitorais como os que aconteciam em Dilworth, onde a sacristã havia sido eleita em oposição ao próprio bispo.

"Aqui é pacífico que é uma maravilha!", exclamou dama Johanna.

Mencionara isso como um elogio, mas seu infeliz modo de falar fez parecer uma provocação. Em Dilworth era comum metade das damas se ausentarem, uma em visita à mãe doente, outra aproveitando um parto, ainda outra em busca de um cachorrinho. Os regressos após tais ausências eram tão perturbadores quanto as próprias ausências: em meio a conversas sobre heresias, modas, disputas familiares, rim servido com amêndoas, ações judiciais, adultérios, tocadores de harpa e portes heráldicos, os serviços eram negligenciados, a disciplina ficava à deriva, Deus era esquecido e as refeições sofriam atraso. Somente aquelas que haviam experimentado tal estado de coisas, concluiu ela, poderiam perceber como era reconfortante achar-se em uma casa como Oby, onde tudo sucedia tão calmamente, mês após mês, e a bula papal *Periculoso* era observada com tanto rigor.

Como resultado, as ouvintes de dama Johanna arderam por zombar da bula *Periculoso* assim que fosse possível; e quando a prioresa foi convidada a servir de madrinha ao bebê de um ramo cadete dos De Retteville, as freiras nativas de Oby insistiram em que ela comparecesse ao batizado, e apontaram, como se fosse algo escandaloso, que ela não dormira uma única noite longe de seu convento desde agosto de 1351. A prioresa, também, havia acusado os elogios de dama Johanna. Ela estava pesando as várias vantagens de comparecer ao batizado — o parentesco com o fundador, fazer novos amigos, talvez escolher noviças novas e garantir a muito prometida e nunca obtida pequena Adela de Retteville, a quem com alguma sorte ela conseguiria trazer de volta com ela — quando dama Beatrix calhou de sugerir que daquela viagem Sir Ralph poderia muito bem não participar, ele era realmente muito maltrapilho para fazer visitas. Imensamente envergonhada, a recordação daquela cena na nave dominou a prioresa: Sir Ralph atacando e urrando, Thomas dando um passo para o lado, seu rosto lavado de fúria. Ela exclamou que comparecer ao batizado estava fora de questão. Ela era velha demais para cavalgar no clima de inverno, e a liteira, uma relíquia dos tempos de dama Isabella, jazia embolorando sem conserto no galpão de transportes, onde as galinhas lhe haviam botado ovos.

Mas foi forçada a ceder quando um cavalheiro grisalho trouxe uma carta de Marie de Blakeborn. Ela também compareceria ao batizado, e levaria apenas mais um dia de viagem para fazer um desvio até Oby. "A não ser que a senhora tenha ficado tão gorda quanto eu", escreveu, "a liteira comportará nós duas, e será um prazer conversar sobre os velhos tempos enquanto viajamos."

Marie de Blakeborn chegou logo após o pôr do sol com um pequeno séquito de criados idosos. Ela ficara inacreditavelmente gorda. Corricando adiante no crepúsculo de janeiro, soterrada em peles, ela parecia um urso dançarino. Também ficara muito surda, e a surdez havia deformado sua voz em um rugido pomposo. As freiras julgaram difícil esconder o riso. Tão logo foi levada ao aposento de hóspedes elas começaram a imitá-la, articulando abafadas mímicas de seus rugidos, e dama Cecily fez um esboço de São Miguel pesando Marie e Sir Ralph um contra o outro sobre sua balança e cambaleando debaixo do peso conjunto.

Não pareceu à prioresa que haveria muita conversa sobre os velhos tempos. Marie estava absorta no presente, berrando sobre o formato mais recente das redinhas de cabelo douradas, um novo tipo de cãozinho encaracolado e o avanço de suas ações judiciais e de seus netos. Bem, melhor impossível! Dez anos haviam se passado desde o último encontro das duas, e agora ela se encolhia ante o prospecto de ter qualquer intimidade com aquela ruidosa e afável desconhecida. Elas partiram imediatamente após a missa. Era uma manhã escura, o céu estava coberto com vapor fumacento, todos os porcos gritavam em suas pocilgas. Surda por causa dos porcos, das estridentes despedidas de suas freiras, das torrenciais instruções de Marie a seu séquito, a prioresa permaneceu de olhos fechados, amaldiçoando o momento em que consentira em fazer aquela expedição. Melhor arrancar um cadáver da cova, disse a si mesma, escorá-lo em umas almofadas e despachá-lo para servir de madrinha! Quem é que quer uma *larva mundi* em uma festa de batismo?

Ela foi surpreendida por um grito.

“Ora, aí está o seu pináculo! A senhora nunca me disse que estava terminado. Pare, pare, Denis! Pare os cavalos! Queremos olhar o pináculo.”

Da elevação de terra elas olharam de volta para o Atoleiro de Oby, mais escuro do que nunca sob o céu fumacento. Branco e recortado, a única coisa com uma silhueta definida em toda a disforme e desgrenhada paisagem de cor triste, o pináculo parecia estar afundando, sugado pela lama.

“Encantador!”, rugiu Marie. “Eu reconheceria que é seu a quilômetros de distância. A senhora sempre teve bom gosto.”

A prioresa estava pensando: Esta é a primeira vez que o vejo à distância, que o vejo como os outros o veem; e para isso foram precisos a liteira de Marie e o nascimento de uma criança. Certo dia tive o ímpeto de começá-lo, e agora não tenho o ímpeto de sair para vê-lo.

“Me conte, Thomas está morto?”

“Morto, minha querida? Nosso Thomas, morto? Vivíssimo, eu lhe garanto, e é de novo um grande homem. Ora, não ficou sabendo que ele tapeou todo mundo?”

Ela deu ordem para cavalgarem, e acomodou-se para relatar como Thomas ressurgira de seu período de penitência mais alegre que uma marmota e mais vingativo que uma vespa; como ele permanecera em Etchingdon por tempo bastante para acertar todas as contas, recebera de novo a oferta do priorado apenas para ter a satisfação de recusá-la e agora se achava na Lombardia, negociando um empréstimo para o Rei.

“Em Westminster eles o têm em altíssima conta. E a senhora realmente achou que estava morto? Bem, o seu convento é digno do nome se você sabe tão pouco do que acontece do lado de fora, para pensar que Thomas estava morto.”

Para os ouvidos surdos, para a brisa suspirante, Alicia de Foley permitiu-se dizer: “Posso ver como eu estava errada. Agora vejo que eu é que estou morta”.

Apenas sua boa criação permitiu-lhe suportar as festividades do batismo, o banquete, a revelação de presentes, as mulheres em um canto do salão trocando histórias de gravidez, os homens em outro se embebedando como se não houvesse amanhã. Feito um fantasma ela ouviu o cântico na igreja de São João, feito um fantasma ela tocou nos bordados da cama e do bebê, quase que esperando ver os próprios dedos deixarem uma mancha onde havia tocado. A única coisa que lembrava a vida real eram as remunerações incessantes. Para onde quer que se virasse, alguém se sobressaltava à espera da gratificação de uma madrinha, e no terceiro dia ela foi compelida a pedir emprestado a Marie de Blakeborn. Ela viu sua noviça nova, Adela de Retteville. A garota era muito bonita, tão bonita que era de admirar que seus pais finalmente consentissem em separar-se dela; mas sem dúvida havia motivos suficientes para entregá-la a Deus. Pondo o dedo — aquele dedo conspurcador — debaixo do queixo acalorado e encarando os lábios carmim entreabertos, a prioresa disse: "Você será muito feliz conosco, minha filha. Existe mais contentamento no claustro do que no mundo".

"E como!", disse a mãe da criança, com uma expressão amarga no rosto desanimado. "E espero que tenha gratidão por nós, Adela, e reze por nossas almas. Já era hora de você fazer algo mais do que travessuras e manhas. Quando as senhoras voltarão a Oby?", acrescentou.

"Na terça-feira."

Na noite do batizado uma banda de músicos foi contratada, e os mais novos na festa dançaram. Aliviada da companhia deles, os idosos puseram sua mesa ao lado da lareira e lá se acomodaram em silêncio, bebendo e comendo castanhas. A conversa resvalou nas debilidades da carne. Marie falou sobre o incômodo de sua gordura, descrevendo as lutas na latrina, as terríficas purgações que eram necessárias para abrir espaço em seus intestinos. Adam de Retteville respondeu que para ele a gordura seria reconfortante. Seus dentes haviam apodrecido nas gengivas, ele não podia morder nada sem angustiar-se, era forçado a viver de caldos e decocções, e nenhum tempero, nenhuma pimenta, conseguia mascarar o gosto de corrupção que assombrava cada bocado que ele engolia. Mas isso, disse seu irmão Steven, era melhor do que uma fístula. Um homem com uma fístula não fica à vontade em um cavalo ou em uma almofada, e precisa contar, a despeito de todo o seu orgulho e todo o seu valor, com a boa vontade de um criado pessoal. Sim, mas um fluido nos pulmões, imagine só!, exclamou seu vizinho: cuspir, tossir, ter negados não só o alimento e o exercício, mas o próprio ar. Uma velha viúva De Retteville, amarela como açafrão, prosseguiu asseverando que suas dores de cabeça atordoariam quem quer que as experimentasse, pois às vezes era como se o diabo estivesse remexendo em seus miolos com uma colher vermelha de tão quente e em outras como se três vermes, tendo-lhe entrado pelo nariz, estivessem abrindo caminho até a testa e a orelha e a mandíbula.

Já que as pessoas se jactam de qualquer coisa e se contentam em ter os meios, a conversa à lareira era alegremente competitiva. Dela a prioresa não participou. Permaneceu comendo castanhas com os olhos abaixados.

"E a senhora, minha cara mexeriqueira?", perguntou Adam de Retteville em um surto de cordialidade. "Também deve ter algo a nos contar, algum enrijecimento no peito, alguma pontada nesses joelhos brancos que se prostram por nós em cima da pedra fria."

Marie respondeu por ela.

"Ela não! Olhe só para ela! Veja que cor, que queixo macio, macio como o de um pajem. Veja como ela se senta, empanturrando-se de castanhas, sem nem mesmo deixar escapar um arroto."

Erguendo os olhos a prioresa mirou os contemporâneos ao redor: as bochechas riscadas de púrpura ou congestionadas ou macilentas, os olhos remelentos, cabelos brancos, dentes marrons, juntas enrijecidas. Como eram gordos, ou magros! Como eram quentes, ou frios! Como traíam suas grandiosas roupas e suas grandiosas maneiras — um punhado de cogumelos venenosos não pareceria mais mortal.

"Preciso agradecer a Nossa Senhora", disse ela com correção, "pela minha boa saúde." E como se estivesse percorrendo seu rosário ela sentiu-se recuperando a visão, a audição, o toque, o paladar, o olfato, todos perfeitos, seus membros saudáveis, seu sangue puro.

"Veja só que dentes", continuou Marie. "O conjunto todo, brancos como os de um lobo."

"Um deles está lascado."

Ela pôde escutar a afetada modéstia das palavras. Entreabrindo os lábios ela apontou para um canino com uma imperfeição mínima.

"Com vocês De Foley, é sempre assim", disse Marie. "Como o Thomas, tão vivaz como um perdigueiro jovem. Nem um fio de cabelo branco — como você, ouso dizer."

"Nós freiras devemos durar bastante, ao que parece. Em nossa casa havia duas senhoras, perto da casa dos oitenta, e apenas uma delas ficou um pouco esquecida..." Ficando ela mesma um pouco esquecida a prioresa deu uma descrição recatada de dama Agnes e dama Roesia. Seus companheiros ouviram com deleite, derretendo-se em sentimentos, acotovelando uns aos outros, revirando os olhos turvos e dizendo que não havia nada mais agradável que a vida religiosa, e que desejariam ter se entregado a Deus em vez de permanecer no mundo para serem feitos em pedaços por causa da carestia e da doença.

"Bem, então você precisa me dar minha afilhada."

Adam de Retteville beliscou-lhe o braço.

"Nada me faria mais feliz. Mas a senhora precisa combinar tudo, o dote e tudo mais, com o pai dela. A garota tem parentesco com o fundador, e a senhora precisa levá-la de graça. A senhora precisa concordar em levá-la de graça. Sempre se pode conseguir um dote duplo de algum escrivão — e ela será sua."

"Mas a vocação... Não devemos esquecer a vocação."

Adam de Retteville olhou para o outro lado da mesa mirando o grupo de dançarinos na outra extremidade da sala. "Vocação é o que se come", pronunciou ele.

Marie de Blakeborn havia planejado levar a prioresa e a pequena Adela de volta para Oby e prestar-lhes uma breve visita. Estava chovendo pesado, as cheias subiam e o horóscopo de Marie declarava que ela morreria pela água. Quando chegou terça-feira ela se recusou a partir. Caso a prioresa estivesse disposta a nadar de volta até suas freiras, disse ela — as quais sem dúvida estavam se saindo muito bem sem ela —, a liteira estava à sua disposição, e uma das damas de companhia de Marie, uma enorme flamenga de nariz aquilino, poderia ir com ela e cuidar da criança. Dolorosamente cônscia de que desagradava um bom número de pessoas, a prioresa deu as últimas gratificações e partiu, recebendo garantias de que logo iria se arrepender de tanta diligência, sob a zombaria do séquito de Marie. Foi um alívio olhar no radiante rostinho de margarida de Adela, tão rosado, tão branco, tão alegremente voltado para o futuro. As cheias estavam amplas e turbulentas. Coágulos de espuma e cisnes polvilhavam a água, e à meia-luz do dia de janeiro a criança se divertia com sua incapacidade de distinguir entre eles até que um cisne se derretia ou um coágulo de espuma alçava voo. A flamenga aferrava-se a um trabalho de bordado, resmungando entre dentes quando um puxão ou um tropicão tiravam sua agulha da mira. A liteira rangia e balançava e a prioresa dormitava como se estivesse em um berço embalado a golpes. Ao acordar via-se presa de uma sensação de ferimento, uma sensação de exaustão por ter chorado amargamente; e então ela acordava um pouco mais e lembrava-se de Thomas de Foley, que estava vivo e florescendo, sem se importar se ela estava viva ou morta. Sem se importar? Não, era mais provável que ele a houvesse tirado da cabeça deliberadamente, ela, e seu pináculo, e seu padre louco, todos detestavelmente associados com o revés dele em Etchingdon. Mas talvez sem se importar. Ela afagou um gume da espada e depois o outro contra o coração e foi-lhe impossível decidir qual era mais afiado.

No segundo dia pegaram melhor velocidade. O vento fora para o norte, começara a congelar e as vias estavam mais duras. Na terceira manhã parecia provável que chegassem a Oby antes das Vésperas, mas flocos de neve começaram a cintilar no céu, depois o sol subiu e a neve caiu a valer. A flamenga pôs seu bordado de lado e apanhou a criança nos braços, apertando-a contra si para aquecê-la. Duas vezes, confundidos pela neve, os cocheiros erraram o caminho. Por fim alcançaram Lintoft, onde a caseira do padre foi recebê-las com um copo de bebida quente. As cheias não tinham sido tão ruins, disse ela, não tanto quanto as de qualquer outro inverno; mas o vento havia sido terrível, um cortante vento norte. Durante a noite transformara-se em uma tempestade que ribombava sobre eles feito uma tropa de cavalos. O senhor dela estava caído de febre, opresso, e com o rosto enegrecido. Morreria esta noite, imaginou ela... a prioresa e suas freiras não poderiam rezar por uma morte tranquila?

"Eu rezo, eu rezo!", exclamou Adela, dançando para lá e para cá.

A prioresa perguntou se ele tinha sido submetido à confissão. Sim, disse a caseira; por uma grande sorte Sir Ralph tinha cavalgado até lá no dia anterior, em busca de seu falcão perdido, e lhe tomara a confissão. Ele vai ficar desesperado se perder seu falcão, pensou ela. Jamais deveria tê-lo soltado em um vento norte, falcões perdem o ânimo no vento norte. Pensando em um Sir Ralph distraído e nas preces que ela deveria encomendar para o padre de Lintoft, sentiu-se de repente reatada a seu convento e interessada em voltar. Ele sempre parecera bonito na neve, uma paisagem branca era uma grata mudança depois da descorada monotonia dos charcos. No dia seguinte eles jogariam migalhas para os pássaros e ela pediria à provisora que fornecesse alguma iguaria extra para um jantar em comemoração a seu regresso com uma noviça De Retteville na mão e o prospecto de outra. Se continuasse a nevar, a liteira não poderia ser levada de volta a Marie por alguns dias. Possivelmente a flamenga, tão hábil com sua agulha, pudesse ser seduzida a remendar o Manto da Trindade.

"A sacristã irá entregar suas vestes. Temos uma ou duas boas peças antigas. Mas justo agora estamos terrivelmente precisadas de costureiras, nenhuma de nossas noviças parece ser capaz..."

A liteira virou quando o cavalo da frente desviou do caminho. As cavalgaduras foram paradas a pontapés e gritos. Uma voz disse: "Tem alguma coisa ali no meio da trilha. Não dá para ver nada na neve, mas sei que tem alguma coisa".

O cavaleiro da traseira respondeu: "Você vê mas não consegue ver. Eu quase capotei".

"É uma pilha grande de palha. Que lugar para deixar isso! Agora como vamos continuar? A trilha é tão estreita que não dá para passar, e parece ter uma vala aqui e outra ali."

"Bem, não precisamos continuar, precisamos? Cá estamos em Oby, na minha opinião, pois consigo ver um edifício à nossa frente, e há pessoas vindo com lamparinas na mão."

Um instante depois ele acrescentou: "Aí vem uma freira daquelas! Por Deus, ela é mais gorda que nossa ama!".

Era Sir Ralph. "Que telhado?...", começou ela. Resmungando algo sobre a altura da neve, ele a levou para dentro e a acomodou no parlatório. Todas as freiras estavam lá, parecendo estranhamente formais, pensou ela; mas é claro que as freiras pareceriam formais a um olhar que estivera estudando a festa de batizado de um De Retteville. Ela relanceou o olhar para a noviça De Retteville. A flamenga havia acabado de trazê-la e estava desembrulhando-a de seu cachecol.

"Vejam só quem eu trouxe."

Dama Matilda deu um passo adiante, beijou-lhe o anel e levou-a para perto do fogo.

"Cara madre, suas pobres filhas lhe dão as boas-vindas."

"Como vocês todas estão solenes! Devem estar passando algum apuro."

Lá veio dama Beatrix com uma tigela de hidromel. "Beba isto, madre querida. Uma... uma noite tão fria!"

Ela bebericou e olhou para elas. Afinal de contas, uma delas estava faltando.

"Onde está dama Susanna? Trouxe uma noviça para ela. Quase congelada, mas uma noviça mesmo assim."

Algo estava errado. Ninguém era capaz de olhá-la no rosto. Agora ali estava dama Salome de pé diante dela, vermelha, abrindo e fechando a boca como um peixe. É só eu voltar, pensou ela, que esse tipo de coisa acontece. Suponho que elas devem ter tentado levitar novamente.

"Alguém dê a ceia para a garota e a ponha na cama."

Dama Salome saiu adejando do círculo, parecendo tão contente como um peixe que escapa da rede, e gesticulou para que Adela e a flamenga saíssem.

A prioresa terminou seu hidromel e então se voltou para sua tesoureira.

"E então? O que foi que aconteceu?"

"Durante sua ausência Deus nos enviou um grande pesar. Dama Susanna morreu."

Libertadas por essas palavras, as freiras agora começaram a persignar-se alvoroçadamente, a suspirar e a encomendar a alma de dama Susanna.

"Como? Quando?"

"Ela morreu ontem à noite."

"Mas como? Como foi que ela morreu?"

"Ela morreu de repente. Foi um acidente."

"*Sem confissão!*" As palavras saíram esganiçadas do mais calamitoso silvo de dama Johanna.

"E onde estava aquela fera gorda? Na sua caça com falcão, imagino?"

"Não, ele estava na cama."

"Foi no meio da noite."

"Ele veio correndo, mas era tarde demais. Ela já estava morta."

"Ela foi enterrada!"

Juntas elas podiam fazer o que nenhuma tinha coragem de fazer a sós. Interrompendo-se, contradizendo-se, referindo-se, voltando para clarificar alguma coisa, elaborando teorias sobre como tinha acontecido e outras teorias sobre como teria sido possível preveni-lo, elas montaram a história da morte de dama Susanna.

Elas se achavam no coro para o ofício noturno, mal conseguindo ouvir o próprio cântico devido à força da ventania. Então, em seguida a uma forte corrente de vento, ouviu-se o som de algo se partindo, e um baque. Elas olharam em volta, nada viram que pudesse explicá-lo; mas no mesmo momento várias velas foram apagadas e o ar se tornou enregelante. Prosseguiram com o ofício, e o terminaram, e estavam prestes a sair do coro quando os sons de coisas se partindo voltaram e desta vez, já que o vento não soprava com tanta violência, elas os ouviram com mais nitidez e perceberam que estavam cada vez mais perto. Dama Matilda abriu a porta do coro alto e perscrutou a nave, supondo que uma janela havia sido quebrada. A nave estava inundada pelo luar, e por um buraco no teto elas viram as alvas nuvens correndo, as estrelas glaciais, o transbordar da lua cheia. O chão da nave estava apinhado de madeira e entulho e blocos de pedra. Enquanto se quedavam olhando, ouviu-se um agudo tamborilar, e fragmentos de argamassa começaram a chover sobre elas, e depois telhas e pedaços de pedras entalhadas. Então se ouviu um barulho terrível, como o rugido de um leão — não, disse dama Beatrix, como o ruído que uma onda faz ao assomar sobre a praia e sugar o cascalho —, e depois, respondendo em meio a elas, um chiado que fez gelar o sangue, um chiado mais horrível do que qualquer outra coisa daquela noite horrível, um chiado tal como o que deve emitir uma alma quando atirada em estupor dentro do fogo do inferno; e com a força de uma louca, dama Susanna abriu caminho entre elas e correu até a nave. Se ela caiu de joelhos ou se as pedras que rolavam a apanharam e derrubaram era impossível dizer, mas naquele momento ela desaparecera, perdida em uma nuvem de pó, esmagada sob o pináculo caído.

A história fora contada mas não terminada. Dama Margaret teve de recontar tudo o que foi feito na sequência, como Sir Ralph estava confortável, como dama Matilda mantivera sua firmeza, como todo o povo do solar tinha ouvido o barulho do pináculo em queda mas como ninguém se aproximara para ajudar. Dama Johanna teve de dizer como foi incrível que dentro de um ou dois minutos após a calamidade o vento tivesse cessado, embora pedaços de pedra continuassem a cair de vez em quando por algumas horas ainda. Tendo começado a falar, tiveram medo de parar. Ninguém desejava proporcionar o silêncio que permitiria à sua prioresa falar. Frustradas, compassivas, constrangidas, elas seguiram conversando, fazendo render seu estoque narrativo, lembrando-se de acrescentar que a palha fora soprada para fora do portão, que uma telha fora soprada tão longe que caiu perto da nogueira.

A prioresa se achava ao lado da lareira, virando a tigela vazia nas mãos. Quando por fim falou foi para dizer: "Onde está Sir Ralph? Por que ele não está aqui? Preciso vê-lo imediatamente".

Quando ele chegou, entrando na sala com uma compostura de animal cansado, ela começou a discutir com ele as providências para o velório de dama Susanna e as missas que deviam ser celebradas para o descanso de sua alma. Tais providências eram bastante corriqueiras, ambas lugares-comuns, e mal precisavam ser discutidas; mas ela falou como se fosse uma comandante dando ordens no calor da batalha. Nas últimas dezoito horas ele estivera suando de apreensão quanto ao modo como ela iria receber as notícias de que seu pináculo estava em ruínas e que sua mestra das noviças morrera com todos os indícios de um autoaniquilamento. Ele previra fúria, abatimento, infelicidade, pranto e lamento e ranger de dentes, e até mesmo fortitude e magnanimidade — já que a sabia capaz de quase qualquer coisa. A única coisa que ele não esperara foi o que ela exibiu: aquela fronte de autoridade trivial, feito uma representação de gesso de uma gravação em pedra. Isso o perturbou, e ele se ofendeu, e pela primeira vez na relação dos dois ele sentiu que ela era uma mulher inteiramente desagradável.

Ele não estava sozinho ao sentir-se assim. Se a prioresa tivesse mostrado um pesar sociável, suas freiras teriam ficado dispostas a condoer-se com ela, mas ela envolveu-se em um humor de amuos frios, e deixou-as voltar a própria compaixão para si mesmas — as vítimas de uma calamidade a qual a ambição dela havia provocado. Não apenas o pináculo havia caído, e matado dama Susanna; mas havia caído aos bocados, e de maneira tão incompetente que seria mais fácil reconstruí-lo do que derrubá-lo, o que significava suportar mais uma vez os gastos e todo o pó e o clamor de uma construção. Os entalhadores ficaram furiosos de ser chamados de volta, e surgiu uma briga entre o convento e o mestre de obras, pois naturalmente as freiras o culpavam pela queda do pináculo. Ele por sua vez asseverava que a culpa era do convento; se as damas tivessem sido capazes de se decidir quanto a ele prosseguir com o trabalho, a argamassa teria secado por igual, o peso das pedras entalhadas teria se assentado. Mas as damas nunca conseguem se decidir.

Então um dos seus rapazes, desajeitado de tanto frio, tropeçou, caiu do andaime e quebrou o fêmur. Os entalhadores abandonaram o trabalho e se quedaram dizendo que havia uma maldição no pináculo e que seria contra a vontade de Deus terminá-lo. O povo de Oby que trabalhava com os construtores, transportando pedras e abastecendo e carregando os cochos, agora acrescentava seu testemunho. Cheias, peste, morrinha, carestia: fora um infortúnio atrás do outro desde que o pináculo começara. Se as freiras eram assim tão ricas, deviam gastar seu dinheiro socorrendo os pobres, como Deus quer. Socorrendo os pobres, de fato! — ora, elas tinham mesmo desprezado o cego John Ragge, pobre alma, e como resultado ninguém em Oby podia chamar sua granja de sua, pois desde que o convento o desprezara ele recaíra nas trapaças que tinha aprendido durante as guerras; mesmo um homem cego precisa viver. É claro que havia uma maldição no pináculo. Quem poderia imaginar que Deus o havia derrubado, pois que direito tinham as freiras de erguer pináculos? — afastando os homens de seu trabalho por meio de extorsões de carretagem e taxas laborais, e enxugando o solar a fim de empilhar pedra sobre pedra e alimentar um bando de desconhecidos. De abusar das freiras elas haviam passado a abusar dos entalhadores. O jovem Scole jurou que se visse algum outro entalhador empoleirado no andaime feito um corvo em uma árvore no inverno ele atiraria uma flecha nele. Naquela noite os homens de Oby devassaram o assentamento dos entalhadores, derrubando suas cabanas e espalhando seus equipamentos. Depois disso marcharam ao redor do convento cantando a plenos pulmões, e no meio da procissão se achava John Ragge, percutindo uma velha viola da gamba e bem acompanhado — pois era popular por ora. Na manhã seguinte os entalhadores desmontaram os andaimes. Naquela mesma noite tinham partido, com William Holly assumindo a tarefa de providenciar transporte para eles e suas coisas até as lonjuras de Dudham, onde o lar de seu primo logo se beneficiou de vários consertos e renovações.

Embora o povo da vizinhança dissesse quão abaladas deviam estar as freiras, as freiras estavam se entusiasmando com a possibilidade de uma ação judicial. Oby não movia uma ação judicial desde os agitados tempos da prioresa Isabella, mas a maioria de suas damas tinha alguma experiência da lei: litígios familiares sobre dívidas, dotes, mutilações e execuções, negligência de comportas, disputas de terra, rapto de herdeiras, caça ilegal de cervos e contestação de legados. A lei, todas elas sabiam, é traiçoeira e dispendiosa, e quase tudo depende de conhecer as pessoas certas; mas tão logo isso foi admitido lhes pareceu que um grande número de pessoas certas era-lhes conhecido: um primo, um tio, um talentoso sobrinho em ascensão, um prodigiosamente respeitável e engenhoso parente por bastardia, uma enteada na corte; e tanto dama Margaret como a noviça Philippa vinham de famílias relacionadas com a lei. "E não devemos nos esquecer dos Stapledon", ajuntou dama Salome, virando-se cortesmente para dama Matilda, que agradeceu essa homenagem com um incômodo movimento do traseiro. Parecia-lhe haver pouca esperança de esquivar-se de uma forma popular de ruína.

No momento havia muito a dizer e pouco com o que concordar, pois cada freira tinha sua própria visão acerca das bases que deviam fundamentar a ação. Dama Margaret votou por uma quebra de contrato. O que seria mais simples do que isso?

Lá estava o pináculo inacabado como prova. Dama Beatrix objetou que Edmund Gurney poderia alegar que o pináculo tinha sido terminado, e que o vento que o pôs abaixo fora um ato de Deus e não culpa dos construtores; certamente seria melhor apanhar Gurney com uma acusação de trabalho malfeito; uma obra de alvenaria que se prezasse não desabaria com uma mera lufada de inverno. Dama Helen votou por homicídio. De que outra forma dama Susanna tinha morrido? Que perda para a comunidade! Sem dúvida eles deviam sofrer algumas consequências. Elas nunca tiveram uma mestra das noviças como aquela, e quem poderia dizer quais noviças elas não perderiam ao tê-la perdido? Sua fama estava se espalhando muito longe, uma musicista tão boa, de modos tão delicados, e tão pia! Nos velhos tempos uma freira como essa teria sido canonizada, quando menos por sua morte piedosa. Lá ficara ela ajoelhada, as mãos estendidas para o céu como se para impedir o desastre, rezando em voz alta para que o convento fosse poupado. E dito e feito, um minuto depois o vento soprou, o ar ficou tão parado como em pleno verão. Dama Johanna chegou a observar isso naquele instante. Se iam perder uma freira como aquela e não receber indenizações exemplares, não havia justiça na Inglaterra. E outra coisa... e quanto àqueles consertos em Dudham, àquele novo teto na granja dos Holly? Um roubo tão flagrante como nunca se viu! Às vezes eles até se lembravam de dizer palavras de condolências pelo pináculo, que era tão bonito e uma ambição conjunta de todos durante os últimos vinte anos. Para dama Matilda era inútil relembrá-los de que haviam resmungado a respeito do pináculo sem parar. Para dama Johanna era inútil explicar que ela jamais dissera ou supusera que o vento soprara por causa das preces de dama Susanna. Elas se uniam no aguardo de uma ação judicial, e apenas esperavam que a prioresa as conduzisse.

Mas a prioresa parecia ter perdido todo o interesse pela vida. Ela jazia na cama, ou sentava-se em seu quarto apaticamente a ensinar seu curió a flautear o *De Profundis*. Leais, embora aflitas de impaciência, elas justificavam que ela estava atordoada pelo choque.

Na Quinta-Feira Santa distribuiu-se uma pitança entre os velhos do povoado, e já que John Ragge não podia ser mantido à distância e era capaz de causar problemas, dama Matilda pedira a Sir Ralph que estivesse presente. Mais tarde ele e ela se quedaram por um tempo a banhar-se no sol, diante do portão. Lâminas de relva fresca despontavam dos baixios de lama do inverno. O amontoado de artemísia que crescia perto da soleira exibia seu brilhante frescor verde.

Sentindo o sol esquentar suas costas, Sir Ralph observou que tinha sido uma Quaresma maravilhosamente pacífica.

"Pacífica?", disse ela, detendo-se e encarando-o.

"A Quaresma mais pacífica que já vivi. Nunca confessei uma sequência de consciências tão imperturbadas, almas tão livres de ira e agitação."

"É a calma antes da tempestade, então", disse ela, "pois elas estão todas determinadas a entrar com uma ação."

"Ah, isso explica tudo! Imaginei que devesse haver uma razão. A Quaresma em geral é acrimoniosa. Senhoras, penso eu, devem achá-la particularmente irritante. É mesmo extraordinário", continuou, "deveras extraordinário, refletir sobre os meios empregados pela Providência divina para..."

Duro e evasivo como uma cobra, ele estava deslizando para longe de qualquer participação nas atuais preocupações do convento.

"Acho a improvidência dos homens igualmente extraordinária", disse ela. "E se nos arruinarmos com essa ação judicial?" A voz dela, escapando do controle habitual, era áspera e trêmula, feito o trinado de um pássaro em formação.

Ele se virou, e olhou para ela. Era quase tão alta quanto ele, e olhava de volta com firmeza, embora suas bochechas estivessem coradas de ressentimento e furiosas lágrimas iluminassem seus olhos pequenos.

"Isso não vai acontecer", disse ele. "Eu lhe garanto, isso não vai acontecer. As coisas que tememos nunca sucedem."

Ela nunca o ouvira falar com tamanha autoridade. Podia ter sido um desconhecido quem falara. Vexada, e contudo reconfortada, ela partiu às pressas, indo embora antes que aquele ser atordoante se descompusesse no familiar, maltrapilho, robusto e desmazelado Sir Ralph.

Abandonado a si mesmo ele continuou a caminhar ao sol, sentindo o ar feliz, admirando o tom picante da artemísia, e refletindo sobre os meios empregados pela Providência divina. Ali, por exemplo, estava outra primavera. A qualquer momento ele poderia ouvir o cuco. A qualquer momento, também, ele poderia ouvir algum pequeno chocalho dentro de si, ou alguma pontada em seu cérebro, e saber que a morte estava em seu encalço. Assim como você está quando ouve o primeiro cuco, esteja ocupado ou ocioso, alegre ou pesaroso, estará pelo ano inteiro; assim dissera Magdalen Figg, de pé e da cor da lama debaixo das macieiras em flor. Do primeiro cuco ele não exigia mais do que estar ali, caminhando e pensando diante do portão de Oby. Pois a vida em cada primavera de confirmação dela era doce, e mais doce seria com dama Matilda como prioresa. A vida era duravelmente doce, melhorava como uma compota de maçã. Se ele chegasse até a velhice, vivesse tranquilamente e mantivesse a saúde, obteria ainda tamanha alegria da vida que atordoaria os demônios quando viessem buscá-lo. Ele apanhou um ramo de artemísia e esfregou-o entre o indicador e o polegar. Era uma velha conhecida dele. Aqueles brotos eram a décima geração que ele testemunhara desde aquela manhã em que ali se quedara tão magro e nervoso. Ainda não condenado, porém tão nervoso. A danação lhe ensinara a tranquilidade e a resignação ante a vontade de Deus. Ainda não condenado; e contudo, sendo Deus atemporal, tão condenado diante de Deus como agora, condenado antes do nascimento, condenado antes de sua gestação, nativo ao fogo do inferno como uma salamandra. O que diria dama Matilda, aquela mulher sensata e prudente, se soubesse que com o priorado de Oby ela herdaria os serviços de um homem condenado? E mesmo assim ele estivera a um triz de contar a ela.

Dama Matilda ficara tão impressionada pela garantia de Sir Ralph de que as coisas que tememos não sucedem que ela conservou sua equanimidade mesmo quando dama Johanna, em conversa no cabido, disse que desejava lhe dizer algumas palavras sobre a proposta de ação judicial.

Estava claro que dama Johanna tinha decorado suas poucas palavras, e seus ouvintes resignaram-se a um sermão. Elevando demais a voz ela foi detida por um acesso de tosse antes de encerrar com seus pontos de vista sobre a submissão temperada com zelo; depois precisou limpar a garganta; então prosseguiu para o seu *Imprimis*. *Imprimis* era que freiras não deviam recorrer à lei, sendo do seu quinhão viver no mundo como se o mundo não existisse. *Distinguo*, o mundo podia oprimir tanto as freiras que as levava a entrar com ações; mas caso fossem empreendidas, as freiras deveriam recorrer à lei em um espírito de caridade — algo de que alguns dos presentes careciam. *Secundo*, é proibido cobiçar. Não obstante ela entreouvira as freiras de Oby conversando sobre as indenizações que esperavam ganhar. Tais esperanças eram equivocadas bem como falaciosas, pois em Dilworth ficara claro — ao que se seguiram várias anedotas de Dilworth. *Tertio*.

A prioresa se mantivera de ombros arqueados, girando apaticamente o seu anel. Agora ela levantou a mão como que para afugentar uma mosca, e disse, falando com uma voz fraca, eivada de exasperação, que ela por sua vez já estava convencida da eloquência de dama Johanna, e implorava que não houvesse mais conversas sobre a ação judicial. Ouviu-se um murmúrio, se não de concordância, ao menos de compaixão e entendimento. Seria possível, perguntou-se dama Matilda, que Sir Ralph estivesse certo? Mas naquele mesmo momento dama Johanna tornou a falar. Agora ela parabenizava a prioresa por tão sábia decisão.

"Pois eu estava para dizer, madre querida, *tertio*..."

A prioresa deixou a cabeça afundar nas mãos.

"... *Tertio*, é proibido prestar falso testemunho. Contudo, com meus próprios ouvidos, caras irmãs, ouvi-as dizerem que estamos certas de nossa ação porque as pedras caíram e mataram dama Susanna, e nenhum tribunal pode ficar insensível a uma freira morta. Mas isso não é verdade. Eu vi, assim como todas vocês, como dama Susanna buscou a própria morte. Se ela tivesse ficado quieta com o resto de nós estaria viva agora, como nós estamos. Além disso..."

Um clamor de discordância fez-se ouvir, na maior parte assaz sincero, pois a esta altura a morte exemplar de dama Susanna era canônica.

"Além disso..."

A prioresa pôs-se de pé com um salto e bateu nos ouvidos de dama Johanna. O primeiro golpe afrouxou a touca de dama Johanna, o segundo arrancou-a. Prendendo uma mão nos curtos cachos grisalhos a prioresa começou a arranhar o rosto de dama Johanna. Dama Johanna gritou, gemeu, chamou pelos santos, e engasgou. Sem nenhuma expressão além de uma espécie de atenção sonâmbula, a prioresa arranhou em silêncio. Seu silêncio era mais alarmante do que qualquer outra coisa; era como se ela tivesse perdido a fala, ou não sentisse necessidade dela, e se tornado um animal, matando sem maldade e quase sem reflexão. Ninguém soube o que fazer. A esperançosa confiança com que dama Matilda lidaria com aquilo se extinguiu. Dama Matilda permaneceu mordendo o dedo; seus olhos estavam fechados, seu rosto estava lívido. Elas se lembraram de que dama Matilda sempre se sentia mal ao ver sangue, e nas regulares sangrias sentia-se regularmente mal. Foi dama Alice, a outra freira de Dilworth, quem, com um "Perdoe-me, madre querida", arrebatou a prioresa com os braços grossos e carregou-a de volta à cadeira. Dama Beatrix e dama Helen aproximaram-se para limpar e arrumar a vítima. A prioresa olhou para elas com aprovação, e aconselhou que a levassem embora, acrescentando em uma voz de ar resignado: "Nunca teremos paz enquanto ela estiver conosco".

Daquele dia em diante a prioresa, acordada de seu transe, perseguiu dama Johanna com impiedoso artifício, inventando uma derrisão após a outra com tanta alegria como um escultor criando um grupo de gárgulas. Ela decidiu reforçar a regra de lerem um bom livro em voz alta durante o jantar, e designou dama Johanna para leitora por causa, disse ela, de sua escolaridade. Empoleirada na mesa de leitura dama Johanna tossia e se afogueava, enquanto seu apetite — ela tinha um apetite pontual — proclamava a si mesmo em indecorosos estrondos. Dama Johanna, também, era peculiarmente desastrada, uma daquelas mulheres fadadas a derrubar, tropeçar, rasgar, desarrumar, amassar e estragar. Mas por causa de sua piedade, de sua particular piedade, dama Johanna, disse a prioresa, devia receber o posto de sacristã. As velas caíam do suporte, as vestes prendiam-se nos pregos, o incenso se desfazia, as manchas se alastravam nos panos do altar. O pior de tudo, havia hóstias por fazer. Suando de apreensão e rezando desesperadamente, dama Johanna sovava e rolava um intratável caroço de massa cinzenta, polvilhava farinha por toda parte, e queimava-se na grade do forno. Por fim ela foi ordenada a consertar o Manto da Trindade. O Manto da Trindade era um dos poucos tesouros de Oby, e as freiras tomaram coragem para defendê-lo das pregas e das costuras grosseiras de dama Johanna.

"Veja como ela o está destruindo! E é tão bonito."

A prioresa olhou para ele. De fato, era muito bonito. Por toda sua vida ela amara a beleza. Seu pináculo estava quebrado; desde a morte de dama Susanna o cântico soava estridente; suas freiras estavam feias; Adela, a noviça De Retteville, era uma apalermada. Tudo a que se dedicava era zombado e frustrado, e ela nada podia fazer com seu desespero além de mostrar despeito e malícia vulgar. Engolindo seus soluços ela disse:

"Muito bem. Ninguém há de consertá-lo. Já que desejam, ficará arruinado, como tudo o mais. Venho refletindo sobre a ação judicial, também, e cheguei à conclusão de que será inútil prosseguir com ela. Não serei capaz de conduzi-la sozinha, não tenho nem saúde nem ânimo para tal empreendimento. E sei por experiência que não posso contar com nenhuma de vocês para me ajudar. Vamos remendar o pináculo de qualquer jeito — o suficiente para impedir que os ventos derrubem as senhoras, é isso o que importa. E tudo há de continuar como sempre."

“O lai de Mamillion”

(junho de 1360)

Na Quinta-Feira Santa Sir Ralph havia caminhado no sol pensando na paz que era Oby. Em pleno verão perguntou-se se viria a conhecer a paz e o sossego de novo. Assim como quando dois cães lutam até a morte todos os cães dentro do alcance disparam uns contra os outros, o caso entre a prioresa e dama Johanna pôs todas de orelhas em pé. Durante o ameno clima de primavera as freiras se bicaram, os criados lutaram, e o novo falcão dele se mostrou intratável. Ele não conseguia encontrar descanso nem mesmo no pomar de Jesse Figg. Jesse e William haviam se desentendido, também, por causa dos consertos em Dudham. Embora a briga não os tivesse afastado, pois eram inseparáveis como nunca, achavam-se agora inseparavelmente presos em reprimendas e recriminações. Além de levar-lhes sidra em um jarro dos grandes — pois brigar é um negócio que dá sede — Magdalen Figg não tomava parte naquelas contendas. Ela fluía como o regato Waxle, lenta, calma, impenetravelmente lamacenta, predizendo o tempo com tanta indiferença como um rio reflete o céu. Às vezes Sir Ralph se pegava pensando que o prazer carnal com Magdalen poderia ser muito prazeroso, e que dele sairia sentindo-se revigorado e amaciado como uma camisa lavada. Mas a fantasia continuou uma fantasia; ele sabia que não estaria pensando nela de maneira alguma caso não tivesse fracassado em fazer William Holly prestar mais atenção aos problemas dele com o falcão.

Ele teria de encontrar outro falcão sem ajuda. Sem ajuda, também, ele de alguma forma teria de prover o convento com uma nova prioresa. As coisas não podiam continuar como estavam: cedo ou tarde a prioresa iria matar dama Johanna; e isso seria uma grande pena, pois a prioresa era uma mulher excepcional e dama Johanna uma nulidade invencível. Portanto ele precisava obter um falcão, uma prioresa, e o bispo; pois as três noviças estavam clamando por fazer seus votos finais, e embora de fato não se precisasse de bispo para isso, os pais preferem um bispo.

Foi o irmão Baltazar, um dos dois frades que se alojaram por uma noite em Oby, quem lhe contou sobre os falcões de Brocton.

Sir Ralph conhecia Brocton de ouvir falar. Era um pequeno solar que ficava a oeste de Lintoft. O lorde de Brocton, embora jovem, era cego. Ele havia inadvertidamente colidido com uma procissão de Corpus Christi, e seu cavalo, alarmado pela cantoria e pelos estandartes, se assustara e pisoteara o padre que carregava a píxide. Assim envolto em sacrilégio e já enterrado em dívidas, o lorde de Brocton se desesperou e se enforcou — como se, disse o irmão Baltazar, isso fosse melhorar alguma coisa. Seus bens, é claro, foram confiscados; mas os amigos sempre encontram uma maneira de contornar a lei. Sir Ralph precisaria apenas cavalgar até Brocton, oferecer seu consolo fantasmal à viúva, direcionar a conversa para a falcoaria, e o falcão seria seu. O irmão Baltazar acrescentou que ele não devia demorar. A viúva, ao que parecia, estava sendo difícil, e dizia-se que uma excomunhão iminente lhe devolveria a razão.

Ficar uns dias longe de Oby era uma perspectiva tão celestial que quando Sir Ralph montado no cavalo baio olhou para o oeste a partir de Lintoft e viu diante de si o bosque de carvalhos que iria percorrer com tanto prazer ele quase esqueceu o falcão. Bastava que fosse em um dia santo. O cheiro da samambaia, os esquilos, as lebres saltando por entre as clareiras, o zum-zum das moscas, os gritos do pica-pau, tudo o deliciava. Parecia-lhe estar a cem milhas de Oby, e devolvido aos dias de sua juventude. O cair da noite o encontrou ainda zanzando bosque adentro e afora. Uma mulher na cabana de um mateiro a quem ele descreveu sua rota garantiu-lhe que por duas vezes ele devia ter estado a um pulo de Brocton. Agora ele estava a umas boas cinco milhas de lá. Mas pela manhã, disse ela, seu garotinho iria sentar-se no arção e guiá-lo.

O alvorecer do dia seguinte dilatou-se em um dia de calor abrasador. O garotinho não era tão bom guia quanto lhe foi prometido, e o sol ia alto quando chegaram à casa do solar. Ao ver-se refletido no fosso Sir Ralph percebeu como ficara gordo. Ele vira sua imagem com frequência nas poças do regato Waxle mas o fosso de Brocton, ao refleti-lo em meio a nítidos detalhes arquitetônicos, foi mais revelador de sua disformidade do que a Poça da Vaca ou a Curva de Kitt. *Aí vem uma freira daquelas!* Entre todo o desagrado daquela noite em que a prioresa voltara para seu pináculo arruinado ele não deixara de notar aquela mortificante exclamação; e ao ver o carregador levar embora seu cavalo baio ele foi capaz de imaginar os comentários que se fariam sobre o seu condutor. A lady de Brocton, disse-lhe o carregador, não queria ver nem padre nem frade. Ele perguntou-se se isso seria um pretexto para ocultar o fato de que uma sentença de excomunhão já se fazia sentir; mas já que tinha ido tão longe perguntou se poderia ver os falcões.

"Não vou além de um gavião-da-europa." Ele vinha dizendo isso a si mesmo desde a conversa com o irmão Baltazar, mas ao manejar as aves, ao ver a maneira lânguida como pendiam a cabeça e cutucavam com as asas, ele abandonou toda prudência. Acontecesse o que acontecesse, custasse o que custasse, ele precisava ter um falcão-peregrino macho. Enquanto os fitava ouviu passos rápidos e um roçagar de saias atrás de si. O falcoeiro curvou-se em mesura e caiu em silêncio. Sir Ralph teve de arrancar-se de suas contemplações para saudar a lady de Brocton. Apesar de estar impressionado pela beleza das aves ele viu que ela era jovem, e muito bonita, embora seu rosto estivesse desfigurado pelo pranto e seus lábios inchados pelas mordidas que lhes dera para conter as lágrimas. Ela cumprimentou-o com franqueza e começou a questioná-lo. Por que mudara de ideia sobre não querer ver nem padre nem frade, ela não explicou, mas não pareceu que fora ter com ele por qualquer motivo religioso. Quando ela o convidou a entrar na casa e cear, o aturdimento estampou-se no largo rosto do falcoeiro. A casa era guarnecida com grande elegância, e tão limpa que ele não pôde acreditar que estava na Inglaterra. Não admirava que aquelas pessoas estivessem endividadas. Ela conduziu-o até o solar onde uma senhora idosa, uma espécie de tia, era a terceira à mesa. Um pouco depois de começarem a comer entrou o quarto membro do grupo — um garoto de cerca de treze anos, irmão da lady de Brocton. O semblante dele mostrava quão belo o dela seria se a dor não o houvesse feito definhar.

Com a mesma franqueza arrogante de quando o questionara sobre ele e sua jornada, lady de Brocton agora começou a questioná-lo sobre poesia. Dos muitos poetas que mencionou ele jamais ouvira falar, e para defender-se, e também porque era sua opinião genuína, respondeu que os poetas da presente época eram de pouca valia em comparação com os grandes homens do passado.

"Isso é porque o senhor não os conhece", respondeu ela.

"Pode ser. Faz muitos anos que não convivo com poetas."

Admiti-lo foi-lhe custoso, mas ele esperava que assim fosse conseguir um falcão.

Ela continuou:

"E por que apenas menciona poetas tão antigos? Nem toda poesia é em latim."

"Não. Mas seria melhor se fosse. Já que Deus e o homem entre os poetas nos deram a língua latina e o modo latino de poesia, é perda de tempo dar as costas e versejar em vernáculo. Esse tipo de coisa vem a calhar a velhas amas, e a malabaristas em consagrações e feiras, e àqueles que não conseguem pensar por si sós senão quando uma rima os insta ao pensamento seguinte."

"O senhor diria que o grande Dante é uma velha ama? Ele escreveu em vernáculo, e com rimas."

Havia um molho temperado com gengibre a que ele teria gostado de dedicar toda a sua atenção; mas pensou no falcão. O italiano, disse ele, o francês, também, nesse sentido, por serem dialetos da língua latina, eram mais musicais e mais adequados à poesia. A falácia do vernáculo foi exposta tão logo se perdeu a tutelagem do latim. Na Noruega ele ouvira um homem declamar partes de um épico no dialeto daquele país, e lhe soara como o remexer e o rugir de ursos.

A isso o garoto ergueu o olhar, e riu.

"Contudo foi algum poeta que o escreveu", disse ela. "E talvez ele fosse tão bom quanto Virgílio."

"Se fosse — no que não creio, pois a linguagem é grande parte da poesia; onde a linguagem é imperfeita o poema, também, deve ser imperfeito — se fosse, ninguém além de seus compatriotas o saberia."

Lady de Brocton carranqueou e caiu em silêncio. A mente dele voltava-se para o molho quando a tia idosa lhe perguntou se ele tinha talento para a música. Haviam dito a ela que as damas de Oby eram renomadas por seu cantochão.

"Ora vejam!", exclamou ele. "Mais um exemplo do que venho dizendo. Essas melodias vernaculares, cantadas e esquecidas no intervalo de uma vida, e esses descantes com seus floreios — como são triviais em comparação com os modos clássicos da Igreja!"

A tia agora perguntava sobre o trabalho das freiras com a agulha. Parecia que ela estava tentando desviar a conversa da questão da poesia em vernáculo. Ele respondeu que as freiras bordavam muitíssimo bem, e que o convento também possuía uma ótima iluminadora. Infelizmente a casa era úmida e boa parte do trabalho desta última já estava avariado por causa do mofo. Ela perguntou se tinham um fosso. Um fosso era a única esperança para ter uma casa seca. Ele explicou que Oby se erguia sobre uma elevação de terra onde fosso algum era viável.

Enquanto isso a lady de Brocton permaneceu mordendo o lábio. Pouco depois ela voltou à carga, contendo sua voz para transparecer amabilidade.

"Não posso deixar de acreditar que o senhor talvez mude de ideia quanto à poesia em inglês se ouvir mais dela. Meu marido..."

O garoto olhou para a tia e cruzou as mãos como se dissesse: "Lá vem a mesma história de novo!". Sir Ralph deu-se conta de que iria passar a tarde ouvindo uma declamação dos versos do falecido. Havia um longo poema, explicou a viúva, longo, mas inacabado, que seu marido considerava sua melhor obra. Debruçara-se sobre ele por muitos anos, às vezes voltando para casa com uma vintena de estrofes, às vezes com um ou dois versos: pois ele achava que sua inventividade corria mais solta quando estava montado, e costumava cavalgar por horas pelo ermo, com um valete a acompanhá-lo para tirar o cavalo dos matagais ou dos atoleiros. Ao voltar ele repetia o que elaborara naquele dia e ela tomava nota. Antes do casamento ele lançara mão de um secretário; mas o secretário também se acreditava um poeta, suas cópias não eram fiéis, e em outras vezes estava bêbado quando escrevia, e sua caligrafia não podia ser decifrada.

"E tudo em inglês? E rimado?"

"É claro. É um épico inglês."

Ele resignou-se. Poder-se-ia comprar um falcão em outro lugar a um preço menos exorbitante. Mas ele se achava em Brocton, a aventura se apossara dele, e até que o libertasse não havia que fazer senão submeter-se.

Contudo a tarde não foi de todo desagradável, pois seu assento à janela era acolchoado e ele podia olhar lá fora e ver as libélulas disparando por sobre o fosso, ou a faia fazendo tremular os reflexos solares no muro musguento, ou um rato-d'água nadar deixando um padrão de ondulações espigadas atrás de si. Sua apreciação se aguçou ao lembrar que tudo estava nas mãos da lei, e que a qualquer momento o meirinho poderia cruzar pela ponte levadiça. Sua aventura o havia levado até ali na hora certa. Algumas semanas depois poderia não haver falcão algum, nenhum copo de vinho, nada além de sol e ratos-d'água e libélulas. Como se nenhuma calamidade houvesse se abatido ou pudesse um dia se abater ela continuou lendo em voz alta, sua voz persistindo em meio ao zum-zum das moscas e dos ceifadores pedindo o que beber. Embora o poema estivesse inacabado, restara boa parte dele, isso ele pôde deduzir da espessura do manuscrito. O personagem principal era alguém chamado Mamillion, um gigante, ao que parecia, ou talvez um feiticeiro; mas um gigante gentil, pois seu poder lhe era de pouca monta e ele pouco fazia além de ir de um lugar para outro, detendo-se com frequência para travar longas conversas com os pássaros, ou para lavar os cabelos e a barba em fontes enfeitiçadas. O poema era repleto do canto dos pássaros e das vozes das águas. Sem dúvida a cegueira do autor havia lhe aguçado os demais sentidos, de forma que o pio de um carriço ou o gosto de um mirtilo tinham mais significado para ele do que o que era capaz de enxergar.

"Imagino que o seu senhor não tenha escrito um poema sobre Sansão", observou ele ao fim de uma passagem. Ela respondeu que Sansão era uma pessoa sem atributos cavalheirescos e portanto pouco adequado a ser objeto de um poema. Se a memória de Sir Ralph não lhe falhava, Sansão era bem-nascido, no mínimo os pais de Sansão eram gente de meios, mas por não ter certeza disso ele não quis comprometer-se. Pensou também que Sansão, se não era um bom cristão, estava no mínimo mais próximo da cristandade e era mais digno de um épico do que Mamillion. Quem quer que Mamillion fosse certamente era um pagão. Embora os versos do lorde de Brocton referissem de quando em quando à Virgem ou aos santos era óbvio que isto se dava meramente porque o próprio poeta escolhera fazê-lo. Mesmo quando Mamillion deu com Cristo nas profundezas de uma floresta de teixos, a lamentar-se, e escondendo o rosto nos cortantes ramos de teixos, nenhuma conversa ou julgamento adveio; Mamillion apenas observou, e condoeu-se, e seguiu viagem.

Os raios de sol abandonaram a água, a luz refletida cessara de dançar no muro do fosso. Um enxame de mosquitos apareceu e desapareceu, um diminuto feixe soprado por alguma misteriosa lufada de vida. Em algum lugar lá em cima ouviu-se um lamento agudo. Após um instante ele deu-se conta de que era um bebê chorando. Então havia uma criança na casa. Era de esperar, contudo por algum motivo isso o surpreendeu. Quando enfim Mamillion adormecesse debaixo de uma árvore-de-espinheira, ou chegasse a um castelo, ou encontrasse um barco feito de peles esticadas e o remasse por entre os caniços, pondo um ponto-final em suas desventuradas aventuras, ele falaria com a lady de Brocton sobre o filho dela. Possivelmente ela pediria licença para ir vê-lo, deixando-o livre para olhar os falcões de novo. Ele perdera a esperança de ir embora antes do cair da noite.

No entanto em tal casa devia haver uma boa cama. Embora ele estivesse se coçando para partir, também lhe agradaria ficar. Por toda a sua vida ele se perguntara como seria viver como os ricos. Agora estava prestes a descobrir. Deus do céu, que felicidade ser rico!

As perambulações de Mamillion cessaram onde para sempre cessariam, à margem de um rio manchado de sangue e em uma página em branco, mas Sir Ralph permaneceu em Brocton. À força ele passara a gostar do poema e mesmo obtivera prazer com o som do verso inglês rimado. As consoantes duras, as rebeldes quantidades falsas, faziam-no pensar em uma ampla lagoa arrepiada por caniços e prejudicada por um vento entrecortado. Ao pegar o manuscrito começou a ler ele mesmo em voz alta, experimentando com a escanção, tentando encontrar algum sentido naquilo. Era o mesmo que tentar rastrear as pegadas de uma lebre. Às vezes ela saltava, às vezes ela corria: tudo o que se podia dizer era que tinha um jeito próprio de se mover.

"E o que foi feito de Mamillion? Encontrou um reino, casou-se, foi massacrado?"

"Era para terminar com um cacho de visco", respondeu ela. "Ele encontraria o visco crescendo em um carvalho e o arrancaria com uma espada dourada."

"Uma imitação do ramo dourado em Virgílio, sem dúvida."

"Eu não sei."

Embora ela tivesse um filho (verdade, era apenas uma filha) todo o seu sentimento maternal parecia estar atado àquele poema inacabado. Tendo-o impelido a ouvi-lo, tendo-o persuadido a gostar dele, ela conduziu-o ao propósito principal, que era tornar o poema conhecido. Porventura o fato de estar inacabado faria o mundo rejeitá-lo? Ele respondeu de modo a tranquilizá-

-la que boa parte do poema sobrevivera: um épico inacabado teria mais chances do que umas poucas canções. Se ainda fosse em latim, murmurou consigo mesmo; mas não havia motivo para passar por tudo aquilo de novo. Ele apontou que graças à cultura dela e à sua devoção marital a história de Mamillion já estava deitada por escrito, o primeiro passo para que se tornasse conhecida. Ela disse que estar escrita não era a mesma coisa que ser lida. Um feliz pensamento ocorreu a ele. Com muito desvelo aconselhou-a a fazer uma segunda cópia. O garoto e a tia também lhe perguntaram o que ele achava do poema. O garoto zombou divertidamente, a tia pareceu estar consultando-o como se ele fosse um médico e o poema fosse algo para o qual ele poderia prescrever uma cura. Ela agradeceu-o demasiado efusivamente por seu interesse e estava certa de que a Virgem é que o havia enviado para Brocton. Era evidente que se ele não tomasse cuidado acabaria vendo-se encarregado da obrigação de introduzir Mamillion ao mundo das letras. Cada um à sua maneira, o garoto com sua derrisão, a tia com sua hipocrisia, a viúva com sua sinceridade, aliviava o próprio fardo passando-o para os ombros dele. Era muito tolo da parte deles, pois estava claro que ele nada podia fazer a respeito daquilo. Como poderia ele se enfiar no meio dos escritores e poetas dizendo: Aqui está um épico inglês inacabado que hão de admirar? Talvez ele próprio tivesse provocado o equívoco, ao mencionar durante a primeira refeição os países que visitara, os notáveis que vira; contudo mesmo as freiras de Oby, aquelas senhoras simples, sabiam muito bem que toda aquela conversa não passava das ordinárias bravatas do depauperado estudante itinerante, e pouco se lhe davam. Brocton engoliu aquilo sem mastigar. Ele admirou-se da falta de mundanidade daqueles mundanos, até que se lembrou de que muito longe no passado ele testemunhara a mesma coisa. Ao que parecia só era preciso ser rico o suficiente e bem-nascido o suficiente para abrir mão da astúcia mundana, pois existir já era o bastante — caso em que os lírios recomendados por Jesus estavam vários degraus acima na escala social do que o rei Salomão. Mesmo aquelas pessoas de Brocton, e Brocton não era um solar grandioso, eram sofisticadas demais para distinguir entre um padre pobre de tocaia por um falcão e um estudioso elegante: tudo o que sabiam do mundo era que este podia e iria apoiá-los, assim como reis e duques viajam de uma propriedade para outra, comendo a comida equivalente a um mês e, quando tudo se comeu, seguindo viagem. Porém o poema de Mamillion permanecia em sua mente, e ele começou a se perguntar sobre o caráter do poeta, aquele lorde tão atento quanto qualquer pastor às frutas silvestres e aos sinais de chuva, que tão altiva e impraticavelmente se enforcara. Lá havia um pároco, um galês miúdo de rosto afogueado e olhos penetrantes a quem ele fora apresentado após a missa de domingo (o banimento da Igreja não havia recaído sobre Brocton afinal de contas), e Sir Ralph começou a inquiri-lo. De fato, sim, era muito triste, uma grande pena, disse o homenzinho, os olhos pretos dançando no rosto vermelho. Ele tinha muita pena de todos, das pobres mulheres, dos pobres servos que logo estariam penando. Sua lamentosa cantilena foi traída por um tom subjacente que dizia que afinal de contas não era assim uma grande perda. Pouco depois ele disse que o lorde de Brocton era um jovem ruim: orgulhoso, duro, extravagante, um senhor inclemente para com seu povo.

"Contudo os servos parecem prosperar", disse Sir Ralph, pensando em Oby.

"Não admira, de fato! Ele lhes garantiu tudo o que pediram. É um dos motivos por que contraiu tantas dívidas. Ele era um senhor ruim, e muito detestado. Não tinha consideração, e as pessoas gostam de ser consideradas. Um servo se sente um tolo quando lhe dão o que pede."

Ele marchou com Sir Ralph até o presbitério e mostrou-lhe seus gansos, seus porcos, suas abelhas, sua vaquinha. Tudo denotava asseio e gerência — as camas atulhadas de travesseiros de pena de ganso, os toucinhos a secar na chaminé, as melgueiras fumegando entre as fileiras de feijões, o tear, que tomava metade do aposento, ao qual Sir Jankin sentava-se para tecer cobertas nos dias de chuva. Ao tomar conhecimento de que Sir Ralph era apenas um padre de freiras, Sir Jankin compadeceu-se dele. Nenhuma gleba, nenhum bem próprio, nenhuma ocupação: a vida nesses termos deve se arrastar pesadamente.

Ao tomar conhecimento de que Oby se assentava entre caniços e vimes ele instou Sir Ralph a dedicar-se à confecção de cestos.

Tão movimentado quanto as Geórgicas, pensou Sir Ralph, caminhando de volta através da silenciosa paisagem domingueira, abafada pela dominga e pela hora da ceia. Era possível ser muito feliz com uma vida daquela, sacudido em meio à mesmice dos dias por uma centena de pequenas frivolidades e contratempos. Na primavera se planta, no outono se colhe, há nozes para apanhar e porquinhos para capar, e de manhã e à noite ordenha-se a vaca e sai-se à procura de ovos. Não há época do ano em que não se traga para casa algo rentável, e é assim que a natureza queria que se vivesse, com tanta atenção quanto a de um amante.

Sir Jankin sugerira a confecção de cestos. Lady de Brocton sugerira Mamillion. Todos tinham um plano para ele, somente ele não tinha plano. "O que se passa comigo?", disse ele, parando debaixo de um carvalho como se a pergunta devesse ser respondida ali mesmo. "O que se passa comigo que não consigo ter um plano para mim?" Seria falta de ambição, seria falta de desejo? Em sua juventude ele fora ambicioso. O desejo não lhe faltara nem mesmo agora. O desejo de um falcão o levara até Brocton, e certamente sua capacidade de desejar não havia perecido, pois ele estava como sempre passível de desgostos, e o desgosto é o reverso do desejo. Ele tinha tanta habilidade como os outros homens, tanta resistência, mais saúde e força do que muitos. Se conseguisse se livrar da gordura ele estaria em excelente condição. Mas sua vida tinha sido desgovernada como a de um idiota, em sua juventude corria de lugar em lugar motivado por um deleite idiota, e agora, feito um idiota, acomodara-se no cantinho da chaminé. Ele era um bastardo depauperado? Outros bastardos depauperados tinham se saído muito bem por conta própria, então por que ele não? Mas ele estava condenado — e pode um homem desesperado pela salvação no próximo mundo alimentar desejos neste? Um pássaro pousou na árvore, e antes que se acomodasse, a mente dele descartara aquela resposta por não ter valia. Muito antes de dar em Oby e condenar-se a si mesmo ele carecia de seja lá o que for que aferra um homem a seu propósito.

Que impulso, que pequena lufada de vento, o havia levado na direção de Oby? A perspectiva de um desjejum. Claro como num sonho ele viu o atalho ascendente até um outeiro que tinha árvores e a cor do luar à medida que a alvorada começava a conspurcá-la, e mais uma vez sentiu a desolação física que precedera sua ânsia de vômito. "Estou devastado", ele pensara. "Hei de morrer aqui, só e sem amigos. E ninguém ficará sabendo ou se importará."

Talvez esta fosse a resposta: sua teimosa solidão de toda uma vida, um celibato que não custava esforços nem merecia aprovação, fria como as virilhas do diabo quando ele se deita com uma bruxa. E se ele de fato tivesse sido gerado por Satanás, e tivesse vindo ao mundo herdando a danação assim como os demais herdam o pecado original? O diabo devia ter entrado marchando no bordel como os demais faziam, alguém devia ter lhe dado a vida, por que não Satanás? Aí estava um pensamento capaz de enlouquecer qualquer um. Ele parou bufando debaixo da árvore, aguardando sentir o sangue subir-lhe pela nuca e os cabelos se eriçarem na cabeça. Uma brilhante esperança lampejou diante dele. Caso ficasse louco em Brocton tal como ficara louco em Oby talvez partisse correndo durante a sua loucura; e quando seus nervos se recuperassem se acharia bem distante sem que ninguém soubesse quem ele era, bem distante e livre para começar outra vida.

Ele estendeu as mãos na agonia de uma esperança. Mas nada aconteceu. Por fim começou a caminhar, pois não havia sentido em permanecer.

Naquela mesma tarde ele viu que os dias de sua popularidade em Brocton haviam terminado. Embora sua anfitriã continuasse a agradecer-lhe por tudo o que iria fazer para tornar conhecido o poema de Mamillion, ela o agradecia sem convicção, e embora a tia continuasse a encher seu prato e a abastecer sua taça, ele a viu trocando olhares com o garoto, e imaginou sua vagarosa voz peluda dizendo: "Daria no mesmo alimentar a grande besta Leviatã". Mas a melancolia agora o tornava estúpido como um bebê; foi preciso receber a notícia de que o oficial de justiça e seus ajudantes estavam a um dia de viagem de Brocton para que ele enfim se mexesse. Nada como a danação para desgraçar um homem, pensou, ouvindo a si próprio dizer que a sua ausência agora seria mais confortável para eles do que a sua presença.

"O senhor não deve partir sem o seu falcão", respondeu ela. Tropeçando em seu caudaloso vestido ele seguiu-a até a falcoaria, e enquanto ele mordia os dedos ela escolheu um par de falcões.

"Consegue levar os dois, ou devo enviar um homem para acompanhá-lo?"

Uma ave daquelas custaria uma fortuna, um par estava fora de questão. Ele devia usar de suas ordens de sacerdócio como desculpa e partir com um gavião-da-europa. Então o pensamento de sua inadequação, de sua partida desonrosa, castigou-o, e ele decidiu não vacilar diante do preço que ela pedisse. De alguma forma o dinheiro seria levantado. Ele podia vender seus livros. Ele podia fazer cestos tal como o galês lhe aconselhara.

A voz dela atalhou suas expostulações. Os falcões eram um presente.

Ele saiu cavalgando, as duas aves formando um candelabro desproporcional. O cavalo baio resfolegava e olhava para o solar de Brocton atrás de si como se estivesse fugindo do Éden. A pobre cavalgadura também tinha gosto pela boa vida, por água fresca e feno doce. Havia de fato um verniz em seu pelo. Estou cavalgando como Mamillion, pensou ele, cavalgando pelos bosques através de pequenos paludes. Mas não era possível imaginar Mamillion cavalgando até Oby, até aquele epítome do ramerrão, um mosteiro de província. Ao alcançar a elevação de terra entre Lintoft e Oby ele olhou para seu bispado. Os cereais estavam dez dias mais amarelos, os feijões dez dias mais desbotados. A morada dos Holly estava sendo retelhada, eriçada como a cabeça de um garotinho. Lá estava o regato Waxle, serpenteando em suas calhas verdes. Lá estava o convento, com o pináculo envolto em andaimes — portanto os entalhadores deviam ter voltado. Dentro dele estavam suas senhoras, todas elas feito baratas tontas, sem dúvida, tal como ele as havia deixado.

Ele falou com seus dois falcões.

"Agora vocês vão viver em um convento e tornar-se duas freiras santas."

O comportamento deles era tão recatado, eram tão delicados e dignos, que ele foi forçado a acrescentar: "Que Deus os livre!".

Mas alguma coisa tinha estonteado as baratas. Suas vozes estavam baixas, suas frontes, tranquilas, e a prioresa havia renunciado. Ao que parece aquilo tinha acontecido sem luta alguma, pois ela lhe deu a notícia com uma satisfação apenas levemente acentuada por seu natural artifício.

"O senhor sabe com que frequência venho dizendo que meu único desejo era desocupar o meu posto. Somente a possível despesa me segurava. Agora nossa boa tesoureira me disse que podemos muito bem custear uma eleição. Não imagina como fiquei grata! São Leonardo jamais libertou uma prisioneira tão feliz."

O pior, ela falava a sério. Os olhos dela estavam límpidos, tinha a aparência fresca e sapeca de uma convalescente.

O que operara aquele milagre? Havia uma nova cozinheira, das boas. Uma boa cozinheira é capaz de muita coisa, mas certamente o que acontecera estava além da influência da cozinha. Dama Salome tinha caído e quebrado a perna, e na sua idade e com sua robustez era improvável que fosse sobreviver; mas dama Salome nunca fora uma freira importante, a ideia de perdê-la não teria produzido aquele misterioso apocalipse. Durante a ausência dele o convento tinha sido servido pelo novo padre de Lintoft, cujo nome era John Idburn. Mas nada sugeria que o ministério de John Idburn tinha trazido a paz para Oby. Ao serem questionadas, as freiras relataram que ele era um jovem muito calado, que ele parecia débil, e gaguejava.

Em Brocton Sir Ralph se felicitara por estar longe do alcance de suas filhas fantasmais. Agora, devorado pela curiosidade, ele seduziu-as para que conversassem com ele, mas seduziu-as em vão. Ele observou a dama Matilda que devia ser um alívio que a eleição estivesse por fim marcada e que não havia dúvida quanto à sucessão. Ela respondeu que quem quer que fosse escolhida poderia no máximo esperar ser uma cópia malfeita de uma prioresa tão distinta. Quando ele arreganhou os dentes ela lhe deu um olhar tão austero que ele começou a revisar sua alegre expectativa de que ela ocupasse o posto. Quando se condoeu com dama Margaret das dores de cabeça que a retomada das obras no pináculo deviam estar lhe causando ela perguntou-lhe se tinha visto o projeto revisado — apresentava várias melhorias notáveis em relação ao antigo. Ele não extraiu nada de uma visita a dama Salome, que jazia na enfermaria, levemente delirante, a confundi-lo com o prior Thomas. Mesmo dama Johanna, com quem cautelosamente passeou no claustro, nada mais disse além do quanto ansiava por conhecer o bispo. Elas guardavam algum segredo; mas assim como as vacas põem os novilhos entre si e confrontam o lobo fazendo um cerco com os cornos abaixados e batendo os cascos, suas freiras o mantinham à distância com lábios semicerrados e pálpebras caídas. Ele jamais viria a saber.

Ele nunca veio a saber, tampouco, como uma brincadeira de Santa Catarina Voadora acabara de um jeito tão esquisito. Portanto como iria ele adivinhar que dama Salome, cada vez mais desanimada pelas brigas do convento, brigas nas quais ela era assaz inadequada para desempenhar um papel distinto, estivera recriando aquele incidente em um molde mais favorável à autoestima dela? Ela podia ser uma velha gorda, e irresponsável. Contudo, se a verdade fosse conhecida, a verdade que toda inveja tentava ocultar... as freiras estavam no cabido e emprestavam apenas um ouvido aos resmungos de dama Salome. Elas prosseguiram com sua troca de mais acusações tópicas enquanto dama Salome se munia de reclamações sobre como ela sempre havia sido tapeada, suas opiniões, desprezadas, sua idade, desonrada, seu prato constantemente atulhado de ossos quando era bem sabido que ela não tinha dentes para lidar com eles. Então vieram algumas citações do *Magnificat* e uma alusão a pedras que os construtores rejeitaram, e das pedras e dos construtores produziu-se um lembrete de que ela sempre dissera que o pináculo era alto demais para oferecer segurança. A prioresa, que permanecia sensível quanto ao pináculo, forçou-

-se a conter a língua. Dama Salome então voltou aos temas da inveja e da conspiração, dizendo que se um homem levantasse do túmulo as freiras de Oby não se deixariam convencer. Não, elas declarariam que nada tinha acontecido, que ele fora confundido com outro e seria melhor tomarem um pouco de sopa e esquecer tudo aquilo. As freiras fracassaram em ver o significado desse homem hipotético que se erguia de entre os mortos e ganhava sopa. Só quando dama Salome gritou do topo da escadaria dizendo que elas deviam ver por si mesmas se havia ou não uma santa voadora entre elas foi que conseguiram compreender a intenção dela. Mas então era já tarde demais. Abanando os braços e berrando, ela atirou-se do degrau mais alto, rolou até o chão, e lá ficou estatelada, a perna despontando de sua anágua empoeirada em um ângulo não natural.

Isso as abalou a ponto de pararem de brigar. Se fossem gralhas, elas teriam migrado. Por serem freiras, elas se revoltaram. Após as Completas, dama Matilda, dama Beatrix, dama Helen e dama Margaret seguiram a prioresa até seu quarto e disseram, falando uma após a outra como se em uma liturgia: "Madre querida, pedimos que renuncie". Com um suspiro de alívio a prioresa respondeu que isso era exatamente o que desejava fazer. Naquele mesmo instante as cartas de renúncia foram escritas, uma para o bispo, a outra para Adam de Retteville, o patrono secular da casa, e Sir John Idburn cavalgou com elas até Waxelby, de onde seriam então levadas pelos frades.

Prioresa Johanna

(julho de 1360 – janeiro de 1368)

Para John Idburn que, como todos de sua geração, ouvira incontáveis histórias sobre o indecoro e a volatilidade dos mosteiros, Oby parecera algo saído da era da fé. Ele ficou profundamente tocado. Por ser um homem jovem e ainda dado à literatura escreveu um longo relato de suas visitas para um amigo de Oxford. "Em tal casa", concluía a carta, "tão incontaminada por embates e preocupações mundanos, tão pacificamente assentada como Maria aos pés de Cristo, poder-se-ia esperar até mesmo presenciar um milagre." Ele preferiria ter servido em Oby a servir em sua paróquia em Lintoft; embora estivesse em Lintoft havia menos de seis meses ele já estava desanimado, com medo de seus paroquianos, e muito solitário. Logo após o retorno de Sir Ralph convidou-o para cear. Tinha visto o padre de freiras uma ou duas vezes e não ficara interessado pelo velho gordo que se equilibrava como um saco de fuligem em cima do cavalo baio; mas afinal de contas nele poderia encontrar o amigo pelo qual ansiava, e ao menos ele vinha de Oby.

Após a primeira troca de formalidades profissionais Sir John teve a sorte de fazer a pergunta certa. Seu sacristão havia lhe dito que o madeirame do teto da igreja de Lintoft tinha sido tirado de uma galera dinamarquesa, e que nele ainda se podia sentir o gosto do sal marinho. Seria verdade? Sir Ralph descobria agora que todas aquelas enfadonhas disputas que ouvira no pomar de Figg eram na verdade um material somado às suas próprias pesquisas antiquárias. Ele foi capaz de dizer a Sir John tudo sobre a viagem regato Waxle acima, o lugar onde a galera soçobrara e por quê, como a velha mulher trouxera sua taça envenenada, como a maioria dos dinamarqueses sucumbira, como os demais, sobreviventes mas desanimados, permaneceram e trabalharam para os habitantes, granjearam atenção ao introduzir um novo tipo de armadilha para lobos, casaram-se com os nativos, fundaram famílias de cabelos ruivos e emprestaram bom número de palavras dinamarquesas à fala local. Não hesitou em garantir a Sir John que o madeirame do teto da igreja dele tinha crescido em alguma floresta escandinava. No segundo encontro deles Sir John iniciou com outra abertura de sorte. Falou sobre falcoaria. Mas quando esse tema se esgotou, suas próprias penas lhe vieram aos lábios e ele irrompeu em uma queixa sobre seu isolamento em Lintoft.

"Que mais se poderia esperar?", exclamou Sir Ralph secamente. "Um homem jovem como você deve fazer mais do que rezar e celebrar missas se quiser ganhar a estima de seus paroquianos. Você deveria trabalhar, meu rapaz, trabalhar! Se quiser ser um bom padre precisa ter a melhor lavoura, os melhores feijões, o mel mais doce, o galo que canta mais alto. Nada terá a fazer com livros e preces. Volte sua mente para os porcos."

Como se suas palavras os houvessem convocado, uma quantidade de porcos passou gritando e guinchando pelo campo de repolhos do presbitério. Gritando e guinchando a criada do padre passou e espantou-os com golpes nos focinhos usando um ancinho de ferro.

"Odeio porcos!"

“Pois então” — a voz de Sir Ralph foi injuriosamente tolerante —, “por que não tentar a confecção de cestos? Mas, em nome de Deus, faça alguma coisa! É preferível trabalhar a se lamuriar e ficar mesquinho. A maioria dos seus problemas faz parte do quinhão comum dos homens, se permite que um velho lhe diga isso.”

Separaram-se com civilidade, mas cada um deles sabia que a civilidade seria o limite de sua amizade. Cavalgando para casa Sir Ralph puniu-se por suas aspirações. Ele de fato ansiara por contar a John Idburn sobre suas viagens, havia preparado frases e ensaiado anedotas. Ora essa! O que suas velhas histórias tinham a dizer a um jovem moleirão, absorto nos próprios problemas e que pensava não haver nada de notável no mundo até que abrisse seus olhos para isso?

Fumegando suas mãos sobre uma fogueira úmida Sir John exclamou: “Volte sua mente para os *porcos*! Você bem que conseguiu o que queria, não é, com essa sua pança e sua túnica ensebada e os tocos de barba despontando da cara. Volte sua mente para os porcos!”. E quando sua criada chegou e se entregou a mexericos sobre Oby ele ouviu cobiçosamente, preenchendo a ferida em seu coração com histórias sobre como Sir Ralph não era padre coisa nenhuma mas o amante de uma velha freira chamada dama Agnes que o havia contrabandeado para o convento para saciar sua lubricidade, embora ela tivesse três vezes a idade dele; e sobre como outra freira, jovem, e muito rica, carregava um filho dele, mas a velha freira, transida de ciúmes, espancara-a tão terrivelmente que ela morrera, cuspindo sangue aos baldes, e nem um mísero de seus feitiços pôde salvá-la, embora ela fosse uma feiticeira; e sobre como uma mulher muito honesta, uma viúva, chamada Pernelle Bastable, havia tentado se alojar com as freiras mas o comportamento grosseiro destas a havia afugentado; e sobre como o bispo tinha vindo e repreendido todas as freiras e ordenado que Sir Ralph fosse castrado, motivo pelo qual estaria agora tão gordo. Embora não desse crédito a essas histórias ele se quedou a ouvi-las, pendendo a cabeça sobre as achas fumegantes e vagamente se perguntando quando é que ela iria se lembrar de limpar a mesa da ceia.

Embora a cabeça de Sir Ralph agora estivesse entregue a seus novos falcões, entusiasmava-o ouvir histórias sobre o tédio insolúvel do padre de Lintoft, o qual seguia seus paroquianos até o campo para lhes falar da própria saúde precária e de seus sonhos ruins. Mas após alguma indulgência ele parava com as histórias, dizendo que qualquer que fosse o tipo de tolo que o jovem era, tratava-se de um padre e devia ser respeitado como tal: pessoas que se permitiam zombar de um padre estavam a meio caminho do bestial lollardismo. Isso foi bem colocado. O povoado vivia uma ebulição de lealdade à Igreja, sabendo que um bispo estava a caminho. Outros bispos tinham vindo e partido, e o povoado de Oby em nada melhorara por causa disso; não obstante, o advento de um bispo suscitava agradáveis expectativas. Se um bispo não fazia nada ele ao menos melhorava a qualidade das sobras servidas no postigo. O bispo William tinha sido meio ganso assado para a velha vovó Scole.

A permissão para abrir uma eleição chegou em agosto de 1360, e no convento, tal como no pomar de Jesse Figg, havia uma alegre certeza de que dama Matilda seria eleita. No íntimo de dama Matilda, também, havia uma alegre certeza. Ela tinha servido bem o convento como tesoureira, ansiava por servi-lo ainda melhor como prioresa. Acima de tudo, agradava-lhe ver as noviças ansiando pelo dia em que ela se tornaria prioresa e elas, suas freiras. Faltando com seu habitual realismo ela viu a si mesma governando um Oby do qual todas as freiras de mais idade tinham convenientemente desaparecido, deixando-lhe um lar para as jovens, as de semblante expressivo, as pragmáticas.

Duas freiras haviam sido escolhidas como fiscais, uma era dama Cecily e a outra era dama Alice, a segunda das freiras de Dilworth. Fora ela quem interviera quando a prioresa estava prestes a matar dama Johanna, e daquele momento em diante dama Matilda tinha criado certa estima por ela, e tentado apresentá-la como algo mais do que um par de braços roliços e pernas robustas aliados a uma boa disposição. Após preces e uma missa especial para uma boa decisão as fiscais saíram a coletar os votos. Cada freira disse seu voto em particular. Ao fim de seu turno dama Cecily parecia agastada e incomodada. Ela escrutinou o semblante da outra fiscal mas nada pôde deduzir dele. Juntas elas foram ao cabido onde, tendo informado seus votos, as freiras haviam se reunido para ouvir o resultado.

Dama Johanna foi eleita prioresa por um voto de diferença.

Dama Cecily relanceou o olhar de rosto em rosto, e sua angústia com o aborto foi engolfada por um remorso mais pessoal: o de que ela não podia usar de imediato seu caderno de esboços e seu estilete prateado. Aquelas fisionomias forneceriam letras capitulares para toda a extensão das Lamentações de Jeremias. O que acontecera era um daqueles acidentes que abalam os justos no auge de sua prosperidade. Sentindo a certeza da eleição de dama Matilda, grata por ser aliviada da velha prioresa cujo humor se tornara tão perturbador, freira após freira tinha produzido o seguinte pensamento: Por que não votar na pobre dama Johanna? — um voto não vai mudar o resultado, e isso agradaria à pobre desgraçada.

Discursos de congratulação e júbilo foram feitos nos mais sombrios tons, e a reunião se dispersou. Na mortificação geral ninguém apreciou com que adequação a prioresa eleita se comportava, tampouco pressupôs que por muitos anos dama Johanna havia contemplado exatamente esse feliz acontecimento, e portanto acolheu sua nova dignidade com a calma e o decoro que resultam da longa prática do devaneio acordado. Sua humildade, sua cortesia, sua afabilidade — tudo era irrepreensível, e insípido como um tratado.

Vendo-a tão impávida e tão mansa, cada alma dentro e em volta do convento gemeu ao pensar no futuro e nas vinganças que se esperaria que dama Johanna levasse a cabo. Jesse Figg amaldiçoou e praguejou, William Holly ficou em silêncio mas se preparou para mudar-se com tudo o que possuía, até um pouco mais, para Dudham, e Sir Ralph em seus aposentos acima do portão lamentou tão sentidamente como o rei Saul. Os criados tremiam. Pressagiavam que a nova prioresa iria jogar dama Alice em cima deles, a mesma dama Alice que esperava que todo mundo fosse tão ativo quanto ela. "Aquela magrinha?", disseram os entalhadores. Edmund Gurney não disse nada mas olhou para o pináculo. Estava de novo quase terminado e agora mais bonito do que nunca, pelo menos para ele, já que na reconstrução ele pudera se dedicar como queria, sem ser impedido pelas segundas intenções de sua empregadora. Embora estivesse bonito e quase concluído ele olhou lá para cima com lábios comprimidos. Conhecia os ocorridos do interior do convento tão bem como se ele próprio fosse (Deus o livrasse disso!) uma freira de Oby. Então o que seria mais provável que dama Johanna tentasse derrubar o pináculo como vingança pelas surras e arrochos que tinha suportado? Mesmo no palácio do bispo a notícia da eleição em Oby foi ouvida com dor paternal. "Elas elegeram uma freira de Dilworth!", exclamou o bispo. "Será que nunca vou me livrar dessas freiras de Dilworth?"

Apenas a velha prioresa estava serena, absorta no desenho de um novo manto. Começara como um trabalho de conserto, uma cópia do Manto da Trindade que sua malícia havia entregado a dama Johanna, em seu próprio detrimento. Mas no decurso da cópia do original, tantas foram as novas interpretações do desenho, e depois tantas as variações e melhorias que invadiram sua cabeça, que se tornou claro para ela que nenhuma cópia seria suficiente, e que o que Deus queria dela era um tributo penitencial autêntico para a glória Dele.

A Trindade é uma dádiva para o desenhista. Implica todas aquelas dificuldades antitéticas — luz e sombra, homem e mulher, bem e mal — que, por mais apropriadas que sejam na natureza e na filosofia, são monótonas na arte. Dama Alicia, como mais uma vez ela ouvia ser chamada, com frequência se detinha para dar graças à Divindade por ter, de uma maneira ou de outra, superado o dualismo dos moralistas e sugerido o conceito de uma unidade tripartite. Talvez suas graças não fossem tão explicitamente teológicas assim. As melhores mentes do cristianismo haviam penado, padres da Igreja tinham lutado, bispos haviam caído em heresia, diáconos tinham sido martirizados, santos tinham colocado em risco sua santidade, concílios tinham chegado às vias de fato, tudo a fim de resultar naquela doutrina que ela agora estava esboçando a carvão em seis varas do melhor linho; e seções inteiras daquela indumentária inconsútil, a igreja de Cristo, tinham sido dilaceradas por mal-entendidos do que era agora um lugar-comum a todas as noviças de Oby. Dama Alicia, por sorte de tempo e lugar, estava mais perto das noviças do que dos padres da Igreja. Ela aceitou a doutrina da Trindade e descobriu aquilo de que justamente precisava.

"Espero que você desenhe uma Erva da Trindade", disse dama Beatrix. "Tenho usado na nossa pobre prioresa, e de fato acredito que sua respiração melhorou. De qualquer modo ela não me parece estar espirrando tão alto como antes."

Como tantas outras pessoas artísticas, dama Alice não sabia distinguir uma flor de outra. Ela perguntou de que cor era a Erva da Trindade.

"São três, amarela, roxa e branca... uma florzinha que cresce em pastos pedregosos. Há quem a chame de Três Faces Sob Um Capuz."

É claro, é claro! Três faces sob um capuz, três faces em uma glória, um perfil direito e um esquerdo desenvolvendo-se a partir de uma face inteira em vez de orelhas, quatro olhos cinzentos, uma coroa, três barbas. Roxo, amarelo e branco: o robe, roxo, a coroa, dourada, a barba branca da Primeira Pessoa flanqueada por barbas douradas de perfil; e o roxo, o amarelo e o branco da florzinha assimilados em uma guirlanda circundante. Assobiando entre dentes como uma colegial ela começou a apagar o centro de seu desenho, que havia seguido a Trindade crucificada mais comum do Manto antigo, para esboçar ali o semblante tripartite.

Ela nunca fora tão feliz na vida como naquele momento. Oficialmente, uma prioresa aposentada retorna ao posto de freira comum; mas a civilidade relaxa essa regra, e dama Johanna desejava particularmente ser magnânima. Aceitando a magnanimidade com displicência, dama Alicia tinha um quarto só para si, refeições em baixelas sempre que quisesse, seu curió e sua caneca de gemada, um colchão estofado e uma flauta; pois quando ela se cansava de costurar, ou aguardava até que um problema de desenho se resolvesse, um pouco de música a revigorava. No verão a janela aberta dava-lhe uma vista para o seu pináculo. No inverno ela tinha o melhor braseiro. Seu envelhecido cachorro de colo ressonava a seus pés, e Adela afagava o cachorro.

Adela, pobre criança, fora uma decepção. Libertada do controle e dos cascudos da mãe ela provou ser barulhenta, arrogante e incontrolável; mesmo seu temperamento doce era como um tipo de obstinação. Ela era, no entanto, muito bonita; e quando recém-chegada e ainda considerada uma aquisição, as freiras se deliciavam em comparar-lhe o narizinho aquilino ao perfil de sua ancestral Alianor, cuja efígie defrontava o altar de São Leonardo desde a fundação do convento. Alianor era feia e desprovida de cintura, queixava-se a criança. Os pés dela eram grandes e descansavam sobre uma almofada em vez de um cachorro. Quando ela, Adela, fosse freira, teria cinquenta cães. Por que não podia ter um cão agora? Por favor, posso ter um cão? Por favor, dama Cecily desenharia uns cães para mim? Já havia um cãozinho a mais no convento, disse dama Cecily espertamente, uma pequena cachorrinha chamada Adela. Não precisavam de mais nenhum. Um barulhento cachorrinho sem rabo, acrescentou dama Philippa. Se Oby tinha se decepcionado com Adela, Adela não tinha se decepcionado menos com Oby. Uma casa de freiras era um lugar onde todo mundo vivia zangado, onde as portas eram fechadas na nossa cara, onde as saias eram tiradas das nossas mãos, onde Nossa Senhora se desgostava. "Veja, Adela! Ela está olhando feio para você!" A criança rodopiava e estudava o semblante de madeira; mas ele sempre retomava seu sorriso frio e assaz ameaçador, e ela passou a sentir que um olhar feio seria melhor. A única fuga que ela conseguira encontrar era rastejar até a velha prioresa, onde podia aquecer suas mãos com frieiras, afagar Mouton e juntar os pares de fios de belos brocados de seda. Mesmo isso não era realmente seguro. Às vezes a visão da noviça De Retteville lembrava a dama Alicia da ocasião do primeiro encontro delas: voltavam-lhe os sons e os cheiros da festa de batismo, e seu sofrimento e sua melancolia em meio ao retinir das louças, as risadas e os arrotos, e as jactações dos velhos. Ela se virava bruscamente para a criança, e a espantava. Mas à medida que o novo manto ganhava vida e era apenas responsabilidade dela, dama Alicia aceitou a posição de ser afeiçoada a Adela: uma de suas falhas, reconhecidamente, mas uma falha não tão dolorosa assim.

O dote de Adela, também, parecia ser um fracasso: os rendimentos que tinham parecido tão bonitos no papel eram mal pagos, e a promessa de vitualhas havia se resumido a uma carriola de carne de veado fétida. Mas essas coisas que antigamente lhe teriam suscitado um paroxismo de vexame passavam por ela como a lanugem dos cardos.

Também não causavam muitos problemas à nova prioresa. Ela estava acostumada à insolvência: Dilworth havia lhe ensinado isso. Tivesse dama Matilda continuado tesoureira, muitos itens na conta final de Edmund Gurney teriam sido contestados. Mas em sua busca de magnanimidade a nova prioresa decidiu que seria doloroso para dama Matilda permanecer em um cargo que a punha continuamente em contato com a pessoa que a havia suplantado: dama Dorothy, uma freira maçante, foi alçada ao posto de tesoureira e dama Matilda, acatando uma delicadeza de sentimento que ela própria não sentia, tornou-se sacristã. Se ela tivesse uma lasca de santidade em seu caráter a mortificação dessa mudança de cargo poderia tê-la polido até se tornar algo muito notável. Mas tal resultado não era possível, pois ela era incapaz de sentimento religioso. Ela polia o cibório com energia, e gastava seu tempo livre gracejando desajeitada com as freiras jovens. A prioresa Johanna carranqueava e suspirava ao ver sua sacristã rolando pelos claustros de braço dado com Lilias e Eleanor le Bailey feito um Silênio em meio às ninfas. Ela não conseguia esquecer que dama Matilda tinha sido casada. O casamento não havia se consumado, dama Matilda era virgem; mas não por culpa dela, opinou a prioresa.

Talvez o espetáculo de dama Matilda, tão vermelha de rosto e tão arruaceira, encorajasse a prioresa a desenvolver seus escrúpulos acerca de feras quadrúpedes. São Benedito havia proibido seus monges de comer a carne de feras quadrúpedes; contudo vaca, porco e carneiro eram servidos como prato principal no refeitório de Oby, tal como o haviam sido em Dilworth, e tal como o eram em qualquer casa beneditina. Em Dilworth houvera frequentes surtos de carnalidade. Sem dúvida tais surtos ocorreriam em Oby também. Dama Alice, a despenseira, foi incumbida de reformular a dieta, ao menos modificá-la para fazer mais uso de enguias e pasteizinhos. Dama Alice dizia que um pastelzinho não era nada sem um molho, e que um bom molho devia conter carne. Ela apelou a Sir Ralph como uma autoridade em molhos. A prioresa apelou a ele como uma autoridade em disciplina. Para a despenseira ele recomendou mais liberdade no uso de cogumelos, e confundiu a prioresa ao citar outras proibições da Regra. Ela não tinha o direito de escolher o que bem entendesse. Ademais, se a Santa Igreja houvesse aprendido com os céus que uma inversão da Regra original era desejável, a Santa Igreja teria informado seus filhos *ex cathedra*. Tendo-a feito incorrer em heresia ele julgou que havia feito tudo o que era necessário, e saiu com os seus falcões atrás de algumas perdizes; pois ele não gostava de carneiro.

Em pouco tempo as freiras estavam batendo à porta de dama Alicia com uma nova história. A prioresa havia se encafifado com outro aspecto da Regra. Será que suas freiras não estavam muito ociosas? Oby foi incumbida de trabalhar com deleite, e todo mundo pôs mão à obra. Dama Cecily foi tirada de suas iluminuras, dama Alice de seu marzipã: somente dama Alicia foi deixada em paz com a Trindade, pois a prioresa não gostaria de fazer nada que soasse vingativo. Embora ninguém tecesse muito engenhosamente, uma certa quantidade de lã se acumulou e foi enviada aos tecelões de Dudham. Em troca veio uma ínfima quantidade de roupas ruins. Mas não ínfima demais para as ideias da prioresa; pois agora seus escrúpulos tinham se associado à indumentária. Vestidos, segundo ela, eram demasiado largos, e por demais compridos. As mangas eram demasiado amplas e as faixas não eram compridas o bastante. Uma freira devia estar coberta, nada além disso. Quanto a dama Lilias, que amarrava sua bata de ambos os lados a fim de exibir a longa cintura de doninha, ganharia um novo e bem assentado vestido feito na casa do convento imediatamente.

Contudo nenhum desses caprichos provocou revolta. Exige-se um caráter forte para criar uma oposição; e havia uma mediocridade inerente em todas as ordenanças da prioresa que as fazia toleráveis, e quase bem-vindas. Ela proveu sua comunidade com algo de que se podia falar, e seduziu o tédio da vida no convento como um bufão seduz o tédio da vida na corte. Além disso, tudo não passava de um interlúdio. Era impossível que ela vivesse mais do que seis meses. Quando ela morresse seria hora de levar a vida a sério.

Ela viveu por mais sete anos, tossindo e rangendo: uma figura extraordinária cuja cabeça e mãos esqueléticas emergiam de uma corpulência aparente; pois ela ficou tão magra que dama Beatrix a mantinha enrolada em camadas de lã crua, feito um bebê de sete meses. Dama Beatrix, que podia amar qualquer coisa contanto que fosse enfermiça e necessitasse de sua ajuda, costumava afastar-se depois de embrulhar a prioresa vertendo lágrimas verdadeiras e persignando-se como se estivesse voltando de uma visita ao sacramento. Então ela chamava dama Lilias de lado e lhe descrevia os ossos pontudos, as chagas, as veias que apareciam através da pele amarelecida como iluminuras quase apagadas em um velho pergaminho. Pois a enfermeira havia diagnosticado dama Lilias como sua sucessora, e agora a aclimatava.

Mesmo após a morte da prioresa elas ainda a ouviam tossir, ou assim pensavam. Dama Alicia comentou: "Como será barulhenta esta casa assim que eu também me for. Considerando a tosse de dama Johanna e a minha flauta, vocês não serão capazes de ouvir os próprios pensamentos".

"Não tem importância. Somos freiras, não temos nada que pensar", respondeu dama Cecily.

Dama Cecily estava beirando os trinta agora, e ficara feia e rabugenta. Seus olhos a importunavam. Produziam-lhe uma secreção, e nenhum dos remédios de dama Beatrix foi capaz de ajudá-la. Para ser curada de fato, disse a enfermeira, dama Cecily devia banhar os olhos no templo de São Winifred. Mas ele ficava muito distante, em Holywell, nos pântanos de Gales; e por mais barata que saísse uma viagem, mesmo que dama Cecily e sua acompanhante cruzassem a Inglaterra a pé, tal jornada, e a ação de graças que deveria se seguir à cura, resultariam em uma considerável despesa. Além disso, acrescentou a enfermeira, como poderia ela abandonar a prioresa, que tanto precisava dela? — pois dama Beatrix estava decidida a que a companheira de viagem de dama Cecily fosse ela própria. Mas quando a prioresa morresse, dama Matilda logo poria as mãos no legado de Isabel de Scottow: então haveria dinheiro bastante para viajar a qualquer templo.

A herança de dama Isabel de Scottow do lucro de dez anos sobre seu vinhedo e dos juros de dez por cento sobre esse lucro tinha caducado em 1364, três verões antes da morte da prioresa Johanna. Após um ano de expectativa as freiras começaram a instar sua prioresa a verificar o assunto. Mas nada foi feito. Alguns meses depois Etchingdon enviou uma reivindicação de metade do custo de conserto da igreja em Methley, que havia sido atingida por um trovão. Uma vez que Oby ainda recebia o dízimo de Methley, essa obrigação não podia ser evitada; e enviou-se uma carta a John de Scottow, sobrinho de dama Isabel e agora o chefe da família. Após algum tempo ele respondeu, dizendo que as custas do funeral de seus pais tinham sido uma fortuna, e que no momento ele não podia abrir mão da larga quantia de dinheiro envolvida na herança de sua tia (a quanto avultava essa soma ele tinha muito medo de dizer). Implorou à honrada casa de Oby que tivesse paciência durante mais um ou dois meses. Seis meses depois Oby enviou uma segunda requisição, e mais uma vez John de Scottow respondeu contemporizando. No devido tempo Oby escreveu de novo. Era como se essas cartas houvessem se tornado parte da rotina atual, como as festas da igreja e as sangrias semestrais. Então Fulk de Scottow, o irmão de dama Isabel, tirou a cabeça de um capuz cisterciense e escreveu para a prioresa perguntando austeramente como é que ela era capaz de fazer tal reivindicação. Será que ela não entendia que ao se tornar freira sua irmã tinha renunciado aos bens deste mundo e estava portanto incapaz de legar algo mais do que sua alma imortal? Caso, de fato, dama Isabel tivesse, em sua enfermidade, acabado por esquecer seus votos de maneira a sujar seu leito de morte com pensamentos sobre dinheiro, ou caso ela tivesse lamentavelmente sido influenciada a tanto, então ao menos a caridade cristã exigia que os vivos não tocassem mais no assunto.

Essa foi uma carta difícil de responder. O costume era ignorar os legados de pessoas de vida religiosa contanto que o dinheiro não fosse alienado da Igreja; mas o costume não era canônico. Exatamente o que se esperaria de um cisterciense, disseram as senhoras de Oby. Pois o que tornava a intromissão de Fulk de Scottow particularmente mal-intencionada era que ele próprio pretendia não ter nada a ganhar com o desvio do legado. A maldade, a pura e sombria maldade cisterciense contra uma fundação beneditina, devia estar por trás de tudo! (Nisto, na verdade, elas estavam erradas: Fulk havia se mancomunado com seu sobrinho por metade da soma em disputa, como o preço de tê-lo deixado de fora da partilha de todo o valor.) As coisas andavam nessa situação quando a prioresa morreu.

Desta vez ao menos não deveria haver engano na eleição. Os votos foram unânimes, exceto pelo voto da própria favorita, dado educadamente a dama Alicia, e dama Matilda se tornou prioresa.

Prioresa Matilda

(fevereiro de 1368 – dezembro de 1373)

A posse ocorreu em fevereiro de 1368, durante um período de frio cortante. A economia feita pela tesoureira Matilda foi proverbial. A posse da prioresa Matilda foi de uma magnificência sem precedentes. Havia novas roupas, novas cortinas, uma abundância de velas, tantos ácoros espalhados pelo assoalho que era como caminhar por sobre uma pradaria; e como ela tivera a prudência de se preparar para esses esplendores gradualmente, as freiras se acostumaram a eles antes de os convidados chegarem, e ao olhar para o belo revestimento não o desacreditaram como se nunca tivessem visto algo parecido antes. Para variar, a casa estava suportavelmente aquecida, com boas fogueiras sendo avivadas ao longo da semana anterior, e no dia da posse a prioresa ordenou que se acendesse uma grande fogueira no portão do convento de modo que todos aqueles que viessem assistir ao evento e esperar sobras o fizessem no conforto. A intervalos as criadas saíam com baixelas de tortas de carneiro quentes e maçãs assadas cuja casca enegrecida estava salpicada de mel e sementes de papoula: não houve uma única criança em Oby que não tivesse ficado com a boca queimada lá pelo meio-dia. Os velhos e os doentes ganharam roupas, e duas garotas que pertenciam ao solar receberam porções matrimoniais de roupa de cama para celebrar os conúbios espirituais das recém-noivas damas Adela e Lovisa. Houve uma procissão; e logo após o bispo ter dado uma bênção geral um grande rufar de tambores introduziu um grupo de entretenimento profissional de Waxelby com um urso dançarino. Por um dia ao menos o solar de Oby se dedicou a seu convento. O bispo comentou sobre isso, e Sir John Idburn, pensando em seus próprios paroquianos carrancudos, pediu a Deus que em Lintoft houvesse freiras em vez de porcos. O cavalo dele estava com uma luxação, ele caminhara pelas milhas congeladas desde Lintoft para comparecer à posse; mas suas preocupações foram exorcizadas pelo incenso em profusão e pelo aroma de cera quente. Nesse dia festivo até mesmo Sir Ralph pareceu olhar para ele com boas intenções.

Sir Ralph andava em uma fase de boas intenções. Ele estava contando os De Stapledon. Durante três dias vieram chegando para testemunhar a glorificação de suas parentas, e mais alguns haviam chegado naquela manhã. O ar ressoava com saudações e piadas de família, e a risada curta e rascante de dama Matilda parecia ecoar de cada canto da edificação. Para onde quer que se olhasse, os olhos caíam sobre aqueles rostos vermelhos, aqueles narizes largos, as características três cabeças de texugo cortadas do brasão dos De Stapledon. A família era uma daquelas longevas famílias vindas do norte: litigiosas, tenazes, prudentemente inescrupulosas, que viviam em casas pequenas ou em solares enormes. Se tivessem vivido mais ao norte ainda, teriam encontrado uma subsistência constante com incursões ao longo da fronteira; mas tal como eram, sua posição era muito conveniente para a criação de gado escocês, dado que alguns eles passavam para a frente e outros eles mantinham e engordavam, e a todos eles manejavam com lucro. Mesmo de olhos fechados era possível dizer que tipo de gente eles eram por causa dos cheiros que se desprendiam de suas roupas: as botas forradas de um tio, o chapéu de um avô, o vestido de veludo que uma tataravó tinha deixado de herança. Ao dar uma espiada nos antigos ornamentos cujo confiável material preservava as fôrmas dos donos defuntos e desaparecidos, Sir Ralph pensou que era quase como se as efígies dos De Stapledon houvessem vindo para o sul desde suas capelas congeladas; e quase como se ao fim do dia as botas de meu tio, o chapéu de meu avô, o vestido de lady Edith cobertos de pelo de gato selvagem tivessem o pó da viagem espanado e fossem colocados de volta em baús e arcas, ou pendurados em guarda-roupas nos quais o fedor do saudável mijo dos De Stapledon manteria as mariposas longe.

Hoje em dia tais famílias tinham escasseado. Hoje em dia se recorria à justiça e se ganhava a vida com um filho agradável ou uma filha bonita, ou se entregava, como os De Retteville estavam se entregando, àquela nova espécie de comércio parasitário, a compra e venda de tributos, títulos e monopólios. Ele pensou que o recurso da prioresa aos De Stapledon era uma aposta: mesmo se eles continuassem a prosperar seria um vai não vai entre lealdade familiar e avareza familiar. Sendo uma aposta ou não, tratava-se de uma política; e após sete anos da prioresa Johanna e onze anos da antiga prioresa, qualquer política representava uma mudança revitalizante. O interesse dele na maneira como a prioresa Matilda iria abordar a questão do legado (sem dúvida viria à tona quando acabassem as formalidades) superou a modéstia que ele de praxe sentia na presença de bispos. Com muita paciência ele zanzou fazendo o convite ao nosso bom padre para unir-se à festa nos aposentos da prioresa.

Ela devia ter adiantado tudo a Hugh de Stapledon, pois foi ele quem tocou no assunto.

"... E que infeliz bagunça a senhora parece ter feito, sabendo que tinha de lidar com os Scottow. Embora eu ouse dizer que não pôde fazer muita coisa para orientar-se naquela época; ela estava morrendo, isso entendo, e sem dúvida estavam todos rezando e se debatendo, leitos de morte são sempre o diabo."

O bispo suspirou.

"Nunca se deveria permitir que mulheres cuidem dos negócios", concluiu Hugh. A esposa de Hugh, Arbella, uma dama de traços duros, ajeitou sua fivela de ouro e sorriu.

"Mas o que está escrito está escrito. Gostaria de dar uma olhada, se estiver à mão."

A prioresa entregou-lhe o pequeno rolo com um canto manchado de sangue.

"Não consigo entender. Aqui, esposa, isso é mais da sua alçada." Os olhos vítreos de Arbella voaram para lá e para cá. Ela começou a ler em voz alta.

"'... O vinhedo que pelo amor de meu bom pai sempre foi considerado meu; suas rendas pelo espaço de dez anos e a usura de dez por cento doravante acumuladas. E rogo a meu bom pai, ou a seu real herdeiro caso ele não esteja vivo, que seja dado de graça à casa de Oby.'"

"Para uma chantria, sem dúvida", interveio o bispo Giles.

"'Por amor a Nossa Senhora e a São Leonardo, e por bondade a mim, Isabel, agora em meus estertores à espera da libertação de Deus...' Não. Nada a respeito de uma chantria."

"Bem, eles aceitaram? Vai depender disso", disse o esposo dela.

Agora o bispo estava lendo o documento de dama Isabel para si mesmo. Ele era um homem bonito de uma maneira dócil, santa, e a pose de estudo lhe assentava bem porque ocultava o fato de que ele era estrábico. Leu cautelosa e atentamente, sem um vestígio de expressão no rosto.

Arbella de Stapledon foi quem falou.

"Não me arrogo a entender nada sobre negócios, não conheço nada da lei. Mas falando como uma simples cristã me parece que Fulk de Scottow pode não estar disposto a entrar com um processo. Ele é um monge, abdicou da riqueza mundana. Não seria uma espécie de escândalo se se espalhasse que ele está contestando uma herança?"

O bispo ergueu a cabeça e espreitou Arbella pensativamente.

"Mas mesmo se ele retirasse sua objeção", disse a prioresa, "nós ainda teríamos de lidar com John de Scottow."

"Não se preocupe com ele!", disse o irmão dela. "Eu o conheço, ele não tem estômago para um processo."

"Não, não, não!", exclamou o bispo. "Não pode acabar assim. Nada de processos!"

"Por que não? Ela ganharia. O seu povo da Igreja sempre ganha os processos contra nós, pobres leigos."

"Ah, não, absolutamente!"

Se o bispo estava repudiando o processo ou negando que a igreja sempre ganhava, era difícil dizer.

"A casa, suponho, está endividada?"

Andrew de Stapledon perguntou isso. A prioresa assentiu. Simultaneamente Hugh disse que era claro que estava, todos os mosteiros estavam, embora só Deus soubesse, pois eram ricos o suficiente. O bispo parecia pesaroso.

"Meu filho, não diga uma coisa dessas. Não é verdade, e causa muito mal. No passado, não nego, a piedade de nossos ancestrais enriqueceu muitos desses estabelecimentos. Mas ora pense nos compromissos, nas muitas despesas, nas esmolas, nas decorações para o altar..."

Ele se deteve. Dama Alicia tinha se ausentado para que ele ficasse com seus aposentos, mas ela deixara o novo Manto da Trindade para trás. Será que ele falaria sobre ele? Se sim, o que iria dizer?

"... muitas das quais são confeccionadas pelas próprias freiras com exemplar devoção. Nesta casa mesmo eu vi um manto que, considerando a idade avançada da senhora que o fez, é digno de nota. Ninguém pode dizer que nossos conventos são antros de ociosidade. Mas infelizmente há quem seja tão invejoso, tão ímpio, que assim o diz."

Ele olhou em volta com o ar triunfal de um retórico.

"E é por isso, minha cara prioresa, que devo rogar para que a senhora proceda com circunspecção neste assunto. O mundo está cheio de lobos, todos prontos para dilacerar o tecido da Santa Igreja. Lollardistas, Mendicantes, e coisa pior. Não podemos fazer nada para provocá-los."

"Qualquer lollardista", disse Hugh, "que entrar em meu solar sairá dele com meus cães no encalço. Apesar de tudo, o que eles dizem tem algum sentido. Nenhum cristão que deixa propriedades para uma casa religiosa gosta de pensar que ela irá dissipá-las, sendo desperdiçadas por senhoras esbanjadoras ou monges que cantam a noite toda e dormem o dia todo e deixam o trabalho para os bailios."

"Nenhum de nós é perfeito", disse o bispo firmemente. "Enquanto isso, minha filha, não pense que irei me esquecer da senhora. Farei o que for possível. Vou considerar. Gostaria de examinar essas cartas. Todas as cartas, se me permite."

Ela entregou-as e ele as dobrou com ar de alívio, e comentou que o vento parecia estar começando a soprar. Enfrentando a cordilheira a meio caminho de Lintoft John Idburn sentiu as lágrimas congelarem em suas faces. Sentou-se a sota-vento em um matagal de tojo e olhou para o lado de Oby através da turbilhonante escuridão, vendo as brasas da fogueira acenderem-se em um lume e tornarem a se extinguir.

Jesse Figg pusera dois homens do solar para lidar com o fogo até o raiar do dia caso este renascesse das cinzas. O fogo, observou ele, era um bom servo mas um senhor ruim. Em outros tempos ele diria a mesma coisa a respeito da água e do vento. Em sua velhice ele se repetia da maneira mais entediante: todo mundo conhecia seus provérbios, suas anedotas, o dom de sua mulher para prever o tempo. Mas embora estivesse velho, e seu juízo, irregular, ainda era um bailio atilado, astuto como nunca quando o assunto era a terra e os animais e os homens. Por exemplo, para a vigia daquela noite ele escolhera dois homens do solar que se odiavam muito, sabendo que nem o frio nem o álcool os poria para dormir enquanto eles tivessem um ao outro para encarar. Na alvorada maciça eles ainda estavam vigilantes, sentados dos dois lados das cinzas feito duas feras disputando uma carcaça. No inquérito ambos puderam testemunhar que o outro lhe tinha feito companhia a noite inteira e que portanto não havia como terem tomado parte na morte de Figg. Em algum momento entre o primeiro e o segundo cantar do galo, disse a viúva, Jesse tinha saído para se aliviar. Ela o ouvira gemer e se lamuriar, mas não dera importância a isso já que ele se via vítima de uma estrangúria. Então ela ouviu o baque de pés correndo com força sobre o chão congelado. Ninguém mais ouvira passos. Oby jazia em um bento sono inebriado, a sonhar com bispos e doce cantoria. Mesmo os berros de Magdalen Figg (ela saíra com uma lanterna e encontrara o velho estatelado com ferimentos e incapaz de falar) foram tomados por uma recitação de salmos. De modo que nunca se pôde determinar quem assassinara o bailio, apenas que o feito devia ter sido obra de vários homens, pois nenhum homem sozinho poderia tê-lo esfaqueado em tantos pontos. Foi um inverno rígido, o tipo de estação que atrai lobos e foras da lei da floresta. Provavelmente a posse, com sua premência de visitantes e abundância de sobras, houvesse levado alguns foras da lei até Oby; e enquanto estavam dividindo seu butim o velho tropeçara neles.

Agora havia um novo bailio, William Holly, para combinar com a nova prioresa. Ela lamentava perder os conselhos do velho Jesse, mas ele não iria durar muito tempo, e se o assassinato tinha de acontecer (e todas as coisas estão nas mãos de Deus) ao menos ele ocorrera na época menos inconveniente do ano, quando não havia mais nada a ser feito senão debulhar grãos e consertar arreios. A primeira preocupação de William Holly era para onde destinar a viúva do bailio. Uma mulher com o dom de pressentir a chuva não podia ser perdida para o solar. "Alguém vai levá-la embora dentro de um mês, se vocês não a agarrarem!", exclamou. Estava claro que ele sentia que ela devia ser tomada como um tributo. Magdalen disse que não se casaria com ninguém do solar. Queria ser freira. Isso estava fora de questão, mas concordou-se que ela seria uma estipendiária. A prioresa estava dividida, pois embora Magdalen tivesse trazido uma boa porção ela tinha menos de quarenta anos, e bem poderia sobreviver. Além disso, os estipendiários são sempre uma especulação dúbia; vivem no convento, porém fora de sua disciplina, e não podem ser descartados. No passado houvera uma terrível estipendiária em Oby. Ela enchia a casa de mexericos e sobrinhos, embebedava-se e brincava com um trompete, e nos momentos mais inadequados aparecia sem roupa nenhuma, declarando ser o patriarca Jó.

Contudo recusar Magdalen Figg seria o mesmo que alienar William Holly, algo que ela não poderia se dar ao luxo de fazer. Por semelhantes razões políticas ela deveria abandonar toda esperança no legado de dama Isabel. O bispo Giles havia levado os papéis consigo, dizendo que ponderaria sobre eles. Ela sabia que tais ponderações começariam e acabariam com o expediente de não fazer nada, pois para um bispo temeroso de escândalo um convento endividado, por mais irritante que fosse para o próprio convento, é menos irritante do que um convento que reivindica o legado de uma freira.

Matilda de Stapledon logo descobriu que uma prioresa de cinquenta anos pensa muito diferente sobre economia do que uma tesoureira de quarenta. É dever de uma tesoureira servir ao tempo presente: uma prioresa deve servir ao futuro. Consigo mesma, ela pensava poder conduzir ambos os papéis, e assim, ao designar dama Dorothy como sacristã, ela escolheu como sua tesoureira a agradável dama Helen, que tinha uma bela caligrafia e nenhuma opinião própria. Oby, pensava ela, jamais se tornaria próspero apenas com poupança; exigia-se algo mais arrojado; e assim como se precisa atirar um arpão grande para apanhar uma baleia ela gastou prodigamente em sua posse. Quanto ao resto, confiava largamente na lealdade familiar.

A primeira reação veio de alguém que era um De Stapledon apenas por casamento. Arbella era uma mulher de negócios dura, de garras longas e punhos cerrados — mesmo os De Stapledon diziam que ela era avarenta. Era praticamente uma lollardista, e com o acréscimo de ter um veemente desapreço pelo bispo. Sendo mais ardorosa do que lógica ela expressou isso por meio de um presente de Páscoa de três cobertas de pele de raposa, um fardo da melhor lã, um pacote de temperos, uma dúzia de colheres de chifre e seis peças de dinheiro em ouro. Os dois criados de traços duros que levaram esses presentes também levaram uma carta em que Arbella urgia sua cunhada a ser firme com os De Scottow, e prometia-lhe um par de noviças: *Ambas as meninas são direitas e sãs e lhe farão mais honra do que aquela jovem ratazana leprosa que a senhora foi forçada a apresentar perante o bispo.* A jovem ratazana leprosa era a recém-noiva dama Lovisa, uma De Stapledon bastarda; e tinha-se de admitir que ela fora uma mancha nas celebrações da posse, pois era mirrada e troncha, e seu rosto estava marcado pela escrófula. Ela parecia ainda pior quando ao lado da recém-noiva dama Adela — que se tornara uma moça tão bonita que seus pais tentaram recuperá-la de volta para o mundo. Ela estava muito disposta a voltar com eles, tagarelando sobre como usaria um vestido branco de cetim e montaria em um cavalo com arreios azuis, e caçaria com um bando de perdigueiros brancos, cada perdigueiro ornado com guizos e fitas azuis. Talvez tenha sido sua tagarelice que no fim fez seus pais decidirem que Deus devia ficar com ela: bela demais para o claustro, era tola demais para ser restituída ao mundo em segurança. Ela, de fato, era quase uma idiota; mas no convento ninguém assim o dizia. No máximo, dizia-se que Lovisa, aquela pobre coisinha troncha, possuía um juízo que equivalia ao de duas pessoas. Somente Lovisa amava Adela, amava-a com seriedade e sem deleite. Somente Lovisa se indignou quando dama Alicia de repente se virou contra sua mascote e golpeou as pequenas orelhas de Adela, exclamando furiosa: "Boba, boba, boba! Quisera Deus que eu nunca tivesse posto os olhos em você!". Esse vislumbre de dias idos se seguiu a uma carta que dava a notícia de que Marie de Blakeborn estava morta, vítima de hidropisia. A velha prioresa encarou a carta, a boca entreaberta, e o rosto retorcido. Então prorrompeu em violento pranto. Toda a sua plácida e leve senilidade tinha se espalhado como as folhas de um verão de São Lucas. Ela chorou como uma mulher jovem chora, batendo os pés, e arranhando o colo; e a partir de então ela ou sofria ou se enfurecia até que um acesso a esgotava. Parecia um grau inexplicável de pranto por Marie de Blakeborn.

Isto foi em 1370. Dama Beatrix, que estava morrendo de câncer, cambaleou de seu próprio leito de morte para ir cuidar da velha prioresa e fazê-la descansar. "A senhora me força a fazê-lo", disse à prioresa. "Não posso me permitir ficar deitada e pensar que alguém que amei está sendo injustiçada por dama Alice. Se a senhora tivesse feito minha dama Lilias tesoureira a coisa teria sido diferente."

Em toda comunidade deve haver alguém que é um peixe fora d'água. Agora esse cargo era dividido por dama Lilias e dama Cecily. No começo ambas haviam sido brilhantes jovens freiras. Ambas haviam trazido dotes muito bons e tinham relações de vantagem no mundo, ambas eram virtuosas e bem-comportadas. A cegueira tinha acabado com dama Cecily. Muito naturalmente ela havia decaído de mais rentável membra da casa para uma triste cifra: uma boca a alimentar, uma voz no coro, um semblante paciente a ser dirigido para a luz e cataplasmado. O declínio de dama Lilias era mais difícil de explicar, e era defensável argumentar que ela não tinha se arruinado absolutamente, que tinha apenas se tornado amuada e antissocial.

Foi assim que a prioresa argumentou quando dama Beatrix — que de repente tinha se tornado casmurra, como se a arrogância de seu câncer lhe houvesse contaminado o caráter — reiterou sua queixa de que dama Lilias tinha levado uma rasteira ao não ser escolhida para suceder a ela como enfermeira.

"Mas ser eleita chefe da despensa não é nenhuma rasteira. O cargo de despenseira é de muita responsabilidade."

"Uma coisa lhe digo, ela está com o coração partido."

"A maioria das freiras tem o coração partido entre os vinte e cinco e os trinta anos. Perdem a cor, um ou dois dentes, e ficam com o coração partido. Então se aquietam e não arrumam mais problemas para si mesmas. Além disso, dama Lilias não é a única freira a ser considerada. Dama Alice foi despenseira durante dez anos, era hora de a tirarmos da cozinha. E ela está se saindo muito bem."

"Ela pode afofar travesseiros e macerar purgantes assim como podia afofar bolos e macerar caldos. Espere só até chegar a próxima peste! Então a senhora verá quanto vale dama Alice. Detesto a visão daquele pastelzinho de Dilworth. Como posso ter qualquer compaixão em minha morte enquanto ela está escarnecendo de mim como se eu fosse uma enguia esfolada?"

Nessa conjuntura o tal pastelzinho de Dilworth adentrou, junto com um forte odor de funcho fervido. De uma maneira moldada à da própria dama Beatrix ela tirou a tampa da tigela, dizendo: "Agora beba isto enquanto está quente, e ainda tem propriedades. Vai acalmá-la maravilhosamente".

"Sou uma mulher moribunda, não uma criança com gases", disse dama Beatrix.

A prioresa rompeu em risadas.

"Você está ficando tão cismada quanto a velha Agnes! Lembra quando..."

Dispensando dama Alice e o funcho com um gesto ela sentou-se perto de dama Beatrix, e pegou-lhe as mãos.

"Como parece longe! Como costumávamos nos comportar mal, e quão levianas nós éramos! As jovens de hoje são diferentes, são tão melancólicas quanto se estivessem vivendo no mundo. E sabe por quê? Porque nós mesmas não somos tão severas com elas como o eram as antigas freiras do nosso tempo. Quando penso em como Roesia costumava nos sovar, e em como dama Blanch nos fazia morrer de fome pela menor das faltas..."

Ela esforçou-se para manifestar todo o seu charme: ser chamada para a discussão por uma mulher moribunda afligia seu senso de correção. Seu charme, quando ela se empenhava para tal, era considerável, e dama Beatrix riu e se esqueceu de dama Lilias. Ao sentir-se mais à vontade a prioresa se tornou mais natural, e começou a falar das dívidas delas.

"Mas o pináculo foi pago?"

"Sim, por meio do aumento do arrendamento de nossa terra em Tunwold. Mas ainda há essa miserável igreja em Methley. Agora eles nos mandaram uma conta de envidraçamento das janelas. Essa é a pior parte de estarmos atadas a Etchingdon, eles fazem tudo tão regiamente quanto se estivessem fazendo para si mesmos. Vitrais para uma igreja de paróquia, onde é que já se viu tamanho disparate? E agora há essa nova arrecadação. Se apenas..."

Ela hesitou. Uma cor iracunda invadiu-lhe as faces.

"Por todos esses anos Sir Ralph viveu entre nós, viveu à tripa forra. Ele tem lá o seu cavalo e os seus falcões, dois anos atrás tivemos de reforçar a escadaria até os seus aposentos com madeira nova, agora ele quer um chapéu. Talvez ele possa fazer algo por nós em troca."

"Ele tem sido muito fiel a nós."

"Você defende seus afilhados. Tem mais uma coisa que ele nos deve. Não fosse sua habilidade em curá-lo ele teria caído na estrada como um louco vinte anos atrás. Ele podia muito bem nos dar parte de suas economias como uma ação de graças em vez de ficar comprando livros — e coisas piores."

"Sim, eu o curei com um galo preto. O galo é a ave da ressurreição, veja só, e a loucura da melancolia é como o túmulo. Mas precisa ser um preto. O preto supera a lua, ao passo que a lua quando cheia tem domínio sobre os lunáticos. Como era preto o cabelo dele na época! — tão preto como as penas do galo."

"Não existe ninguém tão tolo quanto um tolo velho. Quisera eu que nunca tivéssemos aceitado a viúva Figg. Os meus grãos conseguem me dizer quando vai chover tão bem quanto ela consegue. E Sir Ralph não cobiça meus grãos."

"Não creio nem na metade disso", disse dama Beatrix.

"Eu tampouco. Ele está gordo demais para algo mais do que carícias. Mas ela vai sangrar o dinheiro dele, pobre velho! Agora, se ele emprestasse para nós..."

O sino começou a soar para as Nonas. Dama Beatrix persignou-se com um ar de alívio. Quantas conversas desconfortáveis, confidências tediosas, piadas prolongadas aquele abençoado sino não tinha abreviado!

"E com teu espírito, madre querida!"

Coça-coça, mexe-mexe, pula-pula o cachorrinho de dama Adela. O sino cessou e o canto começou. Foi alto e sentido, dominado pela edulcorada voz soprano de dama Alice. Ao ouvi-la Sir Ralph refletiu que era possível distinguir os mutáveis humores de um convento pela maneira como suas freiras modulavam o imutável canto do ofício. Nos dias da velha prioresa a cantoria costumava ser elegante, aflautada, quase imaterial, como as notas de aves aquáticas isoladas em algum lago distante. No tempo da prioresa Johanna a cantoria tinha se tornado desigual e estridente. Agora o tom era cheio e sacarino, as cadências faziam descansar tal como se fossem almofadas, e dama Alice executava os ornamentos exatamente como executava as rosas de marshmallow em seus doces: uma mexida, uma torcida, uma afunilada, e lá estava! Ele havia ansiado pelo reinado de dama Matilda. Ele chegara; e ele estava satisfeito, e contudo não estava satisfeito.

Para sua surpresa, seus prazeres com Magdalen Figg tinham despertado seu homem espiritual. De cada vez que a possuía ele saía com uma sensibilidade redescoberta, uma sensibilidade tal como não conhecera desde que era muito jovem. Mas agora era melhor. Em sua juventude ele obtivera apenas um desfrute parcial de seus sentidos: a ambição e a necessidade o conduziram para a frente e para longe. Agora ele estava velho. Seus modos de vida o remiram da esperança e da ansiedade. Ele podia viver no presente, e ser tão poético quanto desejasse. Ninguém iria suspeitar, ninguém, nem mesmo ele, zombaria dele por sê-lo; e não havia compulsão (uma vez libertado da ambição) de esquivar-se do deleite de sentir-se poético para o distraído labor da elaboração de poesia. "Livre como um peixe", repetia ele para si mesmo, observando os ramos de salgueiro se movendo com tanta facilidade contra o céu úmido, aguardando o carriço irromper em mais uma canção floreada. Às vezes, ao lembrar-se do solar de Brocton, ele alterava as palavras e dizia a si mesmo: "Livre como Mamillion". Porém, no todo, mais livre. Mamillion parecia ter a mais completa liberdade; não tinha obrigações com um mosteiro, atravessava uma paisagem mais ampla e deparava mais aventuras; mas Mamillion, por mais elusivo que fosse, estava amarrado a uma missão, mais cedo ou mais tarde deveria lembrar-se do visco e tomar a faca dourada na mão e encerrar a história. Ralph, mais feliz do que Mamillion, não perseguia nada. Tinha apenas de fazer de sua mente um vazio para logo alguma especulação interessante nela entrar. Tinha apenas de voltar as costas a Deus para ser inundado com uma gratidão apreciativa por seu criador. Era Deus o Criador quem ele louvava, não Magdalen Figg. Ela, como a água do batismo, era instrumental. À noite, deitado desperto como fazem os jovens, pelo prazer da consciência remanescente, ele admirava o discernimento que o havia conduzido, desde o momento em que pusera os olhos nela pela primeira vez, a pensar naquela mulher pesada e sem formosura por meio de metáforas aquáticas ou de criaturas do quarto elemento. Ela era macia como uma enguia. Ela caminhava feito um ganso. Ela gorgolejava como uma carpa. Ela era tonta como um peixe. Ela tinha cheiro de água parada e dos baixios lamacentos do rio. Ela era a água do batismo. Ela era fonte de alegrias com tanta certeza quanto a lagoa de peixes do convento era fonte de refeições.

O prazer que ele sentira em Brocton era uma gaguejante profecia do que ele agora desfrutava. Em Brocton houvera muito com que se deliciar, mas ele era muito ensimesmado, e de paladar muito grosseiro, para se sentir deliciado além do normal. Com um dedo delicado Brocton havia lhe afagado a pele.

Agora, em seus empoeirados aposentos ou caminhando por suas rotas de costume, um mero pensamento era capaz de picar seu coração com prazer. Um garoto cavalgando rio abaixo, suas grossas madeixas louras subindo e descendo com o movimento do animal; um jugo de boi dobrando na extremidade do sulco e confrontando o sol de inverno com faces brandas; as brumas que se espraiam para o interior no fim do dia, assomando com o reflexo cor-de-rosa do pôr do sol acima do brejo pobre e crepuscular; a entonação de uma voz, o fragmento da fala de um camponês, desajeitada e verdadeira, como um instrumento grosseiro tocado com habilidade, a fala escandida do cantochão, a eloquência do evangelho ou da coleta, a fé transfigurada de São Paulo subitamente irrompendo por entre seus educados argumentos tal como o rosto do sátiro espia por entre o arbusto de louros: todas essas coisas ordinárias eram novas e fascinantes para ele, e eram apenas dele. Pois a privacidade era grande parte do seu prazer. Se Magdalen Figg, aquela Eva feita de argila fresca, houvesse desfrutado esse paraíso com ele, não teria sido um paraíso.

Mas embora ele fosse um Adão não caído no paraíso, ele também era um padre de freiras em Oby, e onde sua sensibilidade desperta não podia torná-lo apreciativo, tornava-o crítico. De modo que ele estava tanto satisfeito como não satisfeito com a prioresa Matilda. Como sustentáculo do mundo dele ela não podia ser melhor. Ela carregava toda responsabilidade, suas freiras eram bem alimentadas, bem-vestidas, contentes, e em todos os anos dele em Oby nunca se sentira tão livre do tormento das consciências atormentadas. O olhar dela (embora cego à viúva Figg) vasculhava cada recôndito, supervisionava os jantares dele e percebia a necessidade dele de um novo chapéu. Tudo isso era admirável. Tudo seria admirável caso ele tivesse continuado o mesmo Ralph Kello. Mas agora, justo quando as refeições se regularizavam e os pratos eram limpos e as consciências sossegavam, ele descobriu que não podia viver só de pão, e em uma casa que era um modelo de sóbria carnalidade ele começou a reverenciar o espírito. Era por isso que às vezes se sentia decepcionado com dama Matilda, e censurava-lhe o fato de que entre todas as suas saudáveis e honrosas virgens não havia nenhuma que pudesse cantar como dama Susanna, ou que fosse distinta como dama Isabel, ou que sonhasse com a beleza assim como a velha prioresa tinha sonhado.

A prioresa Matilda, também, era astuta o bastante para saber que seu desempenho estava ficando aquém do que ela e os demais haviam esperado. Era bom o suficiente; em tempos vindouros Oby iria incluí-la entre as boas prioresas; mas não era excelente, e ela tinha esperado excelência. Mais ainda, tinha esperado ser popular. Os longos anos durante os quais parecia estar para sempre enterrada em uma imaturidade desajeitada, sua temporada no cargo de tesoureira quando com tanta frequência tinha de ser desobediente a fim de ser estimada, nela tinham criado um imenso apetite pela popularidade. Agora ela era popular, tal como esperara ser, e da maneira pela qual esperara: uma popularidade pedestre e nada espetacular, sem nenhuma frivolidade. Mas na prática tal popularidade parecia desleixada, e ela estava começando a ressentir-se de ser aprovada como algo natural por um lar que cada vez mais lhe parecia incapaz de discernimento.

Toda morte implica uma auditoria. Quando dama Beatrix morreu em 1371 a prioresa contemplou a visão de freiras muito medíocres. Dama Helen, dama Margaret, dama Dorothy, dama Alice, a extinta dama Cecily — não havia nada de interessante até que se chegasse às três freiras que quando noviças tinham brincado de Santa Catarina Voadora. Na época, elas tinham parecido promessas excepcionais, tão promissoras como a colheita de nozes daquele ano. As nozes se provaram admiráveis; ela ainda conseguia se lembrar delas. Os sete anos de clima morde e assopra da prioresa Johanna deviam ser tomados como explicação para o desenvolvimento menos que perfeito das freiras: para a indiferença de dama Philippa, a obstinação de dama Eleanor, o exasperador desinteresse de dama Lilias. Por último vinham dama Adela, que não tinha juízo, e dama Lovisa, que tinha juízo que chegava para duas, mas era feia o bastante, infelizmente, para sete. Nela, não fosse por sua feiura proibitiva, talvez se pudesse enxergar a próxima prioresa de Oby.

Graças a Deus, Oby não precisaria de outra prioresa ainda por muitos anos. Uma prioresa tem mais o que fazer do que governar um lar de freiras; seres que são, em todo caso, muito menos interessantes quando vistos de cima do que quando estudados de través. Havia, por exemplo, as regras do solar. No domínio das colheitas e do gado palavras como *satisfatório* e *próspero* possuem seu peso total, não têm a acepção devorada por considerações de que seus objetos carecem ou não de distinção. O solar estava indo muito bem; e como ela era magnânima não sentia seu prazer estragado por saber que o desempenho era mais devido ao de William Holly do que ao dela, e que William Holly dizia-o muito abertamente. Era raro ouvirem a prioresa elogiar seu bailio; mas até aí ela também não elogiava o sol. Ela encontrara nele o tipo de amigo que uma vez esperara encontrar em Sir Ralph: uma versão mais mordaz e ativa dela mesma, uma Matilda não impedida por votos e pelo gênero feminino.

Mas acima de tudo ela apreciava a contabilidade. Pouco a pouco, por meio de uma cobertura cautelosa aqui e um lance arrojado ali, ela estava tirando Oby da insolvência. O trabalho era tão agradável que ela se comprazia em pensar que duraria ainda um bom tempo; pois quando seus pés se acham de uma vez no caminho certo você pode guiá-los como bem entender, mesmo alguns passos para trás nada mais são do que uma medida prudente para amealhar forças e ir adiante com mais vantagem um pouco depois. De modo que ela havia levantado dois empréstimos; e o endividamento não era nada porque os obtivera a uma taxa de juros que provava que os usurários agora consideravam a casa de Nossa Senhora e São Leonardo um investimento sólido. Tais empréstimos não são dívidas: são demonstrações de solvência, escadarias para outros empréstimos em termos ainda mais favoráveis, uma escadaria, particularmente, para o empréstimo que em 1373 ela começou a negociar com Hugh de Stapledon. A conexão familiar já estava em bom funcionamento. Transmitira encorajamento, bons conselhos, presentes em espécie e promessas de melhores presentes por vir, com recebimento de graças, garantias de que os conselhos tinham sido seguidos, presentes recíprocos e promessas de preces (Arbella, estranhamente, era suscetível ao extremo a receber preces). Agora o momento pelo qual ela manobrara havia chegado. Hugh de Stapledon, empaticamente compreendendo o desgosto dela em levantar dinheiro através de desconhecidos, tinha sugerido emprestar-lhe o suficiente para pagar os dois outros empréstimos e fazer sobrar algum para melhorias, um empréstimo que ele garantiria em termos não mais onerosos do que os que ela já estava pagando, e que ficariam todos em família.

A primeira carta de aceitação escrita por ela foi de uma eloquência tão incauta que pensando melhor ela não a enviou. Uma aceitação mais circunspecta foi redigida e despachada. Antes do esperado o servo de traços duros trouxe-lhe uma carta de Hugh. Era quase tão eloquente quanto a carta que ela não havia enviado. Hugh estava envolvido em um novo processo, um processo de comoventes complexidade e alcance, contra seu irmão Andrew e o filho de Andrew, Nigel. Ele descreveu o processo em detalhes, e no curso de sua descrição deixou claro que ela não carecia de esperar o empréstimo, ou qualquer outra assistência financeira além de um bom conselho. Aquilo era calamitoso, mas não surpreendente. Ela sempre previra que se se tratasse de uma escolha entre litígio familiar e afeto familiar, o litígio levaria a melhor. O que não previra era que Hugh iria pedir que ela contribuísse com as despesas do litígio.

Ela soltou uma breve e alta risada. Era pena que não tivesse ninguém com quem compartilhar a piada. Logo depois disse a si mesma que não estava pior do que antes. Devia ir ainda mais longe, era isso; e por que ela se arrependeria da extensão do que achara tão agradável? A expedição de dama Cecily até Holywell precisaria ser adiada por mais algum tempo. São Leonardo precisaria ser mais paciente com sua nova demão de tinta. Ela tratou de contabilizar possíveis ganhos menores. O inquilino das salinas ao longo do rio Alde (parte do dote de dama Lilias) poderia muito bem ser convidado a pagar um aluguel maior. O pai de Lovisa, amante da paz, podia em geral ser espremido pelo bem de sua alma; e havia também a bolsa particular de Sir Ralph, que devia ter algo além de confeitos para a viúva Figg.

São Leonardo, padroeiro dos prisioneiros

(janeiro de 1374 – junho de 1374)

Dia após dia, estação após estação, dama Lilias, ao caminhar pelos claustros, olhava para o pináculo, e sua mente experimentava o mesmo fluxo de pensamentos. Lá estava o pináculo, e cá estava ela: o mesmo dia havia cerimoniado ambos na tessitura de Oby, e um longo, muito longo noviciado havia precedido aquele dia. O pináculo havia tentado se safar. Arruinara-se na ventania e caíra e matara dama Susanna ao cair. Mas ele fora reconstruído, e ali estava ele, tão parte de Oby que agora nem se queixavam dele. Ninguém se lembrava do aborrecimento que tinha sido, e com a morte da velha prioresa foi-se o último pensamento da época em que ele ainda não passava de um projeto e da mais estimada preocupação de uma só mente. Aliás, a velha prioresa havia perdido o interesse por ele muito antes de morrer. Mas ela, dama Lilias, nunca tentara escapar do próprio destino, e nenhuma ventania lhe havia trazido uma tal ideia. Ela fora noviça, e agora era freira; e em toda a sua vida não conhecera nada mais apaixonado do que aquilo que lhe chegava através de uma sensualidade estreita e altamente especializada. Ela possuía extrema sensibilidade a odores doces e ao calor que os embala, e a certos aspectos da luz, como quando jaz trêmula em uma tigela d'água. Subjacente a isso, tal como a raiz selvagem subjaz à flor, ela possuía uma sensibilidade menos explorada àquilo que era áspero, vil e nocivo. Era essa sensibilidade latente o que dama Beatrix havia discernido e explorado, ignorando a Lilias de todas as outras para aliciar a criança de cinco anos de idade que havia trotado, atenta e negligenciada, através de um castelo no qual a Peste Negra usurpara qualquer outra posse. Foi a doença e não os doentes, a morte e não os moribundos, o que atraiu dama Lilias para a direção da enfermaria: como os doentes devem ter percebido, pois quando o posto de enfermeira foi dado a dama Alice houve um alarido geral de alívio.

Em vez disso designada como despenseira, dama Lilias às vezes se perguntava por que aquela guinada no vento tinha de ser tão enregelante. Ela só emprestara um ouvido e metade do coração às persuasões de dama Beatrix; e no que dizia respeito a compromissos, o cargo de despenseira era o menos desagradável, é melhor recender a peixe podre do que a feridas. Mas a partir da hora em que isso se desgarrou de sua intenção assaz indefinida, ela foi sobrepujada por uma sensação de frieza e estagnação. Pouco a pouco a sensualidade que a forrava se adelgaçou e se extinguiu. Ninguém poderia tê-lo adivinhado. Ela ainda era fastidiosa quanto à alimentação, esquivava-se do incômodo físico com tanta destreza como nunca, e agora que tinha poder sobre o armário de temperos acastelara-se em doces odores, nunca ficava sem um punhado de cravos ou uma folha de louro no bolso, e esfregava canela em pó em seu véu. Mas os odores devem ser embalados pelo calor, e ela estava fria: fria para o prazer, fria para o próprio frio que sentia. Quando ela se apresentava, tarde como sempre, no turno da noite, bocejando e encolhendo os ombros, ninguém podia adivinhar que ela vinha — não do sono, mas de uma vigília frígida e entediante.

Entre as companheiras dela seu langor foi diagnosticado como orgulho. Ela era orgulhosa demais para falar, diziam; e se alguém lhe fazia uma pergunta direta era preguiçosa demais para responder mais do que um simples Sim ou Não. Tornou-se um passatempo corrente dirigir comentários a dama Lilias — quanto mais estúpidos melhor; quando ela respondia, louvava-se a sabedoria de sua resposta ou agradecia-se a ela por ter respondido tão graciosamente. Dama Adela investia grande energia nesse esporte, mas não era tão habilidosa quanto dama Lovisa. Foi dama Lovisa quem recorreu ao expediente de consultar dama Lilias sobre assuntos de beleza e de toalete, expondo magnanimamente a própria feiura pelo prazer comunitário que era perguntar a dama Lilias com que frequência se devia lavar o rosto, o que fazer para melhorar a pele, do que se necessitava para ter cílios compridos; ou, enfiando seu rosto malcheiroso debaixo do nariz de dama Lilias, perguntava se suas feridas não tinham sido maravilhosamente curadas com água de rosas.

Se as feridas não fossem visadas por tanto ódio e tanta derrisão, esse esporte poderia ter curado dama Lilias. Sua sensibilidade ao que era vil e nocivo tinha sido uma resistência melhor do que a sensibilidade à luz que incidia na água límpida ou nas folhas de morango batidas pelo sol, e reagia àquela jovem, deplorável e inteligente monstrinha. Ao olhar para as feridas e brotoejas e os cintilantes olhos fracos, dama Lilias sentia como se tivesse transferido o olhar de uma paisagem pintada para uma janela que dava para o mundo real, o mundo de nossos primeiros parentes enquanto eles partiam pelo portão do Éden debaixo de árvores cujos frutos eram salutares ou mortais sem nenhum mistério, um mundo onde as serpentes se contentavam em ser serpentes mortais, nem mais, nem menos. Mas uma artificialidade de malícia e o rotineiro divertimento das outras freiras se interpunham entre ela e o que ela podia obter de sua algoz, e dentro em pouco ela se tornou insensível até mesmo a dama Lovisa.

Era a vontade de Deus, ela supôs. A vontade de Deus havia toldado a visão de dama Cecily, a vontade de Deus havia lhe toldado a sua própria sensualidade, e com ela os pecados da carne que nutrem a vida do espírito. Ela não conseguia sentir nem prazer nem desgosto, nem revolta nem contrição. Por um tempo tentou austeridades e mortificações para que revivesse. Nada a reviveu: as austeridades e mortificações caíam sobre ela feito cinzas sobre os mortos.

Por fim, e quase sem aviso (pois ela não duvidava de que sua miséria se tornaria tão entediante para os outros quanto se tornara para si), dama Lilias ao confessar-se falou de seu estado mental. Para o aturdimento dela Sir Ralph atiçou-se e pareceu interessado. Era um caso de acídia, disse ele; uma moléstia da alma que em sua intensificação final de desengano é um dos sete pecados capitais.

"Acídia", repetiu ela. "Dama Susanna falou sobre isso quando nos ensinou os pecados."

"Dama Susanna!", exclamou ele. "Sobre isso ela sabia muito."

A convenção confessional parecia ter sido rompida, ali estava Sir Ralph falando com ela como se fosse uma pessoa leiga. Recobrando suas maneiras ele prosseguiu dizendo que a acídia não era assim tão rara, embora incomum entre as mulheres; e que com paciência e a ajuda de Deus, curável. Ela pôs-se de pé com uma impressão de ter agradado. Esta foi momentânea: como se, viajando por uma caverna infinita, um raio de sol houvesse por um instante lhe tocado a bochecha. Um instante depois a lacônica voz de seu intelecto estava lhe assegurando que já que a maioria da humanidade irá se incluir entre os condenados, a adição dela própria às fileiras não seria digna de nota, e que se Sir Ralph estava interessado só podia ser porque o desengano era muito mais raro do que a preguiça ou a raiva. Mas para Sir Ralph era como se sua última prece estivesse para ser alcançada. Em acréscimo aos prazeres dos sentidos que ele desfrutara com Magdalen Figg e aos prazeres da sensibilidade que ele desfrutava consigo mesmo, ele estava, ao que parecia, a caminho de desfrutar o prazer da conversação com uma freira de mente espiritualizada. Ela havia tocado o seu coração. As palavras, tão inadequadas e verdadeiras, com as quais ela descrevera sua devastadora infelicidade eram como um descante sobre o seu próprio renascimento. O temor dela era antípoda do deleite dele. Tudo o que ele possuía, a ela lhe faltava; e a antítese atraía-o para ela porque completava sua autorrealização.

Seu primeiro medo foi o de que ela pudesse se recuperar rápido demais, e tornar-se uma penitente tão maçante como o resto. O tempo passou, ela não tomou nenhum passo rumo à recuperação. Estava miserável demais para ter eloquência. A atenção sincera dele arrancou dela pouco mais do que um muxoxo: "Não adianta. Não consigo sentir esperança". Mas as poucas e secas palavras pareceram-lhe conter uma graça clássica. E assim ele continuou a argumentar com ela e admoestá-la, genuinamente preocupado com seu estado e ao mesmo tempo inalando seu cheiro de cravo e açafrão, os doces odores que exalavam daquela estéril figueira.

Quanto ao que acontecia no convento, de fato não era da conta dele. Mas certo dia Magdalen Figg disse-lhe que as freiras acabariam matando dama Lilias, e ele tomou uma resolução e foi ter com a prioresa, dizendo-lhe que dama Lilias se encontrava em um estado de perigosa melancolia e devia ser tratada com consideração. Imediatamente ocorreu a ela como era abominável que Maria sempre captasse a atenção de um homem enquanto Marta resmungava em vão.

"Dama Lilias sempre foi singular. É exatamente o que eu devia esperar dela — escolher este momento para questionar a própria salvação enquanto o resto de nós passa dia e noite preocupado em como pagar as dívidas do convento."

Ele calhara de abordá-la um dia após ela ter recebido a rejeição de Hugh de Stapledon ao empréstimo. Ele não tinha como saber disso, mas percebeu que havia escolhido uma hora ruim. Impressionou-o que a prioresa estivesse se tornando vulgar e antipática. Se ela não o ouvisse sobre dama Lilias ele não iria ouvi-la sobre as dívidas. Ele ignorou as insinuações dela sobre um pequeno empréstimo de um amigo, algum velho amigo em que se podia confiar, e ela ficou mais raivosa do que nunca e mais ratificada em seu preconceito contra a freira.

O Natal passou, os dias ficaram mais iluminados, mais frios, mais áridos. Pareceu-lhe que dama Lilias e ele estavam vadeando por algum Estige clássico, um canto frio do Inferno que Cristo jamais havia perturbado e que o juízo da cristandade não alcançava. Quando ele disse: "Por que não reza a São Leonardo? Ele liberta prisioneiros", pensou quão falsamente as palavras soaram e como o silêncio dela as moía feito carne. Durante meses ela fora incapaz de rezar, ele podia igualmente ter pedido a um homem coxo que calçasse sapatos vermelhos para ver como ele se sairia. Naquela mesma noite ela bateu à sua porta.

"São Leonardo me ouviu. Ele me mostrou a via de fuga."

Mesmo agora ela não estava eloquente. Sua narrativa foi entrecortada por longas pausas durante as quais ela parecia estar pegando no sono, mas foi direta e coerente. Tinha feito conforme ele sugerira, escapando da recreação vespertina para ir rezar diante da estátua do santo. Ela fizera o seu melhor, mas nenhum senso de devoção lhe sobreviera. Em vez disso, submergira no ressentimento de suas companheiras, lembrando-se de todas as troças e mofas que elas lhe haviam feito, até que a última convenção da caridade foi-lhe arrancada da mente. Ela sentiu, disse, de súbito tamanha força de desprezo que foi como se o machado de um carrasco houvesse caído sobre sua nuca, e ela tivesse tombado de cara no chão. Então notou que dama Dorothy estava de pé atrás dela dizendo: "Que pena perturbar tamanha devoção! Mas o resto de nós somos criaturas tão maçantes e rastejantes que precisamos viver de acordo com a Regra; e é hora de eu acender as velas".

"E enquanto ela ainda estava falando", concluiu, "ouvi outra voz. E esta disse: 'Agora veja a razão de todo esse ódio. Vá, torne-se uma anacoreta'."

"Uma anacoreta!", repetiu ela. "São Leonardo me pediu que me tornasse uma anacoreta."

"A senhora não viu o santo?"

"Não, porque eu estava deitada no chão quando ele falou. Mas eu o senti. Foi ele quem me desferiu aquele golpe. Veja aqui se não há um hematoma." O hematoma não era grande, mas não havia dúvida de que São Leonardo tinha um punho pequeno e um braço forte. São Leonardo, ou dama Dorothy. Para ele, aquilo parecia obra de uma mulher.

"E quando sentiu esse golpe..."

"Eu estava livre, subitamente livre. Rompeu-se um grilhão."

Mesmo se o golpe tivesse vindo de dama Dorothy, poder-se-ia dizer que dama Dorothy devia ser considerada instrumental, um timbre aposto às pressas enquanto a cera ainda estava quente, como alguém que sela com um costado ou o cabo de uma adaga.

"Há um hematoma, sem dúvida. Mas não comente sobre isso."

Ela deu de ombros de maneira a retificar-se, e contorceu-se ante a dor real do hematoma real. Seu véu caiu, seus temperos se desprenderam. Ele sentiria falta dela. Mas ela precisava ir para sua cela de anacoreta, e ele precisava ajudá-la a partir.

Após ela deixá-lo ele lembrou-se das ameixas secas em seu armário, e começou a mastigá-las, grato por estar comendo. Ele sempre temera algo como aquilo, agora acontecera. Dama Lilias ouvira uma voz vinda dos céus, e a voz que ouvira agora estava reverberando nele, a assegurar-lhe com a maior das distinções que só o sacramento faz um padre. O aprendizado, o costume, o hábito dos anos, nada disso tem serventia, tingir água não faz vinho: lá estava ele, reagindo a dama Lilias com a mesma simplicidade de um lavrador. Dama Lilias ouvira uma voz vinda dos céus e ele era tão pouco padre que não lhe quis nenhum mal, e até mesmo acreditou na palavra dela. O hematoma, ele supôs, fora obra das mãos de dama Dorothy. Ela era uma criatura maçante e insignificante, e em todos os anos que a conhecera ela fora uma nulidade. Mas toda nulidade deve ter um momento em que brilha em algo positivo, a alma imortal não reside à toa na carne, e muito provavelmente a alma de dama Dorothy tinha tido seu momento de necessidade ao desferir aquele golpe por trás. O golpe era necessário caso dama Lilias tivesse de ser libertada. Tudo é planejado pela inteligência divina: um títere é gerado e nasce e vive por trinta anos na religião a fim de desferir um golpe no pescoço; e depois disso, naturalmente, segue vivendo, de acordo com a lei de seus pares. Se a alma de dama Dorothy devia sofrer a pena por alimentar a malícia e sucumbir à raiva, era uma especulação fascinante, mas uma que se devia adiar. O papel dela tinha sido desempenhado, um "Eis a palavra" diante da voz de São Leonardo, uma voz sobrenatural libertada pela natural instrumentalidade de seu golpe, assim como as águas que jorraram da pedra quando Moisés a acertou. *Agora veja a razão de todo esse ódio. Vá, torne-se uma anacoreta.*

Tudo no imperativo como de hábito. Um modelo de concisão, tão acertado quanto o golpe de dama Dorothy. Mas não é suficiente que os céus falem, o sobrenatural para ser completado deve ser aceito adequadamente, caso contrário a obra não se opera. Dama Lilias havia estado à altura do momento. Ela ouvira e acreditara. Quanto a ele próprio, menos não poderia fazer.

Tinha comido mais duas ameixas antes de recordar seu próprio papel no caso, seu conselho a dama Lilias de que ela devia rezar a São Leonardo, padroeiro dos prisioneiros. Ele também fora instrumental, uma cifra contrabalançando a de dama Dorothy. Tudo é planejado pela inteligência divina.

Mas agora vinham as formalidades; e seu coração cedeu enquanto contemplava o atoleiro de tratativas e negociações em que ele deveria se mover. Dama Lilias não poderia se tornar anacoreta com a permissão do bispo. Sua solicitação devia ser feita por intermédio da prioresa, o que significava que a voz de São Leonardo chegaria por terceiros aos ouvidos do bispo. Na teoria sua própria voz, como a testemunha da profissão, devia prevalecer sobre a da prioresa, mas era questionável se isso de fato se daria. Acima de tudo, a voz de dama Lilias devia ter um timbre muito baixo.

Como primeiro passo ele ordenou que ela não comentasse nada sobre o assunto. Então ele procurou a prioresa, que observou que nenhuma carta deveria ser enviada de Oby até que as cheias baixassem, e acrescentou que seria melhor que por ora o discurso de São Leonardo continuasse um tópico confidencial. "Pois estou certa de que o senhor não quer todo mundo falando sobre isso, importunando-o em busca de conselhos para ouvir vozes. Sem dúvida muitas delas gostariam de trocar algumas palavras com um santo."

"Foi desejo dela que nada se comentasse sobre isso", ele respondeu astuciosamente.

"Fico feliz que ela seja tão sensata."

Sir Ralph estava feliz que a prioresa fosse tão sensata. Ele não esperara que ela ouvisse a notícia com tanta indulgência.

Fora uma estação excepcionalmente úmida. Os céus aguados se espelhavam nos acres de água, bandos de galinhas-d'água gritavam e voejavam através das cheias, e no povoado se faziam apostas para saber que curso o regato Waxle tomaria assim que as cheias baixassem. Porcos, aves e gado, homens, mulheres e crianças, todo o rebanho de Oby foi reunido na elevação de terra. Mugidos e guinchos, o cantar dos galos, gritos e conversas, o baque dos malhos e os hinos das freiras, tudo ressoou junto como em uma arca jovial; pois neste inverno calhou de haver vitualha em abundância, de modo que o humor predominante foi alegre e assaz pueril.

Sentindo que dama Lilias estaria melhor se tivesse algo para distrair sua mente depois de tudo por que ela passara, ele emprestou-lhe sua cópia das Geórgicas. Era uma cópia barata, o escriba havia usado sua pior tinta e poupado espaço e tempo ao empregar as contrações reconhecidas e outras de sua própria lavra; embora dama Lilias fosse uma razoável estudiosa ele perguntou-se quanto ela conseguiria decifrar. Pensou, também, que um livro tão apreciativo devotado à vida ativa seria uma leitura estranha para uma mulher que se propusera a passar o resto dos seus dias em uma cela, como o caixão para uma mariposa, anexada à lateral de alguma igreja. Contudo sua cela teria uma janela de rotunda, e ela poderia ver, como no compasso de um pentâmetro, bois a arar, um gato cortejando sua fêmea, a nuvem se retraindo atrás do arco-íris. Enquanto isso sua mente descansava. Sua vida exterior também havia se tornado mais fácil, assim relatou Magdalen, pois a prioresa tinha afastado seus algozes.

A prioresa assim o fizera por um motivo sólido. Ela não havia esquecido o caso da velha prioresa e de dama Johanna, e sabia que apenas uma grossa demão universal de boas maneiras poderia salvá-la de expressar um aborrecimento por demais impolítico. Uma anacoreta, ainda mais estritamente do que uma freira, renuncia a posses mundanas; mas será que o bispo Giles permitiria que perdessem dama Lilias e retivessem seu dote? Ele agira de maneira asquerosa a respeito do legado De

Scottow, com toda a probabilidade agiria tão asquerosamente agora, e ordenaria que as rendas daqueles prados aquáticos e salinas deveriam ser transferidas para algum asilo ou altar. Primeiro o fracasso do empréstimo, agora a perda de uma renda considerável... A fúria sacudiu a prioresa quando ela viu seu trabalho comprometido por aquela bobagem de São Leonardo e uma freira descontente. Mas se quisesse que a situação fosse revertida ela não deveria mostrar sua fúria. Precisava mostrar que acreditava, e precisava mostrar que aprovava. Mesmo em sua carta ao bispo ela de alguma forma tinha de combinar o descrédito de dama Lilias com a piedade pelo santo e a indiferença ante uma possível redução da renda.

Ela fez muitos esboços da carta. Por sorte as cheias lhe deram um espaço para respirar; e quando baixaram, William Holly não teve como despachar um homem para levar cartas. Lamentando o fato com Sir Ralph ela acrescentou que o tesoureiro de Etchingdon viria dentro em breve para coletar os juros do dízimo de Methley, e que as cartas poderiam ser confiadas a ele. Ele chegou, ficou uma noite, e foi embora. Só depois que foi embora é que se descobriu que no tumulto de tentar persuadi-lo a tomar parte dos juros em espécie a prioresa havia se esquecido de lhe entregar o pacote. Mas uma semana depois, quando o irmão Baltazar solicitara uma refeição, ela lhe entregou o pacote em mãos.

"O bispo?", disse o irmão Baltazar. "Mas ele foi embora. Foi designado para a sé de Auch, um grande progresso, e estão dizendo que o papa Gregório vai fazê-lo cardeal."

"Que perda, a nossa!", exclamou ela. "O novo bispo já foi escolhido?"

"Não que eu saiba. Mas muitos querem que seja Sir Walter Dunford, o arquidiácono. É filho de um homem pobre, e um clérigo muito santo, muito amado pelos pobres."

Era a resposta de um frade. Os frades perambulam por toda parte e são tão escorregadios como moedas que ficam lisas após passarem por tantas mãos. Ela não tinha dúvida de que o irmão Baltazar sabia alguma coisa sobre Walter Dunford que se comprazia em esconder dela; e já que se comprazia em segurar a informação, devia ser algo cujo conhecimento traria a ela alguma vantagem. No mesmo instante o frade que o acompanhava, um grande e robusto jovem com lábios que pareciam linguiças, exclamou em um forte sotaque do oeste: "Ah, ele é um ótimo clérigo! Ele vai ser um ótimo bispo".

Então Walter Dunford era o homem.

Mas mesmo os frades podem estar desinformados, e Oby continuou a especular até a véspera do Dia de Ramos. As freiras estavam lá fora colhendo palmas de salgueiro. De súbito tornara-se um dia quente, quente como o verão; abelhas adejavam de um ramalhete dourado a outro, e seguiam os ramos cortados capela adentro. De cabeça leve por causa da conjunção da abstinência quaresmal com esse tempo luxuoso as freiras saltitavam para lá e para cá e fingiam bater umas nas outras com ramos de salgueiro quando entre elas apareceu um mensageiro a cavalo. Onde estava a prioresa? Lá estava a prioresa, tentando tirar uma abelha do pescoço de dama Philippa. Mas ela foi receber a carta com sua dignidade firme de sempre. O novo bispo era Walter Dunford, que saudava suas filhas adoradas e suplicava por suas preces.

Em uma bela primavera sempre há muita coisa indo e vindo; pouco depois se ficou sabendo mais sobre o novo bispo. Sim, era verdade, ele era um homem de berço ruim: seu pai tinha sido um fabricante de velas, sua mãe uma parteira, e entre eles com grande piedade haviam constituído uma longa família. As conexões do pai (ele fornecia velas à grande Abadia de Santa Cruz em Middlesex bem como à casa de Nossa Senhora em

Barking) ajudaram-no a obter instrução para seus filhos, e ele pôs muitos deles ou na religião ou perto dela. Na época em que Walter, o mais novo, entrou no sacerdócio, os Dunford à sua maneira eram uma família dinástica. Contudo ele tinha muito que combater, pois era enfermiço, retraído e desinteressante: até seus quarenta anos ninguém o teria achado digno de chegar a bispo. Então veio a Peste Negra, e limpou o caminho para ele. Naquela época em que tantos padres morreram e outros se esconderam na rotina, o retraído e enfermiço Walter Dunford tornou-se conhecido como um homem de energia quase angelical. Ele ministrava, ele consolava, ele organizava. Testemunhas respeitáveis afiançavam que ele estivera presente, ao mesmíssimo tempo, ao lado de um leito de morte e no altar. Alguns haviam sentido a cura se espraiar de seus dedos com o óleo bento, outros o haviam visto, enquanto corria para ouvir a confissão de um proscrito moribundo, ser soprado por seu zelo como se possuísse asas, e ter flutuado feito um pássaro por cima do mercado vazio. No ano de 1351 muita gente dizia que Walter Dunford era um santo. Cinco anos depois o dobro de gente estava dizendo que ele era um homem de futuro. Tornou-se eminente o bastante para conquistar detratores, o séquito da eminência. Ele estava com mau-olhado, diziam; ele era leproso, ele era louco, ele era um embuste, ele era um feiticeiro. Que era franzino, pio até a excentricidade e ridiculamente avaro estava acima de qualquer dúvida. Sua reputação se engasgou, e perdeu o fôlego. Não parecia provável que ele jamais viesse a ganhar mais do que fama local. Foi feito arquidiácono, com toda expectativa de que morreria no cargo, mas não morreu. De súbito, tão surpreendente como uma garça que exibe a envergadura de suas asas, ele estava em todas as bocas como um homem que deveria ser bispo por direito. Só há uma resposta diplomática a essa espécie de desafio, e em 1374 ele recebeu uma mitra.

Os relatos que vinham de Oby por intermédio de ambulantes e andarilhos, pessoas que carregavam rumores com tanta naturalidade quanto carregavam pulgas, contavam uma história alarmante sobre a austeridade e a engenhosidade do bispo Dunford. Ele bebia apenas água e dormia sobre palha. Viajava sem cessar, desmontando do cavalo para ajoelhar-se diante de toda encruzilhada. Ouvia os pobres conversando entre eles, arrancava jovenzinhas de bordéis, visitava leprosários e párocos pobres. Perguntava a senhoras ricas quantas varas elas pagavam pelo veludo e quantas varas eram necessárias para fazer um manto. Ele não trocara de camisa desde sua ordenação. Tinha uma ferida aberta no flanco esquerdo mas ninguém estava autorizado a olhá-la. Sua irmã cozinhava toda a sua comida, pois ele temia ser envenenado.

Roger Salhouse, o primo advogado de dama Cecily, ao passar a noite a caminho de Bury Saint Edmunds, confirmou boa parte disso, e acrescentou que Walter Dunford era um duro e astuto homem de negócios, e que até então ninguém encontrara um jeito de se haver com ele; mas que ele provavelmente iria se desgastar dentro de um ou dois anos. Enquanto isso, ele era extremamente popular, com os abonados louvando-o ainda mais alto do que os pobres, e acorrendo para ouvir seus sermões contra o luxo e a vaidade.

Um bispo desses, pensou dama Lilias, que se ajoelha perante os Cristos de beira de estrada, entenderá meu desejo de me tornar anacoreta; e um servidor tão engenhoso não falhará em compreender esse pedido. A paciência dela começou a ganhar tração. A paciência era um mérito mais fácil sob Touro, quando o frio não impele as pessoas à lareira crepitante. Dama Cecily gostava de ouvir os pássaros cantar, e durante o recreio ela e dama Lilias sentavam no pomar, a freira que enxergava tramando seda das mãos da freira cega. Dama Cecily ouvia os pássaros e dama Lilias pensava em sua cela e se perguntava qual direção sua janela defrontaria. Ela ainda mantinha a palavra de não falar sobre seu chamado.

Um bispo desses, pensou Sir Ralph, vai soprar como o vento leste através de Oby. Porque com nossas dívidas e nossos jantares nós certamente sentiremos a extremidade admonitória de seu báculo. Mas um bispo desses, que tem a austeridade em tão alta conta, estará mais inclinado a favorecer dama Lilias, mesmo que apenas como um tapa no rosto dos restantes do estabelecimento.

A prioresa também pensava sobre o novo bispo; e entre considerações de maior peso ela recordou-se de sua carta ao bispo Giles a respeito da vocação de dama Lilias. O bispo anterior a teria lido de bom grado, mas este poderia não ser tão receptível a seu descrédito do tipo de freira que ouve vozes, especialmente se acreditasse que ele mesmo havia passado voando sobre uma feira. Mas lá se quedara o irmão Baltazar, mirando o pacote na mão dela e pronto para contar ao mundo que a prioresa de Oby escrevia cartas a um certo bispo Giles que um certo bispo Walter não podia ler, e portanto ela o deixara levá-lo. Como fora tola! — qualquer mulher com o juízo em dia teria dito que o pacote continha uma receita de febrífugo. Mas quando a resposta do bispo Walter chegou foi quase como se o bispo Giles, aquele homem prudente, a houvesse escrito. Para que uma freira abandonasse o convento e se tornasse anacoreta, escreveu ele, exigia-se uma vocação tão firme e dons tão especiais de espírito que ele não poderia ponderar sobre o pedido sem mais provas e uma entrevista pessoal. Ele trataria disso quando visitasse a casa de Nossa Senhora e São Leonardo, o que se propunha a fazer, se Deus quisesse, antes da Festa de São Miguel e Todos os Anjos.

O lago de peixes

(julho de 1374 – setembro de 1374)

Mais cedo ou mais tarde, todo mundo tem sua vez. Durante aquela primavera e aquele verão as freiras de Oby notaram que a prioresa estava fazendo de dama Alice sua favorita. Dama Alice notou-o ela mesma: tinha olhos aguçados. Havia uma certa agudeza em sua gratificação também. Ela era freira de Oby desde 1358, sempre alegre, sempre obediente, e com seu marzipã trazia um modesto lucro: parecia-lhe que já era hora de seus méritos serem reconhecidos. Talvez os méritos pudessem ter sido reconhecidos de modo mais lisonjeiro. Por mais que alguém possa se gabar de ser prático e sensato, gostaria (nem que só para variar um pouco) de ser louvado por algo mais celestial. Mas a prioresa continuou a expressar seu prazer diante do bom senso, do candor e da falta de imaginação de dama Alice, portanto dama Alice continuou a manifestar senso comum e falta de imaginação.

Dama Alice foi a primeira freira a ficar sabendo que o bispo havia fixado a segunda semana de setembro como a data de sua Visita.

"O que nos dá nove semanas para nos prepararmos, madre querida."

"Acho que precisamos recebê-lo com bastante modéstia. Dizem que ele é muito austero. Se ele parecer vexado, sempre podemos explicar que estamos vivendo na pobreza por causa de nossas dívidas."

Dama Alice disse, concordando: "Ganso?".

"Ganso, creio que sim. Ganso recheado. E um pouco de peixe, algo do nosso próprio lago de peixes. E uns ovos doces com creme batido. E nosso marzipã, é claro. Se ele disser que é demais podemos explicar que se trata apenas do que o solar fornece. Na verdade, melhor seria dizermos logo de pronto que é tudo feito em casa, nada comprado fora. E o coro precisa se concentrar em cantar alto e pronunciar bem as palavras, pois dizem que ele é bastante surdo."

"E Sir Ralph?"

"Sim, é preciso arrumá-lo. Mas ele aparenta mais credibilidade agora que seus cabelos estão tão grisalhos."

Após uma pausa dama Alice disse: "E a viúva Figg?".

Embora ela houvesse mantido o tom de voz, e dito nada além do que as outras poderiam ter dito, um som de alarme soou através de suas palavras. A prioresa corou raivosamente, mas disse com uma risada: "A viúva Figg é uma estipendiária, então podemos mantê-la em um armário até que ele vá embora".

Ela começou a falar das dívidas delas de novo — mais filosoficamente do que de praxe — dizendo que não eram piores do que as dos outros, e que elas tinham o pináculo para mostrar, que era mais do que a maioria das casas podia apresentar como atenuante. Elas caminharam para cima e para baixo à luz do sol, salpicadas pelas sombras das andorinhas-roxas caçando ao redor do pináculo, e nada mais se disse a respeito de Sir Ralph e da viúva Figg. Mas quando o sino soou e elas se voltaram na direção da porta do coro, dama Alice exclamou: "Não diga que não a avisei, madre querida!".

O que a mulher queria dizer era demasiado simples. Um bispo novo em folha que dormia sobre palha certamente se ofenderia com um padre de convento que vivia em fornicação com a estipendiária do convento. Seria uma revelação danosa. Mas quem estava pensando em revelar alguma coisa? Ela não tinha sequer uma freira que não fosse boa e leal — ou dama Lilias o era? A ira fê-la pular no lugar ante a ideia de dama Lilias justificando seu desejo de deixar Oby por causa de histórias contra Sir Ralph. Mas dama Lilias dependia do testemunho de Sir Ralph, não podia ao mesmo tempo invocar sua defesa e denunciar sua incontinência. Será então que dama Alice o era? Dama Alice era uma freira de Dilworth, e uma mulher de baixa extração. Freiras importadas nunca são confiáveis. A prioresa recordava-se — e se enregelava diante da recordação — de como fora surpreendente ver dama Alice levantar-se do cabido, pôr as mãos na velha prioresa e impedi-la de agredir dama Johanna. Mas isso se dera havia muito tempo; e desde aquele dia dama Alice nunca surpreendera ninguém, sabendo, se é que uma freira alguma vez soube, em que lado seu pão tinha recebido manteiga, e evitando dissabores como um gato evita poças d'água. Não foi para evitar dissabores que ela levara embora a prioresa?

Argumentando com e sem confiança a prioresa chegou a duas certezas: a de que deveria questionar dama Alice, e a de que temia fazê-lo. A afronta da segunda certeza espicaçou a velha mulher a agir. Dama Alice foi convocada.

"Feche a porta, minha filha. Anteontem você me disse que não esquecesse que havia me avisado. Contra o quê?"

"Estávamos falando sobre a vinda do bispo, madre querida."

"Estávamos. Falamos sobre nossas dívidas, e sobre um ganso recheado. Talvez você apenas estivesse me avisando que um ganso seria forte demais para o estômago do bispo?"

"Não", disse dama Alice. "Falava de algo mais gordo do que um ganso."

A prioresa engoliu em seco.

"De algo mais gordo do que um ganso", dama Alice repetiu, erguendo a voz, "e de alimentação mais imunda. Eu estava falando de Sir Ralph e da viúva Figg."

A prioresa meteu as mãos nas mangas, pois estavam tremendo. A martelar dentro dela havia um indesejado medo de menina, um medo tal como ela não havia sentido desde aquelas noites em que fora atirada na mesma cama em que estava um homem nu, peludo e raivoso. Na ocasião ela gritara e lutara. Agora estava sentada quieta, e disse:

"Não falaremos mais sobre eles. A ninguém. Estamos entendidas?"

"Falar sobre eles? Eu não! Mas, madre querida, a senhora supõe que nós, suas pobres e fiéis freiras, somos as únicas pessoas que podem falar sobre eles? Se o bispo Walter ainda não ouviu falar disso, irá em breve. Quanto mais próximo você está da terra, mais rápido ouve essas histórias. E o bispo é apenas o filho de um fabricante de velas, a senhora sabe. Ele é um tipo de pessoa muito mexeriqueira e de família ruim — como eu, madre querida."

Ela se deteve, observando essa flecha acertá-la. Feito um animal que corre desabalado quando fareja o sangue de sua presa ela mostrou os dentes e exclamou com selvageria: "Somos pessoas simples, o bispo e eu. Pensamos como pensa a gente comum que somos. Não temos paciência com padres fornicadores e suas rameiras!... Eles farão recair a vingança de Deus sobre a casa", sussurrou. Ela persignou-se com a mão trêmula. Seus olhos arregalados encaravam disparando do rosto redondo.

A prioresa pediu que ela sentasse. Por ora era tudo o que podia fazer. Sua compostura vacilou ante a afirmação da moralidade parental que dama Alice fazia a respeito de si e do bispo. Mas dentro daquela grande massa de carne cálida e oscilante persistia o hábito de governar, calmo como uma bússola em sua bitácula. Sob uma aparência de sofrimento digno ela se recompôs e começou a refletir.

Ela podia se dar ao luxo de descartar a indignação moral de dama Alice. A indignação moral em sua maior potência, a indignação de um bispo Walter, não podia de fato infligir mais do que algumas palavras duras, uma contribuição penitencial aos cofres diocesanos, e Sir Ralph sendo afastado para meditar sobre suas indiscrições, tal como o prior Thomas tinha sido, e depois, como o prior Thomas, repescado de novo para se tornar um crédito para a contrição benta. Os dentes da lei jaziam na chantagem de dama Alice sobre a vingança de Deus. Por ora, naqueles dias ruins, não era apenas o papa que podia impor uma interdição: as pessoas podiam fazê-lo elas próprias. Primeiro vai-se o cozinheiro, e então os ajudantes seguem o cozinheiro; piamente retirando-se da proximidade de um Deus vingativo os trabalhadores começam a escassear, o campônio abandona a eira, o estofador usa de desculpas para não ir consertar o telhado; a colheita não é recolhida, as ovelhas não são tosadas, os bezerros não são capados; e dentro em breve as dívidas não são pagas, as noviças são desencaminhadas e os agiotas exigem seu capital. Só um estabelecimento de solvência indubitável, uma casa erguida sobre a pedra, pode se dar ao luxo de desconsiderar rumores sobre a vingança de Deus. E Oby não tinha solvência.

Por outro lado, Oby não era de maneira alguma tão insolvente a ponto de permitir que um padre incontinente pusesse a casa abaixo.

As moscas zuniam, e dama Alice ofegava. Sua explosão a havia deixado sem fôlego. Ela ofega como um cão, pensou a prioresa: como um cão raivoso. Talvez essa fosse a explicação de seu comportamento extraordinário, e da perturbação não menos extraordinária que a própria prioresa sentiu; pois instintivamente teme-se a loucura. A prioresa deu-lhe uma olhadela esperançosa. Um relance em dama Alice foi suficiente para afastar qualquer esperança. Dama Alice estava tão perto da loucura quanto um pernil de carneiro. E mais, ela tinha visto a olhadela. A situação de repente apresentou-se à prioresa sob uma nova luz. Via-a como algo cômico. Com isso, sua coragem voltou, e ela sentiu-se segura de sua próxima jogada. Já que dama Alice havia se tornado a porta-voz da gente comum, que é porta-voz de Deus, ela deveria ser tratada como tal. Vozes, pensou a prioresa, podem ser caladas.

Ela olhou para cima, e suspirou adequadamente.

"Hm, hm. É uma coisa triste, minha filha. Se chegar ao conhecimento dele não podemos esperar que o bispo desconsidere."

"Não espero que Deus desconsidere."

"Não, de fato. Isso seria uma impiedade. Deus tudo vê e tudo julga. A posição de um bispo é um pouco diferente."

Dama Alice não produziu resposta.

"Sob muitos aspectos eu deveria lamentar perder Sir Ralph."

"A senhora lamentaria perder a viúva Figg?", inquiriu dama Alice em uma voz de trêmula insolência; e prorrompeu em lágrimas.

Um castelo que parlamenta e uma mulher que escuta estão ambos prontos a ceder. A prioresa conhecia esse ditado, e com frequência provara sua verdade. Desconsiderando os soluços e as fungadelas, lançou-se em um relato sobre as finanças do convento e sobre por que naquela conjuntura seria inconveniente despedir Magdalen e abrir mão do que restava do dinheiro dela.

"Se fosse uma mulher saudável seria diferente. Mas ela tem o pescoço inchado, ela desmaia, ela revira os olhos como uma sonâmbula. Qualquer coisa pode dar cabo dela."

Dama Alice sem dúvida tinha começado a ouvir.

"Pessoas como a senhora e o bispo Walter podem até desprezar essas ponderações. Estou certa de que eu mesma ficaria feliz em desprezá-las e reservar minha mente a ponderações sobre o céu e o inferno e assim por diante. Mas não podemos todos ser santos. Alguns de nós precisam ser servos. Onde a senhora supõe que Oby estaria se eu fosse dada a cair de joelhos toda vez que acontecesse algo que chama a vingança de Deus?"

Dama Alice tinha parado de chorar, e lambia pensativamente o sal de seu lábio superior.

"Eu sou como um homem perseguido por um urso", disse a prioresa, "e que carrega doze criancinhas nas costas, e uma varejeira pousa em seu rosto. Ele gostaria de espantar a mosca, mas como poderia? — se com ambas as mãos ele sustenta as crianças, e se parar para pôr as crianças no chão o urso vai alcançá-lo. A senhora supõe que eu gosto de ter este escândalo na minha casa? Supõe que sou tão devotada a Sir Ralph que mantenho a viúva Figg aqui para agradá-lo? Supõe que eu não preferiria um padre novo em folha em vez desse glutão seboso? Mas quem é que vai pagar por ele, hein?"

A mulher que escutava escutou com mais força.

"Então a mosca me suga e eu sigo me arrastando. E deixe-me dizer, a viúva Figg não é a única ferroada que Sir Ralph me deu. Ele não nos dá um tostão, embora eu lhe tenha dito qual é a nossa situação, e lhe prometido juros consideráveis. E agora ele me aferroa em um novo lugar, e planeja sequestrar minhas freiras."

Levada pela própria eloquência a prioresa havia contado tudo a respeito de São Leonardo, dama Lilias e o dote antes de lembrar que aquilo era segredo. Mas o castelo tinha cedido; dama Alice mais uma vez voltava à falta de imaginação de sempre. A prioresa vedou a revelação com uma ordem de silêncio, e despachou a porta-voz de Deus com um afável "Não se esqueça, é um segredo nosso, minha filha".

"Um segredo nosso, madre querida."

Ao ficar a sós a prioresa se perguntou por que a princípio aquela entrevista tinha parecido tão portentosa. Na realidade ela havia se preparado para nada. Por muito tempo subestimada, de súbito favorecida, dama Alice estava sofrendo de nada além de uma indigestão de autoimportância. Melhor agora do que dois meses mais tarde, quando tudo isso pudesse ter sido vazado ao bispo.

Tendo dois meses até lá, dama Alice pensou: não há necessidade de pressa. Não vou fazer nada ainda, enquanto a memória dela ainda está crua. Se eu deixar um pouco mais ela vai esquecer que a ameacei, e só se lembrará da bênção que seria perder a viúva Figg. Então, quando a viúva Figg se for, ela irá agradecer a Deus por isso, e não fará perguntas. Aliás, foi ela mesma quem me instou a isso. Não foi ela quem a chamou de varejeira, e falou sobre morrer? Dois meses... qualquer um podia morrer dentro de dois meses. Ela podia morrer subitamente, e em todos os seus pecados, e contudo não passaria do purgatório, se no último momento ela se lembrasse de invocar a mãe de Deus. Não quero mal à alma dela. E então o bispo virá e não fará mal a ninguém, tudo correrá tranquilamente. Não, ó Deus, como em Dilworth, aquele inferno na Terra!

Apenas caracteres excepcionais, ou muito imprudentes, assassinam por um motivo puro. Dama Alice tinha um séquito de motivos para desejar ajudar na morte de Magdalen — a palavra, assassinato, ela não admitia. Havia o motivo de ser espiritualmente estorvada — como poderia não cair em especulações impuras enquanto aquele exemplo de impureza estava sempre debaixo do seu nariz? Havia o motivo de evitar o escândalo — pois era bem verdade, ela de fato ouvira muitos comentários de cozinha, e embora até então houvessem sido muito indulgentes, a qualquer momento poderiam passar a condenações. Havia o motivo do novo bispo. Acima de tudo havia o motivo de preservar Oby de se tornar uma Dilworth. Mas com todos esses motivos para desejar Magdalen fora de cena, dama Alice não teria ido além do desejo não fosse a prioresa tê-la armado com aquelas palavras: "qualquer coisa pode dar cabo dela". E o que podia ser mais fácil para uma enfermeira senão simplesmente apressar a separação entre Sir Ralph e sua puta? A mulher era enfermiça, sempre se alegrava em tomar remédios. Dama Alice deixou o tempo balançar, os dias quentes se sucedendo um após outro como amoras silvestres, caindo de maduros, confundidos em uma doçura podre e negligenciada sob os pés. Todos os dias alguém, instado ou não instado, falava da chegada do bispo Walter; e dama Alice relanceava o olhar para a prioresa, e a prioresa comentava que elas precisavam começar com o pé direito. Em agosto dama Alice sentiu-se segura para sua primeira tentativa. Primeiras tentativas com frequência fracassam. Assim foi esta. Assim foi uma segunda, e uma terceira. Era como se Magdalen Figg, misteriosamente vidente no que dizia respeito ao clima, tivesse um poder similar de farejar a morte em uma bebida.

William Holly agora vinha todo dia para consultar seu oráculo, e seguia os conselhos dela, embora fazê-lo acabasse por forçar sua fé. Apesar do intenso calor modorrento, das noites sem orvalho e das estrelas e nuvens baças que se agitavam toda tarde, Magdalen continuou a assegurar a ele que ainda não ia chover. Muitos dos cultivos no campo grande já tinham sido colhidos, pois apesar da reputação de Magdalen os ceifeiros não queriam acreditar nela. Mas o milho do solar havia sido deixado para amadurecer ao máximo, e pilhas dele ainda se faziam ver no campo, robustas como castelos.

Dama Lilias era a única freira que não reclamava do calor. O clima que era como um transe, os meios-dias enormes e sem agitação que jaziam na face da Terra assim como uma cobra se banha ao sol em um atalho na estrada, o hálito quente do trigo que enchia o ar ao crepúsculo tal como se saído do forno de um padeiro haviam-na conduzido a uma muda aquiescência. Ela parara de esperar, de se inquietar, de rezar. Ela aguardou. O alvoroço sobre a Visita não tinha mais relevância para a vinda do bispo do que o cheiro de mulheres cálidas que estava sempre nas narinas dela tinha a ver com a trajetória do sol lá em cima. Esse plácido estado prenhe em que ela havia recaído foi um alívio para Sir Ralph, que sentia o calor agudamente, e teria achado difícil consolar qualquer alma perturbada naquele momento. Seu quarto perto do portão, no inverno frio como uma jaula, estava quente como uma fornalha. Ele fugia portas afora, deitava-se sob os salgueiros do lago grande, deixava correr a mão na água tépida. Os mosquitos o teriam afugentado, mas ele levava consigo o braseiro e um feixe de caules de lavanda. Por serem caules frescos daquele ano, queimavam lentamente e desprendiam forte odor. Um homem gordo sufocando sob o signo de Leão e carregando um braseiro ardente: ele devia parecer o emblema da Fatuidade, disse para si mesmo; mas por muitos anos agora não importava como ele parecia, ele era familiar como um marco de estrada. Às vezes Magdalen se esgueirava através dos salgueiros e se deitava ao lado dele, sob o pretexto de estar à procura de galinhas extraviadas, ou de recolher a menta silvestre cujo cheiro mantém as moscas longe da despensa. Ela balançava os pés na água para lavar a poeira e a palha que o suor havia colado neles, e às vezes carregava um punhado das pequenas trepadeiras que são como estrelas cor-de-rosa e cheiram a amêndoas. Embora estivesse quente demais para o desejo ele gostava de tê-la a seu lado, falando vagarosamente sobre lugares-comuns; pois a vida em um convento a havia ensinado a falar, embora no pomar de Jesse ela tivesse sido tonta como um peixe. Como todos os demais ela estava obcecada com a chegada do bispo. Ela iria ajudar nisto e supervisionar aquilo. Dama Lilias tinha lhe pedido que triturasse o áster seco que iria ser espargido na cama do bispo. Na manhã do dia seguinte ela e dama Alice levariam água para reabastecer o lago de peixes: já estavam jogando pão para as carpas duas vezes por dia, a fim de que estas ficassem com um gosto bom ao serem levadas à mesa. Haveria um prato de carpas além do ganso recheado e dos ovos doces, e ela provaria tudo isso, e uma boa visão do bispo, trajando o capuz preto dela. Perto de uma virgem uma viúva tem a aprovação dos céus, conforme ela ouvira no sermão do seu casamento em Wivelham.

"Uma viúva virtuosa", ele acrescentou mecanicamente.

"Eu vou usar meu capuz preto", ela repetiu, fitando-o com olhos cor de lama. Não havia mais censura neles do que na água que corre tão delicadamente, e de súbito o coração dele o castigou, não pela injúria que havia feito a ela, pois de fato ela parecia irreprimível como a água, mas por causa da simplicidade dela. Em suas horas com ela, ele tornara-se capaz de falar sem medo nem supervisão das palavras, e agora se ouvia pedindo que rezasse por ele. Ela prometeu que assim o faria. Ela falou em sua voz plácida habitual, e ele bem poderia estar lhe pedindo que costurasse um botão. Contudo ele podia ver o prazer se movendo debaixo daquela sua pele lamacenta feito o sol através da bruma.

Depois que ela se foi ele se quedou olhando para a relva afofada onde ela havia ficado, e apreciando a sensação que deixara com ele: a sensação de ser um filósofo e um homem dono de si. O ninho de uma toutinegra veio rodopiando rio abaixo. Estava tão seco que flutuava feito um barco de vime e conforme rodopiava para fora de vista ele perguntou-se se iria chegar tão longe quanto a Waxelby, e quanto tempo a viagem duraria, e se lá apareceria antes de o bispo fazer sua portentosa entrada em Oby. Mas ele não temia o bispo Walter. Quando um cão dorme por tantos anos no mesmo lugar ninguém arrisca perguntar se ele tem pedigree. O ninho saiu de vista e Sir Ralph caiu no sono. Quando acordou teve a impressão de que alguma coisa afortunada acontecera, e logo depois ele o atribuiu ao fato de que Magdalen estaria rezando por ele. No caminho de volta deparou-se com ela. Parecia assaz perturbada e caminhava apressada, feito um ganso que farejou uma raposa atrás da sebe.

"Sinto que a água está subindo", disse ela. "Preciso contar a William."

Nenhuma das duas noviças Frampton (remessas de Arbella) havia ainda posto os olhos em um bispo. Destinadas desde o berço à vida religiosa elas haviam permanecido em casa à retaguarda de uma longa família enquanto suas irmãs mais velhas eram levadas a missas e banquetes solenes. Agora as duas importunavam dama Philippa com suas expectativas. Ele chegaria a cavalo ou em uma liteira? Teria uma joia no sapato? Traria seu melhor báculo? Ele iria se tornar um santo? Ele dormia de luvas? Faria delas freiras? Não, absolutamente! Nenhum bispo daria o véu a garotas que derramavam a sopa e esqueciam metade dos santos do calendário, respondeu ela em admoestação. Impassivelmente a mais nova perguntou se o bispo iria bater com seu báculo no barril de carne de porco tal como São Nicolau tinha feito. Nada provável, disse ela, virando-se para sorrir. Pois as freiras mais jovens viam com diversão a azáfama que sua prioresa fazia acerca dessa Visita, e riam entre elas de dama Alice transportando baldes de água para reabastecer o lago de peixes e de dama Dorothy soprando o pó das imagens e de dama Helen e dama Margaret correndo com lábios comprimidos para aliviar-se de seus fardos com dama Cecily. Atormentada por uma incessante dor no rosto dama Cecily agora passava a maior parte do tempo na enfermaria. Mas sua curiosidade restava atiçada. Embora ela estivesse sujeita à habitual calamidade dos acamados, de ser visitada apenas por tédios, ela gostava de ouvir o que andava acontecendo, e qualquer coisa que pudesse criar uma imagem suscitava-a a fazer pergunta após pergunta. Agora ela perguntava como dama Alice carregava a água. Carregava-a em uma canga? Elas responderam que a viúva Figg ia com ela, carregando o segundo balde.

"Entendo. E então elas ficam na beirada, esvaziando os baldes a um braço de distância para não respingar a água. E os peixes, mostram a cabeça em gratidão?"

"Acredito que não. Dama Alice não disse nada a esse respeito."

"Ela está brincando, dama Helen. Devo dizer que isso me parece um grande desperdício de água, pois elas o fazem duas vezes por dia. Mas quando sugeri isso à nossa prioresa ela saiu bufando e disse que dama Alice sabia o que estava fazendo. Pensei em dizer 'Então por que ela nunca fez isso antes?', porque já tivemos outros períodos de seca, você sabe. Mas agora parece que não tem como dama Alice errar."

"Sabe o que eu acho que é? Acho que é um plano, e que a própria prioresa o inventou, um plano de manter a viúva Figg fora do caminho do nosso padre, a fim de que ele seja preservado de incorrer em pecado até que o bispo venha e parta. Dizem que esse bispo é notavelmente perspicaz. Qual santo era mesmo, dama Cecily, aquele tão casto que podia sentir a impureza como se fosse queijo? Era São Tomás Becket? Não queremos que isso aconteça aqui."

"E a viúva Figg está usando sua bata fulva?"

"Ah, não, está quente demais para isso. Ela está usando uma bata de tecido cinza e andando descalça. O mormaço só aumenta a cada dia. Quando a tempestade chegar ficará terrível."

Dama Cecily viu com a sua mente o andar descalço daqueles acostumados a andar sem sapatos; os dedões espalmados, poderosos como dedos das mãos, a agarrar-se no solo, espalhando o ouro dourado da camomila, contorcendo-se ao lado de um cardo. Enquanto isso dama Helen estava comentando em sua voz mais oracular:

"Às vezes acho que a tempestade não virá até recebermos o bispo."

Para dama Cecily elas não podiam dizer sobre o clima nada que os próprios sentidos dela não poderiam dizer com mais lucidez, e sua imaginação voltou aos pés descalços de Magdalen Figg e o chão que pisavam, aos borrifos de pó, aos monturos de conchas de lesma partidas ao redor da pedra dos tordos, e às sombras das duas carregadoras de água a conversar. De repente a conversa delas mostrou-lhe uma nova imagem.

"Eu nunca vi ninguém com tanto medo."

"Ela tem medo de tempestade."

Estavam falando de dama Adela. O semblante de dama Adela foi uma das últimas coisas que a visão de dama Cecily havia capturado do maçante caldo em que seu mundo estava se dissolvendo. Quando a garota se via perdida seu queixo despencava, e isso imprimia ao seu rosto florido a adicional vacuidade de uma flor, de uma rosa tão bem expandida que em um instante uma pétala poderia cair.

"Lá ela ficou com a boca aberta, pasma. E quando toquei nela para lhe dar um chacoalhão, ela se enregelou de medo. Com frio nesse calor! Disse a ela que rezasse para Santa Bárbara, que pedisse a Santa Bárbara que tomasse nosso pináculo em sua proteção. Não ficarei nem um pouco surpresa se um trovão levá-lo abaixo."

"Dama Adela está bonita como sempre?", a freira cega perguntou.

"Sim, acho que sim", disse dama Helen, e no mesmo instante dama Margaret disse: "Não, não! Longe de estar tão bonita. Os dentes dela estão começando a apodrecer".

"Bem, a meus olhos, ela ainda é bonita. Embora ela se estrague caminhando no sol e criando sardas."

"Sim, e agora está emagrecendo."

Por fim elas concordaram que dama Adela não era mais a beldade que tinha sido, e que ao chegar aos vinte e cinco anos estaria definitivamente abatida. Dama Margaret acrescentou que ninguém poderia esperar conservar a própria beleza naquele clima de Oby; o máximo que se podia esperar era conservar uma expressão prazenteira.

Depois de se afastarem dama Cecily começou a desprezar a si mesma pela diversão que sentira com elas. Enquanto ela era dotada de visão preferira qualquer coisa a desenhar caricaturas e grotescos; e talvez fosse por isso que Deus a cegara. Ela tentou conservar na mente a beleza que seu olho corporal havia desprezado, mas não adiantou muito: a recordação da amabilidade de Adela quando noviça oscilou diante da imagem de dama Margaret mantendo uma expressão prazenteira. Ela continuou tentando tomar fôlego, às vezes abanando um galho de sabugueiro para afugentar as moscas. Com culpa — pois não há sensação de culpa mais abjeta do que aquela que nasce de recorrentes acessos de dor — ela sentiu outro arroubo da sua dor na face acometê-la. Se tivessem sido capazes de encontrar qualquer mitigação ela não se sentiria tão culpada; mas nada resolvia, nem tisanas nem unguentos nem a extração dos dentes nem a mudança de estação. Persistia como um pecado original, e a maior bondade que podiam fazer era ignorá-la.

Ela abanou o galho na direção do som que as moscas faziam e tentou direcionar os pensamentos para outro lugar. Pobre dama Adela! — tão amável, tão estúpida, e tão temente a trovões. Já durante dias ela estaria se arrastando para lá e para cá na agonia da apreensão: aguçando os ouvidos para o primeiro ribombar do trovão, sobressaltando-se aterrorizada se a luz do sol calhasse de refletir em uma superfície iluminada, uma tigela de água ou uma chave pendurada. É claro que ela esperava que a trovoada atingisse o pináculo, e a referência a Santa Bárbara aumentaria a apreensão até se transformar em uma certeza — assim como a ideia dos olhos de Santa Lúcia em uma baixela fazia repuxar as órbitas da própria dama Cecily.

O ar estava sufocante como sempre, contudo alguma coisa fazia-a crer em uma diminuição da luz. Nuvens deviam estar cobrindo o sol. Ela ouviu os homens no campo gritando uns com os outros, cães latindo, o ranger de eixos. Os sons eram como imagens em um saltério, brilhantes e minúsculos. A excitação ressaltava-os como uma folha de ouro. Abaixo da janela ela ouviu os tons lentos e queixosos da viúva Figg, e o timbre mais agudo de dama Alice a responder: "Não, não! Ainda não. Ameaça e depois passa, assim como ontem. Não vou permitir que meus pobres peixes sejam espoliados".

Ela ouviu-as voltar do poço com os baldes tilintantes e dirigir-se para o lago de peixes. Ao longe, tão longe que parecia haver alguma coisa suspirando dentro do quarto, ouviu-se uma longa exalação de som. Podia ser um trovão, podia ser um golpe de vento. Uma porta se fechou.

Embora fosse cega ela viu o primeiro relâmpago. Tinha atravessado seus sentidos e a deixado ofegante antes de ouvi-lo confirmado pelo grito lamentoso de dama Adela, e pelo retumbar do trovão acima. A casa começou a ressoar com passadas, perguntas, ordens, exclamações. Houve mais um atemorizante ribombar, e a chuva caiu em torrentes. Uma voz em algum lugar fora da edificação gritou: "Ajuda! Ajuda! Aqui — no lago de peixes".

Elas caíram lá dentro, pensou dama Cecily. Aparentemente ela fora a única pessoa a ouvir os chamados de dama Alice. Uma obrigação de compaixão sobrepujou o seu divertimento, ela foi até a porta e disse para alguém de passagem que dama Alice parecia estar no lago de peixes, e precisando de ajuda. Os passos se interromperam. Houve uma pausa, uma respiração, e a prioresa exclamou em uma voz alta e aguda: "O que foi que você disse?".

"Dama Alice, madre querida. Eu a ouvi pedindo *ajuda*. Acho que ela deve ter caído no lago de peixes."

Sem responder, a prioresa saiu caminhando devagar. Dama Cecily supôs, mas sem muita surpresa, que havia dito a coisa errada: tais equívocos tinham sido frequentes desde que ficara cega. Ela permaneceu à espera de que alguém mais passasse por ali, pois sua dor no rosto tinha amainado, e ela teria gostado de discutir a tempestade. Mas havia apenas uma algaravia de vozes, pedindo panos e vasilhas para a chuva que estava caindo através do teto do dormitório, e dama Margaret a dizer: "A prioresa! Onde está a prioresa! Precisamos perguntar a ela o que fazer".

A prioresa tinha saído pela porta lateral e ganhado a trilha de sebes que levava ao lago de peixes. Ela caminhava lentamente, calcando os pés com deliberação no atalho empoçado. Ela estava tão gorda e as sebes tão crescidas que teve de dobrar o véu e as saias à sua volta para conseguir passar.

"Socorro! Socorro!"

Dama Alice agachou-se ao lado do lago de peixes, inclinando-se para a frente como se estivesse puxando um peixe enorme. Mas eram os pés de Magdalen que ela estava segurando junto ao peito, e o resto de Magdalen jazia com o rosto embaixo d'água. Agarrando os pés de Magdalen como se em um transe de oração ela olhou para a prioresa e continuou a gritar. Sir Ralph, abrigado debaixo da nogueira, ouvira os gritos, dizendo a si mesmo que dama Alice gritava da mesma maneira como cantava — com sincera eficiência e sem um único traço de sensibilidade.

Por um minuto ou dois a prioresa olhou para dama Alice. Ela queria ir embora e deixar que a mulher prosseguisse com aquilo; mas não podia se dar ao luxo de abster-se uma segunda vez. Ela inspirou profundamente, curvou-se e desatou as mãos de dama Alice. Foi como se estivesse escancarando a fechadura de um grilhão. As pernas de Magdalen tombaram na água, sua queda propeliu seu corpo um pouco mais adiante da beira do lago. As ondas se espalharam e se desfizeram, as gotas de chuva a salpicá-las. As mãos de dama Alice se apoiaram com força na relva molhada. A prioresa tomou consciência de que ela tinha parado de gritar. Em silêncio as duas olharam para o corpo de Magdalen que jazia, incomumente grande, incomumente imóvel, debaixo de quase meio metro de água.

A prioresa disse com profunda convicção: "Idiota!". Seu rosto se repuxara no riso de um bebê zangado, e ficou escarlate. Sem mais palavras ela se virou e voltou para a casa aos pisões.

Dama Cecily supôs que um novo surto de corridas e exclamações tinha sido causado por outro vazamento. Mesmo quando a porta da enfermaria se abriu e deixou entrar passos cambiantes e respirações pesadas, o barulho de água caindo que entrou com elas apenas corroborou essa suposição.

"Não sei por que a trouxemos para cá", disse a voz de dama Eleanor. "Sem dúvida ela está morta. Senhor, como pesa!"

"Ponha-a de rosto para baixo, assim, e me ajude a balançá-la. Não, não com tanta força. Devagar, como um berço." Era dama Lilias. "Onde estão os panos quentes?"

"Estão trazendo."

Água respingou no chão. De seu canto dama Cecily perguntou: "Quem morreu?".

Por um longo tempo dama Eleanor e dama Lilias labutaram sobre a mulher morta. O monótono ranger de tábuas e roçagar de roupas, o ritmo da respiração delas, o cheiro de lençóis quentes e vinho quente, tornaram-se calmantes como uma canção de ninar. Lá para o leste, agora sobre o oceano, o trovão rugia suavemente. De tempos em tempos as freiras falavam sobre Sir Ralph, perguntando-se quando ele viria fazer sua parte em relação à morta. A situação as constrangia, tomavam cuidado para falar dele apenas em termos profissionais. Apenas dama Dorothy, ao chegar para relatar que ainda estavam à procura dele, desabafou tudo o que elas estavam pensando, dizendo que sem dúvida ele agora ficaria louco de novo, uma coisa constrangedora para se superar quando o bispo era tão iminente.

A tempestade rompeu a estiagem. Mas pela manhã estava tão quente como nunca — um calor escaldante, opressivo. Tudo começou a dar errado. O creme azedou. A comida na despensa estragou. Portas empenaram. Áreas de mofo surgiram nas paredes. A casa foi invadida por hordas de formigas. Sentindo como se tivesse sido atingida na cabeça por um machado de guerra a prioresa navegou por essas variadas calamidades, ouvindo sobre cada novo desastre com a risonha paciência do desespero. Ela foi paciente até mesmo com dama Dorothy, que a perseguia por todo lado, dizendo que já que a viúva Figg tinha se afogado no lago de peixes seria impossível servir carpas ao bispo.

Todo relato de algo que dava errado, toda demanda, toda pergunta, terminava com um comentário sobre o infortúnio que era dama Alice ter escolhido essa conjuntura para fazer-se em pedaços. Pois dama Alice, prostrada pelo choque, havia se tornado tão inútil quanto Adela. Ela só fazia chorar, arranjar brigas, refazer de novo o que alguém já tinha feito e reclamar de dama Lilias — que tinha usurpado, segundo ela, sua função na enfermaria e faltado tanto com a viúva Figg que ela havia morrido. Pois como seria possível que alguém se afogasse no lago de peixes? Não era fundo o bastante para sufocar um cão. Mais e mais uma vez ela contou a história de como a viúva Figg, ofuscada pelo primeiro lampejo de trovão, emitira um grande grito, declarando que o inimigo estava em cima dela, e escorregara, e caíra dentro do lago de peixes, onde permanecera se debatendo, assustada demais para conseguir se ajudar, e pesada demais para conseguir ser puxada, embora dama Alice tivesse exaurido os braços tentando erguê-la. Então dama Alice arregaçava as mangas e mostrava os braços inchados.

Sua história e seus grandes braços eram de uma exuberância repugnante naquele tempo quente. Embora via de regra uma pessoa com uma história para contar seja popular, dama Alice não suscitou nada além de desgosto e afastamento; e porque ela expressava um forte desejo de ter uma audiência com a prioresa, apenas a prioresa podia compreender seus sentimentos e apaziguá-los, dama Margaret e dama Helen tomaram para si a tarefa de frustrar esse desejo. Dama Alice, sentindo-lhes a má intenção, e vendo-as ser chamadas com tanta frequência para consultar-se com sua Superiora, pôde chegar a uma única conclusão: que elas haviam ouvido a verdadeira história da morte de Magdalen.

Pela primeira vez em seu mandato a prioresa estava achando natural recorrer às duas freiras mais antigas em busca de apoio. A empatia delas não era mais larga do que um caixão — mas ampla o bastante para lá dentro se deitar. Por elas mesmas serem velhas e rígidas e ressentidas de qualquer desvio da norma, podiam entender alguma coisa — não tudo — do quanto lhe havia custado contar a Sir Ralph sobre a morte de Magdalen. Resfolegando, e com o rosto afogueado, ela havia cuspido o fato a ele — como uma ordem. "Afogada", ele dissera, arrastando a palavra como se jamais fosse chegar ao fim dela, como se a palavra em si fosse uma poça escura do regato Waxle que ele jamais sondaria até o fundo. "Afogada." Ela apressou-se a falar sobre o enterro e as missas fúnebres. "Afogada", disse ele mais uma vez; e era quase como se ele falasse com algum tipo de assentimento e aprovação.

Trata-se de uma velha observação que os afogados nunca se afogam sozinhos: eles levam algo junto com eles; se possível o pretenso salva-vidas, se não ele, então um junco, um punhado de turfa, um punhado de gelo. Magdalen Figg havia levado consigo a única sentimentalidade da prioresa: seu senso de afinidade com os mais jovens. Completamente velha, ela se quedava no limiar de Oby para receber o bispo Walter.

Mas na idade dela é preciso mais do que um choque e alguns dias de autocensura para alterar o longo hábito do corpo. Dizendo a si mesmo "Então a senhora é a prioresa Matilda!", o bispo Walter viu o que ele estava preparado para ver: uma velha corpulenta cujos ares, ao mesmo tempo imperiosos e joviais, faziam-na parecer mais talhada para dirigir um bordel do que um mosteiro. Enquanto isso para as noviças Frampton parecia que o próprio São Nicolau havia chegado a Oby. Dama Cecily, presente com as demais, logo foi capaz de formar uma imagem mental de exclamações sussurradas tais como: "Um bispo saído da Lenda Áurea!" — "Quanta dignidade em um homem tão pequeno!" — "Minha nossa, não permitam que ele se molhe!". Fungando, dama Lilias ao lado dela perguntou em tom baixo: "Como ele é?". "Branco como um cardo" foi a resposta. A voz do bispo, no entanto, era inesperadamente ressonante. Era uma voz dourada, assaz melosa, com uma entonação cantarolante. Intrigava-a o fato de soar tão familiar até que ela reconheceu que tinha muito em comum com o canto de dama Alice. Durante o *Te Deum* ela foi capaz de ter certeza disso, pois dama Alice cantou alto e docemente. Alto demais, na verdade, e por demais docemente — mas se isso sinalizava que ela tinha se recuperado de sua tempestade de nervos então elas podiam ficar felizes. Em meio a todo o tumulto dos preparativos finais havia circulado um medo não manifesto de que dama Alice viesse a fazer alguma cena diante do bispo; mas à sua chegada ela se fez útil e alegre, como de hábito.

O jantar, pensou dama Lilias, correu muito bem — com exceção de ter sido abundante demais. O bispo chegara com um séquito inesperadamente pequeno: dois secretários, seu capelão e um criado pessoal. Mas o excesso de comida foi destinado aos pobres a fim de que não fosse desperdiçado. Imediatamente após o jantar o bispo alçou-se com agilidade para dentro do cabido e pôs-se ao trabalho.

Lá fora a chuva caía, uma chuvinha persistente. Lá dentro, o bispo fazia perguntas em uma voz de persistente doçura. Seus dois secretários sentaram-se ao lado dele, a escrever sem parar, e ademais ele próprio tomava notas. Suas perguntas entravam nos mínimos detalhes, e cobriam tudo: o número de vestimentas, sua idade e estado de conservação; o número de vacas, e quantas delas estavam em época de ordenha; o número de criados da casa, seus salários e emolumentos; o estado dos livros do coro e das cubas da cervejaria; o que fora feito das roupas velhas das freiras, com que frequência as freiras faziam sangria, com que frequência suas cabeças eram tonsuradas; quantas fogueiras eram acesas durante o ano, quantas esmolas eram dadas no postigo, quem consertava os tonéis, que precauções eram tomadas contra incêndios. Ao chegar ao tema das rendas e gastos as perguntas se ramificaram e se tornaram ainda mais inquisitivas. Os livros contábeis e todos os documentos de negócios mais recentes foram deixados à sua disposição; mas de tempos em tempos havia outros que ele desejava examinar. Enquanto estes eram apanhados ele permanecia com a cabeça apoiada nas mãos, o belo cabelo branco se agitando às correntes de vento que flagelavam o cabido; mas no momento em que o novo documento surgia ele saía de sua abstração com um sorriso e começava mais uma vez a fazer perguntas, gentilmente, educadamente, pacientemente. Tal interrogatório era impressionante mas não intimidante. Ele era tão lúcido, tão metódico, que cada monja sênior saía do exame com a sensação de que tinha transmitido um bom relato de seu ministério, enquanto os ouvintes sentiam que estavam auxiliando em um tipo muito refinado de atuação. Foi só quando a sessão foi suspensa que as freiras perceberam como estavam cansadas e como seus membros doíam, tal como se tivessem feito algum exercício violento e incomum.

A ceia foi posta no quarto da prioresa, uma ceia adequada — leve mas tonificante — para um velho frágil. Mas ele a recusou com pueril simplicidade, dizendo que estava com sono, e foi para a cama levando pão e leite. Rosado e revigorado como uma criança ele reapareceu para oficiar o turno da noite, embrulhado em uma túnica de lã branca.

Seu capelão e seus dois secretários falavam dele quase com adoração. Tiveram mais tempo para deixar escapar tais confidências no dia seguinte, pois após passar a manhã com os livros contábeis ele ficou a sós no cabido recebendo uma freira por vez para a audiência privada.

Quando dama Lilias entrou pareceu-lhe que carregava consigo toda a afobação de uma dona de casa e que não seria capaz de falar sobre nada além de gansos e cubas de cervejaria e do preço das amêndoas. Ele estendeu o anel gelado para que ela o beijasse. Quando ela informou seu nome ele recordou que ela era a despenseira, e fez-lhe uma espécie de palestra sobre a responsabilidade de tal cargo; só depois disso começou a remexer em seus papéis em busca das cartas que tratavam de sua solicitação para tornar-se anacoreta. Ela repetiu a história de sua longa melancolia, de como Sir Ralph lhe havia pedido que rezasse a São Leonardo, de como ela o fizera precariamente;

e de como o santo a derrubara ao chão e então lhe falara. Foi desconcertante ver o bispo tomar nota das palavras do santo. Mas as palavras de um santo, por mais memoráveis que sejam para quem as ouça, podem ser menos impressionantes quando ouvidas de segunda mão; além disso, ele era um homem velho, e tomava nota de tudo. Ele não manifestou surpresa nem descrença. Os santos falam com frequência, ele disse — com mais frequência do que são ouvidos. Ele contou a ela sobre sua irmã, uma freira em Barking, que duas vezes tinha sido procurada por vozes celestiais. Na primeira ocasião a voz avisou-a de que a torneira de uma dorna de vinho não tinha sido fechada adequadamente, de forma que o vinho estava sendo desperdiçado. Na segunda ocasião, quando sua irmã quebrara uma noz e dentro não encontrara nada além de pó e um verme branco e gordo, uma voz lhe havia censurado sua decepção exclamando: "Devia agradecer a Deus por essa imagem de uma boa freira!".

Sem alterar o tom de voz ele começou a questioná-la acerca de Oby. Ela admitia que era frequente haver conversas durante as refeições e depois das Completas, que às vezes as freiras comiam doces no dormitório, e futricavam, e diziam o nome de Deus em vão, e mantinham bichos de estimação. Ao responder àquelas perguntas a trivialidade das ofensas acometeu-a de tédio e melancolia; e quando ele perguntou se não tinha havido ofensas mais graves, nenhuma fornicação ou aborto, a voz dela foi quase de desculpas quando respondeu que nada disso havia acontecido até onde ela se lembrava.

A intervalos o bispo espirrava. Talvez ele tivesse apanhado um resfriado. Os bispos que visitavam Oby geralmente apanhavam resfriados. Ele tinha a aparência abstraída de alguém que se sente rondar por uma enfermidade. Ele estava sentado de lado para ela, o manto encolhido à sua volta, os olhos desviados.

"E você quer se tornar uma anacoreta. Por quê? De onde lhe veio essa ideia?"

Ela só podia dizer mais uma vez e com menos segurança aquilo que já tinha dito antes. Será que ele tomaria nota das palavras do santo mais uma vez? Em vez disso ele virou-se subitamente para ela e encarou-a com um olhar demorado e rígido. Ocorreu-lhe que ela tinha recebido um olhar parecido de Rei Matt, um velho mendigo lunático que ela servira no postigo. Parte da loucura dele era crer-se um monarca, e quando sua mão se agarrara à esmola ele encarara raivosamente com seus olhos injetados como se para reforçar sua ilusão de poder e majestade. Mas então o bispo sorriu, e perdeu toda semelhança com o Rei Matt. Em uma voz murmurante ele disse: "Quando Deus me der licença, eu também hei de buscar o eremitério", e dispensou-a.

Quando dama Philippa entrou depois de dama Lilias o bispo ainda estava rindo abstraído, tão perdido em contemplação que pareceu não percebê-la. Dama Philippa, uma freira de considerável astúcia, imediatamente disse a si mesma: Ninguém tem essa aparência à toa. Não posso me permitir criticar o que quer que seja.

Diz que tudo vai bem, anotou o bispo. *Obstinada e mentirosa.* Sua caligrafia ficava mais bonita conforme a desconfiança e a indignação ficavam mais intensas. Mesmo antes de aquela freira digna e honesta, dama Alice, lhe fazer seu relato ele suspeitara de que estava no meio de uma conspiração para pôr uma venda em cima de seus olhos. Nenhum mosteiro podia estar tão feliz de receber um bispo em Visita quanto esse mosteiro fingia estar. Aquele jantar; aqueles lamentos por demais flagrantes de que ele não houvesse trazido um bando de jovens clérigos consigo; aquela prioresa de cara vermelha, com suas recordações de todos os outros bispos que haviam dirigido a sé antes dele; aquelas pequenas noviças indisciplinadas, encarando-o como se ele fosse um macaco ou um unicórnio, até mesmo espiando à volta da porta do seu quarto... Onde estava a trepidação virginal, onde estava a vida mortificada? Onde o óleo? Era uma casa de Virgens Tolas, às quais faltavam prudência, propriedade, solvência. A contabilidade era escandalosa, e o padre — embora mais lamentável do que desprezível — realmente devia ser substituído por um homem mais jovem. Pois em sua determinação em acobertar seus passos dama Alice havia apresentado Sir Ralph como um homem bom e simples, esgotado por sua incessante luta para corrigir a leviandade de seu rebanho. Por ser tão simples ele tinha sido completamente tapeado por dama Lilias, que, repudiando até mesmo a leviana disciplina de Oby, havia inventado uma vocação para se tornar anacoreta. Mas ela parecia uma anacoreta? Mesmo a prioresa (continuou dama Alice) ficou a princípio chocada e incrédula; mas dama Lilias a havia convencido, prometendo que seus prados aquáticos e suas salinas à margem do rio Alde permaneceriam nas rendas do convento. Soterrada por dívidas, a prioresa havia cedido. Mas não era ultrajante que dama Lilias pudesse falar em *seus* prados aquáticos, *suas* salinas, tal como se ela nunca houvesse renunciado aos bens mundanos? Ela sempre fora assim, no entanto, nas coisas grandes e nas pequenas. Havia um pequeno pente que ela usava (o bispo notou o pente), e em uma ocasião em que dama Alice também fez uso dele, dama Lilias apanhou-o, ficou vermelha como uma alma no fogo do inferno e gritou: De quem são esses cabelos no meu pente?

"Ah, sou tão miserável entre elas como um pelicano na cumeeira!", exclamou dama Alice. O bispo respondeu apenas com um leve franzir de cenho; mas sem dúvida ele não gostava de freiras cultas. Ela continuou contando como as freiras a desprezavam por sua falta de instrução, e a julgavam talhada apenas para o trabalho na cozinha. "Trabalhar é o mesmo que rezar", respondeu o bispo, mas somente como alguém que diz Amém; não havia maldade nas palavras.

Aquela boa e simples mulher passou uma impressão quase simpática ao bispo, e ele notou e sublinhou o desejo dela de deixar Oby para ir a algum outro mosteiro temente a Deus onde pudesse viver tão despercebida quanto possível.

No terceiro dia ele foi embora. Falando sobre ele elas decidiram que não era tão notável quanto os rumores o haviam pintado, nem tão santo nem tão excêntrico — certamente não o tipo de homem que voa por cima de um mercado. Algumas horas depois de sua partida o vento mudou, o telhado baixo de nuvens se desfez em imponentes massas de vapor. Era uma pena que ele não tivesse visto o lugar em seu auge, com as nuvens singrando o intenso azul do céu e parecendo ter como destino o pináculo de dama Alicia. Era uma pena, também, que a segunda chave do cofre do convento só tivesse reaparecido logo após a partida dele, pois ele havia sido bastante implicante com o fato de estar desaparecida. Mas as coisas sempre correm desse jeito, e a Visita estava terminada e podia muito bem ter sido pior.

Sir Ralph saiu e parou debaixo do sol, suspirando, ouvindo a túnica desfraldar-se à sua volta. Ele supôs estar pensando em Magdalen até descobrir que era em Mamillion que estava pensando. Em um dia como aquele, o primeiro dia de outono, Mamillion teria se lançado em mais uma de suas perambulações. Em um dia como aquele o cego lorde de Brocton teria montado em seu cavalo e cavalgado pelos arbustos de amoras e as fileiras de feijões encharcadas, identificando os primeiros pelo cheiro de vinho quente e as segundas pelo fedor de decomposição. Magdalen tinha partido, e pouco restava. Contudo ele poderia reler o poema de Mamillion. A lady de Brocton havia lhe mandado uma cópia fazia algum tempo. Era escrito lindamente, ele não tinha desculpas para não o ler. Bem, ele o leria agora. Naquele inverno entrante o leria, fazendo-o durar. Então ele se lembrou de que precisava pegar de dama Lilias sua cópia das Geórgicas. Pobre mulher, o caso dela estava liquidado, não havia dúvida. Observar o bispo Dunford havia municiado Sir Ralph com presságios — um basilisco religioso, um homem que não tinha estofo nem misericórdia.

William Holly veio chegando, estugou o passo, e observou que Sir Ralph podia fazer pior do que pensar em obter um novo arreio.

"Está duro demais", disse Sir Ralph. "Preciso é de uma almofada. Se sua esposa tiver penas para me dar, não esqueça de mim."

O olhar de William Holly relanceou o pináculo, o portão, os tufos de artemísia amarelecidos, as ilhas de musgo no telhado ensopado pela chuva, como se para ver se o bispo havia provocado alguma diferença neles. Então olhou pela trilha na direção do ponto do horizonte em que a comitiva do bispo tinha desaparecido de vista algumas horas antes, e disse: "Bem! Agora temos de pensar no Dia de São Martinho".

Tendo assim manifestado suas condolências pela perda de Magdalen Figg e sua desconfiança, temperada pelo desdém a todos os bispos, àquele bispo em particular, ele saiu andando. Então, também, sentiu algo no vento.

Para o seu próximo sermão Sir Ralph usou como base: *Pois fundações hão de ser lançadas. E o que o justo fez?* Para ele a implicação parecia tão evidente que não havia necessidade de elaborá-la, adequadamente o grosso do sermão foi devotado a exemplos clássicos de calamidade, tal como Jó, a soneca do pai de Tobite, César nos Idos de Março, Roncesvaux, e os porcos gadarenos, que invadiram por acidente e tiveram de ser tocados para fora de novo. Dama Helen recordou-se de sua inquietação acerca do pináculo. Dama Lilias tentou não recordar-se daquela encarada do bispo que lembrava a do Rei Matt. Das duas noviças Frampton a mais velha pensou com nojo em Brutus e a mais nova perguntou-se se guelras de peixes curariam dama Cecily. Somente dama Lovisa adivinhou ali uma lição de moral, e ficou alternando os olhos entre o pregador e a prioresa. Mas ela manteve seu conselho para si — e, como advertência, o sermão não surtiu efeito. Nem recebeu o crédito de ser um portento ou uma coincidência, pois quando a carta do bispo chegou, ela provocou uma agitação em meio à qual ninguém teve tempo de lembrar-se de um sermão.

Antes de ler a carta em voz alta no cabido a prioresa estudou-a por conta própria e digeriu seus sentimentos a ponto de sentir uma certa antecipação de divertimento. De qualquer forma, ela iria mostrar a todos que não estava tão desmazelada quanto poderiam supor.

Saudando suas caras irmãs, o bispo Walter informava que havia considerado com seriedade a penúria da casa delas, que era como uma casa erguida sobre a areia. Assim como uma casa erguida sobre a areia é sujeita a ser habitada por duendes, símios e serpentes, a casa de Oby estava cheia de orgulho, preguiça, cobiça, mentira, mundanidade, animais de estimação e bens privados. Seus olhos aflitos haviam visto carnes temperadas, almofadas macias, mantos perfumados e fluidos, mais adequados a meretrizes do que a noivas de Cristo, cujo júbilo devia ser alimentar-se de raízes e usar roupas apertadas. Em vez do silêncio do túmulo, que é música para os ouvidos da religião, seus ouvidos foram atormentados pelos ganidos de cachorrinhos e pelo tilintar de batedores de ovos. Saíram ainda feridos quando entreouviu palavras como: Onde está o meu broche? ou: Quem foi que pegou minha colher? Contudo em meio a todo esse cuidado com as coisas mundanas ele não havia visto nenhum cuidado com as propriedades do convento. Perdiam-se chaves e não se conseguia encontrá-las. Janelas não se fechavam com segurança.

Livros contábeis se deformavam com lançamentos como *miudezas, um shilling e um penny*, ou *artigos comprados em Waxelby*: lançamentos chocantes e inarticulados como filhotes de urso. Ademais, ele havia notado um lançamento em 11 de outubro do ano 1370 de Nosso Senhor que apenas dizia: *Coelho*. Sem menção ao custo nem ao propósito do coelho, nenhum registro de se o coelho tinha sido comprado ou vendido.

A prioresa tomou fôlego e continuou a ler.

Assim como Maria fora preferida a Marta por ter escolhido a melhor parte, um lar de freiras podia ser perdoado por sua gerência descuidada (quanto mais porque as mulheres são destinadas ao receptáculo mais fraco e não têm noção de negócios), caso essas mesmas freiras abandonassem os bens mundanos em razão de sua devoção aos céus. Mas em Oby ele não encontrou tal desculpa. O ofício era desempenhado com mundana loquacidade, cantava-se alto demais, as palavras não eram pronunciadas por inteiro. Ele não encontrara traços de piedade verdadeira, de medo, de trepidação. Tudo era arruinado pela complacência, e uma velha naveta tinha sido vendida sem permissão. Além disso ele tinha visto no quintal das aves um pavão sem pavoa, algo repreensível tanto por ser um desperdício quanto por frustrar os desígnios de Deus, que concebeu a criação animal para multiplicar o alimento dos cristãos. Com ainda maior preocupação ele notara a inadequação da prioresa para ocupar o cargo. Inerte, de propósito fraco, crédula e aduladora (a prioresa omitiu essa passagem com uma particular elegância de dicção), ela era um brinquedo nas mãos de suas freiras, e enganada por suas criadas. Sua gerência incompetente se refletia no estado da sua casa: soterrada por dívidas, fracassando em resgatar suas rendas e obrigações, vendendo vasos sagrados, e não mantendo um afluxo suficiente de noviças. O bispo, portanto, paternalmente condoído, remediaria a situação. Em primeiro lugar, ele nomearia três freiras adicionais; em segundo, encomendaria dois saltérios, pelos quais pagaria um preço justo e razoável quando fossem completados e estivessem em suas mãos; em terceiro, para restaurar as finanças da casa e ainda evitar o escândalo de uma prioresa deposta por ingerência e leviandade, apontaria um custódio, para supervisionar os negócios temporários da casa de Nossa Senhora e São Leonardo até que todos os débitos estivessem quitados.

Levantando a voz acima de um acesso de horror e indignação a prioresa leu as garantias finais do bispo quanto às preces e austeridades pessoais que ele ofereceria em nome do estabelecimento dela. Não parecia haver razão para duvidar de sua sinceridade.

"Esse crocodilo!", gemeu dama Margaret. "Depois de todo o trabalho que a senhora teve para agradá-lo!"

"Aquele coelho! — se ao menos ele tivesse me perguntado sobre o coelho, eu teria explicado, pois me lembro perfeitamente. Era um coelho..."

Em nenhum momento ninguém hesitou em interromper dama Helen, e dama Eleanor exclamou: "Se um bispo fosse o Anticristo ele teria de afirmar-se em sua primeira Visita. Deixe que ele diga o que quiser! Mas freiras nomeadas?"

"Mas o novo tesoureiro!", disse dama Dorothy. "Sem dúvida é o pior de tudo. Que golpe em você, dama Helen! Que golpe em nossa madre querida!"

"Como se os conventos nunca tivessem dívidas! Todos os conventos têm dívidas."

"Sim, e três nomeadas chegando sem dote e enorme apetite! Isso sim vai ajudar!"

"Mais três noviças para você, dama Philippa!"

"Três bichos de estimação do bispo, prontas para se transformar em fofoqueiras. Eu vou noviciá-las!" A cor inflamou seu rosto comprido, manso como o de uma ovelha.

“Queria que tivéssemos assado o pavão”, disse dama Cecily; acrescentando: “Os perfumes devem ser os seus, dama Lilias”.

“Temo que sim.”

Era a primeira vez que ela falara. Dama Alice olhou para ela inquisitivamente e disse: “Eu me pergunto quem foi que contou tudo isso a ele. Alguém lhe deve ter feito um péssimo relato da casa. Que azar!”.

“O pior ainda está por vir”, a prioresa observou, afavelmente. “Sabem no que estive pensando todo esse tempo? Que eu tenho de contar a William Holly sobre o custódio.”

O semblante de flor silvestre de dama Adela foi sacudido por um pensamento. “Por que William Holly não pode ser nosso custódio?”

As freiras riam e batiam palmas. Fazia anos, pensou a prioresa, que não demonstravam tanto bom humor. O santo bispo Walter havia sido como erva-dos-gatos para elas — e para si mesma: ela não se sentira tão alerta durante anos.

Enquanto isso, dama Lovisa estava dizendo que iria fazer um saltério.

“Mas quem vai acrescentar as imagens e os ornamentos?”

“O texto estará lá, ele que se vire com o resto. Afinal de contas, livro foi feito para ler, não para admirar.”

Ela falou com tanta resolução que ninguém se sentiu inclinado a contradizer sua afirmação, embora ninguém concordasse com ela. Dama Helen sussurrou para dama Lilias: “Mais uma prioresa De Stapledon”.

Mais uma prioresa De Stapledon, pensou dama Lilias, olhando para sua perseguidora. E eu hei de estar aqui para sobreviver a ela. Em cinco anos, dez, vinte: com tanta clareza quanto a voz de São Leonardo, outra voz agora falara com ela em seu peito, dizendo: Você não vai se safar.

Triste loysir

(outubro de 1374 – maio de 1377)

Quare fremuerunt gentes, escreveu dama Lovisa em sua caligrafia pesada, indistinta. O primeiro salmo estava atrás dela, e o desgosto a Davi que se tornaria tão acentuado nos últimos anos de vida dela já começava a se formar. O homem falava como dama Helen: dizia o que tinha a dizer, com frequência algo demasiado tolo, e imediatamente dizia tudo de novo com palavras diferentes. Podia ser bom para cantar, mas na qualidade de declaração de um ser racional para outro — e Deus é a soma do ser racional — era precário. A luz do sol caiu na página e iluminou o rosto com cicatrizes e seus poucos cílios louros colaram-se nas pálpebras inchadas. A mão dela, movendo-se à luz do sol, exibia todos os seus defeitos, a pele grosseira, as unhas malformadas, a aparência de estarem incrustadas de pó que recobre o sangue malsão. Sua atitude e expressão mostravam uma felicidade trivial e de combustão lenta, e ela lembrava um lobo virtuoso. Como um lobo, ela cravara os dentes no saltério, estava enfim fazendo algo positivo e rentável. De modo que dama Lovisa, sem saber, era uma confirmação do que o bispo Walter estava escrevendo naquela mesma manhã na peroração que encerrava o primeiro livro de seu tratado *De Cantu*.

> A canção de Davi tempera a trombeta do vitorioso; harmoniza os lamentos enarmônicos do oprimido; desperta o preguiçoso; aplaca o furioso; repreende o luxurioso; exalta o humilhado; purga o glutão; desconcerta o orgulhoso; refuta o invejoso. Ela instrui o ignorante e revigora o estudioso. E uma vez que o salmo é formado por flautas de tamanhos diferentes, variando da mais aguda à mais grave, e no entanto todas produzem uma melodia pelos lábios do tocador, ainda assim o Salmo se conforma a todos os humores do homem e melodiosamente os controla e expressa.

Ele recostou-se e estremeceu. A despeito do calor do dia e do som das duas vespas zunindo em cima de um prato com peras que jazia no peitoril da janela, ele estava frio com o esforço de expressar seus pensamentos e controlar a metáfora do salmo. Agora olhava para as duas vespas, e sorria vagamente. Vespas, pensou ele, são o laicado das abelhas. É notável, percebera antes, como uma metáfora nos põe a caminho de outra. Ele começou a pensar em como as vespas e as abelhas poderiam ter seu lugar no segundo livro do seu tratado. Ambas produzem barulho, e isso as faz remeter ao título. As abelhas são as religiosas, disso não havia dúvida, levam vidas castas, obedientes, constantemente engenhosas, armazenando mel em tamanha abundância que podem alimentar tanto a si quanto aos leigos com doçura: as vespas, por outro lado... As vespas tinham sido o laicado das abelhas na primeira concepção da metáfora, mas dois laicados seriam problemáticos e levariam a confusões. As vespas deveriam ser... A porta se abriu. O capelão introduziu um homem baixo com um nariz arrebitado e olhos verdes que eram pasmos e pesarosos como os de um gato faminto. Tratava-se de Henry Yellowlees, um clérigo das ordens menores. Ele fora recomendado ao bispo pelo abade de Revesby (do qual era parente distante) por ser honesto e matemático e o tipo de homem que o bispo acharia útil. O bispo não gostava de homens recomendados e até agora não havia encontrado uso para ele. Mas agora com o relato de seu capelão ele pensou que Henry Yellowlees poderia fazer muito bem a Oby, e sem dúvida seu talento matemático faria dele um contador atilado.

Principiando com uma referência à estimada opinião do abade de Revesby, o bispo passou à sua Visita a Oby e seus contratempos. Henry Yellowlees interrompeu-o para dizer que sentia muito em ouvir aquilo. O estabelecimento gozava de boa reputação na localidade como um mosteiro que vivia na paz e sem escândalos. Henry tinha uma voz suave e tímida — uma voz que o bispo, caso prestasse mais atenção à humanidade, teria reconhecido como o tipo de voz que pertence a um caráter obstinado. Mas ao notar que Henry Yellowlees havia sugerido ter melhor conhecimento de sua diocese do que ele próprio, o bispo exclamou: "Um sepulcro caiado! E os edifícios estão em muito mau estado. Essa deve ser uma das primeiras coisas que você deve conferir".

Henry Yellowlees disse que se lembrava de ouvir que o pináculo havia caído pouco depois de construído mas que entendia que ele havia sido substituído por um pináculo muito mais refinado. Por qual motivo o capelão teria recomendado esse camarada, pensou o bispo, qualificando o camarada como um arrivista, ele iria em breve investigar; mas ele prosseguiu explicando, com enorme suavidade e clareza na dicção, tudo o que Henry Yellowlees deveria fazer como custódio: resumia-se a descobrir tudo o que era ou não feito em Oby e relatá-lo ao bispo Walter. Ele então chamou o secretário e lhe pediu que trouxesse os documentos relativos a Oby, e passou algum tempo a lê-los em voz alta com alguns comentários. Então entregou-os a ele, dizendo que não podiam perder mais tempo e que Henry Yellowlees devia estudá-los e digeri-los à vontade, e trazer-lhe quaisquer dúvidas ou perguntas.

Henry Yellowlees foi embora com a mente dividida entre o desprezo ao bispo e o anseio por Oby. O compromisso não era simpático: ele não sabia nada sobre administração doméstica e detestava lero-lero; contudo era um compromisso. Ele estava cansado de zanzar por aí, aguardando a recomendação do primo fazer efeito, e sendo jogado para lá e para cá por secretários. Estava endividado, também. Embora seu compromisso não implicasse um salário, suas despesas seriam pagas, sempre dá para se virar com isso; e um compromisso não remunerado podia levar a um remunerado, e o prospecto de ser levado a um compromisso remunerado melhora o seu crédito. O ânimo dele, aguçado pelo desgosto ao bispo tal como um apetite é aguçado pelo picles, assumiu um aspecto positivo. Ele começou a ver com bons olhos um futuro no qual iria desfazer o habitual nó das freiras de Oby e tornar-se o vencedor de Oby contra aquele velho moscardo santarrão.

Henry Yellowlees era pobre demais para ter um lugar só seu. Dormia em um abrigo para viajantes pobres e passava dias úmidos na nave da catedral, dias bons entre os tocos de entalhes e montículos de relva daquilo que uma vez fora um templo romano e agora era o aterro de lixo da cidade. Hoje fazia um dia bom; mas soprava um vento que faria voar os papéis, portanto ele entrou em uma taverna, pediu cerveja, e sentou-se para ler sobre arenques e paramentos e aluguéis de pradarias e consertos de telhado e pedidos de missa. Leu com tamanha concentração que mal percebeu o rapaz que entrou e sentou-se ao lado dele, exceto que não parava de se coçar. Foi só quando um piolho rastejou por cima dos detalhes do dízimo de Methley que Henry Yellowlees afastou-se um pouquinho para lá: ele havia conferido sua camisa no dia anterior e não queria ter aquele mesmo problema de novo antes do fim de semana. Outros piolhos, no entanto, já haviam se fixado; e foi por isso, embora ele não soubesse, que logo ele contraiu tifo, e precisou espremer-se por entre um matagal interminável em que cada espinho que o picava fazia soar ao mesmo tempo um sino de ferro — e cada badalo de sino deve ser contado — em vez de cavalgar através da alegre paisagem de outubro até Oby.

Foi só no Dia de Santo Estêvão que ele se sentiu bem o bastante para partir, montado em um cavalo fornecido pelo bispo, um animal muito precário. Ele iria se alojar com o padre em Lintoft: "para poupar à casa de Oby qualquer tentação de distração e custas desnecessárias", foi a mensagem do bispo Walter; mas para Henry Yellowlees, com o humor esfrangalhado pela doença, era patente que ele iria se alojar em Lintoft a fim de não ser subornado pelas freiras.

Sir John Idburn por sua vez estava bastante pronto para receber um visitante. Dezesseis anos em Lintoft haviam exaurido sua sensibilidade, ele se acomodara, fizera as pazes com seus paroquianos e até mesmo com os porcos deles. Nada restava do antigo Sir John exceto o gosto por companhia, a cicatriz na coxa onde um porco selvagem o havia dilacerado, e a cicatriz na memória lá onde Sir Ralph o havia esnobado. Ele disse a Henry Yellowlees que as freiras de Oby eram orgulhosas, desalmadas e não ligavam para nada que não fosse comer e beber. Também recontou as velhas histórias que tanto o haviam enojado quando as ouvira pela primeira vez de seu caseiro: os feitiços de dama Isabel, os bebês estrangulados no nascimento etc. O tempo as havia atenuado até virarem boas histórias, e ele as contou com toda intenção de agradar, mas elas encontraram ouvidos moucos, pois Henry Yellowlees estava sobrepujado por um dia de forte cavalgada e uma ceia de cebolas cruas. Pela manhã ele pouco se lembrava além da impressão de que Oby era um estabelecimento assaz desagradável e que apenas uma maldade tal qual a do bispo Walter teria feito dele seu custódio.

Esperando uma acolhida fria, foi o que teve. Uma vez que não ocorrera a Oby que qualquer pessoa enviada pelo bispo poderia ser menos mal-intencionada do que o próprio bispo, houvera entre as damas um acordo unânime para torcer o nariz para ele. Por conseguinte, uma freira assaz malquista que se apresentou como dama Lovisa foi recebê-lo na porta, perguntou sobre a saúde do bispo, justificou a ausência da prioresa devido a uma enfermidade e sugeriu que ele deveria começar fazendo uma ronda pelas edificações externas. Depois disso ele foi entregue a William Holly.

Através das fendas nas telas das janelas as freiras observaram essa peregrinação. Nada poderia ter sido melhor, elas concordavam, do que a recepção de dama Lovisa. Mesmo sua peculiar feiura foi reconhecida como providencial, um exibir do pior rosto de Oby já de saída. Primeiro dama Lovisa; em seguida William Holly: o novo custódio teria uma tarde horrível. Calando a boca de dama Adela para sufocar quaisquer gritos indiscretos de prazer, elas se mexiam por dentro da casa conforme os dois homens caminhavam lá fora.

O custódio fitava lá em cima com tanta atenção que dama Margaret disse que ele devia estar olhando para elas. Ele estava olhando para o pináculo. À medida que a teia de nuvens rasantes corricava ao vento, parecia respirar como um ser vivo. Às vezes inalava a luz do dia, e depois seu palor enriquecia até ganhar a cor de uma prímula; um momento após minguava, e repuxava o ar brumoso sobre si como se fosse um véu; e quer aclarasse quer minguasse parecia estar voando desabalado na direção de Henry pelo céu, de modo que ele sentia que a qualquer momento iria curvar-se para abraçá-lo. O bailio ficou ao seu lado chamando sua atenção para um pedaço de calha defeituoso, uma ala de telhado molhada que batia contra as traves, a coifa avariada da casa de fermentação, a rachadura que corria pela parede do celeiro, a grande poça fedorenta e encharcada que se formara do lado de fora da porta da cozinha e precisava ser aterrada, a cerca de juncos esfarrapada, a cabeça de poço que só causava transtornos desde que os homens que passavam perto do pináculo começaram a enlameá-lo todo, a podridão nas vigas, a porta fora dos gonzos, a escandalosa condição dos estábulos. Ele olhava para onde fora ordenado; mas o pináculo, ou a ideia do pináculo, distraía sua atenção, e a cada luminosidade na atmosfera ele se virava para fitá-lo, para vê-lo respirar à luz do dia e ganhar vida.

Agora eles tinham se aproximado de umas pocilgas. Os porcos, ele aprendera com o padre de Lintoft, tinham muito valor nesta localidade: ele devia se recompor e dizer alguma coisa sobre os porcos. Lembrando-se de que três horas antes tinha cavalgado por varas de porcos de Lintoft roncando no meio do matagal de carvalhos, Henry Yellowlees comentou como aqueles porcos ainda estavam em seu chiqueiro. William Holly, com a carapaça brilhando diante do prospecto de uma contradição, respondeu que ele sempre permitira a seus porcos um longo repouso, e assim continuaria a fazer. Henry Yellowlees recordou que a preguiça era uma das acusações feitas contra Oby. Ele disse que os porcos deviam estar morrendo de fome. William Holly disse que um longo repouso pela manhã faz os porcos engordarem. Henry Yellowlees comentou que isso não passava de uma lenda e ia contra a natureza. O porco por natureza é um animal farejador.

"Não os meus porcos!", exclamou o bailio. "Meus porcos não precisam sair metendo o focinho onde não são chamados! Meus porcos não são clérigos ou custódios!"

Com a lama até os joelhos os dois homens encararam um ao outro, então saíram vadeando rigidamente em direções diferentes.

Quando Henry se voltou para apreciar o pináculo na solidão este envolveu-se em vapor. Um dente começou a doer em sua mandíbula superior e imediatamente outro dente em sua mandíbula inferior doeu em cúmplice compaixão. A dor se alternava entre um e outro. No celeiro estavam debulhando. O ruído dos malhos ressoava, nuvens de palha faziam soprar. O frio estava de matar, sem vida e sem luz. Era como se o sol fizesse raiar um dia tão ruim que mal se dava ao trabalho de iluminá-lo. Um dia egípcio, pensou Henry Yellowlees, um dia apagado do calendário. Confira tudo você mesmo, dissera-lhe o bispo. Agora, apoiando-se em nada além do bispo a quem detestava, ele acatou as instruções, vagando pelas edificações externas, perscrutando os galpões e encontrando o vento em todo canto. O inventário estrepitava em sua mão. Às vezes uma mulher passava por ele correndo, ou uma criança, enlameada até as coxas, remelenta e funguenta. "Minha boa mulher, poderia me dizer..." — "Meu filho, onde é que eu posso encontrar..." De nada adiantava. Passavam por ele correndo como se fossem cegos e surdos. A notícia de que o bailio havia brigado com o custódio já percorria o solar, e com a lealdade do medo ninguém chegou a ser visto conversando com o homem com quem William Holly tinha brigado.

Pouco depois ele encontrou seu cavalo. Tinha sido movido de uma baia limpa para uma imunda. Sua mão na rédea tremia de fúria ao conduzi-lo longe dali. Ele não iria mais permanecer, para ser soprado por aí junto com a palha. Ele partiria a cavalo, e faria uma queixa formal junto ao bispo.

"O senhor não está pensando em partir sem comer nada, está? É uma viagem fria daqui até Lintoft."

A voz veio de cima, de um velho gordo que se debruçou em uma janela acima da portaria.

Henry Yellowlees desmontou, e amarrou seu cavalo a sota-vento do portão, e a contragosto subiu aquela escada maluca. Ele não desejava permanecer, tampouco desejava que o vissem indo embora derrotado. O alojamento do padre era pequeno como uma casca de noz. As paredes eram revestidas de uma lona vermelha desbotada que flamulava conforme o vento soprava pelas frestas. Uma cama ocupava metade da extensão do assoalho. Seu anfitrião serviu um pouco de cerveja e cortou umas côdeas de pão e pegou um punhado de uvas-passas de um armário. Os dois homens sentaram-se lado a lado na cama. O baque dos malhos parecia preencher o quarto.

"O senhor chegou em um dia movimentado. O que está achando?"

Henry Yellowlees balançou a cabeça. Estava tentando lembrar-se do que o capelão do bispo havia lhe dito sobre o padre de Oby. Mas conseguiu se lembrar apenas de que, fosse lá o que fosse, já o indispusera contra o homem.

"O quê? Não gostou muito do milho? As espigas estavam bem maduras, ao menos. Nunca vi colheita melhor."

Envergonhado de dizer que o medo de William Holly o havia mantido longe do chão de debulha, Henry Yellowlees comentou que estavam atrasados na debulha.

"Dois dos melhores homens estão doentes."

"É nesta época do ano que se enterram homens fortes. No verão se enterram crianças. Crianças morrem sob o signo de Leão."

"Crianças morrem em todas as épocas do ano. O cura de Wivelham enterrou duas dele pouco antes do Natal. É claro que se poderia dizer que ele não tinha nada que tê-las. Mas ele sofreu, como qualquer outro pecador."

"De fato."

Este camarada com cabeça de gato, pensou Sir Ralph, não é uma boa aquisição. Não sabe fazer nada além de mastigar e bater com os calcanhares na borda da cama?

"Oby parece um lugar insalubre. Entendo por que a prioresa e a tesoureira estão tão mal."

"Ah, sim, pobres senhoras!", respondeu Sir Ralph, imperturbável.

Henry Yellowlees levantou quase que por inteiro da cama. O quarto parecia estar ficando mais frio e mais escuro, agora que uma tempestade atingira a casa. O granizo tamborilava na tela da janela, os papéis vermelhos tremulavam. Ele teve de sentar novamente. Partir nesse momento pareceria petulante; e embora ele não gostasse do homem a seu lado, ainda esperava nele encontrar — sendo ele um homem — um aliado contra aquele lar de mulheres invisíveis.

Sir Ralph ergueu-se e inclinou-se sobre o braseiro e pôs mais carvão.

"Tem uma coisa", disse ele, "que eu espero que o senhor providencie, agora que é o nosso custódio. Estamos miseravelmente sem lenha. E o lenhador vende a sua fora do solar a qualquer um que lhe pague um bom preço."

"Os pobres precisam de fogo, suponho. Não podem ser abandonados à morte pelo frio."

"Se alguém vai ser abandonado à morte pelo frio serão as freiras de Oby. Elas não podem ir de solar a solar sempre que um centavo a mais as seduz."

"Se os proprietários de terra não oferecessem mais do que o salário estatutário, os trabalhadores não ficariam perambulando", disse Henry Yellowlees.

"Meu jovem, isso lá é verdade", disse Sir Ralph. "Não obstante, como eu estava dizendo, os trabalhadores agora vagam e vivem no interior, assim como reis. Pois se sua casa não tem teto você pode abandoná-la sem remorso. E se você não tem terra, não precisa ficar nela. Como as Escrituras são perspicazes quando dizem: Sempre tendes convosco os pobres. Não importa quem mais esteja arruinado ou despojado, os pobres sempre se haverão com alguma coisa que conseguiram salvar dos destroços."

O visitante comentou que não acreditava que o texto sobre os pobres queria dizer isso.

Vejam só o que o bispo nos manda, pensou Sir Ralph. Ele prosseguiu sendo o mais irritante possível.

"Considere o seguinte. Os pobres, sendo amados por Deus, são milagrosamente capacitados a amar uns aos outros. No íntimo são tão cheios de rancor e desconfiança como o resto de nós, mas a graça de Deus os ensina a amar e ajudar mutuamente mesmo quando seu coração os convence a agir com maldade. E quando um homem pobre ascende no mundo, é sua própria gente que o iça. Considere o nosso bispo, por exemplo. Ele não estaria em lugar nenhum caso não tivesse começado como um ninguém. Mas, sendo um ninguém..."

Ouvir Henry Yellowlees gargalhar deixou-o pasmo. Eles se viraram para encarar um ao outro. O reconhecimento lampejou de um para o outro, e então eles começaram a olhar assaz acanhados, constrangidos para a súbita descoberta de um laço em comum.

"Hm", suspirou Sir Ralph, o primeiro a se recuperar. "Ele é um bom homem de negócios, é o que dizem. Hoje em dia é isso que se exige de um homem da Igreja."

Tendo encontrado um alvo mútuo eles se acomodaram em afabilidades. Conversaram sobre comida, pestes, mulheres, tempo, a probabilidade de um cisma papal e a data de um Juízo Final. Sir Ralph não acreditava que uma pluralidade de papas aceleraria o advento de Cristo.

"Mas, por outro lado, o Juízo Final pode já ter acontecido", disse ele em um tom forçado. "De qualquer modo, seria um erro esperar muita coisa dele. O que foi feito não pode ser desfeito, o senhor sabe."

Começou a ocorrer a Henry Yellowlees que o padre de Oby poderia ser um pouco louco. Alisando a vasta barriga, o velho continuou: "Pegue, por exemplo, a posição dos Santos Inocentes. Até onde se podia imaginar, eles eram judeus. Como tais, morreram em um estado de danação. Estarão eles no inferno? Não vejo onde mais eles poderiam estar. Contudo nós os invocamos e celebramos seu martírio."

Henry Yellowlees piscou. Sir Ralph olhou para ele bondosamente, e prosseguiu: "É o que o senhor diz. Mas estou convencido de que eles ao mesmo tempo são abençoados e estão no inferno. Tal estado é bem possível, e um homem inteligente como o senhor deveria percebê-lo. O inferno, o senhor sabe, precisa lá de seus santos, assim como o céu."

Segurando-se na beirada da cama Henry Yellowlees perguntou se Sir Ralph advogaria a proposta contrária.

"Deus nos salve, sim! O paraíso está cheio de condenados. É sua danação e seu tormento estar na presença de Deus. Onde mais poderiam sentir tamanha infelicidade?"

Henry Yellowlees disse que a danação era mais do que infelicidade. A infelicidade era o quinhão comum do homem, e a expectativa de continuar existindo na eternidade assim como se existira na mortalidade dava ao homem um motivo assaz insuficiente para arrepender-se. Sir Ralph disse que, pelo contrário, seria amplamente suficiente: se a humanidade pudesse ser levada a crer que o estado de danação seria uma mera continuação da vida neste mundo, a humanidade seria forçada a tomar medidas para melhorar suas atuais condições de vida. Por que motivo além deste Deus teria concedido ao homem a arte da lógica?

Não podia haver dúvida de que o padre de Oby era louco, eivado de heresias e elucubrações e por demais inadequado para o cargo; mas denunciar padres dilapidados não fazia parte da tarefa de um custódio, e ele nada diria ao bispo.

Seu cavalo estava calcando o solo, o breve dia de janeiro findava. Ele despediu-se de Sir Ralph, e descobriu que o fazia arrependido.

"Por sinal — o bispo queria que eu perguntasse como as três nomeadas dele estão se saindo, e se o senhor está satisfeito com o estado espiritual delas. Embora não seja absolutamente da minha conta."

Presumivelmente o hábito impunha algum tipo de sanidade, pois a resposta de Sir Ralph foi assaz ordinária e correta.

Das três nomeadas do bispo, duas ainda tinham de fazer sua profissão de fé. Mas não podia haver esperança de que não iriam fazê-lo, elas estavam deliciadas com a boa fortuna que as havia transplantado para a vida religiosa. Era um degrau a mais no mundo para ambas. Joan Cossey era filha de um pequeno negociante, Amy Hodds uma bastarda. Ser chamada de "dama" e viver em um claustro era uma perspectiva melhor do que seu natural futuro de esfregar travessas, ranger um tear e criar grandes hordas de crianças famintas. Dama Sibilla, a terceira nomeada, era uma Dunford. Só de olhar para ela se via a imagem de seu tio-avô, com a mesma compleição esguia, boquinha empertigada, queixo retraído e olhos veementes. À diferença dele, ela tinha uma voz alta e discordante. Tinha vinte e um anos e por nove fora freira em uma pequena casa chamada Allestree. A peste e uma praga bovina levaram a casa à beira da ruína, e para reacomodar as finanças duas de suas freiras tiveram de ser transferidas para outro lugar.

Joan Cossey e Amy Hodds chegaram com o mínimo de dote. Seu avarento nomeador assim providenciara. Dama Sibilla, por ser uma freira transferida, não trouxera dote algum. Parente do bispo, e jogada em cima delas, não parecia provável que fosse fazer muitos amigos em Oby. Contudo em pouco tempo ela se tornou popular; pois trazia o que para o grosso do convento era quase tão bom quanto um dote: uma narrativa. Oby se avivou por meio dos infortúnios de Allestree: primeiro vieram os portentos que haviam pressagiado a peste, as manchas no leite, a horda de suínos invisíveis que saíram voando durante uma tempestade, o mendigo misterioso, de estatura sobre-humana e dentes azuis; e depois a primavera de fome, quando as freiras zanzavam colhendo urtigas em campos coalhados de ovelhas e bois moribundos, e os dois frades que as ajudaram na colheita do centeio, dois frades que tinham parecido simples homens rudes, cheios de piadas ordinárias, contudo quando foram embora uma luz vinda do céu disparou de seus calcanhares empoeirados. Quer se acreditasse ou não nas histórias dela, tais histórias eram agradáveis de se ouvir; e assim como de histórias, dama Sibilla tinha um estoque de sabedoria prática, e sabia cerzir e emendar e era cheia de expedientes e engenhocas.

Sendo amigável com todo mundo ela foi amigável com dama Lilias também.

"A senhora percebeu", disse dama Alice, "que nossa dama Lilias se tornou bastante faladora — com dama Sibilla?"

Não havia necessidade de dama Alice insinuar o óbvio. Todo mundo sabia somar dois e dois e perceber qual papel dama Lilias tinha desempenhado na catástrofe da Visita. Todo mundo havia notado que por alguns meses antes ela agira de modo brando e abstraído, assim como alguém que amadurece uma vingança. Todo mundo havia observado que a audiência dela com o bispo Walter tinha durado quase meia hora e que ela saíra de lá parecendo um gato que se afasta do leite. Quando chegou a carta do bispo foi fácil adivinhar qual malícia as havia sujeitado a insultos e à ignomínia de um custódio. Quem teria acreditado que dama Lilias era capaz de tal traição? Aparentemente muitas teriam acreditado.

Então agora mais do que nunca elas tinham se bandeado para torcer o nariz para ela. Ninguém queria sentar-se ao lado dela, passar-lhe o pão na ceia, amarrar a fita no braço dela após as sangrias. Era notável quantos cotovelos a empurravam, quantas cuspidas calhavam de pousar em suas costas e peito. Sua vista ruim não inspirava preocupação em ninguém. Dama Margaret, vendo-a prestes a tropeçar em um braseiro, não lhe disse nenhuma palavra de aviso, não lhe disse nenhuma palavra de consolo quando dama Lilias e o braseiro juntos saíram rolando escada abaixo; não disse absolutamente nada até uns dias depois quando durante o canto dos salmos do dia a ouviram cantar "Que te será dado, língua enganadora? Brasas vivas de zimbro" com particular nitidez.

A prioresa julgava muito provável que dama Lilias houvesse se queixado (outras, sem dúvida, também haviam se queixado); mas já que dama Alice tinha deflagrado essa nova perseguição, não participou dela. Por mais excelente que pudesse ter sido permanecerem juntas em uma unidade, ela não conseguia ver a si mesma agradavelmente unida com dama Alice em nada. Mas uma das inconveniências da vida no convento é que embora você possa suspeitar de que sua colega freira é uma assassina você é obrigada a viver de rosto colado com ela pelo resto dos seus dias, e se haver com isso o melhor que puder. O melhor que a prioresa podia fazer era desviar sua atenção para outra causa.

Felizmente há sempre considerações práticas, e o bispo Walter a havia provido de várias novas. Suas três nomeadas expandiram as acomodações da casa, a Visita tinha de alguma maneira custado mais do que ela pretendia, e embora ele tivesse impingido um custódio a elas o custódio não tinha um lado positivo, as finanças de Oby estavam tal e qual antes, a única diferença sendo que agora ela se via entravada em quaisquer tentativas de pôr as coisas em ordem. Uma consideração adicional pairava no futuro — a questão de Sir Ralph. A perda de Magdalen Figg o havia certamente abalado, e ela pensava que ele estava ficando louco de novo, embora não com tamanha loucura que exigisse um galo preto para ser curada. Era um caso diferente, um tipo de nebulosa excentricidade no qual ele podia desaparecer por completo. Contra tudo isso ela não podia estabelecer nada além dos lucros dos insossos saltérios de dama Lovisa, e o dinheiro que Esselby devia. Esselby era uma pequena propriedade no interior, legada a Oby cem anos antes. Na época fora rentável, mas a Peste Negra quase a havia esvaziado. O solo não era arado, o moinho, já que ninguém moía milho lá, não pagava obrigações e caiu em ruína. Durante o mando de prioresa de dama Johanna o convento ficou feliz de arrendar a velha casa do solar para uma família de ferreiros. Por estarem tão distantes nunca se podia contar com seus pagamentos e pelos últimos três anos não tinham pagado aluguel algum.

Um dia ela falou sobre isso no cabido.

"Processe-os", disse dama Margaret.

"Iria custar tão caro quanto. Contudo, se não recuperarmos o dinheiro logo, nunca vamos. Essas pequenas propriedades aqui e ali e em todo lugar dão mais problemas do que rendas."

Dama Lovisa ergueu o olhar.

"Não devíamos pedir ao nosso novo custódio que colete o aluguel de Esselby para nós?"

"Jamais!", exclamou dama Margaret, embora ao mesmo tempo a prioresa tenha rido e dito que pensaria no assunto.

Isso foi em fevereiro, após a primeira visita de Henry Yellowlees (ele não tinha dito nada ofensivo de Oby, apenas reportando que o bailio negligenciava os porcos, ao que o bispo, mais conhecedor de porcos, lhe disse que ele era um tolo); mas foi algum tempo antes de a sugestão de dama Lovisa ser posta em movimento, pois no primeiro dia de abril Henry Yellowlees apareceu mais uma vez, trazendo uma carta que causou tamanha comoção que o aluguel de Esselby escapou à memória de todos assim que ele foi embora com dama Alice atrás dele. Pois o bispo Walter informava à sua cara irmã em Deus que ele desejava remover dama Alice para outra casa, onde sua simples piedade estaria mais bem acomodada do que entre os conflitos e soberbas de Oby. Desde a Visita, dizia ele, a solicitação dela de ser removida havia ecoado em seus ouvidos como o pranto de uma rolinha; e uma vez que ela se achava saudável e ativa ele supôs que ela podia muito bem fazer a viagem a cavalo junto com Henry Yellowlees.

Então ela tinha solicitado sua remoção, não tinha? Fora um movimento de consciência que a prioresa não havia esperado, supondo que o assassinato passaria em branco sob a autoconfiança de dama Alice assim como um rato morto no fundo de uma tigela de creme. Ela aceitou a indignação corrente com um semblante grave, embora desejasse que houvesse alguém a quem pudesse confidenciar seu alívio, e seu divertimento ao ver-se obedecendo àquele bispo mandão e desmandão.

Enquanto isso, dama Alice cantava um *Nunc Dimittis* muito digno, tropeçando aqui e ali em meio a adeuses e solicitações de partida, ao mesmo tempo fazendo um embrulho considerável para carregar consigo até a nova casa cujas austeridades tornavam esta muito mais simpática a ela do que Oby. Sua despedida da prioresa, ajoelhada para uma última bênção, foi exemplar. Ambas as mulheres cumpriram seus papéis à perfeição, cada uma cuidando de sua atuação como um testemunho final de ódio e autocontrole mútuos.

Assim se foi a segunda freira de Dilworth.

No decurso de seus adeuses dama Alice depositou um presente de despedida. Respirando na bochecha de dama Lilias ela sussurrara: "Duas mulheres trabalhando no moinho, uma será levada e a outra ficará". E com um último beijo de paz acrescentou: "Quem poderia imaginar que o bispo iria atender ao meu pedido e não ao seu?". De modo que ficou claro para dama Lilias que a prioresa havia traído o seu segredo. Ela viu dama Alice partir com a mesma visão sombria com que agora via tudo. Tudo era visível e tudo estava perdido. Mesmo sua melancolia a havia abandonado. Ela era uma freira assaz comum, que levaria uma comum vida de freira, nem um pouco melhor do que a das outras e nem um pouco pior, e ao morrer sofreria as dores comuns do purgatório, nem mais agudas nem mais leves.

Por essa época dama Helen começou a decair; e isso se tornou mais um motivo para não se mencionar o aluguel de Esselby, pois à medida que seu juízo — que sempre fora desordenado — enfraquecia ela se viu presa de dúvidas e inquietações a respeito de seus livros contábeis; embora não quisesse entregá-los a mais ninguém, dizendo que faltava apenas uma coisinha de que se certificar, uma coluna que precisava somar de novo. Enquanto rezavam ao redor de seu leito de morte elas ouviram-na delirar com lançamentos e saídas, explicando ansiosamente ao bispo sobre aquele coelho não contabilizado. Ao sair de sua distração ela olhou para aquelas reunidas à sua volta e reconheceu-as com um dedo trêmulo.

"Menos uma; e com dama Alice indo embora, são duas a menos. Agora tudo ficará mais administrável", disse ela esperançosa.

Por força de vir regularmente a cada trimestre; elogiar a cantoria e tomar os seus remédios; trazer-lhes notícias do mundo e histórias do bispado; cumprir pequenas incumbências e pedidos; mostrar às noviças quebra-cabeças geométricos e interferir o mínimo possível na administração do convento, Henry Yellowlees tinha se tornado aceitável e estava a caminho de se tornar querido. Sir Ralph sempre ficava mais animado após suas visitas, também; e esse era um motivo a mais para acolher o Mestre Yellowlees, pois ninguém queria admitir que Sir Ralph já tinha deixado de ter utilidade. Por sua vez o custódio de Oby também apreciava fazer suas inspeções, embora com o passar do tempo ele se perguntasse o que de bom poderia sair delas.

Embora a administração cotidiana fosse boa o bastante, o atoleiro a longo prazo estava ruim como nunca, e até pior, e ele não via como poderia ser remediado um dia. Se ele conseguisse que o bispo o ouvisse... mas o bispo agora evitava qualquer menção a Oby, mesmo em seus desgostos ele era sovina; e uma vez que Henry Yellowlees detestava o bispo com a mesma constância de sempre, não conseguia se forçar a um grau de conversação íntima que pudesse fazer o bispo ouvi-lo. Ele vinha reportando a dívida de Esselby desde 1375, nove vezes ao todo, já que seus relatórios eram trimestrais. Imaginava que iria ser assim para sempre, isto é, que o problema sobreviveria a ele.

Recebendo a ordem do bispo para ir a Esselby, Henry Yellowlees sentiu as asas caírem de seus ombros. Viajar a um novo condado, ver vilarejos desconhecidos e o descortinar de estradas desconhecidas e o brilho de rios não vistos, ouvir pessoas falando um dialeto diferente acerca de coisas que não lhe diziam respeito, ser recebido pelo crepúsculo em um lugar infamiliar: tudo isso fazia acelerar o seu sangue. Contudo a rotina e o lento mofo que ela causava à mente haviam-no feito decair tanto que uma ruptura em seu trabalho mesmo que por apenas uma semana pareceria uma ruptura na superfície da Terra, e um minuto depois ele se pegou perguntando o que seria de seus alunos — pois agora ensinava em uma escola para piedosos garotos pobres que tinha sido fundada pelo bispo Walter; e que conjunto incomumente apalermado eles faziam!, sendo escolhidos por méritos de piedade e pobreza e nenhuma consideração à promessa intelectual.

Isso, e tudo o mais, tinha já sido arranjado. Sua rota fora planejada, suas custas estimadas: um tanto para os alojamentos, outro tanto para os estábulos, ainda outro tanto para os pedágios, e uma pequena soma para gratificações e custas acidentais.

"Por favor, conte", disse o clérigo da tesouraria, vertendo moedas de uma bolsa, "e assine o recibo. Você parte no dia seguinte à festa de São Pancrácio. Devemos resgatar o dinheiro, é claro, do convento de Oby."

O convento de Oby tinha sido levemente taxado. Tudo estava planejado com a maior das economias. Na primeira noite ele deveria se alojar com o capelão de um leprosário, e pela manhã deveria cavalgar por várias milhas desviando de sua rota direta a fim de fazer uso de uma esmola no almoço no priorado de Killdew.

"Vai precisar cavalgar pesado no último dia a fim de alcançar Esselby ao cair da noite. Garanta que alimentem e escovem bem o seu cavalo, ele vai precisar. E já que esses devedores são ferreiros, podem muito bem dar novas ferraduras ao animal."

"Que tipo de lugar é Esselby?"

O clérigo deu de ombros.

O tempo ficou úmido. Durante todo o Dia de São Pancrácio a chuva gotejou através do teto da sala de aula. O tamborilar das gotas, misturado ao barulho dos ábacos de seus pupilos, e repiques aleatórios de trovoadas estrondeavam no ar frio. Mas ele não pensava tanto na viagem detestável que tinha pela frente quanto na certeza de que o bedel da escola era por demais devotado ao bispo Walter para que pudesse lhe pedir que consertasse o telhado.

Quando ele partiu o céu ainda era um mármore cinza, escurecendo até ficar roxo onde o sol cortava através das nuvens. A chuva da noite ainda gotejava dos beirais das casas, folhas novas e frutas imaturas flutuavam nas poças. Antes de deixar os domínios da cidade ele estava respingado até as coxas.

Assim que passou o portão, cavalgar ficou mais fácil. Ele podia escolher seu caminho, e mantendo-se à beira da trilha escapava de se enlamear mais do que já estava enlameado. O sol agora estava acima do horizonte, o ar ficava mais quente, o teto dos casebres da periferia e os monturos de estrume diante de suas portas fumegavam. Esse era o quarteirão dos bordéis. O vício tinha recentemente sido espantado da cidade e se assentado filosoficamente logo além do portão, aguardando que, extinto o alarme, pudesse voltar a entrar lá de novo. Ele se lembrou de ter ouvido uma prostituta em uma taverna declamando sobre a injustiça que era isso. Dentro dos muros da cidade, disse ela, os clientes vinham e partiam rapidamente, com a mesma facilidade de uma Ave-Maria; mas assim que uma prostituta pobre era colocada para fora do muro, um cliente que permanecia até depois do fechamento dos portões ao anoitecer via nisso uma desculpa para ficar até o dia raiar. Como é que uma puta ia obter seu sustento assim?, perguntou ela; e para todos os rapazes, frustrados por essa ordem, o que restava senão voltar-se à sodomia? — o que era atroz, ainda mais considerando que muitos deles tinham entregado suas vidas a Deus. Seria uma aflição para o bispo se ele soubesse o peso que suas virtuosas intenções impunham às pobres garotas. Ele era um homem tão bom, e amava tanto os pobres. Dito e feito, quando Henry Yellowlees passava cavalgando por um casebre fumegante um jovem clérigo saiu lá de dentro, bocejando e se espreguiçando.

Por toda parte os cucos estavam gritando. Era um ruído sem nexo, e fez os pensamentos dele se voltarem para a maneira como Francisco de Assis havia pregado aos pássaros. Será que ele contava muitos cucos entre os seus devotos? "Quisera Deus que eu tivesse feito de você um frade santo e o tirasse de minhas mãos!", dissera-lhe sua mãe enquanto jazia morrendo. Depois disso ele pensara muito seriamente em tornar-se frade. Cônego Negro, porém, não Cinza. A Francisco ele podia perdoar os seus cucos, pregando tão alegremente dos púlpitos de outros pássaros, abrindo seus maxilares com tanto empenho no seio da Mãe Igreja. O que, afinal de contas, havia o santo da Úmbria feito senão botar um ovo novo em um ninho velho? Não admirava que os leigos, vendo o frade esmolando tanto, cambaleando sob o peso de sua sacola, vertendo suor, batendo de porta em porta e comparando-se com o monge em seu claustro, pensassem que o frade era o mais honesto dos dois. A Francisco ele podia perdoar os seus frades. Mas não o seu disparate: não aqueles pássaros, aquele lobo, aquela irmanação asinina entre a grama e os cardos, o sol e a lua.

No cume de uma grande subida ele puxou as rédeas e encarou a paisagem. As nuvens tinham ido embora, apenas algumas sombras restavam, apressando-se na direção norte. Brilhante, sem nexo, irresponsável, a paisagem se deslindava diante dele. Que alma residia ali, que vestígio de louvor a seu Criador? Que vestígio de razão, que vestígio de finalidade, exceto onde a triste mão do homem a havia gravado? Ao longo do rio as cicatrizes da água, feito velhas queimaduras, mostravam por onde as cheias de inverno haviam passado. Agora era primavera. Tudo era novo, refeito. A chuva da noite brilhava em cada arroio, pululava em arbustos e espinheiros, perolava as garras das folhas de margaridas e hepáticas. A chuva havia lavado a face da Terra como as águas do batismo. E as folhas novas no carvalho não estavam mais brilhantes do que aquelas que a tempestade havia arrancado e atirado ao chão, e nos sulcos as ervas cresciam junto com o milho. Como isto poderia ser um louvor a Deus?, ele disse gravemente ao fantasma a seu lado; toda essa beleza e promessa mal tem um mês de vida, e já está cheia de ruína e não tem discernimento para distinguir o bem do mal.

Seu cavalo jogou a cabeça, espantando as moscas. Ao despachar Francisco ele cavalgou até deparar um sabugueiro, e quebrou um punhado de ramos e os atou na faixa à sua cabeça. Estava começando a sentir prazer nessa viagem. Era prazeroso sentar recostado em uma árvore-de-espinheira comendo toucinho frio enquanto o cavalo mordiscava a relva fresca. Embora um cuco tenha se empoleirado nos galhos isso não o aborreceu. Antes das Vésperas, ele disse a si mesmo, estarei em um lugar que nunca vi antes. E assim foi; embora ele não pudesse ter certeza de onde o familiar se transformara no desconhecido, a mudança havia acontecido. Dentro em breve ele começou a encontrar grupos de trabalhadores, suas pernas cansadas mexendo-se a tempo de acompanhar a passada dos bois, e quando ele lhes perguntou se estava no caminho certo para o leprosário seus sotaques lhe soaram estranhos.

O capelão do leprosário, um homem robusto com cabelo louro e um modo de falar afetado assaz destoante de sua aparência, recebeu-o de maneira bastante calorosa: isto é, o homem continuou repetindo que era um prazer, embora ao mesmo tempo bocejasse e encarasse o cavalo como se ele o fizesse se lembrar de algo que conhecia de ouvir falar. Mal a ceia foi posta na mesa ele perguntou se seu convidado sabia ler partitura.

"De que tipo de música? Sei ler a notação da igreja, é claro."

"Não, não! Música com compasso. Entende de prolações? Bem, posso lhe ensinar agora mesmo."

Ele espalhou um livro de música em meio aos ossos de carneiro e às migalhas de pão, e começou a explicar.

"Veja, essas notas vermelhas devem ser cantadas em prolação tripla. E essas mínimas vermelhas, seguindo a breve preta, mostram que a breve é imperfeita. Tenha isso em mente, que o resto será simples. Você só precisa pegar o jeito. Comecemos com algo fácil. Esta é encantadora: *Triste loysir*. Posso repassar a sua parte apenas para lhe dar uma ideia? Quando se chega à *mors de moy* as longas são perfeitas, e você vai ficar arrebatado."

A voz dele era delgada como um pífano, mas encorpada. Enquanto cantava, ele batia o compasso no ombro de Henry. Embora escrita com tamanhas complicações, a música em si parecia simples, quase como a melodia de uma balada, e pouco depois Henry interrompeu-o, assaz desdenhoso ao fazê-lo, dizendo que estava pronto para cantar sua parte.

Principiou alto e firme; mas após uma dúzia de notas pareceu-lhe que devia estar errado, e se deteve.

"Continue, continue! Estava indo muito bem."

"Mas não havia algo de errado? Soava fora de compasso."

"Não, não havia nada de errado. Talvez o intervalo o tenha perturbado. Sem dúvida você esperava uma quarta. Isso foi composto no estilo da *Ars nova*, por vezes é desconcertante. Comecemos do zero. E persevere: logo se acostumará."

Desta vez ele perseverou, embora se sentisse desencaminhado, desacorçoado pelas progressões inesperadas, harmonias tão doces que pareciam derreter a carne em seus ossos. Chegando à *mors de moy*, onde a voz do capelão pipilou em floreios muito acima de suas longas dobradas, ele mal pôde conter sua empolgação.

"Mas isto é estupendo", disse ele. "Há outras assim?" Ele começou a folhear as páginas do livro.

"Sim, a maioria das coisas deste livro segue o estilo da *Ars nova*. Esta Kyrie de Machaut, por exemplo... Infelizmente, é para três vozes. É claro que poderíamos cantá-la sem a voz intermediária, mas não daria para ter uma boa noção. A mensagem do bispo não me dizia que eu deveria aguardar um músico."

Henry Yellowlees percebeu com segurança o quanto o bispo Walter detestaria a *Ars nova*; e se havia algo que podia aprofundar seu desgosto pelo bispo, foi isso.

"Há pouquíssimas chances de encontrar um músico competente por aí. É um golpe de sorte você ter vindo. Por isso gostaria que pudesse ouvir o Machaut. É claro que..." O capelão se deteve, encarando a mão que jazia sobre o livro de música. "Um dos meus leprosos aqui tem uma voz extremamente boa e é um cantor experimentado. Cantava na capela do duque da Borgonha. Não sei se você objetaria — ele não é um caso avançado de lepra. Ele e eu com frequência cantamos juntos. Para ele, também, uma terceira voz seria uma providência divina."

Sem saber se tinha ficado quente ou frio Henry Yellowlees respondeu: "Não, é claro que não. Eu gostaria de ouvir a Kyrie".

O capelão afastou um painel na parede e chamou: "John! Pode vir cantar?".

Passos cambiantes se aproximaram. O leproso adentrou. Na penumbra da soleira ele pareceu cintilar feito peixe podre. Ele fedia, também. Parou na outra extremidade da sala; estava claro que conhecia o lugar como um cão o conheceria. Lá ficou, esfregando as mãos escamosas, ensaiando respirações preparatórias. Sua expressão era de uma calma profissional.

"Agora, John! A Kyrie de Machaut."

As três vozes irromperam no ar.

Se *Triste loysir* parecera uma antecipação do paraíso, a Kyrie era o paraíso em si. Era assim que os abençoados eram capazes de cantar, cantando em uma dupla cadência que corria com tanta agilidade sobre os quatro pés quanto uma doninha correndo através de uma pradaria, com cada voz por sua vez avivando as outras, de modo que a música seguia fluindo e continuamente se renovava. E assim como o paraíso é feito para o homem, essa música parecia feita para o canto do homem; não para a edificação, ou a elaboração de um argumento, ou a demonstração de uma habilidade, mas apenas para o conforto e o prazer, tal como no paraíso onde a abolição do pecado gera uma despreocupação pagã, onde a certeza do semblante de Cristo livra as almas dos homens das obrigações do comportamento cristão, o flagrante contraponto entre a lei de Deus e a obediência do homem.

Ela cessou. Henry Yellowlees ergueu os olhos do livro de música. Os raios do sol no horizonte haviam se deslocado enquanto eles cantavam e agora incidiam em cheio sobre o leproso. Seu rosto, sua cabeça alta e careca, estavam escarlates. Ele parecia estar pegando fogo.

"De novo! Vamos cantar mais uma vez!"

"Não lhe disse?", falou o capelão. "Eu lhe disse, nunca houve música assim no mundo antes."

A tarde toda eles cantaram, o leproso distante e cantando de cor. E Henry imaginou quantas horas aqueles dois não tinham passado juntos, o leproso a um canto da sala, o capelão ao outro; ou talvez eles se debruçassem sobre o mesmo livro de música, seu amor pela música superando a barreira entre a vida e a morte em vida. O que pensavam a respeito disso os outros leprosos, aqueles que não sabiam cantar, sentados em seus catres, resmungando de seu pão azedo (pois se o alimento dado a um convidado era tão ruim, o alimento dado aos leprosos devia ser pior), e ouvindo a música continuar e continuar? A maior parte da noite Henry passou acordado, recordando a música, cantarolando-a de novo sob o refrão dos roncos do capelão, metade de sua mente no arrebatamento e a outra metade meio que desejando que não houvesse tantos percevejos e nem fossem tão ferozes. Ocorreu-lhe que todos os percevejos do lugar deviam ter ouvido a boa nova e poupado os leprosos em troca de uma carne que era novidade.

"Vai voltar?"

"Sim, com certeza. Talvez dentro de uma semana."

"Dormiu bem?"

"Muito bem, obrigado."

A névoa matutina estava já flutuando sobre os prados. Faria um dia quente, e ele se levantara tarde. Mas o calor do dia era por ora apenas uma hipótese, e ele embrulhou a capa à sua volta, enregelado pela privação de sono mesmo quando a névoa se desfizera e o sol preenchera o longo e estreito vale. Cantando e assobiando ele cavalgou, e não demorou a dar com a cabeceira do vale e uma encosta onde a trilha se divisava com clareza em meio à relva rala.

Cerca de uma milha depois ele encontrou dois daqueles alegres viajantes que vinha imaginando (pois ainda ocupado com a música da noite anterior estivera pensando que neste mundo, no qual todas as vidas estão sujeitas a tanto desconforto, e a morte turva o fundo de toda taça, os goliardos e viandantes provavelmente se dão melhor). Um homem estava conduzindo uma raposa na coleira e uma mulher cambaleava atrás dele com um embrulho nas costas e uma harpa a tiracolo. Ele lhes perguntou a direção do priorado de Killdew, enquanto dizia a si mesmo que era uma perda de tempo, podia deixar tudo nas mãos do cavalo: qualquer cavalo dos estábulos do bispo Walter saberia por instinto o desvio que levava a uma refeição gratuita. O homem o orientou, arrastando a raposa para cá e para lá enquanto sacudia os braços explicando o caminho a se tomar, o caminho a se evitar, ao passo que a mulher seguia encarando com uma expressão satírica no rosto suarento; sem dúvida ela estava pensando na esmola para viajantes, e talvez com experiência nisso, pois o olhar dela indicava que ele estava indo muito longe em troca de muito pouco.

Seria melhor ter alguma habitação fixa, e viver, como o capelão do leprosário, com rotina o bastante para desviar-se da reflexão de que o destino de um homem não é da conta de ninguém além dele próprio. O capelão devia às vezes ressentir-se da falta de uma voz baixo, mas no mais não tinha muito o que almejar; e embora no fim pudesse contrair a lepra o choque não recairia sobre ele com tanto aturdimento quanto em outros homens. Eu poderia ser feliz vivendo assim, pensou Henry: acarinhando o livro de música em meio aos ossos de carneiro, esquecendo este mundo para viver no quinto elemento do som... Ah, aquela Kyrie, e o rondeau que cantaram na sequência, e a canção com a parte do baixo decrescendo com passos de ferro ao chegar à *mors de moy*! Que música, e que esqualidez!... nunca ele vira uma casa tão imunda, ou dormira em uma cama tão surrada. Mas dela a música saía tal como o martim-pescador dispara de seu ninho forrado de fedorentas espinhas de peixe.

Do cimo da colina ele olhou para o priorado de Killdew lá embaixo, uma construção moderna, ostensivamente simétrica, e para a igreja do priorado, amontoada de andaimes onde a nave estava passando por uma obra de elevação. Vão se endividar por causa disso, falou prazenteiramente, como se sua situação já não bastasse. Ele passou pelos vinhedos e pelos lagos de peixes sem invejar e pediu sua refeição gratuita sem se humilhar. Era uma refeição tal como a que as comunidades em florescimento fornecem, limpa, adequada e desagradável, com um forte sabor de funcho para mascarar o ranço do peixe seco. Ele disse ao irmão que o serviu que voltaria dentro de alguns dias. Tinha decidido isso sem consultar a quem de direito. Jacintos selvagens e alho selvagem haviam tomado o lugar das flores de anêmona nas copas antes que ele tornasse a rever Killdew.

Pois em Esselby o pior dos infortúnios de um visitante se abateu sobre ele: ele se tornou indispensável.

À primeira vista a casa parecia bastante calma, uma casa apropriada para o fim de uma viagem, abrigada sob uma pequena colina escarpada. Havia uma cabeça de poço e alguns galpões por perto, e uma forja, e no crepúsculo ele viu grandes martelos escorados contra a bigorna. Não seria difícil conseguir o dinheiro de uma propriedade tão vicejante. Ele entrou na casa e explicou sua incumbência. Havia uma criança linda rastejando no assoalho, e sentindo que algumas civilidades lhe granjeariam a coleta do aluguel ele elogiou sua aparência vigorosa à jovem mulher.

"A pirralha não é minha", exclamou ela, furiosa.

Absorta em sua própria vida a criança arrepanhou seu camisolão e começou a fazer xixi. A jovem mulher começou a reclamar, uma idosa surgiu. Ele descobriu que elas estavam lhe contando uma história. Sobre o que era, e por que a estavam contando, não conseguiu dizer, pois elas a contavam com tanta frequência que falseavam o enredo ao contar, mudando de rumo para argumentar se algo tinha acontecido em uma quarta ou uma quinta-feira, em uma Quaresma ou outra. Enquanto isso, ele sentou-se à mesa esperando que sua atitude fosse sugerir a necessidade de uma ceia. Não veio comida alguma, e o homem da casa saiu, falando sobre pôr o cavalo para dormir.

Pouco depois duas freiras apareceram na história. Vinham procurando alguma coisa, mas enquanto ainda palravam à porta um mastim irrompeu na narrativa, e mutilou a freira mais velha com tanta selvageria que se alguns trabalhadores não tivessem corrido em seu socorro ela teria morrido. Então sucedeu uma longa contenda quanto a se foi antes ou depois desse caso que o trovão atingiu o grande carvalho aos pés do cercado. Isso não conseguiram determinar, mas remontando às freiras e ao mastim elas explicaram que uma sentença de excomunhão que recaísse sobre um lar que lidava com ferraria e era especializado em mobílias para igrejas — aqui de novo houve uma excursão até uma chantria vizinha cujo coro alto ainda não tinha sido pago — era razão suficiente, como Mestre Yellowlees tinha de ver, para o calote no aluguel.

"Então esta casa está sob interdição da Igreja?", perguntou Henry, esperançoso; pois caso estivesse, lhe daria uma desculpa para ir até outro lugar em que fosse mais provável receber uma ceia.

Deus nos livre, eles exclamaram: nada disso. E após um longo relato sobre como o mastim fora enforcado por sacrilégio eles se aquietaram e explicaram que a interdição da Igreja recaíra sobre Roger Longdock, o marido da mulher idosa, e sobre a filha deles, a mãe daquela criança. Ela era freira. Mas quando um dia apareceu com a criança na barriga Roger lhe deu abrigo, e foi depois de barricar a porta contra as freiras que vieram reivindicá-la que o mastim foi solto.

Apavorada com a sentença de excomunhão a freira tinha implorado por submeter-se e voltar para seu convento, mas o velho a trancara à chave junto com a criança por quase um ano. Por fim ela fugiu, e correu até o pároco. Vendo que ela escapara, Roger abandonou a casa e desde então vivia como um louco no bosque; e agora, velho como estava, tinha uma mulher com ele.

Quando tudo isso havia sido contado e a nora lembrou-se de que o convidado devia estar com fome, o fogo já havia se extinguido. Sentindo mais que fome, a cabeça latejando, os olhos pulsando de sono, Henry não queria nada além de deitar-se e dormir. Mas as duas mulheres agora tinham se convencido de que ele as tiraria de todas as suas preocupações e não seria exigente em relação ao aluguel, e sendo assim sucedeu que elas o fizeram esperar por mais duas horas enquanto espetavam os ferretes na fumaça e cozinhavam alguns ovos para a ceia dele.

De manhã o lar foi reforçado por outros membros da família: uma filha casada, duas primas arrogantes e o irmão da senhora idosa que de uma maneira ou de outra era dada a brocardos jurídicos em latim, e se curvava incessantemente. De comum acordo eles agradeceram a Deus pela chegada dele; de comum acordo eles se prontificaram a acompanhá-lo bosque adentro, onde ele falaria com Roger Longdock para arrancá-lo de sua contumácia. A esta altura Henry Yellowlees tinha dado uma olhada no filho da casa: um jovem com a compleição de um boi e os olhos esbugalhados de um fanático. Lembrou-se de que vinha coletar uma dívida, não chamar pecadores à penitência, e disse que estava pronto para ser levado ao redor das edificações a fim de fazer um inventário.

O que à noite parecera tão vicejante era apenas uma casca de prosperidade. Os muros e os telhados precisavam de reparos, a cerca de madeira estava tomada por musgos e samambaias, grossas cortinas de teias de aranha pendiam da bigorna, as ferramentas estavam enferrujadas. Ninguém, lamentou o jovem Longdock, encomendava sequer um espeto de lareira para eles agora, por causa da interdição da Igreja. Mas a Igreja, disse Henry, havia discriminado entre os culpados e os inocentes, e sem dúvida o pároco tinha apenas de deixar isso claro para que o comércio fosse retomado. Todos os Longdock começaram com uma só voz a dizer quão generoso, quão bondoso, quão atencioso o padre de aldeia tinha sido. Enquanto eles discorriam, um velhinho, enrugado e muito magro, começou a aparecer e desaparecer nos fundos da oficina, inquieto como um lagarto.

"Pensando bem", disse Henry Yellowlees, "meu cavalo precisa de ferraduras novas." O velho nos fundos da oficina arreganhou os dentes tortos em um sorriso. "Embora seja um trabalho pequeno para que vocês avivem a forja só por causa disso."

O velho disparou para a frente e começou a atiçar as brasas de um fogo apagado havia muito.

"Porém um trabalho pode trazer outro. A visão da fumaça dirá aos seus vizinhos que vocês estão prontos para trabalhar."

O velho deu um arranque exploratório nos foles. Eles chiaram com o desuso e inúmeras moscas mortas caíram de suas dobras. Henry continuou falando sobre trabalho e o valor de um negócio familiar e segredos do artesanato passarem de uma geração a outra.

Por fim o fogo pegou, a barra derreteu e se esparramou sobre a bigorna. Gritando de espanto, o jovem Longdock apanhou um martelo, suspirou, ergueu-o e deixou-o cair. De um jeito que pareceu torto.

"Você parece ter perdido a prática. Mas logo ela volta", observou Henry.

No mesmo instante o velho, falando pela primeira vez, exclamou: "Cuspa nas mãos, mestre! Cuspa nas mãos!".

"Então você tentou fazer o Sim trabalhar", foi a saudação do velho Longdock na manhã seguinte. Acompanhado por tropas de Longdock, Henry procurara por ele em vão no dia anterior. Desta vez ele fora sozinho ao bosque, e encontrara-o com extrema facilidade. "Você não vai conseguir arrancar trabalho nenhum do meu filho Sim, tenho de lhe dizer, a não ser que lhe dê uma surra." Ele era um homem velho de aspecto alarmante com uma grande quantidade de cabelos desgrenhados e um olho só. Zanzava embaixo de uma árvore, comendo uma perna de ganso e puerilmente balançando seu enorme pé descalço sobre uma almofada de musgo. "Já que você veio de tão longe, isto eu lhe digo. Há duas maneiras de obter o aluguel para as suas boas damas. Uma é: acerte a minha situação com a Igreja, para que eu possa terminar aquele coro alto para a chantria de Congres. A ôtra é: apertar o irmão da minha mulher até conseguir."

Henry não tinha amor ao cunhado, mas parecia ser seu dever recorrer ao primeiro expediente. Fez o melhor que pôde para convencer o velho a se submeter, mas sem sucesso. Talvez a lembrança do mastim segurasse sua língua. O bosque era um lugar macambúzio, cheio de velhos buracos de pedreira, e parecia conter grande número de cães ferozes. Quando ele terminou o velho Longdock comentou: "O melhor que você pode fazer é expulsar todos daqui. Eles que vão atrás do meu bom cunhado".

O ódio ao cunhado parecia ser sua ideia fixa. De resto ele resmungou sobre os portões e santuários e grilhões que fazia nos velhos tempos. À sua maneira reclamona ele era hospitaleiro, provavelmente apreciava ter um estranho com quem conversar.

Quando a mulher dele saiu dos arbustos conduzindo um par de cabras ele lhe pediu que preparasse uma refeição para a visita.

O pároco, que só apareceu no quarto dia, pois estivera cuidando de um processo judicial, não foi de nenhuma ajuda. Todos os seus pensamentos eram dedicados à criança, a quem ele escudara, segundo ele, da interdição da Igreja. Agora o garoto cresceria um bom cristão e se tudo corresse bem se tornaria frade — padre não poderia ser, já que era bastardo — e portanto útil a Deus para expiar em alguma medida os pecados da família. Henry comentou que os Longdock mais jovens pareciam bastante pios. Pios, ah, sim, certamente; mas paroquianos problemáticos e excessivamente cobiçosos. A cobiça, de fato, era a raiz de todo o problema. Entabulando uma história (pois era uma tarde úmida e ele se agradava em ter um novo ouvinte), relatou como, muitos anos antes, um frade tinha passado por Esselby, parando para fazer um sermão sobre o hediondo pecado da usura. Bem pouco canônico, comentou Henry. O frade devia ser bem antiquado. Pois é, mas Esselby também era, respondeu Sir Robin. Boa parte de Esselby tinha pegado dinheiro emprestado em alguma época ou outra de Cuthbert Ledwige, o cunhado do velho Longdock, cujos termos eram extorsivos, portanto o sermão fora ouvido com entusiasmo. Lá pela metade do sermão, continuou o padre, Ledwige pensou que era melhor sair fugido. Mas o que ele ouvira espicaçou sua consciência, e quando dois de seus credores deram calote e sua casa foi incendiada ele presumiu que a ira de Deus não esperaria até a eternidade e já estava bafejando à sua volta. Então ele providenciou que sua sobrinha mais nova se tornasse freira, pagando-lhe um belo dote. Com uma sobrinha em um mosteiro, parecia-lhe, ele se haveria melhor perante Deus, e com alguma sorte ela se tornaria uma freira tão virtuosa que seus méritos e mortificações poderiam ajudar a reduzir os dias dele no purgatório. Em vez disso, ela se apaixonou, ganhou barriga, correu de volta para a casa do pai e tornou-se a causa de todo esse problema. Ledwige teria feito melhor em destinar seu dinheiro a missas, disse Henry, e Sir Robin concordou calorosamente; mas essas pessoas eram tão cabeça-dura quanto porcos extraviados; não faziam ideia da vontade de Deus.

"Quanto ao desfecho, você já viu por si mesmo. Roger Longdock não vai se submeter, a Igreja não tem como ceder. Sim Longdock, cá entre nós, nunca vai fazer trabalho nenhum, o aluguel do senhor jamais será pago. A água não vai saciar o fogo, o fogo não vai queimar o graveto, o graveto não vai bater no cachorro. Agora me fale sobre o bispo Walter. Ouvi dizer que ele é um homem muito santo, e que na juventude fez até milagres."

Se o bispo Walter pudesse chegar voando até ali e coletar o aluguel seria um milagre oportuno. Mas a obstinação de Henry Yellowlees agora tinha sido atiçada. Espalhara-se o rumor de que um homem viera a Esselby para tirar dinheiro dos Longdock, e em pouco tempo ele se viu rodeado de meia dúzia de esperançosos credores em fúria. O nó cedeu bem onde parecia mais apertado: Roger Longdock de súbito declarou-se pronto para submeter-se à Igreja. Henry pegou-o pela mão naquele mesmo instante para repetir a boa notícia a Sir Robin. O graveto ia bater no cachorro, afinal de contas. Seu trabalho estava feito, e ele disse aos Longdock que partiria pela manhã. Louvaram a Deus profusamente, embora ele houvesse observado que os louvores de Sim Longdock traziam em si um tom absorto, como se ele já previsse seu pai recuando e a clava se suspendendo. Essa suposição devia ser sua recompensa por uma estada das mais desagradáveis; dispendiosa, também, pois eles suplicaram que ele pagasse mais do que o normal pelo alojamento e pela seladura do cavalo. Nem sequer um par de ferraduras, ele disse a si mesmo; mas nisso estava errado, pois descobriu que o gnomo daquele velho que assombrava a forja tinha-as feito e calçado.

Quando a missa da manhã terminou ele esperou para dizer adeus a Sir Robin. A Santa Igreja iria agradecê-lo, pipilou o velho, enrugando as pálpebras à cheia luz do sol. Graças a ele, outra alma poderia ser armazenada com segurança na religião.

"Na religião?"

"É. Na religião. Roger veio a mim na noite passada. Está determinado, nada vai apaziguá-lo senão passar o resto dos seus dias em uma ordem religiosa."

"Uma ordem religiosa?"

"Sim, de fato! Nada mais vai servir. Ele jura que não pode voltar para sua vida antiga, pois se o fizesse só condenaria a si mesmo ao acabar assassinando Sim e Cuthbert. Então ele quer escapar à tentação."

"E o aluguel?"

Sir Robin começou a cacarejar. Ao fim e ao cabo, Henry Yellowless teve de rir também. Eles riram e cutucaram-se nas costelas, até Sir Robin ficar tão fraco que teve de se apoiar em uma escora.

"Deus o abençoe, meu filho. Deus esteja contigo na sua jornada, e para todo o sempre. Sempre hei de agradecer a Deus por você ter vindo a Esselby."

Uma boa história para contar ao bispo, Henry disse a si mesmo; embora uma história não tão boa para contar em Oby. Aluguéis e bispos dentro em pouco foram esquecidos, pois agora ele estava cavalgando em direção ao leprosário e à *Ars nova*. Por fim, no começo da tarde de seu segundo dia de viagem, lá de cima da cordilheira onde havia encontrado os músicos e a raposa ele olhou para o vale onde agora os botões-de-ouro tinham crescido totalmente. Floresciam com tanta opulência, sua cor era tão acentuada e intensa, que por contraste o verdor da relva da pradaria parecia quase azul. Cavalgando por elas ele sentiu-se desfalecido e zonzo, como se fosse cair dentro daquele sussurrante mar dourado e lá se afogar. A cada contorno do vale fitava adiante, procurando pelo prédio precário que continha uma música daquelas. Com bispo ou não, incumbência ou não, ele ficaria por duas noites, talvez três. Viu uma construção. Mas não era aquela que procurava. Não tinha telhado: alguma ruína, algum velho galpão de gado que ele não notara devido à bruma quando passara antes por ali. Então através do ar quente cheirando a pólen lhe chegou uma lufada de palha queimada. Era pungente e abundante, o odor de um incêndio recente. A égua retraiu as orelhas, e resfolegou e fez menção de voltar; mas ele cravou as esporas e fê-la avançar. Ao aproximar-se viu que os espinheiros e as urtigas novas que cresciam ao redor da construção em ruínas estavam recém-enegrecidas. E enquanto ele ainda fitava, sem acreditar, uma figura brotou do limiar e foi caminhando com passos incertos na direção dele, a gritar: "Piedade! Em nome da Virgem, tenha piedade!". Então ele viu que aquele era o leproso que cantara na capela do duque da Borgonha. A égua empinou, e o leproso parou, protegendo o rosto com uma mão deformada. "Tenha piedade!", ele tornou a dizer. Espreitando por trás da mão ele reconheceu o viajante. "Sou John da Capela. Nós cantamos juntos. Não me abandone, não me mate! Juro por Deus que não tive parte nisso."

Havia sangue coagulado em suas roupas e moscas enxameavam ao seu redor. Ainda aparando o rosto, e virando a cabeça para ouvir nesta e naquela direção, ele deu um passo adiante.

"Eles caíram em cima de nós enquanto estávamos cantando. Estávamos cantando, não ouvimos eles se aproximarem. Tinham se armado, alguns com pedaços de pau, alguns com ossos. Eles golpearam e surraram ele, e um deles lhe enfiou um osso na boca e goela abaixo, e remexeu para lá e para cá até rasgar o esôfago e o sangue escorrer. Então os outros atearam fogo no telhado, e foram todos embora.

"Os leprosos que não podiam andar eles puseram em uma carroça, e o resto acompanhou com matracas e sinos, dizendo que agora iam esmolar e ser bem alimentados", disse ele, os olhos fitando o vale como se estivesse observando imóvel. "Mas os homens foram naquela direção." Ele voltou-se, e apontou para a encosta.

"Quem eram eles?"

"Eu não sei. Tinham carroças, e pilhagens, e alguns tinham pretejado a cara."

"Eram assaltantes?"

"Chamavam a si mesmos de Os Doze Apóstolos, disseram que estavam vingando os pobres. Um deles esteve aqui antes, e ouviu os leprosos reclamarem, imagino. Estavam sempre reclamando e dizendo que ele gastava tudo com livros de música e que devia era gastar com eles. E é verdade, frequentemente não havia nada para comer. Foram os leprosos que o mataram, eles o odiavam já fazia tempo. Os outros apenas gritaram e destruíram."

"E quando foi isso?" A questão foi parcialmente respondida pelo fedor de decomposição que agora parecia ser o único cheiro em todo o vale opulento. O riacho tagarelava consigo mesmo, e pouco depois Henry saiu cavalgando na direção dele com o vago propósito de limpar-se, e desmontou e lavou a boca e esfregou o suor do rosto com um punhado de agriões. Mal havia feito isso estava de novo suando de medo e sentindo nojo, pois lhe parecia acima de qualquer dúvida que o leproso tinha saltado na água justamente ali para arrancar os agriões que, segundo dissera, tinham sido todo o seu alimento durante três dias. O leproso — que seria feito dele? Olhou para trás e viu o homem parado no mesmo lugar, encarando-o em desolada dúvida. Ele pensa que vou partir e abandoná-lo, pensou Henry; e eu poderia, e sem lhe causar mais aflição, uma vez que ele já está convencido de que o esqueci.

Ele gesticulou, e o homem veio, primeiro em um acesso de alívio, depois mais lentamente à medida que suas dúvidas o dominavam; e parou à distância de uma saudação.

"Que foi feito dos livros de música?"

"Jogaram na palha para pegar fogo."

Ele atirou ao leproso a comida que tinha. Depois lhe perguntou se conseguia andar. As garantias do leproso de que conseguia andar tão bem quanto um homem saudável, Henry desconsiderou pela metade. Porém como não havia nada mais a fazer ele tornou a montar, conduzindo sua incrédula cavalgadura de volta para o caminho por onde vieram, e foi lentamente na direção da cabeça do vale, dizendo ao leproso que estariam em Killdew antes do anoitecer, e que em Killdew ele seria bem tratado. Killdew não ficaria lá muito feliz, ele pensou; mas a notícia de que os Doze Apóstolos estavam à solta poderia acelerar sua bondade. A intervalos ele parava e olhava para trás. O leproso ainda o seguia, arrastando sua sombra por sobre os botões-de-ouro. A encosta teria sido demais para as forças dele caso Henry não houvesse se lembrado do pedaço de corda que atava seu alforje à sela. Atirando uma ponta ao leproso e atando a outra ao arção ele rebocou o homem atrás de si assim como o músico havia rebocado a raposa. Então enfim chegaram à cabeceira da colina e olharam para o priorado lá embaixo, e ouviram o sino chamando para as Completas. Suas reiteradas notas ascendiam tão eretas e esguias como uma fileira de choupos. O leproso escarrou, e persignou-se, e começou a cantar *Te lucis ante terminum* e quando Henry o acompanhou ele abandonou o cantochão e cantou um descante. O cavalo vagava por ali mastigando a turfa do topo da colina, e Henry e o leproso sentaram-se na relva, o leproso sentado uma dúzia de passos distante, mas perto o bastante para ajudar Henry na parte do baixo de *Triste loysir* até que fosse capaz de cantá-la com bastante constância para acrescentar a parte do tenor. Cantaram-na três vezes do começo ao fim, e se no início Henry ficava se lembrando do capelão, de cujo corpo fedorento o frio da noite havia agora afugentado as moscas, na terceira repetição nada restou senão o deleite das duas vozes respondendo e harmonizando uma a outra, e a tristeza que era não poderem permanecer ali cantando a noite toda. Mas não podiam se tardar; daquela maneira chegariam depois da hora do grande silêncio, o porteiro estaria mal-humorado e poderia fazer valer as regras. Conforme desciam pelos vinhedos e pelos prateados lagos de peixes John da Capela disse com empolgação que ouvira falar da cantoria em Killdew. Para ele a música era algo que podia ser encontrado aqui ou ali indiferentemente, como uma missa.

Chegaram ao priorado. O porteiro saiu, aos protestos, mas também se gabando de que retardatários não eram nada para um estabelecimento tal como Killdew. O leproso foi levado, uma subenfermeira transportou-o com tanta eficiência quanto a de um rio que engole um seixo. Quanto à notícia dos Doze Apóstolos, era uma notícia velha.

"É improvável que venham nos perturbar", disse o mestre-anfitrião. "Se vierem, já nos preparamos e sem dúvida Deus vai defender seus servos. Só os pequenos estabelecimentos precisam temê-los — como aquele infeliz Hospital do Santo Sepulcro, que em todo caso era escandalosamente mal gerido. Todavia, como nosso despenseiro vai cavalgar até a feira de Ingham amanhã, sugiro que você se junte à comitiva. Em todo caso, cavalgar acompanhado é mais agradável do que sozinho."

A comitiva do despenseiro era tão imponente e tão bem montada que Henry Yellowlees, em cima do cavalo fornecido pelo bispo e dependendo da pouca reserva fornecida pelo bispo para gratificações, desejou a princípio ter dito que viajaria sozinho. O escriturário do despenseiro, no entanto, um lombardo, era bom conversador, um homem com tamanha familiaridade com estabelecimentos religiosos que parecia achá-los todos igualmente criticáveis. Para um homem assim, Henry percebeu, as vicissitudes da pobreza eram tão remotas que se tornavam divertidas. De modo que ele recontou a história do aluguel de Esselby. O escriturário do despenseiro se deliciou com ela, e no jantar Henry foi chamado para contá-la mais uma vez, e mais uma vez causou muito prazer. Então o despenseiro comentou que aquilo era justamente o que se esperava de Oby, ele temia que Henry Yellowlees não tivesse nada além de aborrecimentos como custódio de uma casa tão mal administrada. O bispo tinha sido bem-sucedido em macular Oby até os ouvidos exaltados de Killdew, não tinha? Henry de pronto lançou-se em um elogio da prioresa Matilda, de suas freiras, tão discretas e bem conectadas, e do bom e velho padre que as servia já havia tanto tempo e com tanta devoção e que apesar da idade era um teólogo de grande discernimento.

"Ouvi que ele perdeu o juízo", disse o escriturário do despenseiro.

"Parece que ouvi que ele não era padre coisa nenhuma", disse outro. O despenseiro comentou que quem acreditasse em tudo o que ouve perderia a esperança na providência divina. Felizmente não é necessário levar tais rumores tão a sério. Ele ouvira algumas coisas esquisitas sobre o bispo Walter, também, por sinal. O bibliotecário, que também era da comitiva, viajando para a feira a fim de comprar bolotas de carvalho e papel velino, disse com muita seriedade que os rumores mais danosos a respeito do bispo Walter eram aqueles que falavam de sua pobreza e abstinência. Tal falação sugeria aos pobres e ignorantes que a maioria dos homens da Igreja vivia em desordenada riqueza. Sem dúvida as austeridades pessoais não eram em si um problema, mas sua imposição era uma deslealdade à tonsura. Ele acrescentou que se o bispo Walter comesse dois pratos no jantar em vez de um, com toda a probabilidade o infeliz capelão do Hospital do Santo Sepulcro não teria sido linchado até a morte.

No dia seguinte eles se separaram. Cavalgando por conta própria e aproximando-se do fim de sua viagem Henry Yellowlees começou a pensar em sua incumbência e no que devia relatar. Sua infrutífera incumbência, que tinha sido para os monges de Killdew uma história para contar no jantar, e para si mesmo uma noz a se quebrar, como um problema matemático, seria para as damas de Oby uma questão de pão e toucinho. Pois cada um de nós vive em seu microcosmo, a solidez deste mundo é um mero jogo de espelhos, não pode haver existência absoluta para o que é apreendido diferentemente por todos. E caso ele pudesse ter trazido consigo os livros de música sua infrutífera incumbência teria sido tão rica para ele como se voltasse das terras de Sabá.

A infrutífera incumbência durara tempo demais: esse foi o primeiro comentário do secretário do bispo, que prosseguiu dizendo que durante sua ausência seus alunos tinham estragado os grandes compassos ao assar cotovias espetadas neles. Diga ao bispo que o dinheiro é a raiz de todo mal, respondeu ele. Algum novo elemento, talvez a *Ars nova*, talvez a conversa daquele sofisticado lombardo, tinha feito de Henry Yellowlees um novo homem, e o secretário relatou ao bispo que Mestre Yellowlees tinha ficado tanto tempo fora porque estivera se consorciando com os lollardistas.

Um sacrifício a Woden

(junho de 1377 – janeiro de 1380)

Cavalgando até Oby, Henry Yellowlees olhou por sobre a paisagem com uma benevolência solar. O feno estava recém-cortado e jazia sobre as pradarias em feixes tão ordenados quanto um céu da cor de cavalinhas, o pináculo projetava sua sombra delicada através do chão verde, os salgueiros lançavam sua folhagem prateada através do vermelho esmaltado de sua casca. Ao voltar para Oby ele estava voltando para algo que podia amar; e a ideia de que podia amá-lo e a ideia de que não tinha controle algum sobre isso arrebatou-o por completo, de modo que ele viu como imperativo que fosse imediatamente candidatar-se à ordenação de padre e se preparasse para suceder Sir Ralph como padre do convento. O velho não ia durar para sempre; na verdade, duraria mesmo o bastante para calçar aqueles sapatos confortáveis até que Henry estivesse pronto para calçá-los? Contudo, como era tolo e impetuoso da parte dele comprometer-se com Oby apenas porque este estava vivendo um momento de beleza em pleno verão! — pois durante o resto do ano o que era senão lama e bruma, tédio, solidão, um solo imprestável, e o vento ruflando as cheias de inverno?

Sir Ralph levantou-se do regato Waxle para saudá-lo, respingando e resfolegando por entre os juncos feito uma vaca ou uma divindade das águas. Ele estivera cutucando por ali com uma rede para apanhar percas, a bata arregaçada ao redor das coxas e o rosto com rugas profundas e sobrancelhas bastas e traços talhados para a ira ostentando uma expressão de argêntea inocência como a da lua cheia. Cheio de prazer ao ver Henry de novo ele lhe perguntou sobre sua viagem. Logo sua atenção se perdeu. Ele começou a atirar grama no rio e a desenhar com os pés no baixio de lama.

"Desde o Dia do Divino Espírito Santo", disse abruptamente, "estive pensando sobre o sacramento do batismo."

Henry Yellowlees resignou-se. Os pensamentos de Sir Ralph acerca do batismo haviam-no levado a concluir que o rito não ia longe o bastante, pois o que significava aspergir um bebê? Era um bom começo, mas para um homem formado devia haver uma imersão completa, pois assim fora o batismo de João. Pelo bem da conversa Henry Yellowlees atalhou que nas escrituras não há prova de que João tinha imergido Jesus, e que a tradição da Igreja, tal como expressada na arte, era a de que João havia colhido água do Jordão, talvez com algum receptáculo, talvez com a mão, e a despejado na cabeça de Jesus. Enquanto isso Sir Ralph batia o Waxle com sua rede, inquieto. De repente arrancou a bata e voltou a entrar no regato. "Deixe-me batizá-lo", suplicou. "Você parece estar com muito calor, uma boa molhadela lhe faria bem. Vamos, tire a roupa! As freiras não vão vê-lo, estão todas dormindo."

Aproximando-se um pouco mais do baixio Henry perguntou se a prioresa estava com boa saúde, se dama Philippa ainda estava tossindo. Mas perguntou em vão. O velho vadeou para lá e para cá, feliz como uma vaca, e pôs-se a louvar a água, a água, disse ele, que era o elemento inocente. Por que o Redentor da humanidade era para sempre perfeito e incapaz de pecar? Porque era um peixe para sempre imerso na correnteza. Ele nadava por toda a eternidade nas águas que estão acima da terra. E nessas águas, continuou Sir Ralph, vadeando e respingando, nessas águas nadam com Cristo as almas de todos os seus abençoados; pois o céu é um grande lago de peixes, e lá se podem ver os Bispos e os Confessores despontando feito carpas, e os Mártires com brilhantes manchas de sangue são trutas, e as Virgens em sua cota de castidade prateada são robalos. Quem quer que ame a santidade deve amar a água por inclinação natural, gritou ele, e quem quer que morra por afogamento vai direto até Deus, repleto de inocência e da absolvição da água a ponto de explodir de humanidade. Colhendo um punhado de água e despejando-o sobre sua cabeça ele se jogou com um borrifo e um agito que enviou ondulações até os pés de Henry.

Com um louco desses o único jeito era satisfazer seus caprichos. Quando ele emergiu de novo Henry exclamou: “E quem são as enguias?”.

“Os Doutores, os cultos Doutores!”, gritou Sir Ralph. “Não são cheios de ossinhos e gordura? Entre, meu jovem, e receba o batismo de João!”

Ele não demonstrou indisposição quando Henry Yellowlees declinou do convite. Sua loucura era como a puerilidade: estava tão perfeitamente convencido de seu disparate que não sentia a necessidade de proselitismo.

Contudo, e se ele começasse a atirar as freiras dentro do regato Waxle? Caso o fizesse, e uma freira morresse, sua morte pesaria na alma de Henry. Sou um custódio, disse ele a si mesmo, cavalgando pela trilha entre os salgueiros; minha única preocupação é com as temporalidades delas, e se eu disser à prioresa que na minha opinião o padre delas é louco ela talvez me pergunte o que minha opinião tem a ver com isso, e se eu falar a respeito com o bispo ele destituirá Sir Ralph e contratará um novo; e então que será feito do meu plano de ser ordenado e suceder

Sir Ralph, e ficar, ouso dizer, tão louco quanto ele após dez invernos? Estava claro para ele que não diria nada nem à prioresa nem ao bispo. Também tinha a forte impressão de que Sir Ralph estava totalmente desinteressado pelas almas de suas freiras.

Quando alcançou o convento, a imagem de Sir Ralph jogando freiras no Lago das Vacas pareceu muito sem vida. Perdeu toda a validade quando o rosto de dama Lovisa espreitou por entre o postigo. Ela ergueu — não as sobrancelhas, ela não tinha sobrancelhas — mas as calosas bolsas de pele acima dos olhos, e comentou que ele era bastante estranho. Embora as mulheres suscitem a luxúria da carne elas a expiam ao sufocar quaisquer fantasias da imaginação.

Ele fez seu relato à prioresa. Ocorreu-lhe que não lhe faria mais muitos relatos. Apesar do volume maciço e das costas eretas ela parecia encovada por alguma decrepitude interna. Tombaria subitamente, como tomba o galho de um olmo. Ela ouviu imperturbável as notícias de Esselby, riu, e desviou a conversa para perguntar sobre a administração dos vinhedos de Killdew. Suas ásperas boas maneiras fizeram-no perceber pela primeira vez o quanto ele se desgraçara durante sua incumbência. Mas a *Ars nova* o havia emboscado: o homem que chegara a Esselby não era o homem que partira na manhã seguinte ao Dia de São Pancrácio. Como aqueles que se apaixonam por fadas, ele fora transportado para debaixo da colina verde; e *Triste loysir* era a melodia daquele lugar. Ele nunca seria ele mesmo outra vez. A *Ars nova* havia imposto sua vontade sobre ele de maneira apenas um pouco menos autoritária do que sobre o capelão do leprosário. Um homem ela havia matado e o outro ela havia despachado sem morte para outro mundo. Se parecia que ele tinha voltado, e que era o mesmo custódio de Oby, o qual havia malogrado uma incumbência a negócios, foi apenas por força do hábito, e com tamanha liberdade de pensamento que agora ele se perguntava se a loucura de Sir Ralph ou o materialismo das freiras era o que estava mais longe da vida real. Contudo o que era a vida real? Não sua própria vida, com certeza. Ele não sentia nenhum calçamento de realidade debaixo dos pés, vagando em meio a uma colagem fortuita de geometria, fome, enfermidade, cavalos emprestados, dívidas e vicissitudes e as intenções de outras pessoas. A vida de quem era real? — a do velho Longdock no bosque silvestre, a do capelão no leprosário, a do ameno escriturário do despenseiro de Killdew? Cada um deles à sua maneira sabia o que queria e o buscava com autodeterminação, e aliás com autonegação; pois sem dúvida o escriturário de Killdew devia ter negado algo a si mesmo a fim de viver com tal rotundidade de mundanidade, devia ter pisoteado alguma predisposição ingênua tal como o desejo de recitar os próprios poemas.

Pela manhã lá estava William Holly esperando para circular com ele, e a habitual litania de que era preciso fazer aquilo e que era preciso desfazer isso. William Holly era um desses homens miúdos e duros feito um nó de madeira, sua intratabilidade parecia uma garantia de longevidade; enquanto houvesse um homem jovem para esnobar, uma opinião nova para refutar, uma esperança jovial para desacreditar, esperar-se-ia que William Holly estivesse a postos. Mas hoje ele dificilmente demonstrava uma afronta, e de uma maneira assaz incomum para ele, parou e apontou para o túmulo da idosa noviça Frampton, que morrera de sarampo, e Henry viu com deslumbramento que havia lágrimas em seus olhos. Terminaram a ronda e estavam olhando para um boi malhado que recentemente chegara como tributo quando William Holly de súbito comentou que alguma coisa em suas entranhas o estava arranhando e mordendo, o que acreditava ser um sapo pequeno, engolido com a salada; pois nada menos malicioso do que um sapo teria suportado as purgas que ele vinha tomando. Henry Yellowlees tolamente permitiu-se dizer que não acreditava que um sapo fosse capaz de viver dentro de um homem. William Holly respondeu que qualquer tolo sabia que um sapo podia viver dentro de uma pedra por cem anos caso quisesse.

O caranguejo, o arqueiro, o homem com a tina d'água — não há um só signo no zodíaco que não traga no bojo uma moléstia, há morte, pensou Henry, fitando o pináculo, há morte no firmamento. Prioresa, padre, bailio, todos eles envelheciam naquele ar de pleno verão. Outra prioresa se seguiria, outro padre seria encontrado; seria mais difícil substituir o bailio; pois William Holly era um daqueles personagens que como um teixo não permite que teixos mais jovens cresçam à sua sombra. Henry cavalgou pensando na bela criança que havia crescido além de todos eles ao morrer, e que ela não teria de sofrer com as frieiras de mais um inverno, ou com um padre novo em folha imposto pelo bispo Walter. E quanto ao aluguel de Esselby, que o bispo lidasse com ele, disse a si mesmo.

Uma esperança como essa foi varrida quando na sequência ele foi ter com o bispo. Ali estava outro idoso sentenciado por um signo do zodíaco — no caso do bispo Walter talvez pelo signo da balança, pois seus olhos estavam tramados em rugas de maquinações, e a palavra *julgamento* era recorrente em sua fala.

"É um julgamento!", exclamou ele ante o não pagamento do aluguel de Esselby. "Por que eu deveria intervir quando Deus já julgou? Oby está julgado, eu lhe garanto. Nada podemos fazer. Já não está em nossas mãos."

Seu capelão gesticulou a Henry para que não dissesse mais nada, e comprimiu os lábios como se para refrear algo indizível. Nenhum discernimento jamais poderia ser arrancado desse capelão. Henry Yellowlees foi procurar Humphrey Flagg, o médico do bispo. Humphrey Flagg também era devotado ao bispo

Walter, mas seu amor tinha mais secularidade. Ademais, ele era um yorkshiriano, um conterrâneo de Henry.

"Não adianta. E imploro que você não o constranja voltando a falar sobre o mosteiro. Só faz aborrecê-lo. E afinal de contas, o que um mosteiro representa?"

"Mas o que ele tem contra ele? Que ideia fixa é essa? O que as pessoas têm contra ele? Suponho que seja o mosteiro mais respeitável de todo o bispado dele."

"Só posso dizer que causou uma má impressão a ele. Senti a pulsação dele saltitar como um carneiro quando alguém lhe mencionou Oby."

"Mas por quê? As senhoras de Oby não pulam como ovelhas quando alguém lhes menciona o bispo."

Esquivando-se disso, Humphrey Flagg continuou: "O bispo não é como os outros homens. Sua vontade é mais forte do que a dos outros, suas sensibilidades são muito mais agudas. Seu corpo vive à mercê de sua alma, e a alma é um senhor duro. Por uma razão ou outra sua alma o flagela com Oby, é tudo o que posso lhe dizer."

"Algum preconceito", resmungou Henry. "Bem, ele mandou sua dama Sibilla para Oby, de qualquer forma. Por que fez isso se Oby é para ele tamanha ofensa?"

Quando o bispo Walter fez a mesma pergunta a si mesmo, embora tenha encontrado muitas respostas não identificou aquela que a satisfazia. A princípio a pergunta tinha sido como qualquer outra questão, um exercício de uma consciência que se alimentava de escrúpulos; pois o bispo era um homem que constantemente se fazia perguntas e com a mesma constância as resolvia para proveito próprio. Mas a pergunta sobre dama Sibilla voltava mais e mais, e se tornava mais urgente e mais misteriosa. Por conseguinte, a primeira coisa de que não gostou em Oby, o desgosto que tão natural e apropriadamente ele desenvolvera ao descobrir que as freiras de Oby supunham que podiam lançar poeira nos olhos dele, havia se agravado na apreensão de algo incomumente funesto, uma perversidade que superava todas as faltas que ele fora capaz de catalogar e repreender, uma perversidade tão perversa que transcendia o diagnóstico que ele fizera, e somente Deus poderia pôr o dedo nela. Motivo por que, é claro, seu primeiro desgosto tinha sido tão mais agudo e mais ardente do que poderia representar uma intenção de enganar um bispo. Oby não era o único que acreditava poder enganar um bispo, nem o único convento frívolo, mundano e insolvente. Sob essas injúrias cotidianas jazia aguardando uma abominação mais profunda.

Indo tão longe em sua suposição, o bispo naturalmente foi adiante em buscar mais informações, prestando muita atenção ao que acontecia a sua volta; e naturalmente, ele ouviu muita coisa. Embora tudo o que tenha escutado pudesse ser interpretado em desfavor de Oby ele não escutara nada muito revelador até Henry Yellowlees voltar de Esselby. Então, no decorrer da conversa com um convocador recém-designado cujo tio tinha sido mestre de obras em Etchingdon, ele tomou conhecimento da verdadeira história dos dízimos de Methley: Thomas de Foley os tinha concedido a Oby como pagamento pelos prazeres carnais que desfrutara com sua prima, a prioresa Alicia. No encalço desse conhecimento o bispo fez uma Visita ao convento para o qual havia transferido dama Alice. Em muitos aspectos a Visita foi aflitiva, ele notou por exemplo um chocante grau de glutonaria, e as freiras eram dadas a brigas e difamações; mas em meio a tudo isso o prazer simples e doméstico de dama Alice ao vê-lo esquentou seu coração. No decorrer de sua entrevista privada ela lhe contou como ela e dama Johanna sempre acreditaram que o pináculo tinha caído, e que dama Susanna tinha se atirado embaixo dele, como uma manifestação direta da ira de Deus. Ela também recontou as mortes do garoto que caiu do andaime, de Ursula que caiu da escada, da estipendiária, Magdalen Figg, que caiu no lago de peixes, e do marido de Magdalen, o antigo bailio. Não parecia que Deus dificilmente permitiria um leito de morte cristão em Oby? Como ela podia expressar sua gratidão ao bispo por tê-la libertado de um lugar como aquele?

E como, ela acrescentara, estava dama Sibilla? — aquela senhora doce, um exemplo de como uma freira deveria ser.

Ele encarou-a, sem ousar desviar-se da pergunta que temia ouvir.

"Com frequência me pergunto por que o senhor mandou dama Sibilla para Oby." As pálpebras dela baixaram, como se a visão da angústia dele fosse algo que devesse ser digerido privadamente. Suspirando apreciativamente, e sacudindo a cabeça de leve, ela murmurou: "Eu não devia ser tão presunçosa. Mas me pareceu que o senhor estava enviando um cordeiro aos lobos".

"Sim, sim!", ele respondera, e rapidamente abençoara a sabida criatura.

Dama Alice ficou perfeitamente satisfeita com aquela entrevista, e seguiu vivendo com paz de espírito. Era absolutamente improvável que a prioresa de Oby viesse a denunciá-la; mas caso o fizesse, o bispo Walter não estaria inclinado a ouvir com favorecimento algum. Aquele ganso já estava assado. A satisfação do bispo não durou tanto tempo. À noite a resposta fornecida por dama Alice à inexorcizável pergunta tinha minguado a resposta nenhuma. É função dos cordeiros serem mandados para o meio dos lobos; tal envio teria sido piedoso e meritório, e poder-se-ia esperar que Deus o abençoasse. Mas não era o caso. Ele pusera sua sobrinha-neta em Oby a fim de punir uma casa extravagante ao impeli-la a tomar três recém-

-chegadas não lucrativas. Dama Sibilla tinha antes sido aplicada como uma sanguessuga do que enviada como um cordeiro.

Contudo Deus o havia permitido. Talvez Deus até mesmo o tivesse designado. Estava nas mãos de Deus, e nelas ele deveria deixá-lo. Repetidas vezes ele experimentara essa resposta, e sempre que a experimentava, fazia-o remontar a Abraão e Jefté. Abraão estava disposto a sacrificar Isaac, Jefté não estava disposto a oferecer sua filha mas não obstante o fizera. Dos dois, parecia ao bispo Walter que o caso de Jefté era o mais próximo do dele. Com Abraão, Deus agiu objetivamente e com a autoridade de um pai, mas em suas tratativas com Jefté ele se valeu de um estratagema, no último momento substituindo a filha de Jefté por aquilo que Jefté muito provavelmente esperava que fosse um carneiro. Pregando sobre o dever da obediência o bispo aturdiu seus ouvintes, pois não lhe era habitual entrar com tanto sentimento nas emoções de personagens pré-cristãos. Contudo a lição foi clara, e vários pais voltaram a casa para bater em seus filhos com zelo e confiança renovados.

Por que ele enviara dama Sibilla para Oby?

Em seus períodos de tempo livre e em suas noites acordado o bispo meditava sobre a garota e sua afinidade com Jefté e sobre a maldição que se acumulava na casa de Oby. E se o pináculo, comprado com incesto e profanação, viesse a cair de novo, e dama Sibilla estivesse embaixo dele?... mas a morte do corpo não é de nenhuma importância, ele não conseguia considerar removê-la por um motivo tão leviano. E se o milagre do aluguel de Esselby (dificilmente seria menos que um milagre que um enrijecido excomungado houvesse sido dobrado pelas exortações de Henry Yellowlees) se repetisse mais e mais até Oby se tornar insolvente?... ora, então é claro que as freiras teriam de ser dispersadas, dama Sibilla incluída. Mas e se enquanto ainda estivesse em Oby dama Sibilla caísse sob o poder de qualquer que fosse aquele misterioso mal acumulado lá, e por algum infortúnio ou pela deliberação da vontade de Deus acabasse se condenando?... Não seria um feito dele, e Deus não iria requerer a alma dela nas mãos dele?

Ele afastou o pensamento. Era um truque de Satanás, que também tentou Jó. Mas após algum tempo a especulação lhe voltava, disfarçada como um presságio, ou à espreita nas páginas de um livro, ou dançando na chama de uma vela. Por toda a sua vida Walter Dunford havia se valido de seu senso naturalmente forte do sobrenatural, e fora constantemente assistido por visões e por vozes, às vezes quase acreditando, e nunca de fato desacreditando, e sempre convencido de que mesmo se ele engrandecesse e explorasse um bocadinho esses adjuntos de outro mundo era por vontade de Deus e por desígnio de Deus que o fazia, assim como permitia que suas autênticas mortificações desempenhassem seu papel útil aos olhos do mundo. Agora ele estava se abeirando dos sessenta, e as visões e mortificações haviam operado sobre ele. A questão de dama Sibilla, que entrara em sua mente como nada mais do que um estimulante ao seu preconceito contra a casa de Oby, tornara-se seu pão e sua água, seu flagelo e seu cilício, sua oração e sua condenação. Na realidade, ele tivera muita dificuldade em incluí-la entre suas outras sobrinhas e sobrinhas-netas na religião; mas ela era a única neta de seu falecido irmão Thomas, a quem um dia ele amara; e agora a lembrança disso, sacudindo seus afetos enferrujados, forçava dama Sibilla à sua imaginação, e fazia-a parecer querida, e terrível, e como se fosse um voto.

Enquanto isso, Oby esperava uma Visita. Fixou-se uma data. Ele se acostumara a ouvir Oby falar sobre ela: o fato assumia seu lugar entre outros lugares-comuns, servia para acobertar medos alheios, os medos que seu médico tinha da malária e de uma dieta inadequada, os medos que seu secretário tinha de descobrir um bocado de coisas que fossem problemáticas. Aliviava-o ouvir essas conversas sobre Oby, e responder que a Visita era um dever doloroso que ele a todo custo precisava cumprir. Um dia antes de sua partida esperada um ataque de febre e vômito prostrou-o, e Henry Yellowlees foi enviado para dizer a Oby que a Visita deveria ser adiada.

Ele só se recuperou após o equinócio. Àquela altura o tempo tornava impossível ir para Oby, portanto Humphrey Flagg disse, e o secretário comentou, que uns poucos meses mais ou menos não fariam muita diferença para um estabelecimento como Oby. Os medos deles não mais abafavam Oby, e o bispo foi deixado a contemplar os próprios, até a noite de novembro em que a voz de seu irmão falou em seu ouvido, mais alta do que o vento norte e o chuvisco que tamborilava nas janelas da capela de Maria, dizendo: "Liberte minha amada do poder do cão!". Foi uma ordem direta. Mas ele não podia obedecê-la, por causa do terror que suscitava nele, e por falhar em obedecer passou a temer ainda mais.

"O senhor pensa demais em Oby", disse seu secretário, quando na manhã seguinte lhe pediram que fizesse os preparativos para que Oby fosse visitada por procuração.

Algumas noites mais tarde outro vendaval soprou. Nessa noite ele estava na cama. Levantou-se, dizendo que devia rezar, e dispensou seus funcionários. Pouco depois estes o ouviram sair de seus aposentos e ganhar a galeria cujas escadas davam na catedral. No patamar da escada ele viu que o estavam seguindo, e voltou-se para eles com tanta fúria que eles ficaram onde estavam, mirando um ao outro muito constrangidos, e dizendo que não se devia interferir em tais manifestações de piedade. O vento estava gritando no alpendre norte feito o mar rugindo em uma caverna, e pareceu a ele que estava caminhando sobre o frio pavimento do oceano. Lá, como os ossos de um naufrágio, se achava seu trono alto: ele parou por um momento e olhou para ele. Depois seguiu para a capela de Maria, e atirou-se no chão assim como um cachorro se afunda em seu canil. O vendaval reuniu mais força, o primeiro punhado de chuvisco bateu nas janelas, e a voz de Thomas falou no vento; usando as próprias palavras de Davi, aquele mesmo Davi a quem o bispo havia louvado tão encarecidamente no último parágrafo do primeiro livro de seu tratado *De Cantu*, mas pronunciando-as na voz de um personagem muito menos venerável e amigável do que o filho de Jessé, um personagem obscuro, temeroso, e desconhecido, algum deus dos antigos bretões, talvez, o qual os ancestrais de Walter Dunford tinham apaziguado com sacrifícios vivos.

O vendaval amainou um pouco antes da alvorada, e foi então que o grupo dorminhoco na galeria ouviu os passos de seu bispo na escada. Levaram-no nos braços, e ele olhou para eles, mas nada pôde dizer pois seus dentes batiam por causa do frio. Seja lá o que Walter Dunford ouvira no vento norte tinha-o lançado completamente no sobrenatural em que ele próprio havia confiado por tanto tempo e com tanta segurança. Suas faculdades de misericórdia e imaginação operavam nele como nunca antes haviam operado, e as pessoas à sua volta começaram a dizer que ele subitamente tinha ficado senil. O que mais podiam dizer, vendo-o ali gemendo, com as mãos percorrendo os cabelos brancos?

Depois disso ele se permitiu ser tratado como um homem doente, ser mantido aquecido em um quarto pequeno, e ser alimentado com vinho maltado, e ter seus pés lavados com água quente. Passou o Natal, e a Epifania, e o Dia de São Martinho, ele não melhorava nem piorava. Então Humphrey Flagg lembrou-se da única fraqueza em que Walter Dunford havia incorrido: sua afeição pelos outros Dunford.

"Não permitiria que uma de suas sobrinhas venha cuidar do senhor?"

O velho ergueu o olhar com um súbito brilho aquoso feito um vislumbre do sol de novembro.

"Minha sobrinha-neta Sibilla. Faça-a vir."

O médico sugeriu que um espécime da geração intermediária de freiras de Dunford podia ser de mais consolo, e ter mais talento para a sangria.

"Não, não! Será dama Sibilla. Ela é quem está mais perto, viajará ao menor custo. Não quero gastos desnecessários."

Humphrey Flagg parabenizou-se por encontrar o estímulo certo para o pobre velho. Era extraordinário como ante a ideia de ver outro Dunford ele se avivou e quase voltou ao seu antigo eu. Até mesmo lembrou que o custódio de Oby podia arranjar o resgate de dama Sibilla por meio de sua costumeira visita de inspeção. No entanto, Henry Yellowlees não foi incomodado com essa incumbência. A ocasião pedia algo mais cerimonioso, e uma liteira e uma escolta discreta partiram para Oby a fim de trazer dama Sibilla.

Ainda agarrada à sua trouxa de remédios e iguarias ela caiu de joelhos do lado da grande cadeira onde o bispo estava sentado, embrulhado em uma bata branca de lã. Durante todo o cair da tarde ele permanecera sentado ao lado do fogo, vendo a imagem dela em meio às chamas que eram alternadamente as chamas do fogo do inferno e as chamas do serafim. Às vezes uma acha se partia, às vezes o tordo-visco na pereira entabulava sua canção contra as tempestuosas saraivadas de chuva. A intervalos seu médico ou seu capelão ficava a seu lado e olhava para ele.

Agora ele se virara e olhara direto no rosto dela. Pareceu-lhe nunca antes ter visto um semblante tão mundano. As faces dela estavam coradas da súbita mudança de uma viagem no frio para um quarto aquecido, os olhos lampejavam e piscavam, os dentes, protuberantes embaixo do curto lábio superior, davam a seu sorriso uma expressão de alacridade carnal — e ela sorria a valer. O mundo, que ele pensara ter renegado, fitava-o no rosto, dava-lhe tapinhas nos braços, girava seu anel, com tanta confiança como se ele nunca o tivesse menosprezado.

Ainda de joelhos ela começou a remexer em sua trouxa, tirando um objeto após outro, confundindo-os e desarrumando-os, e entulhando o chão com chumaços e cacarecos. Aqui um pouco de mel, mel de carqueja que nunca falha em aliviar a tosse. Aqui um pouco do marzipã de Oby, feito especialmente para ele. Aqui uma garrafa de hidromel. Aqui um pequeno travesseiro. Aqui um maravilhoso bálsamo para juntas enrijecidas, e aqui um unguento para frieiras, e aqui um emplastro para ser colocado sobre o coração. Aqui alguns confeitos, e aqui um destilado de absinto, e aqui outro saltério de dama Lovisa, e aqui alguns talos de angélica adocicados, e aqui uma toalha bordada pelas noviças, e aqui um pouco de geleia de ameixa. Tudo tinha um uso ou uma mensagem e tinha sido feito especialmente ou tinha um histórico de cura. E na confusão de doar-se ela exibiu e explicou a esmo, de modo que o travesseiro agora devia ser colocado sobre o coração e o mel era soberano para tratar joelhos endurecidos.

O médico avançou e sussurrou que o bispo estava extremamente fraco e não devia ser incomodado com conversas.

"É claro, é claro, entendo perfeitamente", respondeu ela; e lá veio mais geleia de ameixa, e uma longa história sobre como a árvore tinha sido podada por um frade de passagem, e respondera com uma bela colheita, mas afinal de contas não foram colhidas muitas delas porque as pegas chegaram e as roubaram; mas no ano seguinte eles jogariam uma rede em cima, uma rede de pesca que fora comprada em Waxelby por um preço muito menor do que o habitual porque a vendedora era a viúva de um pescador que ficara agradecida por fechar a venda para dama Lovisa por metade do valor em dinheiro e o restante em preces pela alma do pescador. Pois dama Lovisa obteve essas coisas com muita inteligência, e daria uma excelente prioresa.

"O quê? Outra prioresa De Stapledon?", perguntou o moribundo.

"Sim, de fato! Nós já nos decidimos, ela certamente é o que Deus deseja. E dama Eleanor ainda será tesoureira, e dama Philippa irá ficar com as noviças, e dama Dorothy será despenseira, e..."

"E você, minha filha?"

"Sacristã, talvez. Imerecidamente, mas o senhor sabe que somos muito poucas." Porém as primeiras duas palavras tinham proclamado suficientemente uma violenta ambição espiritual à guisa de complacência. No tempo devido, uma prioresa Dunford.

"Um cargo solene", disse ele.

O frasco de hidromel, tendo sacolejado durante a viagem, havia sido colocado imprudentemente perto do fogo, e agora a tampa começava a estufar. O bispo sobressaltou-se e persignou-se. Enquanto dama Sibilla limpava e falava, e misturava o benefício do hidromel com o privilégio de ser sacristã e sobre quanto hidromel tinha sido desperdiçado e contudo quanto dele tinha sido poupado, tudo com uma espécie de arroubo tranquilo, ele fitou o frasco com a mandíbula a tremer e as mãos finas a se remexer. O médico levantou-se de seu banco no canto e começou a misturar alguma coisa em uma pequena tigela. Ele demorou demais. O bispo cambaleou de sua cadeira, e caiu de joelhos, uivando. O médico correu com sua tigela, o capelão apanhou um crucifixo, exclamando: "Essas malditas mulheres!" e segurou-o diante dos olhos do bispo. Mas ele esquivou-se de ambos, arrastando-se pelo quarto de joelhos, uivando, e batendo no próprio peito. Foi dama Sibilla, antecipando-se ao capelão, quem o amparou. Ajoelhando-se, e agarrando-o pela cintura, ela lutou com ele até tê-lo ao chão com a cabeça dele no colo.

"Como o senhor nos assustou!", disse ela. "Não pode rezar tão alto, nem tão subitamente. Precisa nos dizer quando deseja rezar, que iremos rezar todos juntos, como Abraão e seu lar."

"Abraão não, Abraão não! Jefté!"

"Quem foi ele? O senhor o viu em uma visão?", perguntou ela.

"Um presságio!", disse ele, engasgando-se e chiando. "A ira de Deus!"

"*Tuba mirum spargens sonum/ Per sepucra regionum*", entoou o capelão.

"Eu tive uma visão", disse dama Sibilla. "Justo quando a rolha saiu voando e eu estava me culpando pelo descuido de ter colocado o frasco tão perto do fogo e desperdiçado todo aquele bom hidromel que dama Margaret nos ensinou a fazer, justo então vi Santa Madalena derramando o unguento de um vaso e sorrindo, como se a dizer que não é preciso se preocupar com um pouco de desperdício."

"*Quid Mariam absolvisti*", disse o capelão, fulminando dama Sibilla mas pegando-lhe a deixa.

"Mas não é a primeira vez que vi um dos santos", dama Sibilla continuou, tranquilizadora. "Em Allestree vi São Jerônimo várias vezes. Ele costumava sentar-se nos claustros com um livro nos joelhos. O padre de Allestree não conseguiu acreditar, e me disse que freiras não tinham nada que ter visões. Mas como impedi-las, se os céus é que as mandam? No entanto, não falei a respeito. Como o senhor está se sentindo? Talvez queira comer um pouco de angélica. É do melhor tipo, do tipo que é preparado com folhas de parreira."

O capelão depôs o crucifixo e disse entre dentes a Humphrey Flagg que eles deviam de alguma forma livrar-se dela. O médico respondeu que ela parecia estar fazendo bem a ele. Dando de ombros o capelão comentou que não era um bom leito de morte para um bispo deitar-se com a cabeça no colo de uma freira mastigando angélica, e que ele não podia esperar que um médico, um homem profissional, fosse ser tão tolerante a macaquices de convento, travesseirinhos e tudo mais, ao que o médico retorquiu que falando como um homem profissional ele não via o bispo morrendo ainda por vários dias. Ainda estavam em sua contenda a um canto quando dama Sibilla lhes anunciou que seu tio-avô estava agora dormindo um sono pacífico e que ela achava que ele devia ser carregado até a cama.

A maneira como ela supervisionou essa operação e particularmente as inefáveis batidinhas que deu nos travesseiros remeteram Humphrey Flagg ao modo de pensar do capelão. Com dedicada cortesia eles a conduziram a seu alojamento, onde uma respeitável viúva estava de prontidão para servi-la. Mas um par de horas depois foram forçados a chamá-la de volta, pois o bispo tinha saltado da cama declarando que a vira ser levada embora por um cachorro malhado tão grande quanto um cavalo, que ela estava perdida e que Deus exigiria a alma dele por isso. Agora deu para ter mais visões, observou sombriamente o capelão. Desta vez dama Sibilla acalmou o bispo com um longo relato sobre as finanças de Oby. Mas o capelão não se agradou. Tinha formado um preconceito contra ela.

Enquanto isso, todos os pobres da cidade sabiam que o bispo Walter estava morrendo, e com a irracional esperança dos pobres estavam rezando ardorosamente pela sua recuperação. Marcharam em procissões até a catedral, ajoelharam-se em oração no portão do palácio, clamaram que imediatamente se trouxessem relíquias de todas as partes do reino. Crianças foram surradas para que rezassem com mais fervor, pois a reza de uma criança tem mais poder do que a reza de qualquer pessoa crescida, mulheres prometeram o bebê no útero ao uso de

Deus contanto que Deus lhes poupasse o bispo, e corcundas, que são conhecidos por trazer boa sorte, foram apanhados às mancheias e esfregados nos muros do palácio. Pois ele era o bispo dos homens pobres, ele tinha sido atencioso com os pobres, era o pai deles, o tesouro deles, sua única roupa quente, seu campeão diante de Deus e do homem, seu único adulador. A multidão chorava e oscilava, dizendo uns aos outros como mesmo agora, às portas da morte, ele não deitava na cama mas sim no chão com nada além de palha embaixo de si. Ninguém foi mais fervoroso do que as meretrizes que ele expulsara da cidade, e que agora formavam uma procissão, penteadas e limpas e trajando suas melhores roupas, para rezar pelo homem que as levara tão a sério. Caminhando em meio a essas turbas Henry Yellowlees sentiu-se alguém à parte, um fantasma talvez, ou antes uma figura geométrica, um franzino triângulo desagradado em meio àquelas inchadas curvas de emoção. A morte de Walter Dunford, em relação a quem essas pessoas lamentavam tão ardorosa e prazenteiramente, e a quem ele por tanto tempo violentamente odiara, nele suscitavam nada além de um tipo de calmo e desprezível aturdimento por ter odiado tão violentamente. Da mesma maneira como um fedor que quase asfixiou alguém se torna nada mais que o cadáver encolhido de um maldito rato quando vai para debaixo da terra.

Uma vez que seus alunos estavam constantemente sendo chamados para cantar litanias ele tinha tempo nas mãos, e gastou-o entrando e saindo da multidão tal como alguém entra e sai de uma floresta. Divertia-o ouvir toda a conversa sobre a freira que ficou em constante atendimento do homem moribundo. Tratava-se de uma freira de extraordinária santidade, e em uma visão da Virgem ela fora ordenada a ir até ele. Ela era uma médica de reconhecido talento e estava mantendo-o vivo com um remédio secreto. Ela era uma bruxa, e estava matando-o o mais rápido que podia. Quem acreditaria nele caso dissesse que conhecia todas essas notáveis senhoras e que havia discutido com elas o preço dos peixes salgados? Ele notou que era assaz inverídico supor que os homens lutam por suas crenças. Todas as três escolas de pensamento sobre a freira do bispo ouviram as heresias umas das outras sem o menor movimento de má vontade. A humanidade ignara e selvagem luta por pão ou um companheiro de cama, mas precisa ser instruída por teólogos caso se queira que lute pela fé.

Ele se cansara de observar as turbas (que de todo modo tinham diminuído à medida que a morte do bispo se demorava) e estava sentado em seu velho lugar favorito em meio aos entalhes espalhados do templo de Júpiter quando o dobre do sino de finados ressoou. Foi no fim da tarde. O orvalho caía, o perfume da floração recente pendia no ar frio feito o fantasma do dia, os pássaros tinham abandonado a cantoria e se acomodavam para passar a noite com ocasionais guinchos de alarme. Um pouco antes, um bando de vagabundos se aproximara do cercado onde pegaram uns espetos de tojo e avivaram uma fogueira. Ele observara a primeira voluta de fumaça manchar a pureza do céu azul-escuro e ouvira suas vozes calmas e rezingueiras enquanto eles se lançavam a libertar os pés diante do lume. A fumaça adernou, e em seu lugar ele viu a primeira estrela, e um instante depois o primeiro repique do sino expandiu-se no ar e cessou tremendo.

Walter Dunford estava morto. Mas todas as outras considerações se perderam em um transporte de gratidão pelo papel dele na elegia, pela morte que fizera o sino dobrar no inocente e solene crepúsculo com notas tão adequadas e comoventes como as longas de *Triste loysir*. Se ele se ajoelhou para orar pela alma do bispo foi porque seu prazer era tão intensamente físico que ele precisava escorá-lo em uma restrição de ascetismo, e o desconforto de seus joelhos na turfa gelada iria reforçar seu deleite.

Dentro da circunferência da vibração do sino a notícia foi recebida por ouvidos assaz diferentes. Os clérigos correndo para participar das rezas olhavam uns para os outros com o rabo dos olhos, admitiam a precária mortalidade do homem dando de ombros. "Finalmente!", diziam os olhares, e os ombros respondiam: "Livramo-nos de uma".

Pois os últimos dias do bispo Walter na Terra foram dolorosos e pouco edificantes, e sua vitalidade era tão obstinada que ninguém podia ter certeza de que ele não acabaria por se esgotar em algum irreparável escândalo de morte. Duas vezes ele saíra desabalado de seus aposentos, dizendo que precisava ir se penitenciar diante dos pobres (pois ele estava definitivamente cônscio da grande audiência que esperava lá fora); e apenas a destreza daquela freira o havia feito recuar. A penitência convinha. Mas o bispo Walter se penitenciou ultrapassando todo decoro, delirando sobre o medo da morte e o medo do inferno e com um ódio a si mesmo que acabou por incluir a humanidade toda. Sobre o que era tudo aquilo ninguém teve tempo para adivinhar, não mais do que quando uma casa está pegando fogo os homens que combatem o incêndio têm para especular o que o causou. Ele delirava feito um louco, todos concordaram; mas o louco era um louco com plena posse de seu juízo, capaz de desmontar os sofismas de pretensos consoladores, capaz de recordar em grandes pormenores as intrigas de meio século atrás. A argúcia teológica jamais lhe havia sido atribuída, nem mesmo por seus apoiadores. Ele fizera seu nome por meio de simples piedade, austeridades pessoais, engenhosidade, excentricidade santa, e um maravilhoso tino para negócios. Mas agora, no processo de demonstrar que estava condenado, nenhum louco o teria superado. Ele argumentava como uma enguia; e a força de todos os seus argumentos e de sua natural acerbidade era dirigida contra as consolações que lhe ofereciam. Nada foi capaz de persuadi-lo a deitar-se e morrer em paz, confiando na Igreja para que cuidasse de seu caso. Os demônios que eles exorcizaram mal foram escorraçados e já voltavam com um reforço de mais demônios. As relíquias que lhe trouxeram ele recebeu com cálculos de quanto haviam custado, quanto haviam rendido, quanto haveriam de valer dali a dez anos àqueles juros. Eles trouxeram desconhecidos (contra seu melhor conselho, mas a miséria dele era tão autêntica que eles se prontificaram a remediá-la), frades convocadores, anacoretas, crianças pias, até mesmo uma velha mulher da localidade que havia sido açoitada por declarar que a Virgem era tão conhecida dela que lhe havia arrancado os piolhos de sua cabeça. Mas tais pessoas não foram mais eficazes do que as de seu lar. Por um minuto ou dois ele as saudou com anelante submissão, apertou-lhes as mãos, sussurrou-lhes nos ouvidos; mas a saudação se transformava em ironia, refutação, verdades ofensivas e zombaria. Esperaram até ele parecer incapaz de falar para dar-lhe os santos óleos. Meia hora depois ele começou a se contorcer, e murmurava que o óleo estava queimando-o, corroendo sua carne; e para o horror deles, viram sua pele ressecada avermelhar-se e escoriar-se.

Após sua morte as marcas eram tão flagrantes como se feitas a ferro quente. O capelão, já com a resistência e a paciência esgotadas, apontou-as para dama Sibilla, dizendo: "Aí estão. Como explica isso?". Ela respondeu que para ela pareciam rosas. O médico, que realmente tinha amado Walter Dunford, e tinha morrido um pouco junto com a morte dele, virou-se com um gemido diante de tamanha tolice.

Contudo quando ele fosse um homem velho, e a morte do bispo houvesse ocupado seu lugar entre uma de muitas mortes na sua memória, ele com frequência citaria dama Sibilla como um exemplo das virtudes medicinais da virgindade. Pois o calor corpóreo de uma virgem, dizia ele, é ao mesmo tempo mais puro e mais veemente do que o calor de uma criatura deflorada, e quando os doutores puseram Abisague na cama do rei Davi estavam aplicando esse conhecimento, e a puseram lá sem nenhuma intenção carnal mas exatamente como teriam vertido mel virgem em uma ferida ou enrolado algodão virgem em uma articulação inflamada. E o cérebro de um homem velho, continuava ele, é apoquentado por humores frios, e se enerva e enlouquece feito um rio impedido por gelo, de modo que a mansidão em si se torna irascível e irrompe em ataques de fúria e disputas. Em tais casos uma virgem, quanto mais simplória melhor, pode fazer mais do que qualquer remédio. Ela não precisa ser colocada na cama do doente; sua mera presença é o bastante.

Foi assim que, vinte anos depois, Humphrey Flagg explicou o comportamento de dama Sibilla. De todos aqueles que participaram nos últimos dias do bispo somente ela permanecera confiante e serena. Conforme os ataques dele pioravam, conforme ele delirava mais loucamente e temia mais abjetamente, ela parecia estar em seu elemento, como um spaniel d'água na correnteza. Ela era desajeitada, ela era obtusa, ela era insuportavelmente trivial nos remédios que sugeria e nas consolações que oferecia. Mas sua devoção ao moribundo era inquestionável e em face à agonia dele a obtusidade dela assumia a característica da intrepidez. Nada intimidava sua competência. O bispo via demônios? Ela os via também, nos mínimos detalhes. Naturalmente, no leito de morte de um bispo os poderes do inferno se aproveitariam o melhor que podiam de tamanha oportunidade. Penitência? Mas é claro! Quanto maior o santo, maior a penitência. Reprimendas e reprovações? De novo, é claro! O que podia ser mais agravante aos olhos de um homem moribundo do que a visão da perversidade do mundo, e como podia um bispo gastar seu último suspiro de modo mais corajoso do que em censurar o pecado e confundir o vanglorioso? Dúvidas, autocondenações, desespero? Sim, sim, é assim que os moribundos devem se sentir, mas era tudo muito natural e nada com que se alarmar. Ademais, pense na misericórdia de Deus, e em todos aqueles pobres lá fora, todos orando pela alma dele. A multidão estava maior do que nunca, disse ela, recuando da janela com os olhos arregalados como se houvessem aumentado de tamanho para abarcar a visão de tamanha turba. Então ela lisonjeou e consolou, e apequenou isto e aumentou aquilo, segurando seu espelho de prestidigitadora diante dos olhos dele. E nos intervalos de paz que ela lhe conquistou ele jazeu com a cabeça em seu peito, agarrado ao véu dela a fim de se cobrir e às vezes murmurando que poderia morrer em paz pois a tinha salvado do poder do cão, e outras vezes ouvindo com sonolenta satisfação à sua tagarelice sobre Oby. Após sua morte ela começou a chorar, e tremia como se com a maleita; mas quase no próximo fôlego ela já estava dando de beber vinho quente e mimando Humphrey Flagg, as lágrimas respingando a taça enquanto ela lhe assegurava quão interessadas as senhoras de Oby ficariam quando ela lhes contasse sobre as prescrições dele.

Por volta da realização do velório (naturalmente ela ficou para o velório) relatos do comportamento do bispo na morte já estavam circulando; e isso se espalhou da mesma forma como o feito da freira que o havia enfeitiçado, chamando demônios para atormentá-lo e prolongando sua agonia com nós atados na franja da colcha. Precisavam se livrar de uma pessoa como aquela o quanto antes e o mais discretamente possível. Mas quando o administrador mandou buscar Henry Yellowlees e lhe disse que ele devia levar dama Sibilla de volta para Oby, Henry postulou que se ela andasse às claras pelas ruas seria apedrejada: permita que ela fique um pouco mais, instou ele, enquanto ele mesmo cavalgaria até Oby e providenciaria uma escolta da própria comunidade dela com quem pudesse fazer a viagem de volta, uma freira entre freiras. Mas ninguém no palácio se importava com o que seria feito de dama Sibilla, apenas se importavam com livrar-se dela e livrar-se da última Dunford. Felizmente a velha viúva a quem pediram que cuidasse dela admirava-a profundamente; por meio de seus arranjos e de sua conivência dama Sibilla escapou antes da alvorada, vestida como uma criada em anáguas curtas e um chapéu de aba mole. Assim que o sol raiou elas estavam longe da cidade, cavalgando sobre a turfa verde salpicada de prímulas. Constrangia-o vê-la vestida feito uma pessoa secular, mas ela encarou isso com muita leveza e apreciou o chapéu. Ele ficou aliviado quando mais tarde no mesmo dia ela foi até um matagal e dele saiu com sua roupa de freira.

Quando chegaram a Oby todas as freiras estavam plantadas na frente da casa para recebê-la. Enquanto aguardava que o pináculo alfinetasse o horizonte Henry se perguntava como ela estaria se sentindo, voltando após aquelas semanas de violenta emoção para um futuro achatado como a paisagem que jazia diante deles. Uma tal vida era confortável, honrosa, mais feliz, provavelmente, do que as vidas da maioria das mulheres; e em acordo com os desejos de Deus, é claro; mas após sua participação no drama do leito de morte de Walter Dunford aquilo devia parecer maçante. Ela pulou agilmente no chão e mergulhou em meio às outras e desapareceu.

Durante a ausência de dama Sibilla uma voz nova tinha sido acrescida às vozes familiares. Sempre houvera uma abundância de corujas ao redor de Oby, mas nesta primavera uma coruja estabelecida em algum lugar ali perto tinha dado de piar todo dia. Era atordoante ouvir o seu *tu-huu* flutuando por entre o rosa e branco das maçãs em flor ou calmamente se misturando ao ofício do meio-dia. Por ser esse o tipo de coisa que assusta criados e excita noviças, as senhoras do convento adotaram a explicação de que tal comportamento por parte de uma coruja demonstrava um gracejo mal-intencionado; e o comentário de dama Philippa segundo o qual a pobre criatura devia estar sempre acordada ante o pensamento de seus próprios pecados foi repetido com frequência. Possivelmente dama Lovisa, tão friamente atenta a qualquer indício de um cargo de prioresa se apressando em sua direção, houvesse pensado diferente em relação à coruja. Mas ela foi assaz discreta assim como dama Matilda fora quanto à velha prioresa trinta anos antes, e quando dama Adela (como de hábito manifestando o mais tolo pensamento de todas acrescido de uma falta de tato pessoal) disse que era uma coisa boa que dama Margaret fosse surda demais para ouvir a coruja piando para ela, dama Lovisa deixou que dama Eleanor retorquisse que além de corujas a surdez salvava as pessoas de ouvir grandes tolices, e limitou-se a comentar que a vida em um clima úmido com frequência prejudica a audição das pessoas.

O convento estava repleto de mulheres velhas. Havia a prioresa, dama Margaret, dama Dorothy, dama Cecily — é verdade, esta não era de fato velha, mas cega e enfermiça: a coruja tinha muitas opções antes de piar *Sua hora chegou!* para Adela; mas a morte, mesmo a morte que leva outra pessoa, é assustadora, e Adela temia a coruja. Seu medo se expressava por meio de bravatas. Talvez porque o sangue De Retteville corresse em suas veias, e a partir de Brian os Retteville vivessem pela caça e tivessem mais compaixão com as feras que abatiam do que com sua própria gente, dama Adela se tornara o que nos últimos dias passaram a chamar de amante da natureza. Pássaros se empoleiravam em sua mão, lagartos corriam por suas mangas amplas, ela tinha sapos e aranhas de estimação bem como tropas de cachorrinhos de colo; embora nunca tivesse aprendido o cantochão era capaz de regougar como uma raposa, assobiar como um melro, e imitar perfeitamente cada som que havia na natureza. Agora quando a coruja piava ela respondia; e se não piava, ela mesma o fazia, provocando-a a responder. Ninguém se deu ao trabalho de refreá-la. Talvez estivessem mesmo inclinados a incentivá-la. Se havia algo alarmante em uma coruja piando em plena luz do dia não havia nada de alarmante em dama Adela, então uma se aproximou da outra. E quando Sir Ralph, despontando de sua abstração tal como uma tartaruga desponta a cabeça de dentro de seu casco, comentou em seu sermão do Dia do Divino Espírito Santo que parecia haver uma grande quantidade de corujas nos arredores nesta estação e que sem dúvida as corujas tinham sua linguagem própria assim como os partas, os medos, os elamitas e os habitantes da Mesopotâmia, mas que já que não havia registro de que os Apóstolos tinham passado a entender as corujas os cristãos deviam aguardar o segundo advento do Paracleto até poderem tentar fazê-lo, seus ouvintes não deram especial atenção a essa observação.

Então em certo meio-dia, para entabular conversa, dama Sibilla perguntou quando a coruja diurna tinha começado a piar: ela não a havia notado antes de deixar Oby. Alguém se lembrava de uma coisa e outro de outra, a data foi perseguida através de recordações, tinha sido quando dama Amy tivera um panarício, tinha sido logo antes da floração da pereira, tinha sido perto da época em que o refeitório fora caiado. Então dama Cecily recordou que tinha sido na véspera do Dia de São Bento.

Dama Sibilla mudou de cor, e não demorou a fazer outra pergunta sobre outro assunto. Ela não precisava ter se incomodado. A conversa fluiu, o bispo Walter estava morto e desaparecido de suas mentes, o fato de que a coruja do meio-dia tinha começado a piar no dia em que ele havia morrido não ocorreu a ninguém, nem iria levar ninguém a conclusão nenhuma, caso tivesse ocorrido. Se a coruja do meio-dia piava por algum motivo esse motivo era Oby.

Ao ver que ninguém associava a coruja ao bispo ela ficou aliviada. Para ninguém, nem sequer para si mesma, ela admitiria que tinha havido algo impróprio na maneira como o bispo morrera; mas embora na maior parte do tempo fosse zelosamente autoiludida, tinha filamentos de astúcia saindo do corpo dela, e foi com um desses que ela sentiu que as outras pessoas estavam bastante predispostas a se escandalizar, e que havia muito a escandalizá-las. Aquilo que a ela parecera uma rosa, por exemplo, o capelão vira com olhos mais impuros. De modo que ao ouvir a coruja — ou dama Adela — ela ficou agradecida por ninguém em Oby ter tanta má índole a ponto de sugerir que aqueles gritos importunos exprimiam a incômoda situação da alma de seu tio-avô. Por que o fariam, por que o fariam? Infelizmente, ao combater a ideia de que alguém o faria, ela começou a pensar em si mesma. Admitir tal pensamento era uma deslealdade a um homem de caráter santo e uma injustiça consigo mesma: o que seria feito do papel brilhante (ela sabia que fora brilhante) que ela desempenhara no leito de morte de um santo se na verdade esse leito de morte tivesse sido o leito de morte de um réprobo? Era preciso escapar da tentação. Convencendo-se de que isso era uma tentação, dama Sibilla escapou dela com o melhor de suas várias habilidades, sufocando-a em orações, engenhosidade e sociabilidade. Por causa disso, logo passou a se comentar que dama Sibilla era capaz de distinguir entre a coruja verdadeira e dama Adela — ela tinha um ouvido muito bom.

Foi por essa época que dama Lilias amealhou confiança o bastante para seguir dama Sibilla até um canto e perguntar aquilo que queria perguntar.

“Enquanto estava cuidando do bispo Walter suponho que chegaram a falar sobre Oby.”

“Sim, de fato! Ele me fez muitas perguntas, e mesmo quando estava fraco demais para perguntar ele gostava de me ouvir falar a respeito. É incrível o quanto se lembrava de nós, o interesse que tinha por nós. Um verdadeiro pai para suas pobres freiras!”

“Ele chegou a dizer alguma coisa sobre mim?”

“Ah, sim, eu lhe disse que a senhora havia feito o bálsamo e a água de betônica destilada.”

Após engolir em seco dama Lilias reuniu coragem para perguntar se isso fora tudo. Melindrada, dama Sibilla respondeu no tom de voz mais comumente usado com dama Lilias, um tom de voz vivaz de restabelecimento: “Creio que foi tudo. Ele estava muito fraco, e sofrendo muito, e tinha muita coisa em que pensar além de em nós e nossos assuntos de pouca importância”.

Dama Lilias corrigiu sua habitual postura recurvada e olhou fixamente para dama Sibilla.

“Quando seu tio-avô fez sua Visita aqui eu lhe pedi permissão para me tornar uma anacoreta. Ele disse que pensaria nisso e me mandaria notícias. Isso foi há cinco anos. Fico me perguntando se, em seus últimos minutos, ele teve tempo de lembrar-se disso.”

Lá no pomar dama Adela piou.

“Mas talvez ele tivesse muita coisa na cabeça para me dedicar um pensamento.”

A coruja respondeu a dama Adela. Dama Sibilla disse calorosamente: “Anacoreta! Nunca soube que a senhora queria ser uma anacoreta. Como foi que aconteceu, como foi que chegou a esse desejo? Uma anacoreta! Eu entendo bem esse desejo!”.

Quando dama Sibilla queria agradar, empregava muito talento e determinação nisso. Ao fim e ao cabo, dama Lilias teve de contar toda a história. Ao fim e ao cabo, ela recebeu da sobrinha-neta do bispo Walter a empatia que esperara em vão do bispo Walter. Tudo na história, a longa desolação, a voz do santo, o hematoma no pescoço, ressoou no âmago romântico e verdadeiramente piedoso de dama Sibilla. Ignorando o implícito descrédito feito ao bispo, ela exclamou:

"A senhora realmente ouviu a voz dele? Que maravilha, que satisfação! Eu mesma já vi santos algumas vezes mas nunca ouvi um deles." (Pois também era uma maravilha e uma satisfação que essas experiências sobrenaturais fossem distribuídas tão diversamente.)

"O bispo Walter não achava isso tão bom, como vê", disse dama Lilias.

"Ele tinha muita coisa em que pensar, tinha muita coisa na mente", reiterou dama Sibilla, mas em uma voz mais grave.

Às vezes Deus envia um leito de morte, às vezes um martírio, às vezes, como em Allestree, uma peste. Agora Deus tinha enviado uma missão. Em um átimo dama Sibilla percebeu que ela e somente ela podia cuidar desse caso de anacoretismo e executar a ordem expressa de um santo padroeiro. A ideia de criar uma anacoreta brilhava em sua imaginação; talvez, mais tarde, ela própria viesse a se tornar uma anacoreta. Enquanto isso, daria uma anacoreta a Deus e à Igreja.

"Se ao menos tivesse ficado sabendo a tempo", suspirou ela, "eu teria falado com meu querido tio. Ele teria ouvido favoravelmente, com certeza teria encontrado tempo para dar sua bênção e ordenar os preparativos. Bem, temos de fazer o que podemos sem ele! Sempre sentirei que isso tem a aprovação dele, que estamos executando o seu desejo."

Foi antes um enfado pessoal do que um escrúpulo moral que levou dama Lilias a dizer:

"Não tenho certeza de que era o desejo dele. Não foi a impressão que ele me deu. E durante cinco anos nada fez a esse respeito."

"Escapou-lhe à lembrança. Ele estava desesperadamente ocupado. Nunca dormia mais do que quatro horas, mordiscava as refeições, todo o seu tempo era dedicado a Deus e à Igreja. Ou talvez ele se lembrasse, e tenha dado instruções a um secretário, e foi o secretário, não ele, quem se esqueceu. Isso parece muito mais provável. Eram precisos quatro secretários para acompanhá-lo, e com quatro secretários qualquer coisa pode ser esquecida. Sem dúvida foi isso. Meu tio não teria se esquecido de nada relativo a Oby."

"Ele não ficou muito feliz com Oby quando veio para cá."

"Ah, mas tudo isso mudou, sabe."

Dama Sibilla sabia que isso não era exatamente verdade. Mas até aí há duas verdades, talvez três verdades, talvez uma dúzia. Em todo caso há a exata e mortal verdade que caminha com os vivos e há a outra verdade cujo domínio se abre com a morte, uma verdade mais perceptiva que capacita os sobreviventes a fornecerem uma variante tranquilizadora, a ungir as ondas com óleo. Era verdade mortal que quando o bispo Walter concedia sua atenção às falas de dama Sibilla sobre Oby ele geralmente o fazia com uma aparência de reserva e desconfiança. Mas então tudo o que ela havia lhe contado devia ter combatido seu preconceito e o levado a mudar de ideia. E uma vez que os traços dele até o momento da morte tinham sido de vexação e fúria e depois de se deitar eram a imagem de um austero repouso, suas suspeitas em relação a Oby, ela tinha certeza, deviam ter se transformado em perspicaz benevolência. De modo que a declaração que ela fizera a dama Lilias e em que nenhuma delas podia mortal e exatamente acreditar era não obstante verdadeira, e não tê-la feito seria uma impiedade e uma injúria aos mortos. Sem dúvida as almas abençoadamente aflitas no purgatório não precisavam passar pela dor futura de ouvir a si mesmas sendo mal representadas por verdades meramente mortais e ocasionais. Da mesma forma que a coruja, no mais das vezes, era apenas dama Adela. Ela não conseguia de fato acreditar que algum pequeno revés como frustrar a vocação de dama Lilias poderia impelir a alma de seu tio-avô a ficar piando ao redor de Oby: mas à luz da verdade pós-morte que agora brilhava com tanta clareza sobre Walter Dunford tinha ficado claro que ele desejaria que a pobre dama Lilias alcançasse sua ambição, e assim se deveria trabalhar, ao menos como uma simples piedade para com o morto, para realizá-lo.

Era de causar milhares de penas que os primeiros motores do negócio agora estivessem tão ineficientes. O bispo estava morto, a prioresa sobrecarregada pela idade, e era impossível obter algum juízo de Sir Ralph. Embora ele se lembrasse de tudo relativo a dama Lilias e estivesse cheio de boa vontade, nada se produzia da boa vontade senão mais boa vontade e especulações sobre a visão que dama Lilias teria da sua janela de rotunda e se os anjos, que em uma terra pantanosa têm asas como as das garças, não teriam asas mais parecidas com as dos pombos em um tipo de paisagem mais confortável. Sobravam dama Lilias e São Leonardo. Dama Lilias estava quase tão ineficiente quanto todos os outros. O longo declínio de esperança adiada, esperança desenganada, esperança frustrada e posta de lado, havia-a deixado em um estado de apatia. Ela estava tão apática que nem mesmo se opôs às intenções de dama Sibilla. Ela era como uma erva daninha na água. Quanto a São Leonardo, outra palavra dele poria tudo em movimento. Mas ele não falou. E a imagem de Nossa Senhora fitava a crucificação de seu filho, atenta como uma criança em uma feira com seus olhos azuis e faces rosadas, e não pensava em sofrimento nenhum além do sofrimento dele.

Tudo isso era muito desencorajador. Se dama Sibilla não possuísse toda a sua cota da maleabilidade e resolução dos Dunford ela teria abandonado seu projeto. Mas ela persistiu, com um passo aqui e um pulo ali, rezando imoderadamente e insinuando discretamente até de fato conseguir suscitar na comunidade a ideia de que Oby, dotada de uma freira chamada pelos céus para adotar a carreira mortificante de anacoreta, não poderia estar mais bem servida. Sim, de fato, era uma grande desfeita! Nem todo convento é capaz de fazer tal oferta, nem todo convento o deseja; contudo durante cinco anos Oby estivera oferecendo sua dama Lilias e ainda continuava oferecendo.

A fim de estabelecer esse modo de pensar, dama Sibilla teve de ceder algum terreno no que dizia respeito ao bispo Walter. Uma nova verdade se tornou flagrante: que a santidade e o episcopado não podem viver sob o mesmo capuz, e que um bispo tão santo quanto o bispo Walter deixava muitos afazeres para seus secretários, e era troçado por seus subordinados, que descartavam suas intenções e tapeavam um bom velhinho com lorotas como: "Certo, imediatamente, amanhã mesmo será providenciado". Como testemunhava o caso da vocação de dama Lilias, pisoteada e esquecida embaixo dos pés de tais oficiais.

"Deviam tê-lo deixado em paz entre os seus pobres", lamentou ela. "Não deviam tê-lo forçado a se tornar bispo. Ele não tinha sido talhado para bispo. Se não o tivessem feito bispo, ouso dizer que ele estaria vivo e conosco até hoje."

Ela esteve prestes a acrescentar: "E teria feito de dama Lilias uma anacoreta", mas lembrou-se de que a nomeação de anacoretas é uma prerrogativa dos bispos.

O cuco da Candelária

(fevereiro de 1380)

Um lobo morto está a meio caminho de ser um carneiro. O bispo Walter Dunford morto estava emergindo como o brando admirador de Oby, com mais facilidade ainda desde que um novo bispo assumira o seu lugar, uma novidade completa, e portanto algo a se temer. O novo bispo era Perkin de Craye, um flamengo de uma grande família de agiotas, que diziam ser um homem gordo, suave, orgulhoso e gago, que se importava apenas com Nossa Senhora, obras de arte, rituais e queijos estrangeiros. Tal bispo olharia pouco favoravelmente para os sofríveis saltérios de dama Lovisa. Seria muito mais eficaz seduzi-lo com uma peça de bordado. Quando na sequência Henry Yellowlees veio fazer uma de suas visitas de custódio, foi questionado sobre o que o bispo De Craye achava de fios de ouro e *opus anglicum*. Quanto ao que o bispo De Craye achava de anacoretas, o assunto foi deixado de lado por considerações mais candentes.

Em um convento, qualquer estratégia a longo prazo fica à mercê do tempo presente. Em meio à empolgação com cetim azul, tafetá branco, sedas e boas agulhas, fios de ouro e lantejoulas, dama Sibilla esqueceu-se de ouvir a coruja, e dama Lilias, que sempre fora reconhecida por ter muito bom gosto apesar de quantas falhas tivesse, foi subitamente integrada à vida comunitária para animar as partidárias que preferiam um desenho de plumas brancas de avestruz, tratadas com naturalismo, em detrimento dos lírios dourados e brancos defendidos pelas tradicionalistas. Fazia muitos anos que o convento não empreendia um grande trabalho de costura. A prioresa não tinha talento algum para a agulha, as unhas rachadas de dama Lovisa descartavam a probabilidade de que ela conseguisse dar conta de um bordado: o trabalho de costura havia sido envolvido na política da comunidade, e sua permanência era um sinal da ascendência dos De Stapledon. Agora o entusiasmo pela proposta de uma nova toalha para o altar alimentara um partido de oposição, levara dama Lilias à popularidade e reacendera uma retomada da admiração pelo Manto da Trindade bordado pela velha prioresa, dama Alicia de Foley, a construtora do pináculo.

Ignorado por anos, isso agora fora trazido à tona e estudado em todos os detalhes. Um ponto empregado por dama Alicia intrigava todas as costureiras da geração presente; nele havia algum truque, alguma manipulação do fio, que elas não eram capazes de reproduzir; e então se deu uma guinada dramática quando dama Adela parou perto do grupo de freiras que quebravam a cabeça em relação a esse ponto e disse que ela sabia muito bem como era feito, pois costumava ver a velha prioresa fazendo-o. Deem-me uma agulha, disse ela. Sem acreditar elas lhe deram um pedaço de tela e um novelo verde barato; e diante de seus olhos ela executou o ponto da velha prioresa, com tanta exatidão que apenas pelos materiais se podia distinguir o novo do velho. Sendo dama Adela uma De Retteville, essa descoberta fortaleceu o partido contrário aos De Stapledon. Concordou-se que a maneira como dama Adela fora negligenciada e deixada a vagar piando pela propriedade era parte integrante da usurpação de poder pelos De Stapledon, e dama Adela ficou infeliz ao ver-se presa ao trabalho de costura em vez de ser deixada aos próprios expedientes portas afora.

Quando William Holly caiu de cama apenas a prioresa estava suficientemente desligada da diplomacia envolvendo a toalha do altar para pensar que Oby poderia perder um servo inestimável. O perigo que sua contemporânea corria atiçou suas faculdades, ela chorava e se debatia e permanecia acordada de noite remexendo no terço e computando lançamentos e partidas assim como costumava fazer em seus dias de tesoureira e com frequência confundindo os cálculos daqueles dias com os cálculos do presente. Mas agora ela era capaz de enxergar com o abatimento dos idosos: os juros do dízimo de Methley, a dívida dos consertos de Methley e os juros do empréstimo que fora levantado para pagar parte dessa dívida, o aumento do custo de vida, as despesas da próxima Visita (Deus seja louvado pelo bispo De Craye não ter feito nenhuma menção de ir até elas, porém mais cedo ou mais tarde ele precisaria fazê-lo), as despesas de seu próprio velório e o custo de empossar dama Lovisa como sua sucessora (mas quem diria? — poderia ainda haver um cisma, uma prioresa Eleanor discutindo com uma prioresa Lovisa, eleições e contraeleições), os consertos necessários em Tunwold, o entrave do aluguel de Esselby, a diminuição do retorno das tarifas portuárias em Scurleham, causada pelo assoreamento do estuário e pelo valor decrescente do comércio fluvial, o fardo de Henry Yellowlees (ele não era tão ruim quanto poderia ser, mas todo custódio é economicamente ruim, pois autoriza gastos com muita facilidade e corrompe a comunidade da qual é encarregado tirando a noção de responsabilidade das próprias freiras do cabido, concede-se, concorda-se, recusa-se isto ou aquilo porque o custódio quer ou porque o custódio irá providenciar), o fardo (outro legado imposto a elas pelo bispo Walter, que queime no fogo do inferno, que Deus lhe dê repouso!) daquelas duas saudáveis comilonas basbaques, Amy Hodds e Joan Cossey (ambas as quais sobreviveram ao sarampo que tinha matado Lucy Frampton) e uma espoliada dama Sibilla, o fato de que essas três nomeadas ocupavam lugares que de outra forma poderiam ser cedidos a noviças rentáveis, a dificuldade, porém, de conseguir uma boa noviça hoje em dia, o alarmante aumento de criados no convento, freiras e criados igualmente se tornavam agora tão abundantes que eram necessários mais criados para servir as freiras, e mais criados para servir os servos, o custo de um novo padre, pois Sir Ralph estava tão senil que ele realmente passara a ser um escândalo e algo precisava ser feito em relação a ele e de todo modo ele iria morrer, a cegueira de dama Cecily e o custo dos opiáceos que tinham de ser ministrados a ela por dó — e agora todos esses gastos com cetim azul. E nada para compensá-los senão o tributo de William Holly caso William Holly morresse. E a escolha e o treinamento de um novo bailio que jamais chegaria aos pés de William Holly.

Portanto a velha mulher permanecia acordada, definhando e debatendo-se. Havia ainda outra coisa em sua mente, embora ela conseguisse mantê-la de fora do inventário. Dama Alice tinha afogado Magdalen Figg no lago de peixes. Acontecera muito tempo atrás, Magdalen tinha se afogado na água e agora se decompunha embaixo da terra, e Sir Ralph tinha perdido a cabeça e não se lembrava de nada; mas a terra e a água não passam de dois elementos, há ainda o fogo e o ar para levar-se em conta, e o ar pode dar corpo a uma história e o fogo pode queimar a alma. As freiras ouviam sua prioresa grunhindo e suspirando, e a armação da cama rangendo e o seco chocalhar do terço, e a isso não davam grande importância já que ouviam tais sons toda noite.

Tendo sido ungido para a morte por duas vezes, William Holly recobrou-se. Logo ele estava corricando ao redor do solar de novo, gabando-se de como havia esmagado seu sapo com um grande golpe desferido na barriga. Sua enfermidade não lhe deixara nenhuma marca a não ser ter ficado mais magro e atento a ainda mais falhas alheias. Tudo estava indo por água abaixo, dissera ele, durante a enfermidade; a própria prioresa não conseguiu persuadi-lo a reconhecer que muitas das deficiências de que ele se queixava vinham já de há muito tempo e vinham sendo apontadas por ele ao longo de anos. A vivacidade de suas queixas compelia-as a encarar o fato de que nos dias de hoje um solar não era o que costumava ser, e resumia-se a pouco mais do que uma maneira assaz cansativa de suprir-se de leite e aves, pão e lenha. Ainda mais cansativo, um solar hoje em dia era um campo de descontentes, e era preciso estar em bons termos com a própria gente, e não pressioná-la demais, a não ser que ela tomasse parte nas rebeliões que estavam pipocando aqui, ali e em toda parte, como fogo na palha. Qualquer coisa é melhor do que ser incendiado ou assassinado na própria cama.

"Mas não devíamos nos concentrar", disse dama Lovisa, "em fazer algo mais do que apenas agradar William Holly? Isso não vai acalmar ninguém, já que todos o detestam por causa de sua prosperidade e suas extorsões. Devíamos encontrar algum meio de parecer que estamos servindo a todos."

"Então primeiro precisamos fazer fortuna", respondeu dama Eleanor. "Comida, vestimenta, telhados novos, soar o toque de recolher uma hora mais cedo, uma remissão das dívidas — não há maneira barata de agradar as pessoas."

"Há uma maneira. Podemos ensinar os filhos delas. Isso custaria muito pouco além de tempo e trabalho. O povo adora quando fazemos festa para os seus filhos, nada o agrada mais do que isso."

"Ensiná-los? Ensinar o quê?"

"Realmente, o mínimo possível. Alguns hinos, o nome dos patriarcas, um pouco de latim rudimentar, como assoar o nariz... o que agrada é a atenção, o ensino não importa."

Ela pôde ler um *non-placet* no rosto delas antes mesmo de começarem a fazer objeções. "Onde vamos colocar as crianças? — na nave? As pulgas não vão ficar apenas na nave, dama Lovisa, as pulgas vão chegar saltando ao coro." "E quem vai ensiná-las, as noviças serão negligenciadas em detrimento delas quando os céus nos mandam noviças?" "E se as colocarmos aqui, como nos livrar delas? Ficarão o dia todo, nunca nos veremos livres." "E se as ensinarmos elas vão deixar o solar para se tornar frades e clérigos, freiras e prestidigitadores, jamais pararão em um trabalho assim que começarem a pensar que são eruditas. Além disso, como vamos ensinar crianças quando nossas mãos estão todas ocupadas com a toalha do altar?" Tais foram as respostas, e dama Margaret empregou seu antigo crocitar para lembrar como Oby certa vez educara um garoto, que fugira com o melhor cavalo delas e uma boa quantidade de temperos.

O projeto de dama Lovisa não foi adiante. Pensando no próprio projeto, dama Sibilla suspirou de alívio. O voto de anacoreta de dama Lilias, o apaziguamento da coruja (ela ainda estava lá, pois as corujas são constantes em seus lugares favoritos, e nos vapores crepusculares de uma manhã de novembro as notas tranquilas e incorpóreas que emitia eram tão sinistras como no alto verão) não estavam seguindo com a rapidez que ela esperara, e qualquer outra distração seria desastrosa. Fazia agora quase dois anos da morte de Walter Dunford. Mas o grande trabalho de costura logo estaria finalizado: então viria uma pausa, um ínterim indolente durante o qual ela poderia chamar a atenção de todas.

E então tudo foi subvertido pelo caso de dama Adela. Vinte anos antes era axiomático que Adela precisaria ser vigiada; e sua profissão de fé havia sido adiada por algum tempo, já que uma noviça seduzida é algo menos escandaloso do que uma freira seduzida. Mas uma breve vigia foi suficiente. Sua beleza de maçã em flor não tinha sido substanciada pelo menor conhecimento carnal, ela era casta como uma pastinaca; e agora, beirando os trinta, estava desbotada, esquisita, com dentes separados. Foi estranho refletir que a maravilhosa noviça De Retteville, obtida com tanto triunfo pela velha prioresa e disputada com tanto vigor como se se tratasse de Helena de Troia, pudesse se tornar naquele íncubo inofensivo, assaz ganancioso, receoso de tempestades, que domava camundongos e podia piar feito uma coruja. Ninguém refletia sobre ela, no entanto, pois ninguém dedicava um pensamento a dama Adela — exceto dama Lovisa, que nunca perdera o instinto de proteção que ela, a feiíssima noviça, tinha demonstrado de maneira tão insólita para com sua amável contemporânea. Sua preocupação se mostrava por meio da aspereza onde a despreocupação das outras era indulgente. Xingava-a, arrumava-a, caçava-a cozinha afora, desincentivava sua amizade com sapos, papagaios e aranhas. Quando veio à luz que dama Adela se lembrava do truque de bordado da velha prioresa, dama Lovisa regozijou-se com a oportunidade de rebaixar dama Adela ao mesmo nível das outras freiras, embora, como ela soubesse, cada ponto copiado do Manto da Trindade fortalecesse a facção De Retteville e abreviasse seu próprio prospecto de vir a ser a próxima prioresa.

Em descuido, em ansiedade, em impopularidade, ela já era quase uma prioresa, e era estranho que uma vez tendo provado o sabor do absinto do ofício ela estivesse tão determinada a bebê-lo da taça oficial. Ao longo daquele segundo inverno o trabalho na toalha do altar foi levado a cabo, e todas que eram capazes de segurar uma agulha se envolveram em alguma etapa. Já que o trabalho com agulha não pode ser feito com mãos geladas, todo o combustível de que dispunham foi destinado a manter um bom fogo no parlatório. Lá sentou-se a prioresa, e dama Cecily foi introduzida, para desfrutar o calor e a conversa e a sensação de algo em processo de feitura. Embora dama Lovisa não pudesse participar do bordado por causa de suas unhas quebradas e suas frieiras, não havia razão para que não pudesse ficar lá com as demais e permanecesse aquecida e sociável, e fazê-lo teria sido diplomático. Porém mal ela se acomodava entre as demais, uma incômoda austeridade a fazia ir embora. Sempre havia um pretexto para deixá-las: um recado para a cozinha, um pedinte a atender, um viajante a entrevistar. Havia sempre um motivo para ir e nunca uma voz para pedir que ficasse. Não havia nem mesmo um antagonismo às claras para que ela desafiasse ficando lá. A dela era uma impopularidade fria. Então ela deixava a lareira: às vezes para ir até o postigo e oferecer comida e bebida, ouvindo o tropel ou o mexer de pés, os tragos e os sussurros e as notícias fragmentárias de outro mundo; às vezes para ouvir queixas intermináveis e oferecer bons conselhos que jamais seriam acatados; às vezes para conferir livros contábeis, às vezes para enrolar um comprimido, às vezes para rezar na capela — onde tão logo ela estava acomodada de joelhos percebia alguma coisa fora do lugar e se levantava para arrumá-la. No ir e vir ela ouvia as vozes flutuando lá do parlatório, ou o baque dos malhos no celeiro, ou dos aposentos de Sir Ralph um súbito rugido roufenho quando o velho, deitado na cama em busca de aquecimento, recordava uma canção de taverna dos seus tempos de estudante, ou da cozinha um retinir de pratos e um estrídulo contínuo de narrações. Todos tinham uma voz e força de vontade para usá-la, exceto ela. Ela só fazia pensar, antissocial como uma cobra.

E contudo era dama Lilias quem desejava se tornar anacoreta e dama Lovisa quem desejava se tornar prioresa.

Espreitando por entre uma rachadura na vidraça da janela, fitou a enfezada paisagem, nublada pela longa geada, e buscou em si o motivo. Em seu íntimo havia dois desejos: tornar-se prioresa e produzir outro saltério. Copiar aqueles salmos era o único prazer que ela conhecera; ser prioresa era a única ambição que podia conceber.

Dentre as vozes no parlatório ela conseguiu ouvir a de dama Adela — uma nota queixosa, interrompida por um bocejo. Adela podia se cansar do trabalho com a agulha, mas devia ser mantida em ação. Cada ponto que ela fazia no cetim azul atava-a um pouco mais à vida da comunidade, e escorava a fantástica determinação de dama Lovisa de que quando ela se tornasse prioresa, Adela iria ser tratada com mais respeito, até mesmo receberia um cargo. Mas que cargo? — já que ela não tinha nem discrição, nem compostura, nem engenhosidade, nem bom senso. Os mosteiros, infelizmente, não tinham demanda por uma guarda-florestal. As vozes se intensificaram, alguém abrira a porta do parlatório; e no mesmo instante uma figura entrou em sua estreita visão de mundo, e ao entrar, com a aproximação de seu escuro remexer de pés, tornou aquele mundo duas vezes mais frio, duas vezes mais sombrio. Se era homem ou mulher ela não conseguiu dizer; mas era certamente um pedinte. Hoje era a vez de dama Eleanor no postigo, mas ela era péssima com pedintes, alternadamente desdenhando-os e desdenhosamente satisfazendo-os; ademais, ela não queria abandonar o fogo da lareira. Dama Lovisa foi ela própria até o postigo e aguardou o pedinte bater. Ouviu seus passos estacarem, e o som de uma cuspida. O pedinte bateu.

Desconcertada com a rapidez com que abriram, a mulher encarou a freira com um olhar de antagonismo. Então começou a se queixar. Estava sem um tostão, disse, e com fome, intoxicara-se ao comer peixe podre, e estava com uma barriga de sete meses. No ar austero o fedor dela era quase intolerável.

Mas com fome certamente ela não estava, pensou dama Lovisa, observando-a comer com displicência. Mais provável que tenha vindo devido à solidão. A solidão é com frequência a pior angústia do pedinte, e pensando nisso dama Lovisa agora abriu a porta para ela. Esparramando-se em um banco com as mãos sobre o braseiro a mulher começou a lhe contar sobre suas deambulações de santuário em santuário, de infortúnio em infortúnio. Fora no santuário de São Cuteberto, em Durham, ao norte, que ela ganhara a criança que carregava, uma coisa cruel de acontecer com uma mulher virtuosa, e certamente deve ter indisposto o santo. Mas caso viesse um menino ela o batizaria de Cuthbert. Quis o azar que dama Adela agora se juntasse a elas, bocejando e se espreguiçando e se queixando da fadiga do trabalho com a agulha; e teve a pachorra de comentar que era uma pena a criança não poder nascer um macaco, pois um macaco seria divertido e mais apto a cuidar de si mesmo. A virtuosa peregrina lançou-lhe um olhar de desagrado. Dama Lovisa apressou-se a dizer que conhecia um pouco do norte, já que ela nascera lá no interior.

"Ah, bem, agora você está longe", disse a mulher, "e acomodada no regaço da Virgem. Vocês senhoras de convento não sabem a sorte que têm."

Dama Adela exclamou que a vida de freira não era tão fácil. Havia o ofício noturno, o jejum de Quaresma, o dia todo se ficava presa na costura e o fio de ouro era afiado e cortava os dedos. A mulher respondeu que não havia nada de que gostasse mais do que ver bordados sagrados, fosse nas costas do padre ou no altar fazia bem ver tanta riqueza em um mundo pobre, e sendo cada ponto feito por virgens puras, ela ousava dizer. Começou a descrever mantos e toalhas que tinha visto, o branco e o dourado e o escarlate, as franjas despontando em bolos grandes como um punho, as pérolas que eram como gotas de banha de carneiro. Enquanto isso os piolhos dela, revividos pelo aquecimento, rastejaram pelo seu pescoço e pela sua testa e a intervalos ela apanhava um com uma mão experiente e o esmagava com displicência.

Agora, a toalha do altar, perguntou ela, de que cor era? Era carmim? Azul, disse dama Adela. A cor de Nossa Senhora, disse a mulher, sabedora. Imediatamente dama Adela ofereceu-se para ir pegá-la.

"Não seja tola!", exclamou dama Lovisa. Dama Adela riu-se e passou para perto da porta. Dama Lovisa deu-lhe um golpe nos ouvidos, e dama Adela começou a chorar.

A mulher exibiu uma expressão discreta e ocupou-se de seus piolhos.

Uma pancada nos ouvidos não é nada de mais em um convento, contudo dama Lovisa foi invadida por uma sensação de culpa. Apenas ela em Oby tinha dama Adela como uma alma imortal, uma coisa em que a intenção de Deus, não importava quão oculta pela imbecilidade, se agitava e chilreava e se revigorava com os sacramentos. Por isso ela era severa e irritadiça enquanto as demais eram tolerantes. Agora dama Adela chorava seu choro incontrolável de palerma. Seus lamentos seriam ouvidos, e algum ouvinte diria: "Ouçam só a pobre miserável! Realmente, é uma pena", e os guinchos de uma matança de porcos dariam na mesma para elas.

Recobrando o controle ela virou-se para a mulher, que recebeu seu olhar com um sorriso de compreensão e bateu-lhe de leve na testa. Com tanto conhecimento do mundo e da costura, pensou dama Lovisa, essa desagradável peregrina deve ser alguma ex-camareira.

"E para qual santuário está viajando agora?", perguntou ela.

"Estamos indo para Waxelby."

Não havia santuário nenhum em Waxelby, mas ela prosseguiu calmamente dizendo que tinha esperanças de que em Waxelby o capitão de algum navio fosse caridoso o bastante para lhe dar uma passagem para o sul, de modo que ela pudesse ir visitar o santuário de Santa Osita.

"Então não pretende fazer essa peregrinação sozinha?"

A ideia de ver outros peregrinos zanzando pelos poleiros das galinhas, enfiando a cabeça nos silos de milho, agudizou a voz de dama Lovisa.

"Como alguém se atreve a viajar sozinho nestes tempos ruins?", disse a mulher, na defensiva. "Os outros já foram na frente. O que me fez me atrasar foi minha doença."

"É melhor se apressar para alcançá-los."

Sentando-se mais escarrapachada no banco a mulher disse que entre os peregrinos havia um que tinha sido criado por estes lados — mais perto de casa, talvez, do que seria conveniente revelar. Depois de uma pausa agressiva, ela acrescentou: "A mãe dele foi freira aqui nesta casa".

Dama Adela ergueu o olhar, toda arregalada, e disse categoricamente que não podia ser verdade.

"Ah, minha pobre senhora!", disse a mulher com condescendência. "Você fica bordando e não sabe de tudo o que acontece."

"Como se eu não fosse saber se uma criança tivesse nascido aqui! Nada disso, estou lhe dizendo. É verdade que nosso padre costumava se esfregar em Magdalen Figg, pois eu o vi fazê-lo. Mas ela não era freira, e não teve bebê, era velha demais para isso."

"Eu sei de quem você está falando", disse dama Lovisa. "O nome dele era Jackie ou algo do tipo. Ele fugiu com um cavalo roubado e outros bens que levou. Ouvi as senhoras mais velhas falarem sobre isso. Sabe-se que ele teria ido na direção de Waxelby. Não admira que tenha ido tão rápido."

Ela aproximou-se da mulher, insinuando que fosse embora. A mulher levantou-se. Em seu peito, bem escondida em seus andrajos sujos, estava a tigela na qual ela havia comido.

"Tenho um recado para esse tal padre", disse a mulher, revirando os olhos, "que segundo alguns não é padre coisa nenhuma. Jackie me pediu para dizer..."

"E a nossa tigela?", perquiriu dama Lovisa.

A mulher entregou-lhe a tigela com uma espécie de dignidade. Então a lealdade para com o seu Jackie (pois a partir de Pernelle Bastable muitas mulheres tinham sido demasiado leais para com Jackie em proveito próprio) dominou-a. Ela começou a xingar e gritar, dizendo que tanta hospitalidade iria acabar matando-a, e que as freiras de Oby não eram muito melhores do que o padre que tinham, todos eles fraudes, trapaceiros, devassos, gananciosos, opressores dos pobres. O barulho atraiu dama Eleanor. Em vez de agradecer por outra pessoa ter se dado ao trabalho de atender aquela visitante ela se virou para dama Lovisa e a repreendeu por ter usurpado a atenção de todos: "Embora eu ainda não tenha entendido por que você foi com tanta ânsia enfiar a cara no postigo. A não ser que fosse para assustar as pessoas para longe da nossa porta. Isso seria uma economia, é claro. Isso lhe agradaria".

"Mais econômico seria deixá-los bater sem nunca responder! Mas a senhora estava papagueando ao lado da lareira, esquecida de tudo exceto do próprio conforto. Se eu não tivesse ouvido essa mulher e ido enfim recebê-la estaria até agora batendo."

"E que bela figura você deixou entrar."

Enquanto as freiras brigavam entre dentes a mulher tinha se lançado em um frenesi — ainda pior porque não conseguira obter a atenção de outras que não Adela — e agora estava batendo nas paredes e gritando que lhe permitissem deixar o lugar, que era pior do que uma prisão, pior do que um bordel, pior do que o próprio inferno já que cada alma nele estava macabramente condenada. O que mais poderiam ser senão condenadas? — indolentes, lagartas devoradoras que ouviam uma missa que não era missa uma vez que quem a rezava era um padre que não era padre.

"Até quando pretende atender essa bruaca?", inquiriu dama Eleanor.

"Agora que a senhora está aqui não irei me meter em sua alçada. Espero que a despache", respondeu dama Lovisa.

Dama Eleanor avançou sobre a mulher, que imediatamente se virou para ela.

"Bruaca, é? Justo, justo, não sou nenhuma dama, então qualquer palavra me serve. Eu não fico o dia todo sentada à lareira bordando fios de ouro em cetim. Sim, e impede toda a visão disso a uma pobre mulher", acrescentou ela, virando-se para dama Lovisa. "Você vai mexer seus dedos branquelos em nome do altar de Deus, mas quando foi que espetou os dedos em nome dos pobres de Deus? Nós andamos em trapos. E você gasta em uma jarda do seu capricho tanto ouro que daria para vestir e alimentar dez de nós durante um ano. Onde estão as palavras de Cristo, quando ele disse: E te vestimos? Quando é que você senta e tece para nós? Tecer! Nem para vocês mesmas conseguem tecer, não são nada perto das aranhas.

"Mas vocês não vão rir para sempre", continuou ela, ao notar que o semblante de dama Adela se avivara à menção das aranhas. "Podem rir agora, mas vão chorar mais cedo do que imaginam. Vocês terão um belo de um fogo para aquecê-las à noite, a galinha vermelha vai bicar sua palha. Escrevam o que digo! Sei o que sei, sei o que ouvi, e lhes digo, não vai demorar até que venham queimar vocês. Já faz tempo que estamos fartos de monges safados e freiras ociosas, perdemos a paciência com vocês. Vocês esgotaram a paciência dos pobres!"

Na soleira ela virou-se para dar uma última olhada. A esta altura metade do convento havia se reunido, afobada, intrigada, ameaçadora. Ela cuspiu, e saiu marchando com as mãos na barriga como se fosse um escudo.

O conteúdo de suas palavras não era nenhuma novidade. Por muitos anos as freiras haviam se acostumado a ouvir falar de tais coisas, e podiam referir-se a si mesmas como "nós, as ociosas" e "nós, as freiras inúteis". Ameaças de destruição tampouco eram novidade; as de mente mais romântica às vezes discutiam sobre aonde iriam, o que fariam, quando os lollardistas viessem atear fogo ao convento. Nenhuma delas tinha ideias específicas sobre seus planos, e sem dúvida seus parentes não iriam recebê-las de volta a casa; mas isso não estragava a conversa. As mais sofisticadas entre elas, como dama Philippa e dama Cecily, por vezes contemplavam um tipo de destruição mais gradual, o dia — um dia no futuro, é claro, mas dentro do alcance da especulação — em que as noviças com bons dotes seriam tão poucas e as despesas tão grandes que os conventos pereceriam por falta de meios. Mas há uma diferença entre ouvir falar e ouvir de primeira mão; a fúria e a insolência da mulher haviam genuinamente perturbado aquelas que a ouviram, elas tinham resvalado com muita naturalidade em atritos entre si, algumas culpando dama Eleanor por não estar presente para mantê-la à distância. Graças a uma ou outra delas as freiras de Oby poderiam ser encontradas mortas em suas camas. Felizmente a prioresa, adormecida em sua cadeira, nada ficou sabendo disso.

Quando interromperam a altercação para ir rezar as Vésperas, dama Eleanor emparelhou-se com sua adversária e disse em voz baixa:

"Por que ela disse aquilo sobre Sir Ralph?"

Dama Lovisa deu de ombros. "É o que costumam dizer — suponho que seja porque quando ele chegou aqui era um estranho e falava com sotaque; e depois se deu aquele caso com a viúva Figg, e só Deus sabe o que ele pode ter dito, pois ele é muito irresponsável com o que diz."

"Mas você supõe que haja alguma verdade nisso?"

"Não, não!"

"Mas seria algo a se temer. Ele está aqui desde a grande peste."

"Sim, ele é mais velho do que a prioresa. Eu me pergunto qual deles irá primeiro. Sir Ralph, imagino. Está declinando mais rápido."

Mesmo assim dama Eleanor disse: "Acho que devemos investigar". Acreditava no que dizia. Em primeiro lugar, ela era uma mulher orgulhosa; e ante o pensamento de que por anos tinha sido enganada com um sacramento espúrio, todo o seu orgulho pegou em armas; em segundo, ela estava ciente de que como descobridora de uma impostura tão assustadora ela se tornaria uma figura de proa, a única freira de Oby aceitável como prioresa — a não ser, é claro, que elas escolhessem chamar alguém de outro lugar: esse perigo muito real devia ser levado em consideração.

"Precisamos falar sobre isso, você e eu", disse ela. "Agradeço aos meus santos por ter você com quem falar, uma pessoa responsável entre tantas patetas."

Cheia de desânimo e maus augúrios dama Lovisa concordou comedidamente.

Mas tudo isso foi pelos ares quando se descobriu que dama Adela tinha ido embora, e a toalha do altar com ela. Então se lembrou de que dama Adela havia se despedido na metade da ceia, se ausentara para as Completas, para o ofício da meia-noite. Ninguém notara, e o dormitório estava tão mal iluminado por sua única vela de sebo que sua enxerga desocupada tampouco fora notada. Então, também, se lembrou de que no agito da briga no postigo elas haviam se esquecido de guardar a peça de bordado.

Foi só por volta do meio-dia que ousaram contar à prioresa. Temiam que o choque representasse um último golpe nas faculdades dela. Ela refulgiu de volta à sua velha competência, simpática e calculista, perdendo pouco tempo em reprimendas e nenhum em lamentações, e de imediato despachou investigadores e mensageiros e reforçou a casa contra ladrões.

Ladrões pareciam a hipótese mais provável. A mulher pedinte seria a espiã da gangue e depois que ela tivesse se certificado de que valia a pena roubar a toalha do altar (pois ela não tinha insistido em vê-la?) seus comparsas teriam invadido disfarçados na escuridão do inverno e a roubado. Como e por que teriam sequestrado também dama Adela era menos evidente; mas possivelmente ela, a única ausente do coro, teria deparado com eles durante a invasão, e eles a teriam amordaçado e levado embora antes que se pudesse soar o alarme. Por que a teriam levado embora em vez de matá-la parecia inexplicável; mas ninguém conseguiu encontrar o corpo dela, nem quaisquer manchas de sangue ou sinais de luta.

Muito se falou sobre a ingratidão do Jackie de Ursula, que pilhava pela segunda vez a casa que o havia criado — pois ele, sem dúvida, estava por trás desse roubo. Dama Margaret, crepitando como um fogo de azevinho, lembrou quão imundo, mimado, impudente, ladrão, indisciplinado e feio ele tinha sido quando criança. Sir Ralph, espreitando no passado, recordou-se dele como um pupilo taciturno e incorrigível. Dama Cecily relembrava-o como um desengonçado nojento que costumava desenhar imagens obscenas nas paredes e atormentar dama Salome. A prioresa disse pouco, mas alimentava um ressentimento maior. Quatro dias mais tarde, quando chegou a notícia de que um homem vadio chamado Jack de Tal, ou Jack o Latino, ou Jackie Larápio, fora capturado em Waxelby e jogado na cadeia, a satisfação dela foi terrível de testemunhar. Ela gargalhou, contou piadas, se coçou, sugeriu cantarem um *Te Deum* para a ocasião: era como se todos os seus antepassados De Stapledon, tão piedosos quanto às suas propriedades, tão cruéis quanto a carne e sangue, tivessem feito uma pândega no convento. Na ceia daquela noite ela comeu e bebeu desordenadamente, e foi para a cama cantando. Algumas horas depois foi acometida de uma apoplexia. Forte demais para morrer, ela jazeu imóvel, uma enorme ruína desfalecida, uma caixa de ressonância de seus gemidos estertorantes.

Mas quando foi questionado e ameaçado e por fim teve a mão direita decepada por ser um ladrão conhecido, o Jackie de Ursula não revelou nada sobre dama Adela e a toalha do altar — apenas que em Waxelby ele encontrara sua amásia acompanhada de uma mulher que tomara por outra como ela, e que brigara com ela e não a vira nem ouvira falar dela desde então. Uma vez que seria vantajoso para ele ajudar na busca de uma freira desaparecida, parecia não haver motivo para não acreditar nele.

Tudo isso ocorrera porque dama Lovisa em sua autoimportância tinha de correr até o postigo quando não era da conta dela. Acovardada por tantas calamidades ela concordou com a sentença comum. Fora tudo obra dela, a desgraçada obra dela. Sua infelicidade era tão abjeta que ela nem sequer previra as consequências do ocorrido, a perda de dinheiro, a perda de reputação com sua contingente perda de mais dinheiro, a morte da prioresa, a impossibilidade de que agora ela viesse a sucedê-la. Entre todas essas perdas ela meditou ainda sobre outra perda, na estima geral a perda de menor importância: Adela perdida. O vento mudara, soprava do sudoeste, e trouxera um chuvoso degelo. Uma bruma branca feito o vapor de um caldeirão enfunava ao redor da casa. Dessa incerta luz do dia a coruja da luz do dia piava: ouvindo-a ela ficou transida de uma esperança tão agonizante como se uma espada tivesse trespassado suas costelas. Adela tinha voltado! Mas era apenas a coruja. Adela tinha desaparecido, em suas últimas horas esbofeteada e abusada e negligenciada. Reduzida à tolice por causa de sua dor, dama Lovisa disse a si mesma que Adela tinha fugido por causa de sentimentos feridos.

Os medos dos palermas os conduzem àquilo que temem. Assim como o coelho corre na direção da doninha, e o rato se apressa até o flanco do gato, o primeiro impulso de dama Adela fora seguir a mulher pedinte e ouvir mais e mais uma vez aquelas ameaças de telhados incendiados e pobres enfurecidos. Mas ela não passara sua vida em um convento a troco de nada, alguns laivos de diplomacia haviam sido incutidos em sua mente; e enquanto as freiras estavam brigando ela sentou-se em seu canto para pensar na melhor maneira de furtar a toalha do altar. Se a levasse consigo, a mulher a receberia com mais benevolência; e depois ela poderia ser vendida e com o dinheiro uma dezena daqueles pobres medonhos poderia ser vestida e alimentada, de modo que por um ano inteiro (a mulher havia dito que uma dezena podia ser vestida e alimentada por um ano) o teto de Oby não seria queimado, os pobres iriam para outro lugar, Sir Ralph continuaria a ser o mesmo Sir Ralph de sempre e nenhum sangue escorreria da hóstia quando ele a ofertasse.

Ela foi para a ceia com as demais, e no meio da refeição pediu licença. Mas em vez de ir à latrina foi ao parlatório e pegou o fio dourado, as sedas, as pérolas, e os distribuiu na toalha do altar, e embrulhou tudo em um pano. Havia uma velha capa surrada, pertencente a dama Alicia de Foley, que havia muito tempo servia de acolchoamento extra debaixo das almofadas da atual prioresa. Ela a puxou; e com a capa veio um cheiro complexo, composto de gato selvagem, temperos velhos e ásteres. Ao vestir a capa pareceu-lhe que ela estava buscando calor e abrigo nas saias da velha prioresa assim como fizera quando criança. Viu a mão da velha mulher, seca e branca como cera, com o anel que ficava tão solto que sempre estava girando, a luz de sua joia brilhando na palma da mão, e pegou-se endireitando-o diligentemente. Estava lá, e não mais estava. Uma acha estourou na lareira, as sombras da sala reassumiram nova forma, macilentas e lupinas. Fora a própria sombra encapuzada que ela vira mas não permaneceu para reconhecê-la. Enquanto as vozes soavam e as colheres retiniam do outro lado do reservado ela puxou a capa por cima de sua trouxa e passou silenciosamente para a pequena porta lateral e ganhou o pomar até o vão na cerca de juncos. Mais além havia um pedaço de pradaria pantanosa. As poças com finas camadas de gelo cintilavam ao luar, e estalavam sob seus passos. Mais além da pradaria ficava a Trilha dos Porcos, a passagem para Waxelby.

Ela pôs-se a correr.

A trouxa era pesada, escorregava e resvalava debaixo do seu braço. Sua corrida desacelerou até um trote de cachorro.

Dois cavalos estavam parados à beira da passagem, um atrás do outro, apertados em busca de aquecimento. Quando ela passou um deles ergueu as orelhas e relinchou, e um instante depois ambos foram trotando atrás dela. Por cerca de um quarto de milha eles conseguiram segui-la. Então pararam, sua curiosidade interrompida, e ela continuou correndo sozinha. O céu enluarado parecia ser feito de gelo azul. O gelo cintilava nas forquilhas dos velhos salgueiros que cresciam nos barrancos da passagem. Suas sombras raiavam o chão diante dela. Ela não tinha nem medo da noite nem ideia de que estava fazendo algo surpreendente. Correr ao longo da passagem para Waxelby era natural, a única coisa que podia estar fazendo. A trouxa embaixo do braço era um incômodo, apenas. Mas seu trote se transformara em uma caminhada e as sombras dos ramos de salgueiro haviam se alargado com a lua minguante até que ela viu uma figura andando ao longo da passagem à frente dela. Começou a correr de novo. A figura também começou a correr.

Sua presa carregava uma criança na barriga, não seria difícil para Adela ultrapassá-la. Mas uma obscura hereditariedade de caçadora fê-la agir de outra maneira. Ela deixou a passagem, tirou as sandálias, e correu sob a proteção dos salgueiros até seus ouvidos lhe dizerem que estava emparelhada com a mulher. Então regulou sua respiração e gritou: "*Cuco!*".

Ela ouviu a mulher parar e dizer, desacorçoada: "Meu santo misericordioso!".

"*Cuco!*", repetiu Adela.

"Annis, sua tonta", admoestou-se a mulher. "Quando é que houve um cuco durante a Candelária?"

Certamente era a voz da mulher pedinte. Adela tropeçou pelo barranco acima e apareceu ao lado dela na passagem. Agora toda a sua certeza e inventividade a abandonaram, e tudo que pôde fazer foi segurar sua trouxa e olhar para Annis com um sorriso.

Annis olhou-a de cima a baixo, do rosto redondo sorrindo afetadamente aos pés descalços. Os pés eram tão brancos, mais brancos do que a alvura do luar, o rosto era tão insano e ausente... Annis persignou-se e disse calmamente: "É você em carne e osso?".

Adela assentiu, e sorriu ainda mais do que antes.

"E de pés nus como o açafrão na pradaria", continuou Annis, atinando com a carne e o espírito. "Lamentável! Mas por que está aqui?"

"Eu trouxe aquilo", disse Adela. "Eu a trouxe para você, e todas as sedas e pérolas. Está quase terminada, sabia? Podemos nós duas terminá-la. Vou lhe ensinar o ponto."

A mulher não respondeu.

"Não está contente? Veja!"

Antes que Annis pudesse impedi-la ela desfez a trouxa e a toalha do altar estava estendida no chão. Annis se afastou, persignando-se. Afrouxada pela viagem, a pequena sacola que continha as pérolas rebentou. Algumas pérolas saíram rolando. Annis jogou-se no chão com um grito rouco, e começou a recolhê-las. Ainda de joelhos segurou uma delas à luz da lua, esquadrinhou-a de perto, pô-la nos lábios.

“Não são pérolas verdadeiras”, disse.

Os vultos dos pobres famintos e desnudos surgiram ameaçadores de todos os lados. Mais uma vez a familiar sensação de ter sido feita de tola abateu-se sobre Adela, e ela reagiu com medo e fúria.

“Que os seus dentes todos caiam, seu animal ingrato! Como ousa dizer que minhas pérolas não são verdadeiras? Eu as trouxe porque você é pobre e tive pena de você. Corri tudo isso atrás de você, e agora me diz que não são pérolas verdadeiras. Vou levar tudo de volta!”

Ela dobrou a toalha do altar. Com um grito de compaixão Annis empurrou-a de lado e começou a alisar o cetim maltratado.

“Isso lá é jeito de tratá-la? Por que não dança logo em cima dela? Pronto — assim está melhor. Que jeito de usá-la!”

Os consolos dirigidos à toalha do altar surtiram efeito em Adela. Ela apanhou algumas pérolas e as entregou a Annis. As duas mulheres rastejaram com as mãos e os joelhos vasculhando os sulcos e as marcas de cascos. Annis ainda estava meio enfeitiçada por esse encontro onírico. Um cuco de Candelária tinha se transformado em um espírito, o espírito em uma palerma, a palerma em uma criança furiosa; e estendida à beira da trilha estava a peça de bordado de Oby, que poderia significar uma grande soma de dinheiro e igualmente significar um enforcamento. Se tudo isso já não fosse muito para a sua cabeça, também tinha de lidar com aquela freira maluca.

O menos arriscado seria ambas voltarem aos lugares delas. Mas depois daquele surto as freiras muito provavelmente não a receberiam com muita benevolência, na melhor das hipóteses obteria alguns trapos velhos, um xelim lascado, e mais daquela sopa. E mais uma vez a passagem para Waxelby se descortinaria diante dela e em Waxelby Jackie estaria ficando tão cansado de esperar quanto estaria cansado dela — pois ele se cansava com facilidade.

Alguma outra mulher poderia tomá-lo, ou ele poderia passar-lhe a perna, pois um homem sempre pode subir em um barco ao passo que apenas um capitão muito bêbado receberia uma mulher já avançada na gravidez. Contudo, se ela fosse procurar Jackie levando a toalha do altar, precisaria levar a freira junto.

No fim ela decidiu ir em frente, com a esperança de conseguir se livrar de sua companheira no mais tardar ao nascer do dia. Deixe-a se cansar, pensou a esperançosa Annis. Deixe-a adormecer, embrulhada em sua capa a pouca distância da passagem, e abandone-a. As freiras preferem dormir a caminhar.

Mas a virgem cabriolava ao lado dela, cantando e exibindo seus chamados de pássaros. Foi Annis quem fraquejou, foi Annis quem não conseguiu ir adiante, foi Annis quem caiu em um sono pesado, deitada com Adela debaixo da capa de dama Alicia de Foley. Quando ela acordou estavam em plena luz do dia e Adela fazia cócegas em seu nariz com uma haste de capim. E lá, a pouco mais de uma milha de distância, estava o vilarejo de Waxelby, com a grande Igreja dos Frades assomando como um navio sobre os juncos e os canais fluviais e a torre arredondada da Velha Igreja de Waxelby parecendo apenas um poste ao lado dela.

Após uma única olhadela Annis voltou a se deitar e fechou os olhos. Apavorava-a a realidade do louco sonho da noite em plena luz do dia. Ela quis gritar, arranhar aqueles olhos azuis, gritar de novo e de novo. Rezou intensamente para que as dores do parto pudessem acometê-la ali mesmo, e com sua majestosa angústia a libertassem de ter de pensar em qualquer outra coisa.

A reza foi em vão. Ela sentou-se e começou a pentear o cabelo com os dedos e a alisar suas vestes. Então tirou um potinho de seu alforje, e empoou as faces e os lábios. Adela observava com interesse.

"Você precisa se arrumar um pouco", disse Annis. "Não podemos entrar em Waxelby parecendo espantalhos."

Mas Adela não tinha nada com que se arrumar. Aos poucos, emprestando um lenço, tirando a anágua e os adereços e pondo-os na freira, e empoando-lhe as faces, ela transformou Adela em uma passável imitação de prostituta. Ao adaptar algumas das roupas de Adela para o próprio uso ela se tornou uma representação mais convincente de uma cafetina. Toda essa troca improvisada ela levou a cabo com tato e cautela admiráveis, embora estivesse zonza de exaustão. Mas quando terminou, mesmo enquanto se parabenizava por ter feito um trabalho tão bom, o pensamento no que estava por vir na sequência quase desfez sua coragem. Haveria tantos porvires! — introduzir Adela em Waxelby, ouvir uma missa, encontrar um desjejum, encontrar Jackie, deixá-lo à vontade porém não tão à vontade assim — pois vestida como uma prostituta a freira insana tinha desenvolvido uma espécie de insana beleza, uma beleza surrada, desbotada e amarfanhada, como se a beleza fosse uma veste que houvesse ficado pendurada por anos em um prego e agora fosse vestida de novo. Mas Jackie a livraria da toalha do altar, e isso para ela seria uma preocupação a menos. Nisso não haveria dificuldade, pois a freira ainda matraqueava sobre como a toalha deveria ser vendida para aliviar os pobres.

Os pensamentos de Annis se voltaram aos pobres conforme elas caminhavam até Waxelby. Seu desabafo da noite anterior não passava de retórica de pedintes, como ela bem conhecia, o ruído que se ouve em toda taverna, em toda cadeia, em toda vala. O que mais aflige os pobres não é a fome ou a nudez, pois um ínfimo roubo ou uma pequena esmola podem remediá-las. Não, a desgraça dos pobres reside mais abaixo do que a fome e a nudez. Consiste em sua incerteza e em seu medo incessantes, a penosa sucessão de armadilhas e ardis e artifícios, o trabalhar em areia movediça na qual todo passo que se dá em solo firme é também um passo mais próximo da condenação. Não o frio e a fome mas a Lei e a Justiça são as mais amargas aflições dos pobres.

Ao entrarem em Waxelby ela apressou-se com sua companheira até a Igreja dos Frades, e caiu de joelhos, grata pela sensação de trégua causada pelas fileiras de pilares tão fortes e retos, pela repetição das estruturas do trifório e do clerestório, pelo eco que santificava cada som comum. Adela ajoelhou-se ao lado dela, olhando ao redor, mas calada por ora. Então se levantou e começou a caminhar pela nave. Quando Annis saiu atrás dela disse placidamente que iria assumir um lugar no coro. Ouvindo essa declaração atordoante, uma mulher idosa olhou à sua volta, e ficou mais aturdida quando viu a aparência esfarrapada da dona daquela voz imperiosa.

"Então você pensa que é monja?", perguntou.

"Sou freira", respondeu Adela. Enquanto Annis se indispunha, algum obscuro capricho de grandeza impeliu Adela a continuar: "Nós duas somos freiras".

"Freiras de frades, ouso dizer", falou a senhora, "as duas. Precisam mesmo é de chibatadas."

Contra isso o eco não pôde fazer muita coisa. Envergonhada por ter insultado os frades em sua própria igreja, a senhora virou-se e se dirigiu a São Brás. Antes que Adela pudesse se meter em mais problemas, uma missa começou. Sua presteza nas respostas fez mais cabeças se virarem na direção dela, e Annis não conseguiu pensar em um expediente melhor do que exagerar a própria devoção e torcer para que ambas fossem tomadas por peregrinas. Mas assim que deixaram a igreja algumas pedras foram-lhes atiradas e a frase "Freiras de frades" foi emitida atrás delas.

O medo que Adela tinha dos terríveis pobres voltou. Ela agarrou-se a Annis. Annis não estava disposta a ser agarrada. Suas respostas breves e zangadas completaram o desânimo de

Adela, e embora os navios no cais se interpusessem entre ela e seu alarme, não pôde olhar pasmada para eles mas viu-se sendo empurrada pela soleira de um aposento cheio de homens e vozes altas de homens.

Alguns deles ergueram o olhar, um ou dois falaram; ninguém se mexeu para dar lugar a ela. Ali estavam os pobres de novo, mais numerosos e mais pobres e mais intimidantes. Mas a mulher que comandava a taverna já tinha trocado olhares com Annis e agora sem nenhuma palavra empurrou as duas mulheres até uma espécie de quarto de dormir mais adiante. Lá havia alguns cavaletes, uns equipamentos de pesca com teias de aranha e trapos enrolados pendendo das paredes, cheirava a bolor e sono; e de fato havia alguém dormindo ali mesmo, um velho de cabeça careca coberta de verrugas e sarnas, que dormia inquieto, grunhindo e entocando-se na palha em busca do calor que havia abandonado seus membros. Annis empurrou um pouco da palha dele e sentou-se comportada com a palha ao redor dos pés. Então apontou para a boca e esfregou a barriga. A taverneira assentiu e saiu, e voltou com um pouco de pão e cerveja e dois pedaços de morcela. A cerveja estava choca e o pão azedo, mas a morcela, violentamente temperada, pareceu a Adela a comida mais deliciosa e saborosa que jamais provara. Depois dos primeiros tragos impetuosos ela se decidiu a fazê-la durar o máximo possível. Absorta nisso ela não observou todo o espetáculo de mímica que acontecia entre as outras duas (e isso era também para a vaidade dela, pois tudo começara com Annis deixando claro que sua companheira era uma palerma insignificante). Mas ela olhou a tempo de ver a mulher muda escarranchar as pernas e pôr as mãos na cintura. Annis assentiu deliciada, e girou o braço em um gesto amplo e por fim apontou para o próprio colo; e a mulher, voltando a si, saiu às pressas.

Estavam em Waxelby, tinham ouvido uma missa e tinham tomado o desjejum; e Jackie ainda se achava no vilarejo. Sentindo que as coisas não iam tão mal assim, Annis virou-se para Adela e disse que iriam desfazer a trouxa e conferir o bordado à luz do dia. Não havia muita luz no quarto, apenas a que entrava pelas rachaduras nas paredes e pelas frestas de uma porta externa, que parecia dar para um pátio ou jardim já que não se ouviam passos por ali; e o espaço era tão limitado que elas só podiam desenrolar uma parte da toalha do altar por vez. Mas nem em Oby onde o trabalho fora iniciado nem em nenhuma de suas últimas perambulações o bordado foi tão verdadeiramente admirado. Dama Lovisa havia chutado muito alto: Annis nunca teve condições confortáveis que lhe permitissem ser camareira; mas ela tinha um pendor natural para obras de arte que havia cultivado durante um longo período visitando igrejas — às vezes por prazer e devoção, em outras por razões mais práticas de abrigar-se. A toalha de Oby estava acima de qualquer coisa em que ela havia posto os olhos. Estava como nova. Nenhuma fumaça de incenso a havia manchado, nenhum sacristão a havia rasgado, nenhum sebo de vela a havia maculado. O azul do cetim era tão puro como o azul do céu, as penas de avestruz tinham sido tão bem costuradas que pareciam ondular e enfunar sobre a cor de fundo, o dourado não havia se esfiapado, o ouropel estava claro como o orvalho. E ela podia vê-la de perto, podia penetrar em cada detalhe de sua artesania. Quando desenrolaram o canto que ainda restava inacabado ela gemeu e olhou para Adela como se fosse bater nela.

Havia uma agulha presa no material e Adela por força do hábito a retirou e limpou a sujeira das mãos e continuou bordando. Annis observou atentamente, suspeitando que ela fosse começar a costurar de um jeito embolado alguma besteira inventada por ela mesma. Mas a freira trabalhou com tanta diligência como se estivesse em seu claustro, e bocejou e se queixou como se uma supervisora estivesse sobre seu pescoço.

Mais de uma hora se passou. Quando Annis puxou a agulha da mão dela e estendeu a toalha, pareceu a Adela que agora era hora de ir para o coro. Em vez disso, a mulher muda reapareceu, introduziu um homem, e saiu de novo. Annis pôs-se imediatamente de pé.

"Jackie, meu bom Jackie! Como andam as coisas, Jackie?" Sua voz era a voz que usara na primeira vez que falara com Adela na passagem. Ele se quedou com as pernas afastadas no centro do assoalho, tão robusto que parecia preencher o quarto, e inspecionou-as com um largo sorrisinho idiota. Não havia dúvida de que aquele era o homem que a mulher muda tinha imitado. A imitação havia assustado Adela, o original era pior. Ela encolheu-se no canto onde o velho jazia dormitando e agarrando sua palha.

Annis já tinha passado da metade de sua história quando Jackie se deu ao trabalho de se manifestar, e quando o fez foi somente para lhe perguntar onde diabos ela estivera e por que até agora não voltara para Waxelby. Ela começou a história do zero, e desta vez foi até o encontro na Trilha dos Porcos, e a estranha que surgira na frente dela feito um espírito e lhe dera a toalha do altar de Oby por piedade para com os pobres de Deus.

"Ahá! E onde ela está agora?", perguntou ele desdenhosamente.

"Aqui!", disse Annis. "Aqui!", ecoou Adela.

Então a toalha foi estendida de novo. Ele olhou para ela com intensidade e aprovação. Seu rosto não mostrou animação nenhuma até que o canto inacabado foi disposto, e então ele circulou Annis e disse que apenas um tolo roubaria uma obra pela metade. Ou ela achava que podia terminá-la?

"Não, mas aqui está alguém que pode e vai. Esta... esta donzela aqui. Temos as sedas e as pérolas e tudo de que precisamos, e ela consegue trabalhar rápido como uma aranha. E enquanto ela trabalha, Jackie, é melhor você pensar em como vamos vendê-la, e onde. Ouvi falar que esse tipo de trabalho consegue um valor alto entre os franceses e os flamengos. Se formos para a França juntos ela poderia continuar o trabalho enquanto o navio seguisse para o mercado. Mas você precisa decidir, Jackie, você precisa decidir."

Em busca de mais palha, o velho deitado segurou a mão de Adela, e ao sentir seu calor puxou-a selvagemente na sua direção e apertou-a contra o peito. Mas ela não lutou, pois todos os seus sentidos estavam concentrados na conversa entre Annis e Jackie. Após olhar de relance para ela, Jackie voltou-se para Annis e perguntou-lhe o que ele iria fazer em plagas estrangeiras com duas mulheres que não valiam um tostão em seus calcanhares; e quando então lá chegassem ainda teriam um fedelho no meio deles. Contudo parecia como se ele estivesse fazendo objeções mais pelo prazer de fazê-las e continuar se exercitando do que por qualquer propósito de verdade; pois estava claro que a toalha do altar o agradara e fora aceita em sua mente como uma coisa da qual ele poderia se servir. Annis disse que podiam vender o bordado na Inglaterra, qualquer lugar fora do alcance do sino de Oby valeria. Sim, e ser enforcado por isso, respondeu ele cautelosamente. Annis prosseguiu dizendo que uma feira não seria o melhor para eles, pois o que se vende em uma feira só interessa aos compradores de feiras; mas onde quer que haja um santuário próspero é possível encontrar um negociante nas redondezas que compre tudo o que puder vender de novo como uma oferenda, sem contudo barganhar demais por isso, já que pode ter certeza de fixar um preço mais alto para algum cliente recém-curado ou repleto de gratidão por alguma graça ou milagre alcançado. Havia Walsingham, Bromholm, o grande santuário de São Edmundo; indo mais para o sul havia a Santa Cruz de Waltham na floresta ou o próprio santuário de São Tomás Becket, e se conseguissem uma passagem em um barco para Londres... Ela estava divagando, seu rosto maldoso e abatido se iluminando com um prazer vagabundo, quando ele a interrompeu com a mesma animação que demonstrara ao descobrir que o bordado não estava completo.

"E o que me garante que ela vai terminar o trabalho? Não a vejo trabalhando, tudo o que ela faz é ficar sentada acariciando aquela carcaça velha ali no canto. Deixe-me ver o seu trabalho!", disse ele, dirigindo-se pela primeira vez a Adela.

"Sim, querida, mostre a Jackie como você é boa nisso", disse Annis.

Mais uma vez Adela limpou as mãos e pegou na costura. Mas ela estava afobada e a seda escorregou da agulha.

"'Ela é bordadeira, ela termina!' Vai ficar um ano nisso para no fim das contas estragar tudo. Ela não entende mais de bordado do que você."

"Você não sabe de nada!", exclamou Adela, espicaçada. "Eu era a única que conhecia o segredo deste ponto. Todas elas tiveram de aprender comigo, dama Lilias e dama Eleanor e dama Philippa e dama Sibilla e..."

"Dama Fulana e dama Sicrana", disse ele desdenhosamente. "E onde é que todas as refinadas damas ficavam costurando?"

"No parlatório de Oby, é claro."

Ele a encarou, seu rosto tolo e suas macias mãos brancas. Satisfeita por tê-lo refreado, Adela sorriu afetadamente e continuou bordando. Annis achegou-se a ele e começou a afagar sua bochecha e a sussurrar.

"Eu não esconderia de você, Jackie. Como poderia? Você é tão esperto, fareja tudo. Mas eu a vesti muito bem, não acha? Ninguém adivinharia senão você."

"Não quero ter nada a ver com ela. Já que a trouxe, que a leve embora."

"Mas eu tive de trazê-la, ela estava determinada a vir comigo. Além disso, ela pode terminar o bordado, entende, algo que eu jamais aprenderia."

"Não quero saber de freira nenhuma", disse ele.

"Claro, claro! Mas deixe ela terminar o trabalho. Vou garantir isso, ela não vai incomodá-lo. Pobre criatura, ela é inofensiva como uma ovelha."

Puxando o lábio inferior ele virou-se para mais uma olhadela. Sua arrogância havia se evaporado, um salpico de medo dominou-lhe o rosto. Ele persignou-se.

Annis cacarejou.

"Pensei que com você a história seria diferente, Jackie. Você, com medo de uma freira? — eu esperava outra coisa."

"Não vou tocar em freira nenhuma!", explodiu ele, tão alto que o velho se ergueu e encarou todos eles, e o ruído de vozes no quarto ao lado pareceu morrer.

"Silêncio, silêncio!"

Não havia necessidade de Annis silenciá-lo. Aquele sentimento exemplar, caso entreouvido, poderia ser interpretado de maneira muito diferente e prejudicá-lo. Ele se recostou trêmulo contra a parede, e seus olhos se reviraram desanimados nas órbitas enquanto ele transferia o olhar do bordado para Adela, de Adela para o bordado.

"Que frio, que frio", disse o velho, voltando a se deitar. Adela, satisfeita por se impor ainda mais depois de ter dobrado aquele homem xucro de Annis, pegou um pedaço da toalha do altar e o enrolou em volta do velho. Annis e Jackie gritaram juntos que ela não podia fazer uma coisa daquelas.

"Eu faço o que eu quiser", respondeu ela. "É meu, fui eu que fiz. Eu trouxe comigo para vestir os pobres de Cristo. Este senhor é pobre e precisa de roupas. Quando ele adormecer talvez eu pegue de volta, mas enquanto ele sentir frio vai ficar com ele, o pobre homem!"

Ela falou com a arrogância simples herdada de seus antepassados, e Annis voltou-se para Jackie com mais confiança e disse: "Ela é maluca, como pode ver. Ouça só o que ela está dizendo!".

"Ser maluca não ajuda em nada", respondeu ele. "Pode-se bater em uma mulher lúcida. Mas essa daí..."

"E quem vai saber que ela é freira se você não sair por aí gritando? Assim que estivermos ao mar..."

"Não, não!" Ele persignou-se veementemente, e começou a suar. "Freiras dão azar, freiras fora do claustro. Não vou pisar em um navio tendo ela por companhia."

"Bem, então o que fazemos? Ficamos aqui?"

"Sim, é isso! Você fica aqui, você e ela, e você a mantém trabalhando até terminar. E então manda Mãe Margaret me procurar como fez hoje de manhã."

"E onde ela vai encontrá-lo?"

Ele hesitou.

"Não, melhor não. Espere! Eu lhe digo, quando tiver terminado peça para Margaret pôr um ramo fresco na placa, um ramo de teixo. Vou ficar de olho nisso."

"E os três vamos ficar aqui em Waxelby, onde todo mundo estará atrás de nós? Só porque você tem medo de ir ao mar com uma freira? O que há para se temer, que mal faz uma freira no fim das contas? Não era sua mãe que era freira?"

"Que o diabo a carregue!", disse ele. "Ela me criou em uma cozinha para ser o saco de pancada de todos. E ainda me pergunta por que tenho nojo de freiras?"

"Se tiver nojo de freiras o diabo vai carregar é você", comentou Adela calmamente.

“Assim que ela tiver terminado vamos dar cabo dela”, sussurrou Annis.

Jackie via a questão de outra maneira: ele daria cabo das duas caso pudesse. Contudo, para fazê-lo com alguma satisfação, precisaria ficar com a toalha do altar, e para isso ao menos ela teria de ser terminada por uma delas e a outra precisaria ser mantida como sua capataz. E cada minuto em Waxelby era perigoso. E contudo ele não queria fazer-se ao mar, e menos ainda com uma freira. Qualquer mulher idiota é capaz de costurar, ele supunha. E se ele pudesse se livrar dessas duas, e encontrar uma terceira...

Ele se quedou mastigando e suando em uma gaiola de considerações. Por fim disse que iria ver o que podia ser feito sobre uma passagem para todos os três. Mas o capitão precisaria de um suborno, Annis deveria lhe entregar sua tiara, e ele pegaria algumas daquelas pérolas.

“E tire a toalha de cima desse velho caquético”, disse ele, “e enrole nesse pano. Porque se conseguirmos embarcar no *Barbara*, não teremos tempo a perder. O navio já está carregado.”

“Não diga a ninguém”, disse Annis. Ele pôs uma boa dose de sentimento no chute exasperado que lhe deu como resposta, e quando Annis se recobrou ela admitiu para si mesma que seu conselho tinha sido tolo e indesejado.

O velho amaldiçoou e resmungou quando eles lhe retiraram a toalha do altar, e Adela protestou que queria continuar bordando. Annis não gastou palavras com nenhum dos dois. Fez a trouxa e sentou-se sobre ela. Esperaram por longo tempo. As colunas de luz passaram do meio-dia para a tarde e caíram sobre a porta que dava para o pátio. Lá um tordo cantava com muita doçura. A intervalos Adela se queixava de tédio e exigia que desfizessem a trouxa a fim de que ela pudesse continuar bordando. Um dia sem tarefas a cumprir parecia interminavelmente tedioso. Ela começou a rezar algumas Ave-Marias, e caiu no sono. O velho se remexia em sua palha, o tordo cantava. Annis permaneceu em vigilante ansiedade, sentindo a criança dormir encostada em sua espinha dorsal, mordendo o lábio à medida que repassava as coisas que tinha dito a Jackie e via como poderia emendá-las.

Ela se assustou quando a porta se escancarou. Jackie estava no limiar.

"Estão atrás de mim! E o *Barbara* está levantando âncora. Mas se você escapar pelo pátio..."

"E deixá-la aqui?"

"Você só pensa na sua freira! Não, leve-a também."

Ela sacudiu Adela e a fez ficar de pé. Então se inclinou sobre a trouxa.

"Deixe que eu cuido disso. Vá logo com a sua freira. Vire à esquerda, depois vá pelo beco que leva ao cais. No cais você vai ver um marujo com uma orelha só. Siga-o, e quando estiver a bordo, vá direto lá para baixo e fique lá e não fale com ninguém até eu chegar."

"Mas você virá, Jackie? Você virá?"

"E vou ficar aqui para ser enforcado? Mas antes preciso esperar até saber que eles se foram."

Não foi fácil fazer Adela se mexer, ela parecia incapaz de compreender a noção de perigo e não tinha nada do instinto de obediência ao macho que tinham as mulheres que não eram enclausuradas. Annis precisou de todas as suas forças para movê-la e mantê-la em movimento.

Jackie seguiu-as até o começo do pátio, xingando e encorajando. Quando as viu sair de vista ele relaxou, encostou-se em uma paliçada, e começou a assobiar muito baixo. O tordo lhe respondeu, ou pareceu fazê-lo. Ele respondeu ao tordo. Por ora, com ambas as mulheres longe dele, tinha tempo para um pequeno capricho e para a poesia. Era um daqueles crepúsculos de fevereiro que parecem saltar rumo à primavera, que se derretem e são complacentes e cheios de promessa e até mesmo têm alguns mosquitos.

Enquanto isso, o velho tinha saído agilmente do seu canto. Ele desfez a trouxa e pegou a toalha do altar e a enterrou embaixo de sua palha. Então apanhou todos os trapos que estavam pendurados nas paredes e tornou a fazer a trouxa, reproduzindo seu formato e atando-a com grande precisão. Então voltou para seu canto. Após algum tempo Jackie entrou tranquilo, pegou a trouxa, riu, cuspiu, lançou uma ou duas imprecações ao dorminhoco, e foi embora. A palha farfalhou enquanto o velho estremecia com risadas senis. Nem todas as suas dificuldades estavam acabadas, é claro. Ainda havia sua senhoria para superar, cujos olhos eram ainda mais aguçados por não ter o dom da fala. Mas a toalha do altar jazia em segurança embaixo dele, e ele estimou — corretamente, como se revelou mais tarde — que seria capaz de obter um bom dinheiro por ela.

Embaixo do convés do *Barbara* Adela ficava mareada pela primeira vez e Annis, ouvindo-lhe os gemidos e grunhidos, começou a reconhecer que tinha sido feita de tola, com uma criança chutando sua barriga, uma freira louca nas mãos e uma viagem marítima pela frente. Assim como se assopra um fogo verde, sua inventividade se alimentava pacientemente das circunstâncias diante dela, e ela se perguntava a quem e por quanto ou por quão pouco ela poderia vender aquela virgem tola que era agora seu único recurso em um mundo duro, e sua única amiga.

Um cajado verde

(março de 1380 – junho de 1381)

As pessoas do solar ficaram sabendo consideravelmente mais sobre o destino de dama Adela do que o convento; como era natural, já que elas gozavam dos predicados mexeriqueiros de primos em Waxelby, tios em Wivelham, e do irmão Bartlemy passando por lá com todo o conforto para falar sobre este mundo e o próximo. Souberam, por exemplo, como dama Adela havia tentado entrar no coro da Igreja dos Frades à força e tinha sido impedida apenas pela determinação da velha Emme Sampson, que nascera uma Holly de Dudham. Souberam que Katharine Trump, uma das prostitutas de Waxelby, tinha um bracelete de pérolas que não havia obtido honestamente. Souberam que o *Barbara* deixara o porto com um carregamento de virgens, todas destinadas ao rei da Hungria. Souberam que uma hora depois de o *Barbara* deixar o porto Jack o Latino havia tentado estrangular a mulher muda que comandava a taverna e que no embate que se seguiu cinco homens ficaram feridos e um barril inteiro de cerveja fora desperdiçado porque ninguém teve tempo de fechar a torneira. Souberam que dama Adela havia passado a maior parte do dia trancada em um quarto dentro da taverna onde ela cantara com tanta doçura quanto a de um pássaro na gaiola e comera morcela desordenadamente. Souberam que quando ela foi arrastada a bordo de uma nave que absolutamente não se chamava *Barbara* mas sim *Rapaz de Gênio*, ficou muda de exaustão e tinha três cães com ela. Souberam que Annis estava usando a toalha do altar como anágua. Também souberam que esta estava escondida em um poço seco em algum lugar mais além de Wivelham, que Jackie a tinha dado a Katharine Trump, e que a toalha nunca tinha deixado Oby onde as freiras, em uma de suas brigas, a haviam feito em pedaços. Por fim souberam, com a garantia do velho guarda-noturno que se hospedava todo dia na taverna, que Annis, apesar das aparências, não era uma mulher mas sim um homem baixo e atarracado de barba ruiva; mas isso veio a conhecimento muito depois, e por meio do relato de Sir John Idburn, que havia topado com o velho camarada claudicando até Walsingham à procura de um voto.

Enquanto isso, a prioresa, paralisada e inconsciente, continuava a viver. Sua sobrevivência mesma era um tipo de apoio para suas freiras; pois enquanto vivesse elas poderiam esquivar-se do problema que era uma eleição e já que ela podia morrer a qualquer momento não valia a pena escolher uma suplente para ela. Durante a Quaresma a escolha da próxima prioresa foi sondada interminável e languidamente, e em duplas e trios elas se decidiam e depois voltavam atrás. Dama Lovisa, aceita como inevitável havia muito, estava fora de questão, já que tinha sido ela quem deixara o inimigo entrar, e dama Eleanor, sua rival natural, agora parecia estar fora de questão também; pois quando se escolhe a menos ruim entre duas rivais cria-se um cisma, e embora em algumas circunstâncias um cisma possa ser revigorante, é um luxo em condições ideais; não se deve ter um em tempos de infortúnio. Dama Margaret estava velha demais. Dama Dorothy estava entrada nos quarenta e saudável, mas era totalmente sem iniciativa, não seria melhor do que uma imagem levada para cá e para lá por um partido e depois por outro. Dama Philippa era neutra, discreta e bem relacionada; mas ela se recusava terminantemente a ter alguma coisa a ver com isso e disse que com certeza abdicaria caso a elegessem. Restavam então dama Cecily que era cega, dama Lilias que era indesejada, e dama Sibilla. Dama Sibilla era jovem demais, e não era uma freira de Oby, e era uma intrometida e sua devoção não era como a devoção de mais ninguém, e uma casa governada por alguém de relação tão próxima com o bispo Walter não conheceria um momento de paz; ademais, todos os seus parentes viviam na religião, o que a tornaria uma prioresa não lucrativa, já que todo mundo puxa a brasa para a sua sardinha. Contudo, dada a variedade de motivos alegados para explicar por que dama Sibilla não serviria, ficava óbvio que ela estava sendo considerada geral e seriamente. Se não se levasse em conta as despesas, o melhor plano seria eleger dama Margaret, suportar seu mau humor assim como se suporta a Quaresma e quando ela morresse escolher — quem? — dama Lovisa com seu tino para negócios ou dama Eleanor que era a mais velha das duas e extremamente bem-apessoada. Estavam de volta aonde haviam começado.

Nunca uma eleição foi contemplada com tão pouco ânimo. Nunca dama Cecily ouviu tantas frases ditas pela metade, tantos suspiros ambíguos, tantos bocejos desolados, e tamanho consenso de que aquilo era demais para elas, que deviam deixar Deus decidir. Ela sabia exatamente como elas deviam estar parecendo: descoradas, desleixadas, desanimadas. Quem iria imaginar que uma mera maçã viraria o mundo de ponta-cabeça? Quem iria supor que dama Adela, aquele ser negligenciável, criaria essa cavernosa ausência? Mas isso só porque ela levara a toalha do altar consigo — pelo menos o desaparecimento das duas coincidia. A perda da toalha do altar era muito pior do que a perda de dinheiro gasto sem propósito, pior do que a frustração de suas esperanças de causar uma boa impressão no novo bispo. Durante os meses em que haviam trabalhado na costura as freiras de Oby tinham se tornado uma comunidade. Embora em suas etapas iniciais o bordado tivesse sido um instrumento para as habituais facções do convento, uma flâmula De Retteville agitada contra os De Stapledon, com o passar do tempo se tornara o interesse de todas e o propósito de todas; e a satisfação que dama Lovisa havia encontrado em seus solitários saltérios preto e branco, e que a velha prioresa havia experimentado com o segundo Manto da Trindade, e que ela própria (mas quanto tempo atrás!) havia conhecido com seus pincéis, seu cobalto e seu vermelhão, tinha sido sentida por todas, quer estivessem trabalhando ou observando quem trabalhava. Algo estava sendo criado, elas tinham um motivo para viver juntas, o cetim azul abrigava-as como um tabernáculo.

Tudo isso se fora. Estavam de novo feito baratas tontas, indolentes, desanimadas e medrosas; e se passariam anos até que empreendessem novo projeto como esse, pois tinham sido logradas, e gato escaldado tem medo de água fria.

A prioresa Matilda durou por mais doze meses. A permissão para as eleições chegou na Terça-Feira Gorda, e o priorado passou para dama Margaret por uma maioria de três votos. Mesmo quem votou nela sentiu náuseas consideráveis quando ouviu o resultado, e olhares apiedados foram lançados na direção de dama Lilias, que agora teria ainda mais razão para desejar ter escapado para a segurança de sua cela de anacoreta antes de tal reviravolta. Contudo a eleição, apesar de ter enregelado a maioria dos corações, expressava a opinião geral. Dama Margaret, tão velha, tão cabeça-dura, com nada para oferecer além de seu formalismo, sua rasa perspectiva do que é um convento, era o único elemento orientador na comunidade. Podiam acreditar nela porque ela era de todo incapaz de sugerir alguma coisa que elas já não soubessem.

Em sua visita de primavera a Oby Henry Yellowlees correu escada acima até o quarto de Sir Ralph, e choramingou para o amigo.

"É uma catástrofe! É uma demência! O que foi que as possuiu, para escolherem aquele cardo murcho? E depois para designarem a tapada da dama Dorothy como tesoureira! Nenhuma das duas tem uma renda pela graça de Deus, e os livros contábeis já estão em uma situação tal — hei de contar ao bispo que não posso mais continuar."

Pois Henry Yellowlees agora era uma pessoa muito diferente daquele escriturário faminto que o bispo Walter tinha feito custódio de Oby.

O bispo De Craye havia assumido sua sé determinado a não ser pisoteado por uma tropa de desordeiros clérigos ingleses, e determinado, acima de tudo, a peneirar o séquito de seu predecessor. Dentre suas primeiras demissões estavam os secretários, o capelão e o médico. Quando desobstruiu seu entorno imediato ele fez uma relação de todas as nomeações do falecido bispo. Nela encontrou o nome de Mestre Henry Yellowlees, custódio de Oby e professor de matemática na escola dos Santos Inocentes. Com sua peneira na mão Perkin de Craye chegou no tempo devido a esse chão de debulha específico, onde encontrou Henry Yellowlees em um de seus piores humores, amaldiçoando todos os bispos e em especial esse novo bispo que havia demitido o seu comparsa Humphrey Flagg. Confiante de que sua própria demissão viria na sequência, Henry Yellowlees começou a criticar a música da catedral com um espírito deveras licencioso. Acontece que Perkin de Craye era um músico notável; e embora os dois homens houvessem quase que imediatamente caído em violenta contenda sobre Machault (que para Perkin de Craye era melífluo demais e falto de ambição técnica), seu oponente discordava dele de modo tão inteligente que Perkin de Craye se viu dizendo que Mestre Yellowlees precisava mesmo era de ouvir algumas das composições de Landini, e prometendo na frase seguinte que ele devia ouvi-las assim que conseguisse uma cópia das partes e o coro começasse a cantoria. Como isso só poderia ser feito caso o peneiramento fosse adiado, Henry Yellowlees permaneceu em seu posto nos Santos Inocentes até o bispo decidir que seria melhor se ele fosse peneirado para um secretariado pessoal.

"Contar ao bispo? — Ah, sim, esse bispo. Hm, certamente! Sim, eu contaria a ele, se fosse você."

Sir Ralph estava deitado na cama com uma coberta por cima dele. Embora o ar de primavera soprasse pelo quarto ele parecia invernado, parecia os bancos de neve que se formam na face norte de uma crista de terra e não derretem.

"Este é o meu sétimo ano como custódio de Oby", disse Henry, começando a se desculpar. "É um longo tempo. Pelo menos é um longo tempo para não ter conseguido realizar nada. De fato não tenho talento para a administração."

"O patriarca Jacó serviu Lia por sete anos e Raquel por mais sete. E não sei se ele conseguiu muita coisa durante esse tempo", comentou Sir Ralph.

"Suponho que para você sete anos não sejam nada."

"Nada mesmo", disse o velho, alheado. "Algumas mortes, é claro. Alguns nascimentos. Cordeiros, e assim por diante."

Embora a prosperidade o tivesse endireitado, Henry não estava completamente arruinado por ela. Havia preocupação bem como senso protetor em seu âmago quando ele sugeriu que o próprio Sir Ralph faria bem em pensar em se aposentar, que uma palavra ao bispo, o qual apreciava a erudição, o transferiria para alguma agradável sinecura. Sem afetação ele acrescentou que pensava que Sir Ralph iria gostar do bispo.

Sir Ralph olhou para ele com afetuosa desatenção, e disse: "Então você vai nos deixar? Bem, eu mesmo estou pensando em ir embora".

Refletindo que a nova prioresa devia ser ainda pior do que ele supunha por ter libertado Sir Ralph de sua casca de noz revestida de arrás vermelho, Henry perguntou para onde ele estava pensando em ir.

"Para Londres, para Londres", respondeu Sir Ralph como se fosse a resposta mais natural do mundo.

"Para Londres? Mas é uma viagem longa."

"O único lugar para o meu propósito. Quero ter certeza de que encontrarei homens inteligentes, homens de cultura. Só farei desperdiçar meu tempo se for para lugares menores, Oxford e Cambridge e tudo mais. E não posso me dar ao luxo de perder tempo. Já deixei muito tempo passar."

Seja lá sobre o que ele estava perorando, perorava de uma maneira nova. Henry nunca o ouvira falar com tanta determinação nem em um tom de voz tão magistral.

"Ora, em Londres eles entendem do assunto."

Que assunto, inquiriu Henry, e Sir Ralph respondeu, poesia. Ele ergueu-se em sua cama, apanhou um manuscrito, e começou a ler em voz alta. Sua voz de leitura era potente e pomposa, ele lia com um estro antiquado, fazendo vibrar as palavras feito um menestrel. Sobre quem ou o que ele estava lendo era difícil dizer, exceto que havia uma árvore de teixo e um homem em prantos cujas lágrimas pingavam através dos ramos escuros. Era um poema escrito em inglês, e ao que parece empregava rimas, embora as rimas não obedecessem a um padrão óbvio. A atenção de Henry logo se desviou da leitura e se agarrou àquele surpreendente novo aspecto do leitor, rugindo feito um mestre-escola, com suas sobrancelhas pretas assentadas em aturdimento em meio às suas desgrenhadas madeixas brancas. O que o havia mudado?

Teria sido a iminência da morte o que reavivara o vigor mental do velho? Quem dera o tivesse conhecido quando era jovem! O jovem Ralph Kello certamente devia ter sido assim, pensou Henry Yellowlees, dando-se conta pela primeira vez de que Sir Ralph tinha sido, e genuinamente foi, um homem jovem.

"O que acha disto, Henry?"

"Eu — eu não tenho certeza. Precisaria ouvir mais antes de formar uma opinião."

"Exatamente! É por isso que estou indo para Londres."

Mansamente Henry disse que se Sir Ralph continuasse a ler, ou se ele pudesse pegar emprestado o manuscrito e estudá-lo... Sua mansidão não foi de nenhuma serventia. Sir Ralph recolocou o manuscrito embaixo de seu coxim e dispensou-o como se ele fosse um aluno de escola — e aliás um bem burro.

Cavalgando até Lintoft naquela mesma tarde, a mente ainda ocupada com Sir Ralph, Henry Yellowlees ouviu aquelas mesmas palavras: *Para Londres*. Podia ter sido sua imaginação repetindo as palavras de Sir Ralph; mas a voz não era em nada como a de Sir Ralph, e as palavras estavam vindo de muito além dos seus pensamentos, como se tivessem sido jogadas como uma pedra e esta o acertasse. Um instante depois ele ouviu outra voz responder à primeira: "Pois sim, para Londres. É para lá que devemos ir".

Um grupo de trabalhadores estava de pé embaixo de uma árvore de freixo. Seu cavalo o levou em frente e ele não conseguiu mais ouvir o que estavam falando.

Naquela noite durante a ceia o reitor de Lintoft estava cheio de histórias sobre Oby, as exortações do bailio, a maldade exibida no funeral da prioresa falecida e a altivez da nova. Outra coisa que estava dando muito o que falar, continuou Sir John, era o fato de que as duas noviças enviadas a Oby oito anos antes ainda estavam à espera de receber seus véus. A culpa não era delas; mas eram ambas de berço ruim e as freiras de Oby eram orgulhosas demais para admiti-las. Tal comportamento alienava o povo comum, e não era de se admirar. Henry Yellowlees respondeu que ambas as noviças tinham sido freiras pelos últimos quatro anos. Ele se espantava de que os paroquianos de Sir John, que eram tão bem-informados, não soubessem disso. Sir John murmurou que não houvera nenhuma celebração para elas, de qualquer modo. Ele apressou-se a supor que não havia notícias daquela infeliz freira imbecil que tinha sido raptada pelo homem de barba ruiva que fora visto pelo velho Eustace, o guarda; e antes que Henry Yellowlees pudesse responder prosseguiu dizendo que não podia restar muita dúvida do que fora feito dela: o povo só aguenta até determinado limite, e a nova capitação tinha acabado com sua paciência. Os reis deveriam pagar pelas próprias guerras, era demais pedir ao homem pobre que lutasse nos exércitos do rei e ainda pagasse por elas. E que guerra, também! Por que deviam os ingleses guerrear contra os franceses por outro propósito que não ser escorraçados por eles quando nossos pais os tinham escorraçado de uma vez por todas trinta anos atrás? Henry Yellowlees foi incapaz de ver o que a guerra da França tinha a ver com o desaparecimento de dama Adela, pois certamente o reitor de Lintoft não iria supor também que ela tinha sido levada para lutar pelo rei. Levantando a voz — John Idburn tinha ficado um tanto surdo — ele perguntou se a mulher que se transformara em um homem de barba ruiva tinha por acaso sido um soldado.

Não, é claro que não, por que teria? — respondeu Sir John intrigado. Se um soldado quisesse uma freira e uma toalha de altar ele poderia encontrá-las na França. Não havia dúvida de quem aquele homem era: o membro de um bando, e o bando um dos muitos bandos dos sem trabalho e sem posses que estavam percorrendo o país para saquear e pilhar. Também não havia dúvida de que eles tencionavam fazer mais naquela noite do que Deus lhes permitira fazer; mas na tarde antes do rapto de dama Adela uma mulher, uma piedosa peregrina, havia se introduzido à força no mosteiro e alertado as freiras de que elas seriam queimadas em suas camas. A filha de Simon Magg, que trabalhava na cozinha de Oby, a ouvira alertando-as. De modo que elas se prepararam e barricaram as portas e janelas, e tudo o que os raptores puderam achar quando entraram foi dama Adela saindo da latrina. Henry Yellowlees perguntou como dama Adela poderia ter com ela a toalha do altar naquela altura, mas ele se refreou de erguer a voz, e Sir John atalhou para dizer que ele, particularmente, não se admirava desse estado de coisas. Veja Lintoft, por exemplo. Fazia doze anos desde que os Damber haviam visitado sua mansão do solar, por doze anos ele não pregara para um ouvinte instruído: eles viviam na corte, eles lutavam nas guerras, eles esfolavam o lugar e não traziam nada de volta; agora estavam abatendo seus bosques para venda, e logo não haveria nem sequer uma bolota para a engorda dos porcos. E em cima de tudo isso, os impostos, e em cima dos impostos, aquela última capitação. Ele não se admirava de que seus paroquianos estivessem repletos de ressentimento. Faça um cão passar fome e ele vai desenvolver dentes de lobo, era um ditado antigo e muito verdadeiro. Ele, particularmente, lhes diria que já iam tarde quando partissem para Londres.

"Deus do céu! Todo mundo está indo para Londres?", exclamou Henry.

"Não, nem todo mundo. Alguns não são fortes o bastante, e alguns precisam ficar por causa dos feijões e do feno e para cuidar do gado. Não dá para esperar que todos vão. Mas os mais robustos sim."

"Mas por quê? Para que estão indo para Londres?"

"Para contar ao rei. Por que outro motivo iriam?"

"Mas o que irão contar ao rei?"

"Que ninguém mais quer ouvi-los", respondeu Sir John.

Não fosse por aqueles homens debaixo da árvore Henry teria descartado tudo isso como mais um dos disparates do padre de Lintoft. Porém ele pensou bastante e mandou uma carta a Sir Ralph implorando que ele não partisse para Londres antes de arranjar alguém para ir com ele. *De bom grado iria eu para Londres onde nunca estive, contudo receio ir a cidade tão grandiosa sozinho e desacompanhado e lá acabar sendo ludibriado*, escreveu ele com arte. Alarmava-o pensar que o velho de fato iria partir com seu manuscrito e cair nas mãos de viajantes tais como os que vira de cara fechada debaixo da árvore de freixo. Se Sir Ralph insistisse em partir ele bajularia o bispo a fim de obter uma condução e um par de homens de escolta. Possivelmente em sua próxima viagem para o sul o bispo... mas pensando bem Henry teve de admitir que seu velho amigo e seu novo amigo pouco teriam em comum; embora Perkin de Craye não fosse dar a mínima em ter consigo um velho padre de freiras, pois sua forma altamente intelectualizada de cristianismo não fazia distinções sociais a não ser a distinção entre a Igreja e o mundo.

Sir Ralph pôs a carta de lado cuidadosamente dentro de seu Aquino — um belo exemplar que ele usava principalmente como depósito. Não havia necessidade de lhe responder. Não havia tempo para isso. Ultimamente ele estava sujeito a singulares lapsos de memória: não apenas um esquecimento comum, pois em recordar nomes, versos, datas, sua memória lhe servia melhor do que nunca — na verdade, parecia até mesmo estar melhorando, pois era assaz surpreendente a agudeza com que conseguia se lembrar de cada detalhe de eventos havidos quarenta e cinquenta anos antes. Mas com uma estranha inconsistência essa útil memória constantemente lhe faltava quanto a coisas do presente. Havia se esquecido de todo, por exemplo, até que a carta de Henry o lembrasse, de que ele precisava ir para Londres com o poema de Mamillion. Sim, Mamillion deveria partir em uma nova série de perambulações, tomando a trilha para Lintoft e para o oeste até cruzar King Street, lá dobrando para o sul e adiante por Peterborough e Cambridge e Saint Albans — uma longa jornada; porém não mais longa do que a dos peregrinos, ou a das tropas de prestidigitadores e acrobatas; e sem dúvida ele acabaria subindo em muitas carroças e vagões, pois as pessoas são gentis com um homem velho, um padre velho viajando com uma boa incumbência. Ele encontraria eruditos também, indo fastidiosamente de um lugar para outro à procura de novos aprendizados, tal como ele fizera em sua época; e com eles poderia falar sobre o poema de Mamillion, e da obrigação dele, assumida tanto tempo atrás, de torná-lo conhecido entre os poetas e eruditos do mundo. Levara um longo tempo para apreciar o poema por inteiro: um transcorrer de tempo durante o qual o poeta do poema, aquele infeliz lorde de Brocton, havia quase se apagado de sua mente. Mas enquanto o poeta minguava o poema crescia, e agora ele o via tal como era — um dos grandes poemas épicos da humanidade, um poema que vagaria de uma geração para outra, às vezes se detendo, como o próprio Mamillion, em uma floresta densa ou em algum castelo hospitaleiro, mas sem nunca se demorar lá, pois seu destino era vagar para todo o sempre nos corações dos homens. Contudo esse atraso não era algo tão ruim, afinal de contas. Por meio de muitas leituras superficiais ele viera a conhecê-lo de cabo a rabo. Havia, por exemplo, aquela passagem sobre o homem selvagem, que ia cabriolando até Mamillion e o asfixiava com um galho de flores, enchendo seu nariz e seus olhos com pólen; e antes que Mamillion pudesse limpar os olhos e parar de espirrar o homem selvagem partia cabriolando de novo, emitindo um alto e ressoante *Upa!* Quantas vezes tinha ele folheado o poema sem ver sua qualidade? — e por fim veio uma leitura que se tornou uma primeira leitura, e ele ficara tão aturdido quanto se também ele houvesse sido asfixiado com um galho de flores no nariz.

Ele apanhou o manuscrito e encontrou o homem selvagem mais uma vez. Os poetas e eruditos de Londres iriam rapidamente admirar tamanha imaginação. Ele olhou pela janela: a vidraça estava abaixada, o ar doce e a luz entravam em cheio. Por que não partir amanhã? Sim, e garantir seu propósito! Caso contrário, sua memória poderia lhe pregar outra peça; e ele não podia aguardar que uma segunda carta de Henry Yellowlees fosse lembrá-lo de que ele tencionava ir para Londres. Era muito gentil da parte de Henry Yellowlees: um camarada excelente, de bom coração, ainda que por ora apegado demais àquele seu bispo.

Se ele partisse amanhã, o que deveria fazer primeiro? Deveria é claro explicar a dama Margaret que ele tinha a obrigação de ir para Londres. Sempre haveria um cura de Wivelham a quem ela pudesse mandar chamar. Dama Margaret estava tão surda que seria cansativo explicar qualquer coisa que fosse. Ele teria de berrar em seu ouvido; e, não sendo um voluptuoso, ele deveras detestava as orelhas de dama Margaret, das quais pelos curtos e grossos despontavam com tanta profusão. Por que não explicar a ela usando um intermediário? Ele lhe enviaria uma mensagem por meio de uma das freiras: dama Lilias, que sempre fora tão boa para com ele. Havia alguma coisa acerca de dama Lilias, também, de que ele sabia que precisava se lembrar, mas justo agora lhe escapava da memória. Não é possível se lembrar de tudo e nesse instante ele precisava se concentrar em carregar Mamillion até Londres. O que mais? Um bom cajado era essencial, e ele o providenciaria de imediato.

Ele enfiou o manuscrito no bolso da bata e deixou o quarto. Quando a porta se fechou atrás dele uma borboleta-enxofre voejou para dentro através da janela aberta.

O melhor seria um freixo. Ele partiu para o arvoredo no canto leste do campo geral, lá havia tocos de freixo, e nos velhos tempos ele com frequência esculpia seus cajados. Quis a sorte que Thomas Scole estivesse trabalhando no arvoredo. Eles procuraram juntos, pisando as campainhas-azuis, até encontrarem o freixo certo, e esculpiram o cajado ali mesmo e desbastaram e aplainaram o cabo. O jovem Scole era um excelente trabalhador. Era um prazer observá-lo, embora enquanto os últimos retoques eram feitos no cajado Sir Ralph mal conseguisse conter sua impaciência. Por fim estava em suas mãos, e com agradecimentos e uma bênção ele foi embora.

Se todos fossem civilizados como ele, pensou Thomas Scole, haveria menos do que se queixar. Ele observou o velho caminhar pelos sulcos e se movimentar com muita agilidade considerando seus anos e seu volume. Um coelho saiu correndo de sua toca. Voltando a atenção para o coelho, que é carne e roupa ao mesmo tempo, Thomas Scole deixou de notar que Sir Ralph tinha se virado para oeste pela trilha até Lintoft. Mesmo que houvesse notado, não lhe teria causado nenhuma impressão particular. Um homem velho com um cajado verde gosta de sair por aí com ele.

Por um longo tempo dama Amy estivera reunindo sua coragem. Ao providenciar pão e cerveja para o lanche do padre na despensa de provisões pareceu-lhe que aquele era o momento que a Virgem havia enviado. Portanto ela disse que carregaria aquilo ao quarto dele. No patamar da escada ela bateu e esperou. Por fim puxou o ferrolho e olhou lá dentro. O quarto estava vazio. Ela descansou a refeição no tamborete, e estava indo embora quando um som ligeiro atraiu-lhe a atenção, e ela viu uma borboleta amarela se debatendo em uma teia de aranha. Ela a libertou, e observou-a voar pela janela, e estava prestes a sair quando lhe ocorreu que havia teias demais no quarto, e já que estava sozinha ali e ninguém de fato a tinha ouvido, ela poderia limpar algumas delas. Então vagou pelo quarto recolhendo teias de aranha na mão até que parou diante do armário aberto onde Sir Ralph guardava seus livros. Sua tentação a dominou. Ela retirou um e o abriu ao acaso, articulando o latim que era capaz de pronunciar mas não conseguia compreender. Era isso que a havia atraído até ali. Ela ansiava por ler autores latinos, e trouxera o pão e a cerveja na intenção de perguntar a Sir Ralph se era errado uma freira aprender latim. Para algumas freiras com certeza era algo permissível. Dama Lilias sabia ler latim com tanta facilidade quanto sabia ler francês ou inglês, dama Philippa também, e a idosa noviça Frampton andara redigindo exercícios de latim antes de contrair sarampo e morrer. Mas tratava-se de freiras de boa família, que tiveram livros nas mãos desde cedo, ao passo que ela tinha sido educada para segurar uma roca ou o pedal de uma batedeira de manteiga. Ela tinha medo de falar sobre seu desejo com dama Lilias, que todas diziam ser orgulhosa; ainda menos podia falar sobre ele com dama Philippa, que com bom motivo era capaz de erguer as sobrancelhas finas e dizer: "Você devia ter pensado nisso enquanto era noviça". Durante seu noviciado Amy tinha sido indolente e desatenta, pois a princípio não conseguia pensar em nada além do prazer de comer comidas tão refinadas e do desconforto de sempre sentir fome, e mais tarde ela ficava enjoada e sonolenta com tanta constância que mesmo com uma nova vontade de aprender não conseguiria aproveitar as aulas. Dama Philippa havia dito que era inútil desperdiçar mais tempo com tamanho desatino, ela sabia o bastante para se virar em seu cargo com a supervisão das outras, e isso deveria bastar. Contudo foi justo naquele último ano quando foi dispensada para cumprir tarefas e ser útil que ela passou a se reconhecer como uma pessoa de bom juízo e a ansiar por conhecimento, e ao mesmo tempo a ser acometida pela timidez.

Ela esperou, mas Sir Ralph não veio. Por fim, ainda segurando as teias de aranha na mão cálida e jovem e com o latim murmurando em sua cabeça feito um zumbido de abelhas, ela foi embora.

Naquele momento Sir Ralph estava subindo a cordilheira de onde com tanta frequência olhara para trás a fim de admirar o pináculo. Mas agora ele caminhava com os olhos no chão, cautelosamente; pois por um triz não havia pisado em cima de uma víbora. Isso o assustara, seu coração ainda estava magoado pelo susto que sofrera, e quando ele espetou o chão com seu cajado o cajado oscilou em sua mão oscilante. Por fim se virando para dar uma olhada no pináculo ele descobriu que este já estava fora de vista, mergulhado na linha da bacia hidrográfica. Não importava! O que era um pináculo a mais ou a menos para um homem que veria tantos, e ao fim de sua viagem, em meio aos navios e pináculos de Londres, o pináculo da Igreja de São Paulo?

A maioria das mulheres idosas é sonolenta, mas a nova prioresa de Oby era vigilante como um álamo. Nessa tarde quente em que a vontade geral era quedar-se imóvel à sombra, ela tinha sido invadida por um desejo de fazer exercícios. Por conseguinte, as freiras iniciaram uma partida de raquete e peteca. Fazia anos que ninguém em Oby jogava esse jogo, e parecia que elas ainda poderiam ser salvas pela declaração de dama Philippa segundo a qual fazia tanto tempo desde que uma de suas noviças o tinha jogado que ela imaginara que as raquetes e as petecas estavam desaparecidas.

"Desaparecidas? Não quer dizer jogadas fora? E quem lhe deu autorização para jogar fora nossa propriedade? Desaparecidas, uma ova. Não existe isso de desaparecidas. Ou estão aqui ou não estão. Imagino que eu mesma vou ter de procurar."

Antes que alguém pudesse intervir ela mesma procurou e encontrou — uma coisa fácil, já que estavam guardadas onde tinham ficado guardadas durante os últimos dez anos. Comentando que já era ruim o bastante ter dama Cecily oprimindo o estabelecimento, mas que isso não era nada, toda freira na casa dela era cega feito um morcego, e mais cego é aquele que não quer ver, a prioresa acrescentou que elas agora teriam um agradável passatempo juntas.

Na juventude dela quando o jogo de raquete e peteca estava na moda a prioresa fora um primor nele. Mesmo agora ela jogava com sinistra agilidade; ainda mais sinistra porque seu estilo de jogar conservava todos os encantos passados do começo do século — o porte ereto com a cabeça um pouco para o lado, o pulso arqueado e a expressão alerta. Ela saltitava para lá e para cá feito uma peteca impelida por uma raquete invisível. Dama Eleanor incautamente comentou com dama Lovisa que a prioresa parecia ela própria uma velha peteca. Dama Lovisa incautamente sorriu. De imediato as duas foram chamadas para jogar uma partida. Uma vez que dama Eleanor era alta e robusta e dama Lovisa baixa, troncha e franzina, a partida deu margem a grande quantidade de comentários mortificantes. Como muitas pessoas surdas a prioresa falava seus pensamentos em voz alta, e propagava infâmias e insultos sem intenção alguma de ofender. Conforme o ar ficava mais quente, e mesmo ela começava a ficar estafada e zonza por causa de tanto movimento, ela muito genuinamente sentiu que estava sofrendo em prol do bem de todas, e que elas estavam tendo um agradável passatempo juntas, ou assim deveriam; e se não gostavam daquilo, não era culpa dela. Falando seus pensamentos em voz alta ela comentou que era uma pena que nos dias de hoje ninguém apreciasse prazeres simples ou soubesse como se mover com mais graça; realmente não havia muito o que fazer quanto ao desajeito de dama Philippa e ao desajeito de dama Amy, cuja compleição e criação a teriam tornado desajeitada de qualquer maneira.

"Ora, ora!", gritou ela. "Por que estão todas aí arfando e suando, minhas filhas? Essa é a hora do nosso passatempo. Vamos jogar."

No último revezamento de cargos dama Lilias tinha sido designada enfermeira. Obstinando-se em sua função ela agora dera um passo adiante e berrara educadamente que sem dúvida a cara madre se lembrava de que havia pouco tinham feito a sangria da primavera. Muitas das freiras ainda estavam sentindo os efeitos e achavam doloroso participar de jogos.

"Não entramos em mosteiros para mimar a carne", disse a mulher idosa, levantando-se. Erguendo a voz ela disse que elas precisavam se virar sem dama Lilias, que em vez de jogar raquete e peteca preferia sentar à sombra e aguardar outra mensagem de São Leonardo.

Sir Ralph havia dito a si mesmo que quando chegasse a Lintoft pararia na casa do padre e descansaria por mais ou menos uma hora. Então seria prazeroso seguir caminhando na tarde refrescante. Embora no momento não conseguisse se lembrar do nome do padre ele se lembrava do homem bem o bastante — um jovem delgado, inquieto e impulsivo, que era inclinado a apiedar-se de si mesmo e a pensar que era o único erudito presente entre os bárbaros desde Ovídio. Mas à medida que Sir Ralph se aproximava do presbitério ele viu um padre estranho no jardim envolvido em domar um enxame de abelhas: um homem de meia-idade com lábios franzidos e um andar bamboleante, um homem que era um estranho para ele e contudo de alguma maneira convocava a recordação de um revés distante. Portanto evitando a ele e às abelhas Sir Ralph prosseguiu até se deparar com um garoto tangendo um bando de gansos, e perguntou-lhe onde poderia comprar uma bebida. O garoto disse que a mãe dele vendia sidra, e orientou-o para uma cabana ali perto. Era uma morada combalida, e tão fedida que Sir Ralph preferiu sentar-se em um banco do lado de fora. Ao trazer-lhe a sidra a mulher da casa o cumprimentou pelo nome e lhe perguntou aonde estava indo.

"Para Londres", ele contou.

"Para Londres?", ela disse. Sua voz estava carregada de estupidez e de uma estúpida surpresa. Pouco depois ela chamou outra mulher e disse: "Veja, ele está indo para Londres. Mas o que o faz ir até lá?".

"Existem alguns padres que pensam do nosso jeito", respondeu a segunda mulher. "E que belo cajado ele tem! — se for forte o bastante para usá-lo." Juntas elas vieram e o encararam, e a segunda mulher lhe perguntou por que ele não partira antes — com os outros, disse ela. Mas o sol poente brilhou em cheio no rosto dele e a sidra era pesada, de modo que ele abençoou as duas e torceu para que fossem embora; e logo depois elas o fizeram.

Ele acordou com um sobressalto, sentindo-se perplexo e enrijecido. Mas seu cajado estava à mão e a trilha se estendia à sua frente. Após caminhar por um tempo ele começou a recordar a conversa na taverna. Fora sobre a Peste. A Peste estava viajando pela Inglaterra, mais rápido do que aqueles que viajavam para escapar dela. Em qualquer estrada que se tomasse, disse um homem, a Peste o ultrapassava e sentava sorrindo a esperar você no fim da viagem. Não havia como superar uma Peste dessas. Essa Peste, disse outro, era uma mulher velha; pois matava mais homens do que mulheres, e mais homens em seu auge do que crianças ou idosos: somente uma mulher velha teria tamanho grau de maldade. Um terceiro disse que a Peste chegara à Inglaterra via um porto ao sul chamado Mamillion Regis, e viajava pelas velhas estradas de relva, as estradas que eram de antes do tempo dos romanos. "Vocês ficam se assustando com essas bobagens", dissera ele, batendo com a mão na mesa. "Vocês acham que a Peste usa botas?" Contudo este tanto era verdade, a Peste Negra tinha chegado; e era por isso que estavam todos indo para Londres. Também ele estava indo para Londres; e contudo lhe parecia que ele tinha uma outra incumbência.

Esse tanto ele com certeza sabia: que já passara por aquele caminho antes. Logo mais ele cruzaria um pequeno riacho e depois disso ficaria enjoado. Então se veria livre da dor de cabeça, uma dor que golpeava suas têmporas e fazia pairar um obstáculo de escuridão entre ele e a luz crescente a leste. Ele tinha apenas de atravessar esse último cinturão de florestas onde as moscas zuniam em meio aos fetos pisoteados; então chegaria ao riacho; então veria o sol.

Ele o viu: um disco escarlate em um céu preto. Tentou levantá-lo da pátena mas de alguma maneira ele escapou de seu controle e mergulhou além do horizonte. Soltando um pesado suspiro ele se precipitou para a frente e caiu imóvel.

Sir John estava em seu primeiro sono e domando enxames de abelhas gigantescas quando foi perturbado por pancadas e uma gritaria que em seguida se transformaram em uma voz chamando-o para ir imediatamente até o padre de Oby, que estava morrendo. "Selem meu cavalo!", ele gritou; mas a voz respondeu que ele chegaria lá mais rápido a pé pois o homem moribundo estava na casa de Mary Kettle. Outra voz se interpôs, dizendo que eles não conseguiam carregar o homem mais além devido a seu grande peso. As vozes eram desconhecidas dele embora fossem vozes da localidade, e quando ele se apressou pela cancela carregando o óleo e os elementos santos sua primeira pergunta (pois era um homem de metódica curiosidade) foi: quem eram eles? Thomas Scole de Oby e seu primo Sylvester Scole, responderam. Tinham encontrado o padre estatelado na estrada a cerca de uma milha de Lintoft. Estava deitado como um morto, com uma doninha a correr em volta dele, mas assim que o viraram e fitaram sua pálida cara redonda à luz da lua ele começou a gemer. Espargiram-no com água do riacho para reanimá-lo, mas ele só fez gemer mais, e de uma maneira tão terrível que concluíram que ele estava além de qualquer ajuda exceto a de uma mulher e de um padre. Cambaleando sob a carga de seu corpanzil eles o carregaram até a casa de Mary Kettle, e lá ele jazia.

"Eu me pergunto como ele foi parar naquele caminho", refletiu Sir John. "Por sinal, como foi que vocês chegaram lá, e depois do pôr do sol, já que são ambos de Oby?"

"Ele devia ter alguma viagem em mente", disse um deles, evasivo, "pois eu esculpi um cajado para ele hoje mesmo de manhã." O outro homem acrescentou que muitos estavam viajando nessa época, tanto jovens como velhos.

"Mas alguns partiram depois dos outros", respondeu Sir John, de maneira significativa. Embora nenhum deles respondesse ele pôde sentir a confiança deles esquentando o silêncio, e prosseguiu falando dos homens de Lintoft que já tinham partido para Londres, e do receio geral e da esperança geral de que o rei se apiedaria da faina dos pobres trabalhadores.

"Se não fosse por William Holly nós teríamos ido junto com os homens de Lintoft", disse aquele que se chamava Sylvester. "A gente pensa duas ou três vezes antes de deixar mulher e filhos para trás à mercê daquele velho extorsivo."

"Pode bem ser", disse aquele que se chamava Thomas. "De minha parte, o que me traz aqui é o pensamento em William Holly. Ouvindo a maneira como ele se sobrepõe a tudo na corte do solar, pode-se pensar que ele era juiz e acusador, rei e conselheiro, deus e o diabo. Isso não é justiça!"

"Dizem que ele engana as freiras mais do que o aceitável", disse Sir John.

"Ele nos engana mais", disse Thomas, e seu primo acrescentou que eles eram igualmente esfolados por ambos. Conversando assim alegremente sobre as injustiças com os pobres eles chegaram à casa de Mary Kettle.

Embora fosse um casebre por demais sórdido ela os recebeu com compostura. Os lares que são demasiado pobres para qualquer outro entretenimento estão sempre preparados para oferecer hospitalidade à morte. Mary Kettle havia trazido seus tocos de vela, seu crucifixo do Domingo de Ramos, sua taça de água benta e seu ramo de buxo para espargi-la. Havia um molho de palha limpa debaixo da cabeça de Sir Ralph. Quando o padre entrou ela caiu de joelhos com um ar de desenvolta dignidade como se fosse uma condessa em seu castelo.

Algo do mesmo comportamento sobranceiro tinha se apossado do homem moribundo. Era como se a convicção de Mary Kettle de que tudo estava acontecendo exatamente como deveria e iria tivesse se estendido até ele. Ele era a cera que ela havia moldado em sua forma final antes que esfriasse e secasse. O padre louco de Oby estava morrendo com tanto decoro como um príncipe da Igreja, dando um aval tênue de consentimento às cerimônias de sua partida. Fez somente um pedido que foi mais uma sugestão do que qualquer outra coisa. Havia uma freira em Oby, disse, a quem ele desejava dizer algo; o quê, não conseguia lembrar; mas se pudesse vê-la, a presença dela talvez o ajudasse.

A vizinha de Mary Kettle tinha vindo para dar uma mão, e depois que Sir John terminara e fora embora as duas mulheres se sentaram para a vigília da noite. Falaram de mortes havidas e mortes por vir, de tempestades e nevascas, de curas milagrosas, de simpatias para tratar vacas e crianças, de quais madeiras eram boas para fogo verde e para fogo seco, de impostos e dízimos e o custo de vida, dos sinais de um inverno rigoroso, e de como prever o sexo do bebê não nascido. Lembraram-se dos velhos tempos, e das pessoas que tinham saído do solar por motivo de morte ou de fuga, esmiuçaram parentescos e matrimônios e reconstituíram a longa história da capa azul que Anne Hamlet, a primeira caseira de Sir John, tinha ganhado em uma aposta com a mulher do moleiro. Falaram sobre os homens que tinham deixado Lintoft para juntar-se à marcha dos camponeses, e sobre John Ball, o padre dos pobres, e sobre a impiedade de Londres e a impiedade de Waxelby. Às vezes um gemido ou um murmúrio do homem que vigiavam se interpunha em sua conversa e elas se interrompiam, e rezavam uma Ave-Maria. Então a conversa era retomada, e elas riam de quando em quando, não porque o assunto fosse particularmente feliz, mas por causa da estranheza do mundo e das surpresas da humanidade.

O quarto se iluminou, a cotovia começou a cantar, depois o pombo-torcaz, depois todos os pássaros juntos. Lá onde se via uma estrela por um buraco no teto agora se via o azul do dia. Mary Kettle inclinou-se sobre Sir Ralph, e alisou seu cabelo e olhou para ele. Ele duraria ainda muitas horas, disse ela, talvez até mais uma manhã. Sua vizinha disse que não importava quanto ele durasse ela ficaria ao alcance para dar uma mão no seu fim. Ela havia notado isso antes, disse Mary Kettle: assim como uma criança nasce e leva um longo tempo para pegar no peito, há gente moribunda que já está por assim dizer morta e contudo leva um longo tempo até a alma decidir o que quer e abandoná-la. Olhando mais detidamente para Sir Ralph ela exclamou: "Ora, é o mesmo homem que bebeu a sidra e nos deu sua bênção!".

"Ora, claro que é. Quem mais poderia ser?"

"Não pensei em perguntar. Estava escuro, ele estava morrendo... foi só nisso que pensei. Como sou avoada!" E riu da própria estranheza.

Prioresa Margaret

(julho de 1381 – março de 1382)

Quando à primeira luz da manhã chegou o mensageiro dizendo que Sir Ralph estava à beira da morte em Lintoft e tinha mandado chamá-la, dama Lilias sofreu pensando que a mente errante que uma vez lhe fora tão próxima e depois errara de novo para longe dela estava atormentada em seus últimos momentos por alguma compunção de tê-la abandonado ou falhado com ela. Como ela poderia falar? Seria fácil dizer que ela tinha superado seu desejo de se tornar anacoreta, e que ser freira em Oby agora a contentava. Seria fácil dizer e fácil desmentir. Ele a havia tratado muito bem no passado para agora ouvir mentiras. Ela devia lhe contar que haviam falhado um com o outro, que os céus tinham infligido alguma culpa aos dois a qual havia obstado seus desígnios e pela qual deveriam perdoar-se. Nem por um instante ela previra que a prioresa se recusaria a dar-lhe permissão para ir ter com o homem moribundo.

No choque dessa recusa ela permaneceu inconsciente do tumulto que se seguiu. Dama Sibilla tinha sido a primeira a expostular com a prioresa. Isso era de esperar. Mas quando ela foi embora, rouca de tanto censurar e tremendo de raiva feito uma carriça a cantar, quem teria imaginado que dama Amy, a jovem, a chata, o negligenciável pastelzinho, seria a próxima a unir-se à batalha? Dama Cecily foi depois de dama Amy, e foi talvez a mais ameaçadora das três, pois sua cegueira era para ela como uma armadura, e ela se lançou à luta com a paixão e o ressentimento adicionais de sua privação pessoal. Desta vez dama Sibilla havia se recuperado o bastante para conseguir inflamar as outras, e enquanto dama Cecily ainda estava invectivando contra o formalismo e a malícia da velha, a qual talvez viesse a conhecer, mais cedo do que elas estimavam, as sensações dos moribundos, e a prioresa ainda estava citando a bula *Periculoso*, e garantindo que aquilo era mais um exemplo do afã de dama Lilias por sair vagando por aí, todas as freiras se reuniram em uníssono para protestar, e até mesmo compeliram dama Dorothy a juntar-se a elas e a dar à prioresa a valiosa opinião de que o desejo de um homem moribundo merece alguma atenção já que se trata com toda a probabilidade do último desejo que ele será capaz de conceber.

Elas assediaram a velha mulher sem a mínima misericórdia porque ela própria não mostrava fraqueza alguma. Tinha a obstinação franca e enervante de uma criancinha ou um animal. Ficaram assaz surpresas quando de súbito ela se descontrolou e começou a chorar e se lamuriar e declarar estar cansada daqueles ataques. Era esse o resultado, disse, as lágrimas saltando-lhe do nariz velho com veemência jovial — era esse o resultado de manter a disciplina e o bom comportamento entre as jovens. E tinha sido por isso que elas a haviam eleito, só para transformá-la em alvo de seu escárnio e de sua sátira? Que Deus se apiedasse dos velhos em um mundo que não tinha piedade deles! Ela chorou e ofegou com tanta violência, e tremeu tanto e ficou com o rosto tão vermelho, que mandaram chamar dama Lilias. Dama Lilias estava fazendo suas orações, e seus olhos estavam derrubados com amargo pranto. Mas ela lidou habilidosa e bondosamente com a velha mulher, pondo-lhe panos quentes nos pés e panos frios na cabeça, e deu-lhe um sedativo, disfarçando o gosto amargo das sementes de papoula com mel e temperos. Ela já se encontrava muito distante de qualquer intenção de retribuir o mal com o bem. Alguém estava doente, e precisava ser tratado, isso era tudo. As outras a observaram com curiosidade e reticente admiração. Mais tarde tentaram manifestar seu partidarismo. Ela lhes respondeu sem compreender o que falavam, e supôs que aquelas eram manifestações adicionais do mesmo desgosto de antes, mas embrulhadas em roupas novas. Não há dúvida de que ela é orgulhosa, pensou dama Amy. Ela parece mansa mas no íntimo é orgulhosa. Contudo ela própria teria orgulho, refletiu, se fosse uma freira tão instruída a ponto de um padre moribundo mandar chamá-la para ajudá-lo a morrer.

Quando um mensageiro chegou no dia seguinte com a notícia de que Sir Ralph estava morto elas começaram a pensar em outras coisas. A prioresa se revestiu de considerações do que seria apropriado fazer: a obtenção de um novo padre, o funeral do anterior. Ela ansiava por essas interessantes oportunidades de fazer as coisas corretamente e com decoro. Dama Lovisa, que por um dia inteiro havia parado de pensar em dama Adela e ficara muito revigorada com a mudança, dedicou sua mente ao testamento de Sir Ralph: dama Matilda, ela sabia, estava esperando um legado para o convento. Dama Joan pensou que deleite seria se seu primo Oswald fosse designado como o novo padre. Ela se sentia dolorosamente sozinha naquele lugar, onde agora até mesmo dama Amy estava se afastando dela; se um Sir Oswald viesse a substituir um Sir Ralph ela ao menos teria um semblante familiar para o qual olhar durante o sermão, sem falar na consideração que aquilo traria à parentela do padre do convento. Dama Dorothy também meditou sobre o cargo vacante. Havia o sobrinho dela: um bom homem silencioso de conduta exemplar e muito bom senso, mas infelizmente sem o espalhafato que proporciona o progresso de um homem. Ele tinha uma voz muito alta e nítida, também; justo aquilo que a prioresa apreciaria. Dama Sibilla com tantos parentes vivos na Igreja pensava concentrada em um dos que estavam mortos. Não tinha dúvida de que Sir Ralph tinha um último conselho para oferecer a dama Lilias sobre tornar-se anacoreta. Agora ele estava morto, morto como Walter Dunford; e embora por algum tempo ela não tivesse ouvido a coruja, sua mente não estava em paz.

Apesar de todo o planejamento delas Sir Ralph foi enterrado em Lintoft. Lintoft não tinha homens à disposição para carregar seu corpo através do brejo, e William Holly recusou-se a enviar homens de Oby para buscá-lo. Aquilo não era época, ele berrou para a prioresa, de vagar para lá e para cá com cadáveres, Sir Ralph podia descansar em Lintoft e agradecer às suas estrelas-guias por estar descansando em segurança, e porque não iria despertar e ouvir os torrões caindo em cima de sua cabeça. Já os vivos não tinham essa garantia.

A prioresa piscou e fungou e refreou seu pescoço enrijecido.

"Não estou vendo insurreição nenhuma, a não ser que seja sua", disse ela zangada. "Nunca ouvi uma besteira tão grande na minha vida. Como é? Atear fogo aos mosteiros? Pilhar as casas religiosas? Que tentem fazer isso aqui, e logo verão se a Santa Igreja está acima deles ou não. Vá embora, não quero ouvir mais uma palavra sobre isso."

Dama Matilda, dama Helen... William Holly suspirou pensando nas boas e confiáveis tesoureiras de tempos idos. Ele sabia que seria um desperdício de palavras levar seus problemas para dama Dorothy, pois embora ele pudesse fazê-la recobrar o juízo rapidamente mediante um susto, a prioresa iria de novo assustá-la de volta. Ele esperou por uma oportunidade para falar com dama Sibilla. Sempre a julgara uma pessoa sensata. A dificuldade seria ficar a sós com ela; mas ao vê-la caminhando pelo pomar com dama Philippa ele resolveu, uma vez que o tempo urgia, atacar logo a dupla. Conforme se aproximava dela ouviu dama Philippa dizer: "Se ao menos eu pudesse despachar todas as minhas noviças! Mas para onde iríamos mandá-las?".

"Elas estarão nas mãos de Deus como o resto de nós — se realmente acontecer o pior."

Dama Philippa deu de ombros.

"É claro que estarão. Mas esperar o pior é muito fácil. O que espero é algo muito mais problemático: meia dúzia de boçais com a cara pretejada, todo mundo gritando e uivando, uma cozinha vazia, sem refeições dignas do nome, tudo em uma choldraboldra e minhas garotinhas enlouquecendo com tudo isso. Se eu não tivesse nenhuma responsabilidade ousaria dizer que anseio por ter minha garganta cortada com tanta piedade quanto vocês anseiam."

Enquanto isso dama Sibilla havia gesticulado para que ele desse um passo à frente.

"Estávamos dizendo como é triste, meu bom William, que Sir Ralph tenha de ser enterrado em Lintoft. Por pior que estes tempos sejam, com certeza as pessoas respeitarão o cadáver de um padre e o conduzirão em segurança."

"Não sei dizer o que fazem com os mortos, madame Sibilla. Devo me preocupar é com os vivos. Caso venham até nós precisaremos de todo homem daqui, não que eu possa dizer que mais da metade deles é leal ou bem-disposta. Eu confiaria mais em um sapo do que em um Scole, que dirá em um Noot. Mas onde foi que ouviram essas histórias, senhoras? A prioresa, ela mesma não quer saber de ouvi-las."

"Foi o cura de Wivelham."

"Que se me dá? Eu jamais acreditaria em uma palavra de Wivelham, a única língua verdadeira já saída de Wivelham foi a

Magdalen de Jesse Figg. O cura de Wivelham! Eu ousaria dizer que ele estava com as pernas tremendo. O que ele disse?"

"Um monte de mentiras!", esbravejou ele, quando ela terminou sua récita do relato do cura. Mas os lábios dele estremeceram e o rubor fixo de suas bochechas se destacou sobre um rosto amarelado. A história do cura continha em detalhes aquilo que ele próprio tinha ouvido.

"E a prioresa, não quer ouvir falar nisso? Bem, vou lhe dizer o que fiz. Eu mandei chamar dois sobrinhos meus de Dudham para cá, qualquer um deles já valeria por uma dezena de camaradas de Oby. Mas e quanto ao ouro e à prata, aos utensílios do altar e assim por diante? É disso que estarão atrás, eles vão pensar nisso antes de pensar em tanger as vacas ou cortar a garganta das senhoras. Se querem meu conselho, escondam tudo. O melhor seria enterrar. Não deixem nada além dos velhos objetos de peltre para o cura de Wivelham. Bem feito para ele. Em Wivelham ele já tem de se haver com coisa pior."

"Acho que estarão mais dispostos a cortar nossas gargantas se não encontrarem nada digno de ser roubado", disse dama Philippa.

"Eles nunca farão isso, eles não! Onde não encontram ricos eles não machucam. É a casa dos ricos que eles incendeiam. Céus, como eu gostaria de ver o prior de Etchingdon neste momento. Ele ficaria acuado, que Deus me perdoe."

Ele cacarejou uma risada abrupta, e dama Philippa sorriu. Dama Sibilla persignou-se, dizendo corretamente que um sacrilégio não era motivo de riso. Quando William as deixou ela repetiu isso com mais seriedade. Por um meio ou por outro, disse ela, os vasos do altar deviam ser impedidos de cair em mãos profanas. Se com a desculpa de limpá-los... Dama Philippa ofereceu um assentimento pouco convicto. É verdade, elas tinham sofrido uma perda e tanto com a toalha do altar, não queriam perder mais nada. Porém o que se podia fazer enquanto a prioresa se recusava a se mexer?

Naquela noite dama Lovisa ajudou dama Sibilla a carregar a arca para William Holly. Um de seus renomados sobrinhos estava com ele, e o local do enterramento, explicou William, seria conhecido somente por ele e pelo sobrinho, pois o seguro morreu de velho. A noite estava quente e tão parada que puderam ouvir o regato Waxle gorgolejando em meio aos juncos, e o grito fortuito de uma ave aquática. Então uma luz brilhante bruxuleou no horizonte sul. Todos eles se sobressaltaram aterrorizados, sem perceber que se tratava apenas de um trovão estival até que relampejasse de novo sobre eles. Dama Lovisa disse como quem não quer nada que ainda era cedo para tempestades naquela estação, mas que o tufo de algas (a partir do qual agora adivinhavam o tempo já que Magdalen Figg não podia mais predizê-lo para elas) estava úmido em antecipação a uma chuva iminente.

"Essa chuva pode apagar algumas cinzas quentes", disse o sobrinho de Dudham, falando pela primeira vez.

As duas freiras se esgueiraram de volta para o dormitório, mas nenhuma dormiu. Dama Joan, aquela criatura tola, tinha visto o lampejo do trovão e estava certa de que algum telhado havia sido queimado. Ela se deitou de borco, uivando, e dama Eleanor ajoelhou-se ao lado dela, tentando acalmar seus gritos pressionando o rosto dela no coxim; pois dama Philippa havia entrado para dizer que o barulho podia ser ouvido dos aposentos das noviças e que todas elas iriam acordar e gritar por compaixão a não ser que dama Joan se calasse.

"Amy, eu quero a Amy", lamentou a pobre miserável. "Ó, Amy, por que foi que deixamos que nos fizessem freiras? Estaríamos vivas agora, se tivéssemos sido deixadas no mundo."

Dama Lovisa foi até a janela, onde se recortava o perfil esnobe de dama Amy, e puxou-lhe o braço. "Já que é a primeira vez que você é requisitada, acho que é melhor ir andando", disse. Mas dama Amy continuou ajoelhada à janela, balançando a cabeça e murmurando orações para os mortos. Podiam estar falando de trovões, mas ela não era boba.

O comportamento dessas duas freiras deu uma medonha sanção aos presságios das demais. Nada conseguia demovê-las da convicção de que caso os insurgentes viessem até Oby eles não teriam misericórdia em sua vingança; e era difícil refutar uma voz interior que argumentava que se havia pessoas que sabiam como os camponeses iriam se comportar, essas pessoas provavelmente eram dama Amy e dama Joan. "Ora, ora, suponho que vocês terão de sofrer como o resto de nós", foi a provocação irrefletida de dama Lovisa. Dama Joan deu para uivar em dobro e quando dama Lovisa olhou ao redor em busca de aprovação ela viu apenas olhares pálidos e evasivos.

Enquanto isso, embora todas falassem sobre precauções, nenhuma foi tomada. Dama Dorothy, sendo tanto a comparsa da prioresa como a tesoureira, parecia a mediadora natural. Mas nada se obteve dela. A autoimportância a endurecia como o gelo endurece uma tábua apodrecida, e sem mais efeito. Ela não ouvia nem agia. Embora estivesse com tanto medo quanto as outras seus medos se evaporavam em vaidade e afobação. Sua única contribuição ao receio geral foi ser meticulosamente precisa acerca das histórias que agora chegavam dia após dia, cada uma mais ruidosa e mais iminente que a última. "Não mataram cinco em Blyberwick. Mataram três", dizia ela, ou lembrava a elas que uma casa não tinha sido incendiada na Véspera de um Santo mas sim no próprio Dia do Santo, já que as chamas só arderam depois da meia-noite.

O boato é um veneno que carrega o próprio antídoto. Após os alarmes dos primeiros dias, tornou-se tão animador quanto uma febre ouvir histórias, comparar uma versão com outra, estimar devastações e calcular onde os insurgentes atacariam em seguida. Era notável como agora todo mundo falava dos trabalhadores como se fossem uma desconhecida espécie de seres, pessoas saídas de debaixo da terra ou de dentro do mar. Ninguém se lembrava daquilo que havia poucas semanas todos sabiam e temiam: que a revolta tinha brotado do solo com tanta naturalidade quanto as urtigas, e que de todos os solares haviam partido homens em esperança e desesperança que agora estavam voltando em desespero. Talvez isso fosse natural. Era um contrassenso identificar vultos tão úteis e familiares, figuras atrás do cabo do arado ou tosando ovelhas, com os atores dessas histórias de vingança louca e eficaz, e pensar naquelas mãos vermelhas rachadas pelo frio como se avermelhadas pelo sangue. Era mais fácil ouvir as histórias que vinham do outro lado: histórias de represálias, execuções às mancheias, fugas milagrosas, e a imensa popularidade do jovem rei, o qual ao mesmo tempo diziam ser tão amado por sua clemência quanto temido por sua crueldade. De todos os boatos o mais consolador, e o mais predominante, era de que os rebeldes eram impotentes porque ninguém os apoiava, que estavam corroídos por invejas internas, não possuíam armas nem liderança, e estavam morrendo aos milhares, de fome, sede e exposição.

Oby, embora possivelmente não fosse mais tola do que qualquer outra comunidade ameaçada, ficou tão inebriada com os boatos que o menor choque de realidade as fazia surtar. No domingo veio o cura de Wivelham. Absorto em suas preocupações pessoais de medo e febre do feno ele rezou a missa sem notar qualquer mudança nos vasos do altar. A prioresa era mais bem disciplinada, e tinha mente mais elevada. Quando começou o Cânone ela notou a substituição da prata pelo peltre, e tão logo a missa acabou mandou chamar dama Sibilla para saber o motivo. Dama Sibilla perdeu a cabeça e respondeu que os melhores vasos estavam passando por uma limpeza. A prioresa exigiu vê-los. Dama Sibilla teve de alterar seu tom para uma nota mais heroica. Na qualidade de sacristã, disse, ela havia pedido a William Holly que os enterrasse. Ela fizera um inventário, e aqui estava. Dama Lovisa, parecendo tão azeda quanto um abrunho, deu então um passo à frente e juntou seu testemunho. As duas ofensoras foram imediatamente trancadas na enfermaria, para que ficassem sem refeição e meditassem sobre suas afrontas enquanto a prioresa levava a cabo uma rigorosa investigação.

Uma vez que dama Sibilla e dama Lovisa tinham sido incomumente hábeis em guardar suas opiniões para si, a investigação, por mais discursiva e acrimoniosa como são comumente as investigações, não rendeu resultados exceto um recrudescimento geral das opiniões contra a prioresa por não ter resguardado o tesouro ela mesma. Dama Dorothy às vezes dizia que se William Holly havia enterrado a arca ele provavelmente saberia onde estava, mas não recebeu compensação alguma para suas dores exceto ouvir da prioresa que segurasse a língua, já que em tempos como estes — a primeira vez que a prioresa admitira que estes tempos não eram como outros tempos — era essencial manter às ocultas do mundo externo quaisquer lapsos da serenidade no claustro, para evitar que se tirasse alguma escandalosa vantagem do escândalo. Portanto foi só no começo da tarde (hora em que dama Philippa também tinha sido despachada para a enfermaria por ter exigido extemporaneamente que suas noviças não fossem mais mantidas sem refeição) que um mensageiro foi enviado para chamar o bailio. O mensageiro voltou dizendo que Mestre Holly tinha cavalgado até Dudham para uma festa de batizado e não deveria voltar antes do cair da noite. Claro como o dia revelou-se à prioresa que ele tinha fugido e levado consigo o cibório. Sua fúria esfomeada alçou novas alturas e caiu sobre dama Amy, que escolheu esse momento para resvalar em especulações modernizadoras e para perguntar por que o rito da missa não podia ser celebrado com a mesma eficácia usando-se vasos de peltre em lugar de vasos de ouro e prata. A prioresa ainda estava tentando suplantar dama Amy, as freiras ainda em liberdade se espaventavam para lá e para cá a fim de contrariá-la, as freiras em confinamento batiam e chutavam a porta da enfermaria, e as três pequenas noviças, após terem saqueado a cozinha, andavam para cima e para baixo pelo exterior da edificação a perseguir um pintassilgo fujão, quando Henry Yellowlees chegou na qualidade de custódio.

Ele tinha estado em Londres com Perkin de Craye. Embora houvessem feito a viagem de regresso incólumes ele vira o bastante para ficar temente por Oby, e no ponto onde a trilha através de Lintoft dobrava em King Street se despedira e cavalgara na direção leste. Em Lintoft tomara conhecimento da morte de Sir Ralph.

Contudo a notícia realmente não se tornou verdadeira para ele até que ele estacasse diante do portão e olhasse para a janela do velho homem lá em cima, onde a persiana batia ao agradável vento de verão. Ele desviou os olhos da janela para o pináculo, que parecia aninhar-se contra o céu azul. Lágrimas imprevistas lhe acorreram aos olhos e o cegaram. Ele ainda estava chorando quando as noviças chegaram e começaram a lhe contar as novidades. Naturalmente não disseram uma palavra sobre Sir Ralph — estavam mais afogueadas com eventos mais recentes; mas aquele esquecimento era como uma reprimenda a seu próprio esquecimento. Aquele vago projeto de levar Sir Ralph para Londres com o séquito do bispo... ele o havia contemplado e rejeitado e tinha ido ele mesmo para Londres sem jamais dedicar um pensamento ao velho. Agora ele podia contemplá-lo quanto pudesse, que seria tudo em vão, era agora e para sempre tarde demais.

Lembrando-se do motivo de sua vinda ele desmontou e amarrou seu cavalo e bateu na porta. Depois de bater por algum tempo experimentou abri-la. Não estava fechada, e ele entrou.

À prioresa sua chegada suscitou uma única explicação: ele viera para perguntar sobre o cibório. Sem perder tempo com formalidades ela encetou seu relato do que havia acontecido. A fúria tanto havia renovado as faculdades dela que ele mal conseguia associá-la com a dama Margaret do passado, ela nem mesmo parecia tão surda até que ele, começando a compreender o que aquilo tudo significava, comentou que dama Sibilla e dama Lovisa haviam tomado uma precaução muito sensata.

"Pois sim, de fato, fico contente que o senhor concorde comigo. Quem sabe o que mais elas teriam escolhido furtar por aí? Estou bastante decidida a mantê-las de boca calada até que se encontrem os vasos de novo."

Descobrindo que não conseguiria incutir nenhum juízo nela ele pensou em tentar o que temia fazer. Começou a vociferar notícias da rebelião, descrevendo as casas arruinadas que tinha visto, e dizendo que em Londres estavam levando tudo muito a sério. Mas tudo o que ela conseguiu ouvir foram palavras como *revolta* e *rebelião*, e estas ela aplicou ao estado de coisas em sua própria casa, assegurando-lhe com meneios de cabeça que ela logo poria um fim nisso, pois com as lideranças de boca calada poderia dominar as outras descontentes, e acrescentando que seria melhor que o povo de Londres cuidasse da própria vida; o que acontecia em Oby não era da conta deles. Dama Dorothy puxou-lhe a manga, e gritou sobre labaredas e assassinatos, mas foi brevemente solicitada a não fazer tempestade em copo d'água, uma casa de freiras insubordinadas já era ruim o bastante para precipitar-se em suposições de que começariam a matar e queimar.

Ele olhou ao redor em busca de alguém capaz de ouvir a voz da razão, e começou a falar com dama Lilias. Mas dama Eleanor a empurrou para o lado e começou a lhe fazer seu relato da briga; dama Cecily, ejetada da enfermaria, agarrou-se ao braço dele e despejou sua indignação por a prioresa ter impedido dama Lilias de ir ter com Sir Ralph em seu leito de morte; dama Amy exigiu a libertação das prisioneiras; dama Joan implorou por ser levada embora imediatamente a fim de salvaguardar sua virgindade. Dama Lilias, também, estava lhe contando alguma coisa, mas o que ela disse se perdeu no rebuliço, agora piorado porque a prioresa mais uma vez estava assegurando a ele que não precisava de assistência alguma para restaurar a ordem e que ele perdia tempo ao ouvir as freiras dela: ouvi-las apenas as deixava piores. Por fim ele perdeu a paciência e foi embora, pensando que encontraria William Holly. Ao tomar conhecimento de que William Holly estava em Dudham ele cavalgou de volta para Lintoft. Tencionara solicitar um pernoite em Oby, mas agora a ideia de uma tarde com Sir John parecia tão tranquilizante quanto uma tarde com Sêneca.

E afinal de contas se ele tivesse ficado lá aquela noite sua presença não teria feito muita diferença. Apenas a presença dele não teria bastado para impedir que dama Joan fosse estuprada, os medos dela estavam implacavelmente inclinados àquela catástrofe; nada que ele pudesse ter dito à prioresa teria abalado a convicção desta de que aqueles homens estavam conspirando para libertar as três freiras trancafiadas, de modo que contanto que ela conseguisse mantê-los longe da enfermaria não importava onde mais eles revistassem; sendo assim era inevitável que dama Lovisa, a mais apressada das prisioneiras, houvesse ferido a barriga ao tentar passar espremida pela fresta da janela; e quanto ao incêndio, a chuva o apagaria antes que causasse qualquer dano significativo. Assim ele disse a si mesmo, após cavalgar com Sir John para oferecer a ajuda e o conforto que pudessem. Por algumas horas eles ficaram ouvindo, deplorando, inspecionando, assegurando, aconselhando até alguém se lembrar de dizer-lhes que William Holly tinha sido assassinado. Ele e os sobrinhos e alguns dos homens mais velhos do solar haviam corrido para defender o convento: no começo, uma batalha verbal, pois os atacantes tinham sido bastante suaves, dizendo que apenas estavam ali em busca de comida, e não queriam mal às freiras; que todos têm seu dia de cão e que aquele era o dia dos cães de pastoreio contra os cães de colo — um sentimento que a maioria dos defensores corroborava. Mas William Holly, acreditando que tanto seus adversários quanto seus seguidores estavam zombando de sua autoridade, ficou furioso e atacou o líder, que revidou com um golpe mortal. Foi depois disso que começou a luta, na qual os defensores logo perderam e abriram passagem, deixando os atacantes fazerem o que queriam no lugar.

Tais calamidades, que tinham levado a prioresa à cama, deram grande destaque a dama Sibilla. Ela se parecia incomumente com seu tio-avô ao ir para lá e para cá ordenando isto e recomendando aquilo e falando com todo mundo e repleta de uma confiabilidade e uma simplicidade particulares. Embora não estivesse de fato em dois lugares ao mesmo tempo, parecia muito perto disso; e ela quase lembrava o bispo Walter redivivo quando se voltou para Henry e disse como estava grata a seja lá qual fosse o santo que lhe havia sugerido esconder os vasos do altar, e como seria revigorante para a prioresa pensar que estavam preservados de cair em mãos não santificadas. A proteção do altar, a segurança das noviças: isso era o essencial, e ambas as coisas, ela agradeceu a Deus, tinham sido concedidas. Quanto à pobre dama Joan, devia-se agradecer a Deus por ter lhe preservado os sentidos de qualquer mácula de cumplicidade: tal era o medo dela, que não sabia o que estava acontecendo até ter acontecido.

“E o que a senhora tem a dizer sobre a minha barriga?”, interveio dama Lovisa, parecendo mais feia do que nunca por causa de tanta dor.

“Que a senhora deve se deitar com panos quentes em cima, como prescreveu dama Lilias”, respondeu a Dunford com presta doçura.

Mas uma parcela da gratidão de dama Sibilla foi prematura. William Holly estava morto e o sobrinho de Dudham que o havia ajudado a enterrar a arca não conseguiu identificar o lugar. Tinham-na carregado por um longo trecho, ele se lembrava disso, e de que dissera ao tio que já seria dia quando tivessem se livrado dela. Mas William Holly, cheio de obstinação, tinha segurado firme até eles chegarem tortuosamente ao campo onde se punha o alqueive, e lá, em sua face norte, a arca foi colocada no chão enquanto William Holly se virava mais e mais feito um cão farejador. Por fim ele escolheu um lugar a seu gosto. A arca foi enterrada, as moitas substituídas, e a terra solta jogada por cima e espalhada em volta. O sobrinho disse então que seria difícil encontrar o lugar de novo, mas o velho rígido respondera que não havia necessidade de nenhuma marcação, ele não vivera tantos anos em Oby para não conseguir encontrar aquilo que escondera.

Essa foi a história do sobrinho. Quer se acreditasse nela ou não, era impossível contestá-la. A lavoura do ano seguinte, ele acrescentou à guisa de consolo, jamais desenterraria a arca. Devia estar enterrada fundo, fora do alcance de um arado. Ela nunca veio a ser encontrada.

Foi uma perda grave para a comunidade. Também foi um contratempo para dama Sibilla. Embora retivesse seu posto de sacristã (com a prioresa comentando que dama Sibilla poderia seguramente continuar encarregada já que não restava mais nada de valor) suas chances de ascender eram de fato pequenas.

Mas ninguém deu muita importância a essas recriminações, e o descrédito de dama Sibilla e dama Lovisa parecia somente uma parcela da melancolia e da perda de lustro gerais. Oby nem sequer tinha a fama de má sorte para apoiar sua autoestima. A perda de seu cibório, três barras de manteiga, dois nacos de toucinho, parte do teto e uma virgindade era pouca coisa na narrativa geral de ultraje e espoliação.

De comum acordo aquela não era época para fazer gastos ou assumir novas responsabilidades. Os aposentos de Sir Ralph permaneceram vazios e suas cortinas vermelhas foram retiradas para substituir as cortinas carbonizadas da enfermaria. O cura de Wivelham, ou Sir John, ou um frade de Waxelby, distribuiu entre elas os deveres de seu cargo — para a decepção de dama Joan, que tinha melancolicamente designado o sobrinho Oswald não só como padre do convento mas também como padrinho da criança que ela daria à luz no ano seguinte. Quanto ao posto de bailio, recaiu por falta de alguém melhor sobre o filho de William Holly, uma designação ruim, pois Adam Holly era o costumeiro herdeiro dinástico, tendo herdado toda a impopularidade e nenhuma habilidade dele. A colheita, no entanto, não foi pior do que de costume, o gado do Dia de São Martinho não definhou, e Henry Yellowlees fez várias tentativas de convencer as freiras de que não estavam piores do que antes; pois a perda do cibório, explicou ele, não fazia diferença em suas rendas, e elas sem dúvida não estavam pensando em vendê-lo. Esses sofismas não consolaram ninguém. Toda vez que olhavam para seu altar maltrapilho elas sentiam-se pobres e reconheciam-se rebaixadas no mundo, e as palavras de Jeremias, *Como se escureceu o ouro!*, repetiam-se na cabeça delas.

Um pouco antes da Epifania ele forçou-se a prestar nova visita a elas. Era um dia daqueles, frio e nevoento, tal como o dia em que chegara pela primeira vez a Oby, brigara com William

Holly e por um triz não brigara com Sir Ralph. Oito anos haviam se passado desde então, anos em que sua situação havia melhorado quase que inacreditavelmente. Na época julgara o posto de custódio uma vantagem. No momento apenas continuava nele por causa de complacência. Na época ele era um pobre escriturário inclassificável sem nada para respaldá-lo senão a recomendação de um primo, a qual era somente uma forma mais educada de este lavar as mãos em relação a ele. No momento ele era secretário do bispo, e aliás um secretário de confiança, ajudava jovens eruditos e calçava botas de couro. Mas hoje sua própria ascensão no mundo apresentava-se-lhe pelo avesso, dizendo-lhe que todos os outros tinham caído, e estavam mortos ou empobrecidos e minguando. Adam Holly caminhou ao lado dele e em vez dos resmungos resolutos de William ele ouviu uma conversa vaga e complacente sobre o que estava indo bem e nem uma queixa sequer.

Entre quatro paredes elas estavam subjugadas como sempre, e dama Cecily estava morrendo. A casa estava gelada. Recendia a prostração e incompetência. Em parte por compaixão, em parte para se isentar de certo senso de responsabilidade, ele disse a si mesmo que elas deviam arranjar um outro padre, e em um impulso disse à prioresa que o bispo pretendia designar um. Ela corou, e disse bruscamente que ela mesma já estava em tratativas para um. Era uma mentira deslavada. Mas funcionou; pois ao contar uma mentira para impedir que o bispo interferisse em seu domínio a velha mulher sentir-se-ia obrigada a justificá-la, um padre seria obtido em outro lugar, e com o estímulo de um recém-chegado Oby ganharia vida de novo. Ele não ficou surpreso quando, algumas semanas mais tarde, Perkin de Craye entregou-lhe uma carta com as seguintes palavras: "Aqui está um cacarejo do seu galinheiro". A carta, após um grande preâmbulo sobre decoro e necessidade e vontade de

Deus e obedecer à Regra e abrir exceções, chegava ao ponto de pedir a permissão do bispo para que duas freiras fossem pedir esmolas na cidade da catedral, por causa da pobreza da casa e especialmente para comprar novos vasos para o altar a fim de substituir aqueles que haviam se perdido. Estava claro que a prioresa não iria tolerar que um novo padre não encontrasse nada além de peltre.

Quanta discussão, pensou ele, teria sido envolvida na redação daquela carta, quantos meneios de cabeça e repuxares de lábios, quantos suspiros e cálculos e olhares de soslaio! — e ele se perguntou quais freiras seriam escolhidas para sair pedindo esmolas.

Isso logo foi decidido. Tendo içado a si mesma à ignomínia da mendicância, a prioresa descobriu um consolo tonificante ao ordenar que dama Sibilla, que havia perdido o cibório delas, devia pedir esmolas para a compra de um novo. Quanto à companheira de dama Sibilla, dama Dorothy logo decidiu. "Que seja dama Lilias. É a única de que podemos facilmente abrir mão." Dama Eleanor dedicou um risinho comiserativo à prima. Tudo isso, ela meditou, era o ápice da tolice, e elas teriam de esmolar até os pés ficarem inchados demais para aguentá-las antes que conseguissem fisgar dos fiéis o valor de um cálice. Quando ela se tornasse prioresa iria ajeitar tudo da maneira adequada, e um belo conjunto novo seria apresentado por seus satisfeitos conhecidos ou pelos ansiosos pais de alguma noviça socialmente imatura. Enquanto isso, que tudo corresse mal conforme elas desejavam. A glória dela seria ainda maior quando assumisse o posto e fizesse as coisas à sua maneira. Ela vivera sob o mando de quatro prioresas, cada qual uma estragadora de oportunidades: seria estranho que ela não tivesse aprendido a fazer diferente.

Dividida entre o orgulho e o pânico a prioresa por algum tempo não conseguiu decidir se suas freiras expedicionárias deveriam viajar honrosa ou economicamente. A economia venceu. Durante a Quaresma os vendedores de peixe de Waxelby enviaram uma carrada de vagões ao interior. Cavalgando até Waxelby pela Trilha dos Porcos as freiras poderiam tomar seu lugar com os peixes no vagão de Mestre Bilby, e fazer sua jornada sem incomodar ninguém mais. Quanto a alojamento... Dama Sibilla aqui interveio para recordar a viúva com quem ela tinha se alojado na época da morte de seu tio-avô. Que mulher boa; tão piedosa; tão benquista: sem de fato dizê-lo dama Sibilla conseguiu deixar claro que a piedade da viúva era tão exemplar que ela podia até deixá-las pousar ali de graça. Se dama Sibilla comparava a partida iminente com o esplendor de sua viagem até o leito de morte do bispo Walter ela foi discreta demais para mencionar. Parecia inteiramente ocupada com medidas práticas para a viagem delas e com pedidos de orações para aquelas que permaneceriam na casa pelo sucesso da missão.

O convento havia comprado seu arenque e seu bacalhau de Mestre Bilby por muitos anos, e durante esse tempo ninguém suspeitara que Mestre Bilby tivesse alguma devoção especial à casa de Nossa Senhora e São Leonardo. Mas quando dama Sibilla e dama Lilias desmontaram na manhã congelante (haviam partido logo após as Matinas a fim de alcançar Waxelby ainda com bom tempo) viram-se agarradas, saudadas por vozes altas, carregadas em seus cambaleantes pés congelados até um quarto aquecido, as costas estapeadas, bebidas quentes vertidas em suas goelas, e um enorme desjejum disposto à sua frente. Dama Sibilla encarou aquilo com bastante tranquilidade. Dama Lilias ficou quase dominada pela gratidão. Desde a morte de dama Beatrix, e aquilo havia ocorrido doze anos antes, ela não tinha sentido bondade física. Sua indiferença a opiniões e sua suscetibilidade a cheiros fortes simultaneamente a abandonaram. Aqueles rudes Bilby pareciam anjos, e seus rostos vermelhos, refulgindo à luz do fogo, pareciam os rostos de serafins encarnados de amor. Ela ficou muda feito uma criança, engolindo obediente tudo o que lhe davam, e deixando a expressão de gratidão para dama Sibilla. Contudo foi estranhamente ela quem a comitiva mais tarde escolheu louvar; e até o fim de sua vida o jovem Edmund Bilby se lembraria da freira que chegara pela manhã, e que parecera tão consumida e que falava com tanta delicadeza que poderia ser a Mãe de Deus em meio a seus padecimentos.

Quando o comboio se pôs a caminho elas descobriram que afinal de contas não precisariam viajar no meio dos peixes. Mestre Bilby apontou para seus lugares em um vagão que estava transportando uma carga de lã espanhola recém-descarregada no porto; ali, disse, elas viajariam aquecidas e confortáveis. Então por um longo tempo os condutores gritaram uns com os outros, os cavalos pisotearam e resfolegaram, balançando seus guizos. Por fim eles partiram.

O sol agora estava nascendo. Dama Sibilla puxou a cortina da janela do vagão, e chamou a companheira para admirar o enorme vulto da Igreja dos Frades, lentamente assumindo sua verdadeira estatura acima dos topos das casas. Milhafres, gralhas e gaivotas circulavam e guinchavam ao redor. Alguns minutos depois o comboio desacelerou. Tinham chegado à ponte sobre o regato Waxle, e havia pedágios a pagar. Dignificado por uma ponte, o familiar rio parecia assaz diferente, sua correnteza mais determinada, suas águas mais brilhantes. As duas freiras fizeram uma prece para a alma do construtor da ponte. Após cruzar a ponte o trajeto ficou mais fácil, pois os vagões agora corriam sobre a turfa que ladeava a esparramada e esburacada trilha; e dama Sibilla cavou uma cama para si entre os fardos e pôs-se a dormir.

Dama Lilias continuou a encarar a estranheza do mundo, notando as folhas arroxeadas que se penduravam nas espinheiras amontoadas, a cara branda e branca do cavalo da frente conduzindo o vagão que seguia o delas, o lento rodopiar do horizonte onde um moinho agora predominava sobre a Igreja dos Frades. Sua mente estava cheia de impressões controversas: empolgação de contemplar novidades, gratidão aos gentis Bilby, estranheza e trepidação ante a perspectiva diante de si. Acovardava-se diante da ideia de mendigar. Por muitas noites seus sonhos foram vexados por turbas de rostos a olhar para ela com desprezo e má vontade. Ela estendia sua tigela de esmolas e eles a atulhavam, não com esmolas mas com pedras, corvos mortos, e ovos escalfados. De alguma forma tudo isso desaparecia do prato, e mais uma vez ela o oferecia, e agora uma mão despejava moedas de ouro, cada vez mais delas, até que o prato pendia de sua mão e em meio a gritos de *Desajeitada! Olhe o que está fazendo!* as moedas de ouro transbordavam e saíam rolando por uma sarjeta e se dissolviam. Mas na realidade, disse ela a si mesma, não será nem um pouco parecido com isso, pois hei de me portar como convém a uma freira, com os olhos baixados, de modo que por mais escárnio que receba não serei vista por eles, verei apenas os seus pés. Contudo os pés também são capazes de expressar repulsa. Podem se deter para fazer uma inspeção malevolente, podem passar pisoteando de raiva. Presa de novo em seus sonhos, ela de fato tinha baixado o olhar e não tomava ciência de mais nada senão das rodas deixando feridas escuras na turfa congelada. Por fim com um suspiro ela sacudiu sua preocupação e olhou ao redor em busca de algo que pudesse ressoar como conforto, ou ao menos resignação. Ela olhou; e foi como se novos olhos tivessem sido instalados em sua cabeça.

O solo rude se estendia por um pequeno trecho e então se interrompia em uma fileira de moitas endurecidas, arbustos dos brejos, e amontoados de tojo próximos. Mais além, a metade do mundo estava acompanhada de um manto azul xadrez com uma infinidade de dobras delicadas, e o manto inteiro assim espalhado se agitava como se embaixo dele houvesse vida própria. Recobrando os sentidos ela soube que aquele devia ser o mar.

Mas nada do que ela tinha visto em pinturas ou lido em livros ou ouvido em sermões era fidedigno ao que via. Aquele mar era escuro, turbulento, agitado por tempestades, uma metáfora do pecado, e exilado do céu. Este era calmo. Jazia abençoadamente adormecido como se ainda estivesse no transe de sua criação primeva. Sua cor era como uma virtude impecável; jazia ali e não conhecia nada além do Deus que a fizera. Lembrando-se de quando ouvira um pregador declarar que no céu não haveria mais mar ela irrompeu em espontânea gargalhada.

Dama Sibilla, despertando com um pressentimento de algo sem precedentes, sentou-se e inquiriu: "O que foi isso? Quem estava rindo?".

"Eu", disse dama Lilias.

"Por quê? Que extraordinário! Digo, você não ri com frequência, ri? Por que estava rindo?"

"Porque estava alegre. Veja! É o mar."

"De fato é! Que os céus nos ajudem, como ele está perto! E como sobe até o firmamento! É de uma cor muito bonita. E esse cheiro... Imagino que venha do mar também. É como cheiro de peixe."

"Isso não a deixa feliz?"

"Sim. Sim, de certa forma deixa. Veja ali, deve ser um navio. Consegue enxergar? Mas está tão calmo que não imagino que algo de errado vai acontecer com eles. Eu me pergunto até onde ele vai — digo, o mar. Acha que ele vai até a França?"

A linha de terra começou a descer e sumir. Agora elas viram uma praia, com ondas compridas a correr por cima dela e rebentando ali solitárias. Tombavam com leveza, turbilhonando feito uma corda de pular, e as ondulações saíam rendilhando praia acima e afundavam na areia marrom. As freiras continuaram dependuradas do vagão, fitando e exclamando. Um vento rigoroso soprou-lhes no rosto, mas o mar não parecia gelado. Sua cor pura, seu ar desnudo, seu movimento prazenteiro, tudo ressoava como o verão, e a espuma que se espalhava com tanta delicadeza das dobras azuis das ondas não parecia mais fria do que flores de cerejeira.

Mesmo quando a trilha dobrou para o sentido do interior e a última nesga de azul se perdeu o mar permaneceu em suas mentes, e em seus rostos, também, pois elas continuavam com uma aparência de certa forma limpa e sossegada. Então se deram conta de que estavam extremamente famintas e dama Sibilla desfez a trouxa que continha a comida para a viagem. Ao ver como era parca, elas primeiro se desanimaram, e depois começaram a rir.

"Queria que pudéssemos viajar sempre, e nunca mendigar!", exclamou dama Lilias, e acrescentou: "A não ser mendigar comida".

"Ao chegarmos lá teremos de fazer muito mais do que apenas mendigar", respondeu dama Sibilla, falando afetada porém astuciosamente.

"Como assim? Muito mais o quê?"

"Mais o quê, dama Lilias? Ora, com a bênção de Deus e o auxílio de Nossa Senhora e de São Leonardo, vamos resolver nosso assunto. Ou pensa que esqueci que você vai se tornar anacoreta?"

"Eu? Não... Não pode ser."

"Não pode ser? Que bobagem! Só porque houve um pequeno atraso e porque temos uma velhaca como prioresa? Certamente você não é tão covarde."

"Eu sei que nunca vou ser uma anacoreta. Vamos falar de outra coisa."

"Nunca vai ser uma anacoreta? Mas o que a impede? As cartas estão lá, sabemos que elas chegaram ao meu tio. Ele falou sobre isso comigo. Ele queria isso, sei que queria. Você não pode voltar atrás agora, isso o perturba, mesmo no céu. E aqui estamos com uma chance enviada por Deus, tudo o que precisamos é de um empurrãozinho, só precisamos fazer amizade com a pessoa certa que vai providenciar tudo. Ora, se for necessário eu mesma falarei com o bispo a respeito. Talvez seja o melhor plano. Vou dizer a Mestre Yellowlees que eu desejo..."

"Não!"

"Não? Mas e a sua vocação, a sua visão? Consegue desobedecer a isso? Sim, sim! Eu sei que não foi uma visão. Mas você ouviu o santo falar, sentiu a mão dele tocá-la — ora, restou até mesmo um hematoma! Você não pode duvidar de um sinal desses."

As mãos de dama Lilias se levantaram como pássaros voejando em uma rede. "Ouça", disse ela. "Eu esperava nunca ter de falar sobre isso, mas vejo que preciso. Lembra-se de que quando Sir Ralph estava morrendo ele mandou me chamar? E de que a prioresa me proibiu de ir?"

"É claro que me lembro. Foi uma vergonha! Eu disse isso à prioresa, e desde então ela está de mal comigo. Não que eu me importe. Fiz com prazer, pelo seu bem, e sabendo que Sir Ralph devia desejar falar algo mais com você sobre o seu voto de anacoreta."

"Foi muito gentil da sua parte. Sou-lhe muito grata. Mas quando fui ter com a prioresa, dama Dorothy estava lá também. Ela não falou até a prioresa me dispensar e eu ir embora. Então ela me chamou de volta."

"E então? O que ela tinha a dizer que calou fundo em você? Devia estar acostumada às provocações dela a esta altura."

"Sim. Assim pensei. Mas ela tinha algo a dizer afinal de contas. Não foi o santo quem me golpeou. Foi ela, dama Dorothy.

Eu estava no caminho dela quando ela veio acender as velas. Sempre me desprezou, e ao me ver em seu caminho seu ódio a dominou e ela bateu em mim com toda a força. Confessou isso perante a prioresa, segurando um crucifixo na mão. Não tenho motivo para duvidar de que estava contando a verdade. Depois da confissão ela implorou meu perdão por ter sucumbido ao seu ódio a mim, e então por ter me enganado, por ter permitido que eu saísse imaginando que fora o santo quem me golpeara. Ela sabia de tudo isso, veja bem. Ela sabia que eu esperava me tornar anacoreta."

"Eu juro que nunca contei a ela!"

"Dama Alice contou a ela."

"Dama Alice? Como é que ela sabia?"

"Ela ouviu da prioresa Matilda."

Foi dama Sibilla quem desabou e chorou, dama Lilias quem consolou; embora não muito bem, pois aqueles que são versados no desespero raramente são bons consoladores, embora o mundo prefira acreditar no contrário. De fato, com a leveza dos desgraçados, dama Lilias lamentou que aquela confidência lhe tivesse sido arrancada justo na hora em que o mar lhe dera algo novo em que pensar. Dama Sibilla era incapaz de considerações tão calculistas. Estava absorta em um turbilhão de arrependimento, indignação e consciência culpada perfeitamente direto — pois como poderia ela evitar pensar que se ao menos tivesse demonstrado um zelo mais ousado para com o encaminhamento do voto de anacoreta de dama Lilias esta não estaria agora em segurança em sua cela e a confissão de dama Dorothy em nada poderia alterá-lo? Quanto mais refletia, mais se convencia de que a intromissão de dama Dorothy podia e devia ser descartada. Quando se encaravam as coisas em sua luz verdadeira, realmente não poderiam ter influência alguma na materialidade da vocação de dama Lilias. Como podiam as palavras de um santo serem invalidadas só porque uma mulher irritada tinha desferido um golpe?

"Mas e quanto às palavras do santo? Você as ouviu!"

"Sim, eu as ouvi."

"E então?"

"Fui eu quem as falou. Elas saíram de mim, do meu coração, não de nenhum lugar fora de mim."

"Mas e quanto à sua sensação de alívio, de conforto celestial?"

"Praticamente a mesma que dama Dorothy sentiu após bater em mim."

Dama Sibilla exclamou que só podia chamar isto de blasfêmia. Dama Lilias disse brandamente que lamentava muito.

"Mas Sir Ralph acreditava nisso?"

"Ele viu o machucado, e não sabia de que outra maneira explicá-lo. Fomos ambos enganados por não conhecer todos os fatos."

Após uma pausa dama Sibilla disse: "Quer saber o que eu penso? Estou convencida de que dama Dorothy inventou toda essa história. Ela está fingindo de propósito que foi ela quem golpeou você — tendo ouvido tudo, veja bem, daquela desavergonhada da dama Alice. O que seria mais provável? — ela sempre perseguiu você, e agora está senil. Muito possivelmente é o diabo que está falando através dela, para abalar sua vocação."

"Eu a ouvi, entende. Ela falou com a voz da verdade."

"Você é tão simples, tão inocente. Você acredita em qualquer coisa. Sempre acredita na última pessoa que falou com você."

Dama Lilias olhou para dama Sibilla.

"Nem sempre."

O anjo de dama Sibilla lhe contou que seria infrutífero continuar a discussão justo agora. Justo agora ela melhor faria em rezar, e após rezar, ser gentil com sua infeliz companheira, e apanhar algumas migalhas extraviadas das distrações de sua viagem. Ela rezou fervorosamente enquanto dama Lilias continuava a olhar o mundo. De mistura às suas orações encontravam-se cogitações conflitantes sobre como — com persuasão, com barganha, com santa intimidação? — dama Lilias poderia ser conjurada a assumir a vocação a que renunciava. Era particularmente perverso que ela perdesse a fé bem naquela conjuntura em que tudo havia subitamente se tornado tão propício e quando a mão de Deus era tão marcadamente evidente; pois ao ouvir sobre a expedição de mendicância, e que ela seria designada a mestra das pedintes, os desígnios celestes tinham imediatamente se manifestado para dama Sibilla, sendo entregues a ela, por assim dizer, dentro de uma pequena trouxa; e ela viu exatamente por que teria sido convocada para suportar uma reprovação tão imerecida por causa do cibório. Por nenhum outro meio — ao menos não por qualquer meio tão satisfatório — ela e dama Lilias teriam se encontrado tão bem situadas para aproximar-se do ouvido particular do bispo. Lá estariam, ela própria, e o bispo, e dama Lilias; e far-se-ia o discurso para apresentar a vocação de dama Lilias e sua própria determinação — realmente a apenas um degrau de distância de sua vocação propriamente dita — para levá-la a cabo. Como encerramento do discurso seu tio seria introduzido para dar sua bênção — embora isso não devesse ser encarecido indevidamente, já que nenhum pastor gosta de ouvir elogios demais à habilidade de seu predecessor com o bordão e o cajado. Então algum secretário seria despachado para vasculhar, e os papéis seriam trazidos, confirmando tudo o que ela dissera. Pouco depois estaria tudo praticamente acertado, sem mais nenhuma necessidade senão encontrar alguma vaga de anacoreta e instalar dama Lilias. Talvez isso fosse mesmo feito logo na sequência, de modo que ela voltaria sozinha para Oby a fim de recontar a história, assim gloriosamente recebendo nos próprios ombros todos os tapinhas que de outro modo teriam sido dedicados a dama Lilias.

Tudo isso ficava comprometido pela recusa de dama Lilias em prosseguir. Era mesmo difícil ser perfeitamente caridosa com a companheira. Ela teve de dizer a si mesma repetidas vezes que dama Lilias, convencida pelas próprias dúvidas e escrúpulos, não era capaz de apreciar todo o planejamento e as boas intenções que tinham sido devotadas à sua causa, tampouco adivinhar o quanto dama Sibilla tinha contado com seu sucesso como um contrafeitiço às dolorosas recordações que lhe sobreviriam ao ver mais uma vez a cena da morte do bispo Walter.

Quão dolorosas essas recordações iriam se provar, dama Sibilla não gostava de estimar. A consoladora do vexado leito de morte de Walter Dunford não estava nem um pouco confiante de que conseguiria navegar pelas sombras com tanta facilidade quanto tinha navegado pela matéria. Sombras podem ser muito, muito piores — tão piores como o pio de uma coruja pode ser à plena luz do dia. Um homem morto se decompondo embaixo de uma laje pode pousar uma mão muito mais alarmante em alguém do que esse mesmo homem quando vivo. Portanto ela rezou com mais e mais intensidade, ouvindo os eixos rangendo, os chicotes estalando, as rodas passando por cima do solo congelado.

A azáfama na estalagem naquela noite, a satisfação de escudar dama Lilias, a missa ouvida em uma igreja estranha, tudo ajudou a elevar-lhe os ânimos. Conforme se aproximavam do fim de sua viagem ela se comprazia em apontar para os destaques na linha do horizonte: a catedral, o palácio, as igrejas menores, o hospital dos Santos Inocentes onde Henry Yellowlees pôs o pé no primeiro degrau da escadaria. A viúva, também, era extremamente amparadora: muito calorosa em sua recepção e habilmente construindo uma ponte entre a mais querida sobrinha do bispo de 1377 e a freira mendicante de 1382. Ai! não havia tudo mudado para pior? — aqui, também, como em todo lugar. Para ela, ao menos, jamais poderia haver outro bispo como o bispo Walter. Um pouco mais tarde Henry Yellowlees foi verificar como estavam, levando uma caixa de guloseimas e inquirindo se estavam confortáveis. Pela manhã ele as chamaria e lhes mostraria seu posto de mendicância.

"E assim, a não ser que o vento sopre desta parte, acho que estarão muito confortáveis aqui", disse ele, tendo-as instalado no átrio meridional da catedral. "Os tapetes vão manter seus pés quentes, e se quiserem alguma coisa ou forem incomodadas o sacristão Lambert estará ao alcance. Ele ainda fala sobre o seu tio, dama Sibilla, e desaprova tudo o que fizemos desde então em termos de melhorias. É um velho dos mais confiáveis, e o bispo se deleita com os azedos dizeres dele."

Então é assim que ele é em seu próprio poleiro, pensou dama Lilias, fitando o custódio de Oby. Ora, é muito atencioso da parte dele ocultar sua glória quando se encontra no meio de nós. Ao captar o olhar dela ele sorriu, e ela o teve em mais alta conta. Afinal, todo homem irá ascender se puder, e não são muitos os que continuam tão gentis para com os velhos conhecidos.

Ele virou-se para dizer que na quinta-feira elas fariam uma coleta particularmente boa. Um bando de peregrinos do norte iria ouvir a missa na catedral de manhã, e como não estariam muito avançados na peregrinação se achariam em condições de dar boas esmolas. Dama Sibilla perguntou para onde os peregrinos estavam indo, e ele respondeu que para Jerusalém, tomando um navio em Veneza.

Tomando um navio em Veneza... Durante todo o dia os pensamentos de dama Lilias navegaram até Jerusalém sobre um transparente mar azul, azul como uma flor e amplo como o céu. E embora fosse frio demais no átrio meridional apesar das garantias de Henry Yellowlees e dos tapetes, e embora o velho Lambert as importunasse com conversas e perguntas, e embora os braços dela doessem de segurar a tigela de esmolas e ela sentisse o rosto fulminado pelos olhares dos estranhos, ao fim do dia seu cansaço foi quase como um refrigério. Infelizmente tão logo elas ficaram sozinhas dama Sibilla mais uma vez começou a persuadir, expostular, argumentar e lamentar o voto de anacoreta. Ela era tão fiel e tão ruidosa que foi difícil não pensar nela como um cachorrinho.

No primeiro dia a coleta foi bastante promissora — considerando, comentou a viúva, que era uma sexta-feira. No segundo dia elas já deixaram de ser uma novidade, e aqueles que tinham doado não voltaram a doar, de modo que o resultado do segundo dia não foi tão bom. Dama Sibilla ficou morosa, e disse que Mestre Yellowlees podia muito bem se dar ao luxo de lhes presentear com um novo conjunto de vasos de altar, e que era o mínimo que ele podia fazer pela memória do pobre Sir Ralph a quem ele fingira ser tão apegado. No domingo o número de esmolas dadas subiu consideravelmente, mas quando foram contar os ganhos do dia o volume era composto de dinheiro miúdo e havia uma grande proporção de moedas lascadas, símbolos e falsificações; pois o aumento da congregação era formado por pobres, mulheres velhas, tecelões e trabalhadores diaristas da cidade que não iam à missa nos dias comuns. Dama Sibilla ficou muito perturbada com as moedas ruins. Quando dama Lilias comentou que imaginava que os doadores se sentiam compelidos a dar alguma coisa por educação mesmo que essa coisa fosse reconhecidamente inútil, dama Sibilla se enfureceu e encetou ela mesma um sermão sobre o tema de consolar Cristo em seus pobres. Foi um bom sermão; melhor do que o sermão que tinham ouvido do Cônego Negro que pregara naquela manhã. Mas caso ele tivesse pregado como um anjo, teria sido uma decepção para elas, pois elas estavam esperando ouvir o bispo. No encerramento do dia seguinte dama Lilias se achava quase rezando para ter alguma espécie de notícia do bispo De Craye. Seu pavor era que por um acaso ou outro dama Sibilla cooptasse os ouvidos dele e cumprisse seu intento de lhe contar tudo sobre a anacoreta de Oby; mas agora, ao ver dama Sibilla tão intensamente mortificada, tão puerilmente frustrada em todas as suas gloriosas intenções, ela sentiu que poderia suportar qualquer exposição caso isso contribuísse para a paz de espírito de dama Sibilla. Mas não aconteceu nada, elas continuaram de pé no átrio observando o povo acostumar-se cada vez mais com elas e caminhando entre elas sem mais preocupação do que teriam sentido com duas imagens às quais o escultor houvesse dado o posto de pedintes.

Foi na noite de terça-feira que dama Lilias despertou sendo quase estrangulada por sua companheira de cama. Seu primeiro pensamento foi que algum assassino tinha invadido, pois ela não conseguia acreditar que dama Sibilla, tão menor do que ela, pudesse agarrá-la com tamanha força, tampouco emitir grunhidos tão animalescos.

"Você deve, você deve, você deve!"

Semiasfixiada, e confusa com esse estranho despertar, e com o assassino ainda em sua mente, ela despejou: "Onde ele está?".

"Ele está aqui!"

Foi um grito de gelar o sangue de qualquer um, e de sua cama na outra extremidade do quarto a viúva berrou: "Virgem Santa! Quem é que está aqui?".

Dama Lilias sentiu que o corpo desesperado ao seu lado relaxava. A voz de dama Sibilla, afetada e espantada, disse: "*Libera nos!* Tive um sonho terrível".

"Assim me parece", disse a viúva, hesitante. "Você berrava como uma alma penada. *Ele está aqui*, dizia. E então você urrou como se apanhada por lobos. O que foi que sonhou, quem foi que viu de tão aterrorizante? Deus nos ajude, sinto como se houvesse alguém ou algo no quarto neste momento."

"Silêncio, você vai assustá-la. Ela nem bem despertou", disse dama Lilias, sentindo o pequeno corpo ao seu lado convulsionar-se com renovado terror. Interessada no próprio alarme a viúva agora se levantou e abriu uma persiana. O luar brilhou lá dentro.

"A porta está fechada, tal como a deixei. Não vejo como alguém poderia entrar. Não tem ninguém atrás da cortina, tem? Ou escondido na arca?"

Ela futucou e murmurou ao redor do quarto. Então começou a fungar e pensar no fogo, e logo se esgueirou para fora a fim de verificar a lareira da cozinha. Tão logo deu as costas, dama Sibilla agarrou dama Lilias de novo, e começou a sussurrar.

"Ouça! Tive um sonho assustador, e nele eu vi — eu vi o diabo, de pé a ameaçá-la do seu lado da cama. Sabe por quê? Por causa do seu orgulho, seu orgulho, entende. Você é tão orgulhosa que não quer fazer o que nosso São Leonardo lhe pediu, e tudo porque pode ter sido dama Dorothy quem a golpeou e não ele. É bem verdade tudo o que dizem de você, que está corroída pelo orgulho. Você é orgulhosa demais para merecer confiança, é orgulhosa demais para pedir a ajuda de alguém, não mexe um dedo para se tornar anacoreta. Mas você deve, você deve! Não tem ideia de quanta coisa depende disso, você só pensa em si mesma, você se amua e não faz nada. E tudo se perderá! Estou lhe dizendo, esta é a sua última chance, a sua última chance. Você deve, você deve!"

Aqui a viúva voltou, mordiscando algo que tinha encontrado na cozinha, e foi para a cama, rezando Ave-Marias e queixando-se do frio. Por algum tempo ela falou sobre outros alarmes da meia-noite que ela viera a conhecer. Quando adormeceu e estava roncando em segurança dama Sibilla tornou a ameaçar e a implorar.

"Não! De uma vez por todas, não", disse dama Lilias.

Houve um silêncio. Então, em uma voz completamente alterada dama Sibilla disse: "Muito bem. Fiz tudo o que podia por você. Seja lá o que acontecer, lembre-se, agora é com você".

Um minuto depois ela estava dormindo tranquilamente.

Nada mais foi dito sobre isso. Dama Sibilla parecia estar bem melhor por causa de seu pesadelo. Esforçou-se para ser agradável, e em vez de sofrer pela queda de suas coletas ela se aferrou à boa colheita que iriam conseguir obter com os peregrinos. Durante a tarde os peregrinos começaram a chegar à cidade. Caminhavam examinando a vista, mendigando e fazendo pequenas compras. Todos eles estavam marcados por certas maneiras, um alheamento e uma inconsequência que vinham de sua desconexão com as preocupações cotidianas da vida. Talvez se eles quisessem se fixar, os cidadãos não fossem gostar tanto deles, pois seus comentários nem sempre eram lisonjeiros e eles se metiam em duros regateios com os lojistas, exemplificando quão mais baratas ou melhores as mercadorias eram em outros lugares; mas como transeuntes eles exerciam um efeito alegrador, e para as duas freiras no átrio meridional significaram uma diversão muito bem-vinda.

Naquela noite o salão e a cozinha da viúva ficaram cheios de peregrinos. Alguns estavam fritando peixe para a ceia, outros remendando as roupas ou refazendo seus bornais ou lavando alguma coisa. A casa estava feliz com suas canções e suas histórias, e a viúva estava afogueada e orgulhosa conforme corria para lá e para cá atendendo às suas necessidades. Aquelas eram as pessoas que tomariam um navio em Veneza para Jerusalém. No ranço do arenque e na azáfama dama Lilias a princípio não se lembrou disso: recordando-o, ela se demorava na soleira, desejando reunir audácia suficiente para falar com um dos mais viajados, o qual, ao que parecia, já tinha feito aquela viagem uma vez. Mas dama Sibilla puxou-a de lado, dizendo que sentia uma tremenda dor de cabeça e precisava deitar-se imediatamente. Cheia de consciência e ansiedade e lembrando-se do pesadelo, dama Lilias fez tudo o que pôde por sua companheira. Pouco depois a viúva adentrou, e sugeriu vários remédios. Mas o que dama Sibilla queria mesmo era água balsâmica, e infelizmente não havia folhas de bálsamo na casa.

"Se fosse em qualquer outra noite...", exclamou a viúva. "Mas nesta realmente não posso deixar a casa."

"Não se preocupe, não se preocupe! Melhor agora do que amanhã."

"Sim, mas amanhã a senhora estará curada? Amanhã, também, o grande dia, quando precisarão de toda a esperteza para não deixarem nenhum peregrino passar sem dar esmola. Pois eles são astutos, sabe. Não são como a nossa gente tranquila e caseira. Eles roubariam uma galinha debaixo da pata da raposa. Por isso temo tanto deixar a casa sem proteção enquanto vou atrás das folhas de bálsamo."

"Se me disser onde comprá-las, eu vou", disse dama Lilias.

"O quê? — sozinha, com o vilarejo cheio de peregrinos? Bem, não é longe, apenas um pouco difícil de achar. Mas a senhora deve perguntar por Mestre Peter Hiddlestone, que vive perto de Sim o Luvista próximo à placa da Ave e Mão. Há outros boticários, mas ele é o mais honesto. Fique, tenho um plano melhor! Vou achar uma peregrina para ir com a senhora, uma freira e uma peregrina é a coisa mais próxima de uma freira e uma freira. Tem uma mulher excelente lá embaixo, ela teve treze filhos do único marido e estofa travesseiros, também tem algumas comprinhas a fazer, e as duas não se atrasarão se forem juntas. E enquanto a senhora estiver fora vou fazer um mingau para esta pobre pombinha."

Mestre Peter Hiddlestone foi encontrado com dificuldade; a mulher excelente, também, tinha várias encomendas e era uma compradora assaz escrupulosa; quando dama Lilias retornou dama Sibilla tinha se recobrado um pouco e estava comendo a ceia de uma bandeja. A água balsâmica acalmou-a maravilhosamente, e ela logo adormeceu. Mas de manhã sua dor de cabeça estava pior do que antes e ela sentia tontura e tanta vontade de vomitar que foi compelida a deixar dama Lilias partir sozinha.

"Nesta manhã, dentre todas as manhãs!", lamentou dama Sibilla.

"Bem, ela vai precisar soar a tigela muito mais alto, e ficar bastante imponente, e olhá-los no rosto, para que tenham vergonha de passar se esgueirando por ela", disse a viúva. "Mas é uma pena."

"Ora, onde está a outra? Doente? A senhora vai precisar parecer astuta, então", disse Lambert o sacristão. "Pois para cada seis doando haverá meia dúzia roubando. Aí vêm eles."

"Quem? Os peregrinos? Já?"

"Não, não. Os criados do carrasco, e os homens com os gravetos para o barril de piche. Tem um ladrão sendo punido esta manhã. Vão decepar a mão dele e mergulhar o cotoco no piche, entende. Sim, e a senhora vai ver o bispo. Ele vai vir abençoar os peregrinos."

"Vão punir o ladrão aqui perto? Vou ouvir os gritos?", perguntou dama Lilias apreensiva. O olhar dele recaiu sobre um garoto que estava afanando um resto de vela, e ele saiu correndo sem respondê-la.

Por causa da dor de cabeça dama Lilias atrasou-se um pouco. Mal teve tempo de sentir a desgraça que era ficar sozinha e refletir sobre os gritos do homem mutilado antes de os primeiros frequentadores da missa começarem a passar. Com um desajeito tal como se até aquele momento nunca tivesse mendigado ela estendeu sua tigela, balançando-a para cima e para baixo e dizendo: "Uma esmola, meu bom povo. Uma esmola para as pobres freiras de Oby". Seu olhar era tão condoído que uma ou duas pessoas de bom coração lhe deram uma boa esmola, e outras se detiveram para encorajá-la e aconselhar que pedisse mais alto. Mas enquanto essas falavam, outras mais passaram se esgueirando, e em sua conscienciosidade ela foi longe demais, abandonando seu lugar para correr atrás delas. Então uma delas disse zangada que tinha dado esmola para ela no dia anterior mesmo e que ela devia ser agradecida o bastante para lembrar; mas que essas freiras não tinham mais consideração do que uma sanguessuga-de-cavalo. Envergonhada ela voltou para seu canto, e lá ficou mordendo o lábio e com as faces tão coradas que Lambert chegou em azáfama para perguntar quem a havia ofendido.

"Ninguém, ninguém."

"Então por que está fazendo uma tempestade sobre isso? A outra, dama Sibilla, não é orgulhosa para mendigar. E ela tem sangue de bispo."

Agora os peregrinos estavam chegando, todos asseados para a missa e a bênção. Dentro da catedral os primeiros ruídos desconexos de uma congregação estavam se reunindo em um ronronar constante, e os recém-chegados sentiam-se eles mesmos retardatários, e acorriam sem tempo para ofertar esmolas. Pouco depois ela ouviu a voz do padre oficiante que era como um ruído de pernilongo, e as respostas do coro seguindo-o feito uma carícia. Ela não ousou olhar para o conteúdo de sua tigela. Segurando-a sob o véu foi até a porta da catedral. Nunca em toda a sua vida tinha visto tanta gente aglomerada, e isso era ainda mais maravilhoso para ela do que as quantidades de incenso, do que a amplitude do ritual. O bispo De Craye achava-se sentado em seu trono alto, a visão curta dela só foi capaz de entrevê-lo. Ah, pobre dama Sibilla! Mas seus pensamentos somente roçaram nas ambições frustradas de dama Sibilla, voltando em seguida para os peregrinos, para sua viagem incalculável, para as fadigas e os perigos que deviam suportar, as longas léguas, as montanhas, as cidades estranhas e as línguas desconhecidas. Então eles chegariam a Veneza, e tomariam um navio para Jerusalém.

Ela ainda estava de joelhos quando Lambert se aproximou e a sacudiu.

"Ei, dona freira! Está tendo uma visão? Não viu que eles já foram abençoados, que estão indo embora? Não deixe que escapem pelos seus dedos desta vez."

Ela correu de volta ao seu posto. Os pés cambiantes se aproximaram e as vozes, assumindo o tom, cantaram mais alto e com mais fervor. Cantando, eles passaram por ela. Embora ela estivesse com a tigela estendida e vez ou outra lhe atirassem uma moeda, o ato de mendigar estava bem longe de sua mente. Aquelas pessoas passando por ela agora, tantas delas e todas desconhecidas e nenhuma a jamais ser vista de novo, entonteceram sua imaginação, e pareceu-lhe que inevitavelmente ela seria levada a ir com elas assim como um tufo de relva seca é arrancado da margem do rio e carregado com as águas viajantes até o mar. Para Veneza, e de lá tomar um navio para Jerusalém; e em Jerusalém descansar seus pesares vazios no Sepulcro vazio...

Mas seu sonho dependia da passagem deles, e agora eles haviam desacelerado e parado, uma espécie de bloco mais além do alpendre impedindo-lhes o progresso. O sonho dela se desmontou, ela deu acordo de si e estendeu a tigela.

"Uma esmola, meu bom povo. Uma esmola para as pobres freiras de Deus em Oby."

Uma sensação de que ela estava sendo escrutinada fê-la erguer o olhar. O peregrino que havia estacado logo na frente dela estava examinando o conteúdo da tigela, e dama Lilias teve a imediata impressão de que esse peregrino tinha envergado um semblante de que ela assaz desgostara. No mesmo instante ela viu que o peregrino era dama Sibilla.

Seus olhos se encontraram. Dama Sibilla assentiu de leve com a cabeça, como se para falar: Eu lhe disse. Atirando uma esmola na tigela ela se inclinou para a frente e disse às pressas:

"Não me traia. Não diga que me viu aqui entre os peregrinos."

"Mas você vai ser perseguida. E se a encontrarem, será trazida de volta, uma freira apóstata, e..."

"Ninguém irá me perseguir. E ninguém irá lhe perguntar o que foi feito de mim, não por um bom tempo, até que eu já esteja longe do alcance. Já providenciei tudo. Não lhe causará problemas, você apenas terá de guardar suas opiniões para si. Escrevi uma carta, e a esta altura ela está sendo transportada até Oby, contando à prioresa que minha tia Anna, a freira em Ramsey, aquela que nos enviou o gengibre falso, está morrendo uma morte lenta, e que seu convento pediu que eu fosse cuidar dela. E que aqui encontrei o administrador, à minha procura, e parti com ele, por causa da escolta, e para poupar despesas. Você vai encontrar tudo ajeitado quando voltar. Uma de nós precisava ir, você não será uma anacoreta, portanto eu serei uma peregrina. Vejo que não entende, mas lhe garanto, é tudo da vontade de Deus. Eu sou uma peregrina, estou inexplicavelmente feliz. Hei de rezar por você em Jerusalém. E você pode contar com a viúva. Ela sabe de tudo, ela vai arranjar..."

A procissão começou a seguir em frente.

"Lembre-se, confio em você", disse dama Sibilla.

Unindo-se ao hino ela foi adiante. A parada havia sido causada pelos carrascos que acompanhavam o homem que teria a mão decepada. Agora eles tinham se desviado, e os peregrinos afluíram desimpedidos. A cantoria deles dilatou-se feito um estandarte ao vento à medida que retomavam os passos e marchavam rumo ao sul.

FSC
www.fsc.org
MISTO
Papel | Apoiando o manejo florestal responsável
FSC® C011095

A marca FSC® é a garantia de que a madeira utilizada na fabricação do papel deste livro provém de florestas gerenciadas de maneira ambientalmente correta, socialmente justa e economicamente viável e de outras fontes de origem controlada.

Primeira publicação em 1948 pela Chatto & Windus

Publicado como *The Corner that Held Them* em 2020 pela Penguin Classics, uma divisão da Penguin Press, que é parte do grupo de empresas Penguin Random House

Título original: *The Corner that Held Them*

DIRETORAS EDITORIAIS Fernanda Diamant e Rita Mattar
EDITORES Carlos Tranjan e Juliana de A. Rodrigues
ASSISTENTE EDITORIAL Millena Machado
PREPARAÇÃO Eduardo Russo
REVISÃO Pedro Siqueira e Fernanda Campos
DIRETORA DE ARTE Julia Monteiro
CAPA Cristina Gu
IMAGENS DE CAPA Abadessa de *A dança da morte*, de Hans Holbein, o jovem, c. 1526 e ornamentos góticos de Daniel Hopfer (c. 1470-1536), ambos de domínio público
PROJETO GRÁFICO Alles Blau
EDITORAÇÃO ELETRÔNICA Página Viva

CIP-BRASIL. CATALOGAÇÃO NA PUBLICAÇÃO
SINDICATO NACIONAL DOS EDITORES DE LIVROS, RJ

W248m

Warner, Sylvia Townsend
O mundo que as confinava / Sylvia Townsend Warner ; introdução Claire Harman ; tradução Fábio Bonillo. — 1. ed. — São Paulo : Fósforo, 2025.

Tradução de: The Corner that Held Them.
ISBN: 978-65-6000-131-2

1. Romance inglês. I. Bonillo, Fábio. II. Título.

CDD: 823
25-99014.0 CDU: 82-31(410.1)

Carla Rosa Martins Gonçalves — Bibliotecária — CRB-7/4782

Editora Fósforo
Rua 24 de Maio, 270/276, 10º andar, salas 1 e 2 — República
01041-001 — São Paulo, SP, Brasil — Tel: (11) 3224.2055
contato@fosforoeditora.com.br / www.fosforoeditora.com.br

Este livro foi composto em GT Alpina e
GT Flexa e impresso pela Ipsis em papel
Golden Paper 80 g/m² para a Editora
Fósforo em agosto de 2025.